U0495445

着意灯火阑珊处

随笔杂记选

云儒文汇

肖云儒 著

陕西师范大学出版总社

图书代号　WX20N1370

图书在版编目（CIP）数据

着意灯火阑珊处 / 肖云儒著. —西安：陕西师范大学出版总社有限公司，2020.6
（云儒文汇）
ISBN 978-7-5695-1707-1

Ⅰ.①着… Ⅱ.①肖… Ⅲ.①随笔—作品集—中国—当代 Ⅳ.①I267.1

中国版本图书馆CIP数据核字（2020）第101565号

着意灯火阑珊处
ZHUOYI DENGHUO LANSHAN CHU
肖云儒　著

出 版 人	刘东风
责任编辑	雷亚妮
责任校对	王红凯
出版发行	陕西师范大学出版总社
	（西安市长安南路199号　邮编 710062）
网　　址	http://www.snupg.com
印　　刷	陕西龙山海天艺术印务有限公司
开　　本	680mm×1000mm　1/16
印　　张	27
插　　页	4
字　　数	358千
版　　次	2020年6月第1版
印　　次	2020年6月第1次印刷
书　　号	ISBN 978-7-5695-1707-1
定　　价	118.00元

读者购书、书店添货或发现印刷装订问题，请与本公司营销部联系、调换。
电话：（029）85307864　85303635　传真：（029）85303879

肖云儒

目录 CONTENTS

永远的初恋 / 1

城市吉卜赛 / 3

在移栽中得天独厚 / 6

城市杂居和心态杂化 / 8

文明膜中苍白的生命 / 11

城市"牧羊人" / 14

传播这个第三者 / 17

杞人说热线 / 20

杞人说热点 / 22

杞人说热度 / 24

音乐·市声·天籁 / 27

综合发展的文明和矩阵式管理 / 30

测不准关系中的中国"老九" / 33

变位刺激和城市病 / 36

大家都在说：真烦人！/ 39

进了城的狗 / 42

蓝色沸点和西安闲人 / 45

时装，古城进入现代的身份证 / 48

森林和碑林 / 51

年历与人生 / 54

异议熊猫 / 56

凡事丢得开 / 58

说说说话 / 60

扯几句动物世界 / 62

中国"老九"的自信危机 / 64

噫吁嘻，酒 / 67

出书风景线 / 69

美从自身起步 / 71

留白 / 74

读书，驱除心灵的晦暗 / 77

陌生的朋友 / 80

从张艺谋、巩俐分手谈现代看客 / 82

冯玉，你在哪里？ / 85

弱者之美 / 87

无异的两岸心 / 90

心债 / 92

重信守诺 / 94

郭老的炽热 / 96

元戎和哲人 / 98

三见周扬 / 100

赵淑侠的乡愁 / 102

倦于追星 / 104

人生赛手 / 106

寄托的瑰丽 / 108

相信能记住，就记得住 / 110

拼接读书法 / 112

闲谈群体团聚力 / 114

丰富的孤独 / 116

小猫的征服 / 118

"测不准"的无奈 / 120

万物之灵的责任 / 126

新世纪的微曦
　　——题赠我国最早的私人藏书楼宁波天一阁 / 130

忍不住拿起笔 / 136

如乐之和
　　——第八次全国文代会日记 / 138

打基础与攀高峰 / 146

花园话百花 / 149

花篮和花环 / 152

要有一颗温暖的心 / 154

当前创作在哪里倾斜？ / 157

天下兴亡　文艺有责 / 159

"文摊"精神 / 161

不要给生活穿小鞋 / 163

艺能和知能 / 165

细处下手 / 167

杂文杂议 / 169

愚人的自律 / 171

在立体交叉的掌子面上
　　——记三原黄堡煤矿矿长杨玉超 / 173

真想过个绿色的春节 / 185

包子贾三包容天下 / 188

假如记忆可以移植 / 190

秦风吹又生 / 192

开学 / 194

藏獒对不诚者的惩罚 / 196

麻风村十日 / 199

他死在我的臂弯 / 202

鱼化湖小记 / 205

莹巧 / 207

槐香 / 209

关于秦地，说一段话 / 210

老树与新苗的对话

  ——在2015年西安外事学院文学院新生见面会上的讲话 / 211

春天里，说读书 / 215

沉潜 沉着 沉厚

  ——年终感怀 / 216

年度决算与预算 / 218

羊、阳、美、祥 / 220

百姓方是英雄 / 222

为奇石著文（七则）/ 224

临池小札（十二则）/ 229

奥运论语

中国时刻 / 242

张艺谋与中国形象 / 244

瞄准人生的靶心 / 246

郭文珺吼了一声大秦腔 / 248

撕心裂魄中站起伟丈夫 / 250

万勿轻信耳朵 / 252

志愿精神：看不见的和谐 / 254

严重关注文化入超 / 256

从郎平说到何智丽 / 258

洗脸与养心 / 260

看奥林匹亚如何保护遗址 / 262

奥运给中国留下真性情 / 264

刘翔周围确有几种不良心理 / 266

待客之道 / 269

金牌领先时的自问 / 271

明星退役之后 / 273

纽约来电：中国滋味嫽扎咧 / 275

祥云追日，永留主场 / 278

绿茵如云

足球绿化人类精神 / 280

杨晨那个门柱球不进也好 / 281

审美世界杯 / 283

英格兰绅士到骨子里了 / 286

黑哨猛于虎 / 288

三杯酒贺国足班师 / 291

到场的和未到场的 / 294

郎朗的"世界杯" / 296

球迷的高尚在哪里？ / 298

球场"嫌贫爱富"论 / 300

踢出沉闷也要本事 / 302

足球伴侣：啤酒 / 304

足球宝贝不答应了 / 306

极致发力，韬晦用兵 / 308

马拉多纳自我解构 / 310

讲书堂

老字典埋着老日子 / 312

六十年前初版《鲁迅三十年集》 / 317

巴人藏《鲁迅杂感集》 / 320

暮年绿光暗淡 / 325

"世"之"界"，在哪里？ / 328

林昭与"内部资料" / 333

油印歌谣文学史 / 337

音乐是灵魂的叹息 / 340

流连在美的历史长廊中 / 346

《怎么办？》带一身阳光！ / 349

《教育诗》与第一次人生决策 / 351

关键时刻，杰克·伦敦救我 / 354

心有"二夫" / 357

彭加木，你在哪里？ / 360

芒景布朗的传世书 / 365

张守仁：《爱是一种伤害》 / 369

酒的品位 / 372

美男子嵇康 / 375

徐青藤，蚌病反生珠 / 379

砸不烂的"钢豌豆"李贽 / 383

才子从来命多舛 / 387

背上字典去邮局 / 391

我写《中国西部文学论》 / 396

和丁玲一家的缘分 / 402

书斋里的人生 / 407

诗赋

三秦赋 / 411

华夏龙脉 / 413

揽月阁赋 / 415

咏菊

  ——省文史馆重阳诗会作 / 417

楼观台碑记 / 418

陕西政协新楼赋 / 419

陕西电视台建台五十周年纪念鼎铭文 / 420

府谷哈镇石窟寺碑记 / 421

《天汉雄风》大型历史壁画铭文 / 422

大唐护国兴教寺碑记 / 423

永远的初恋

　　和中国的大多数人一样，我的老家在一条漫长的、细若游丝的土路尽头，一棵老樟树（在北方，则是老槐树），老樟树下的那所茅舍。茅舍四周，展开扇面也似的田畴，山和云倒映在旋律般的水田中。弯弯的溪水从一座山影里漫出，在另一座山影里溶尽。

　　曾祖父务农，每日扛着犁和锄在田里和太阳做伴，一袋烟也不敢耽误。太阳和他都默默地，相看两无言，亦无思无趣。祖父开了一个小酒坊，就像电影《红高粱》十八里坡上的那个一样，煮苞谷蒸酒，用这劣质的家酿酒，麻醉乡亲也麻醉自己。我没有见过他，但见过他的邻居，眼白布满红血丝，总用竹根般的手指揉那个酒糟鼻子。从父亲一代起，我们家住进了城里——一个偶然的机缘，这位勤苦读书的农家子弟得到一笔奖学金。他有幸进了大学，从此离开了终生尾随牛后的人生。

　　在城里，记得先是租住在一幢带天井的四合瓦房里，苔藓一直爬上窗台，花盆不用浇水总是生机盎然。新中国成立后，住进了母亲任教的学校。这时父亲已经离我而去。母亲住在南昌葆灵女中（即后来的南昌女中）的单身宿舍。这是所教会学校，因而有当时少见的百叶窗和旋钮把手的门。每到课间，便周期性地听到青年人的欢歌笑语。待到我工作了，在单位的四层单身楼里消磨了十几年光阴，后来又搬进了单位的单元房，尽管面积很小，总算有了厨房、厕所的现代"内循环"，还陆陆续续添置了这样那样的现代化物什儿。住处虽不在闹市中心，每日必看的电视报纸却将我的心深深置于城市的旋涡中。

　　这是说住房条件。从地域看，先是住在江南小城，后来北上"半城宫墙半城树"的京华胜地，旋又西迁"温泉水滑洗凝脂"的长安古都。也曾跑遍京津沪穗蓉、宁汉沈渝藏，也曾切入新型特区城市的腠理，在摩天大楼都市别墅之间流连忘返。大半辈子，和我的同胞们一样，经历了由农业文化向城市文化的转变，由传统城市文明向现代城市文明的提升。说真格的，对城市和城里人有认识和体悟，却从来跟不上城市和城里人的发展变化。

对喧闹的市场和与之伴生的公平竞争、价格浮动中的种种现代智慧，对拥挤的人群、流动的人口和与之伴生的种种拼搏、焦灼、孤独，以及多边交往中的动态生存相，对那以现代通信传播网络与全球联结的个体生命，那高层建筑窗帘背后新型家庭所流溢的不异的天伦之情，对文字符号语言之外，正在日益成为人们重要思维形态和交流手段的音像语言和计算机语言，对信息爆炸下新崛起的强者和不知所措者，对追新的悲壮和恋旧的悲凉，等等等等，你刚刚由陌生到熟悉，马上又由熟悉而陌生。或是士别三日而不能不刮目相看，或是只缘身在此山之中而不识庐山真面目，或是有所感而看不透，或是明明看见了又测不准。

日新月异的市态，五彩斑斓的市人，千变万化的市心——我熟悉的陌生人！我是那么想把握你，却从来不敢说把握了你，便又不断激发想把握你的欲念。这常常让人想起遥远的初恋，一丝慌乱一丝喜悦，一丝局促一丝柔情，一丝悸动一丝憧憬。

还是零零星星将自己市居的心影记录下来，和我的读者交流吧。

1994年1月，西安谷斋

城市吉卜赛

在我生活的中国西部，当你走近祁连山麓或踏破贺兰山缺，来到塞外和塞上的草原，便可以看到像白云那样漂泊的牧群。移畜就草的生产方式决定了居无定所的生存状态。于是牧民们有了一个驮在马背上随时流徙的家，有了一种马背上的流动人生。悬浮于这种流动人生之上的是一种动态生存观念。他们不像农业文化区，家是固定在土地上的房屋，人生是静态的绵延。他们的价值标准是人的动态生存能力，谁能最快地拆掉帐房，将牧群转到新的草场上，谁就最有本领，就会受到尊重。这和农业文化区的价值标准截然不同。在农业区，谁最能适应静态的生存，能三十亩地一头牛地守土为业、传宗接代，他的生存能力和人生幸福就有了标志。

随着草场的科学规划和管理，新的牧业生产组织和社区生活组织逐步形成，许多游牧地区开始由游牧转向定居。这是生产方式和生活方式的一种进步，在这种进步中，现代化牧场的雏形开始出现，有的地方先声夺人，更出现了新的牧工商城镇。

当游牧开始走向定居时，农业区却出现了反方向的生活运动，这便是许多农民离土离乡进城打工，由定居走向游牧。短短的几年里，几千万打工仔、打工妹进入城市，南方城镇和特区更是热极一时的打工城市。在现代城市严密的社区组织中，一支庞大的吉卜赛式的劳动力像楔子一样打了进来。他们以充沛的生命力，改变了原先城市户口、劳动工资等种种神圣不可侵犯、不可更异的观念和制度，使中国城市出现了不可遏止的流动生存状态。他们在一个崭新的环境中住了下来，却不再沿袭原先意义上的静态生存。他们在各个城市中流动，在城市的各个社区、各个行业、各个层次中流动，不断地更换着岗位和职业，被老板炒，也炒老板，在流动中选择，在选择中使自己的价值得到最佳的实现。这是改革开放中出现的中国第二代游牧部落。

其实，随着市场的扩大，随着现代科技和现代工业综合性、系统性、协作性的加强，人的活动领域正在空前扩大。发达国家早已出现了一个更高层次的现代游牧部落。请看美国一个跨国公司的董事是怎样生活的：

每周五下午四时半，罗布夹上公文包，取下大衣下班。他乘电梯下降二十九层来到地面，再花十分钟穿过熙熙攘攘的街道来到华文街直升机场。十一分钟后他到达肯尼迪机场，转乘环球航空公司的大型客机向美国西部飞去。他习以为常地在飞机上吃晚餐。一个小时十分钟后，他愉快地走出俄亥俄州的哥伦布机场，半小时后坐家用汽车回到家里度周末。三年多来，周周如此，在五百英里的距离上来去自如，每年行程五万英里。

罗布的生活方式在现代并不是个别的。加利福尼亚的一些畜场主也是这样生活：他们每天早晨从太平洋沿岸的家里出发，飞到一百二十英里以外的英皮里峡谷去经营自己的牧场，傍晚再回来。还有，芝加哥大学哲学教授麦基翁博士在整整一学期中，每周来回两万里，去纽约的新社会研究学院讲课。等等。

空间距离随着社会的发展而日益缩短。人生和一个固定地方的联系则日益短暂而脆弱。对现代人，特别是对未来人来说，流动、旅行、迁徙，已经成为第二天性。1963年3月到1968年3月，有三百六十六万美国人更换过家庭住址。1961年，占英格兰和威尔士总人口百分之十一的人，在自己家里未住满一年。法国每年有百分之八至百分之十的人迁居。在国际商业机器公司的董事们中间流传着一则笑谈，说他们公司的缩写"IBM"这三个字母表示的意思就是"我们一直在迁居"。美国学者威廉·怀特认为"按照定义，几乎可以说，企事业组织的忠实成员就是那些离家在外……四处奔波的人"。西方学术界和舆论界早已提出"企事业团体的吉普赛人""整个欧洲正经历着一场国际大迁徙浪潮""现代社会正在进行一次庞大的人口交流"这样一些观点。

这样的大跨度的动态生存相,在我们国家,尤其在大城市,也愈来愈多了。可以说,这是在现代化进程中出现的中国第三代游牧部落。

市场经济就是动态经济,发达社会就是动态社会,现代生存观就是动态生存观。经济愈发达,市场愈成熟,科技文化层次愈高,城市生活的吉卜赛化程度愈高。在这个吉卜赛化过程中,我们每个人都不断面临着新的选择。

1993 年 5 月 21 日,西安谷斋

在移栽中得天独厚

去年夏天，在蛇口和一位亲戚闲聊。他已南下六年了，经常要跑港澳和内地。我问他想家（当然指的是北方的老家）吗，他答曰：当然还免不了想，不过也习惯了这样"颠沛流离"的生活，好像我的家就在路上似的。我听了后心里一豁亮，想起前几年我国作家张承志和一位美国学者的对话。那位美国人也说过一句完全相同的话。他说："我感到你们和我们的生活方式很不一样，你们主要是'在家里'，我们则主要是'在路上'。"他当然指的是中西在静态生存方式和动态生存方式上的差别。

前一篇文章，我由城市吉卜赛化谈了中国三代游牧部落。读者已经明白：我是动态生存观的鼓吹者。那么，动态生存相和生存观为什么是富有生命力的、积极向上的呢？

大家都说生命在于运动，反过来说，运动激发生命。从保健的角度讲，这里说的运动，是指体力劳动和体育锻炼，人体的物理运动，促进人体内部的各种生理变化，强健机体。其实，人的思维和实践能力，人的心理健康，也有赖于在运动中锻炼。这种运动自然不再是物理运动，不再是身体的位移，而是人的生存方式和文化土壤的变迁。

和内陆人不一样，特区人大都经历过一次以上的迁徙。外地迁来的人不消说了，他们来到特区，和原有的生存环境剥离，在一块崭新的土地上重新安排生活，这既是生存地域的迁徙，又是生存方式和文化心理、价值观的一次移栽。就是祖居深圳的老户，虽然地域没有变动，但是由农村到城市，由传统城市到由小平同志创造的前无范本的特区城市，实际上也要经历和原有生存环境的剥离、和新的环境相适应这样一种职业、技能、文化心理的迁徙、移栽或嫁接。

这种从剥离、移栽、嫁接到重新长出新的枝叶，常常是艰难而痛苦的。

它是对生命力的一次大考验。敢于毅然抛弃已经适应了的环境，抛弃自己辛辛苦苦购置的盆盆罐罐，来特区重新选择新的职业、新的生活方式，本身就表现出挑战传统生活、传统文化的勇气，表现出通过选择和竞争去实现更大的生命价值的勇气。在特区终于站住脚，终于适应，终于开垦出一片属于自己的新地，又表现出自身各方面的素质在移栽和嫁接中，在动态的选择和竞争中，有了综合的提高。每当看见移插到大田里的秧苗，看见齐根阉割后猛长的桐树，看见只有经过嫁接才能结出丰美果实的柿树，我就由不得想起、由不得礼赞生命得到张扬的特区人。

动态生存锻炼了特区人，又营养了特区人。在多种生存方式和文化土壤中成长的人，能够汲取多维经济文化的营养。这是只能得到单一营养的人所不能比的。传统文化和现代文化在这里最早交汇，计划经济和市场经济在这里最早过渡，乃至中华本土和中华经济文化圈在这里先期呼应，使特区人得到了多少别处得不到的好处。都说特区人赚的钱多，物质生活的超前改善使内陆人眼红，更使我眼红的是特区人在动态生存圈中那得天独厚的能力上的丰收和精神上的富裕啊。

不是静为贵而是动为上，不是动能得咎而是动则得益，是现代社会的价值观。现代人的生命不能关在房子里，应该释放在流徙不息的人生路上，实现在运动不息的生存圈中。这一点，特区人可以说先于其他国人进入现代人素质培训班。他们是现代社会动态生存圈孕育的宁馨儿。

1993年5月27日，西安谷斋

城市杂居和心态杂化

现代城市基本上是一种杂居状态。那些世代祖居的老户虽然还有，但是已经逐渐成为难得的城市人文景观，陈列在小巷深处的老房里。愈来愈多的来自山南海北的人住在了一起，他们操着南腔北调在街巷邻里中强劲而活跃地生存下来，把老家当成老老家，把新家当成自己的老家。这些从四方汇聚至此的新住户，经过通婚生育，在血缘杂交的同时，进行语言的杂交、文化的杂交。现代城市就这样成为各方人氏聚居的大杂院。

离开土地的"乡里人"，将自给自足经济和家族村社文化基础上的人际关系，即血缘和地缘关系，执拗地、顽强地带进了城里。这使他们在相当长的时间里以攀亲戚、串老乡为自己生存发展的重要手段，在相当长的时间里还是城里的乡下人。然而城市商品经济和在商品经济基础上的交汇、动态文化，却更其执拗、顽强地破坏着血缘和地缘关系，建立起反映着市场交换的业缘、情缘人际关系，不可阻遏地破坏着内向的、封闭的、纯一的心态，而代之以反映着杂居状态的杂化心态。不用说，这都是市场的作用。市者，易也，交易，交流；场者，敞也，敞开大门迎接四方宾客。都市者，市场之都也，正是最大的市场。城市的居住杂化就这样演化为城里人心态的杂色。

其实居住杂化和心态杂色，也是一种多维文化交汇。人是文化的带电体，城市杂居就是不同带电体，不同心理场、文化场的贴近和交叠。这种交叠虽然主要表现为无意识和潜意识文化的交汇，却又是进一步进行有意识文化甚至意识形态文化交汇的心理基础。杂色心态当然首先是长时期多维的文化交汇的心理沉积。

无须说，杂居状态和杂化心态使人的文化容受能力、智慧杂交能力、视角转换能力得到了极大的增强。你从杂居地区的人们能很快掌握多种语言，能较快适应新的生活环境，并且建立新的人际关系等方面，可以确定无疑地感受到这一点。这是城市人的一个优势，只是这种优势还处于自发状态，有赖于在一体化的、多维现代文化结构中得到充分的发挥和科学的提高。

跨社区生活已经愈来愈成为现代社会的一种常见现象。这是现代商品经济所要求的范围愈来愈大的交换决定的。交换市场不受社区限制，商品无国界。这不但使得直接从事商品交换的这一部分人，不能不超越原有社区的局限，随着市场的扩大，走向更扩大的社会，走向世界；而且使得那些自身并没有流动或很少流动的人，也不能不卷进这个日益复杂的世界，因为流动的世界、流动的人群来到了他们面前，商品和商品经济相关的活动将每一个使用商品的人裹挟进自己激越动荡的湍流，这是连瘫痪在床的老人都不例外的。从某种意义上说，现代人既在自己居住的小社区中生活，被视缘、地缘、业缘、情缘等关系固定着，又是地球村这个大社区的一个居民，被国际大循环的全球一体化经济流通固定着。复杂的世界将自己全部的复杂性在人的心里留下影像，人也就不能不在自己的心里预备一面能够照出这复杂的镜子，变得有能力应对这复杂的世界，否则便难以适应现代城市生活。

这是从社会生活的变化来说。从人自身来说，也愈来愈复杂化。人类总体文明素质在提高，人们作为主体在愈来愈广阔和深刻的程度上得到确认、得到张扬，当个体的人从群体的人中分离出来，当精神的人从自然的人，亦即"思想着的人"从"生活着的人"中分离出来，人的复杂程度不但日益提高，而且能够得到从未有过的充分展示。

所有这些，既是现代社会（它的制高点便是现代城市）对人要求的提高，也是人自身素质的提高。"世事变得复杂了，人变得复杂了"，这两句街头巷尾常常能够听见的慨叹，其实真切地反映了现代城市生活的总体走向。它可能会带来这样那样的问题，例如少部分人道德水平的下降；也可能会带来这样那样的失衡，例如对价值观念某些具有进步意义的变化看不惯、骂娘。但总体上，人的复杂化、社会的复杂化、心态的复杂化是人的更大解放、社会的更大进步的标志，它符合人类对社会的终极要求和对自身的终极关怀。

1994 年 1 月，西安谷斋

文明膜中苍白的生命

现代的城里人就像地膜中的菜苗，生活得舒适而又苍白。

"秀才不出门，便知天下事"，这本说的是书籍传播给读书人的实惠。到了现代城市生活中，人人都处在某个现代信息传播网络之中，或是书籍报刊，或是电视、电话、电传、电子计算机，人人都可以像过去的秀才一样，坐在家里便知道天下大事了。这当然是文明的进步给人类带来的好处。

岂不知这同时带来了弊病和隐患。"秀才不出门，便知天下事"明显地包含着一个良性循环，即传播越发达，越有知识，人的精神生存空间也就越大。传播和知识可以帮助人越过具体的物质生存空间，在地域、社区局限较小的精神生存空间翱翔。但这句话中也明显地包含着一个恶性循环，这便是：既然不出门，便能知天下事，天下事知道得越多、越容易，就越不用出门，而这种"不用出门"又会转化、沉淀为"不想出门"。结果是，随着人的精神空间越来越宏阔，人的精神也越来越闭锁、孤独。在现代城市文明的构架中，人的足不出户和不喜出户，便把自己包裹在一层文明膜中。

城市人的衣、食、住、行、劳，即实践活动，无一不笼罩在这层文明膜中。我们不直接穿棉花、兽皮，而是穿经过现代文明设计和制作的服装。我们不直接吃大地里长的粮食、蔬菜，而是去买经过施肥（而且是化肥）、杂交、嫁接、洒药等一系列文明成果培育和加工的食品。连水也不喝江河湖淖的"原生水"，而是要喝加了色素、味素、营养素，消了毒的"文明水"。我们住的房屋、出门乘坐的车辆甚至步行时脚下蹬的耐克鞋，我们劳作时的厂房、机器、工具、办公室、文具、纸张等，又有哪一样不是文明的成果？

城市人的知、能、思、艺、情，即精神活动，也无一不被现代文明膜严严实实地笼罩着。所有的知识、技能，是在文明膜中，即学校、图书馆、现代传媒和生产、经济、文化活动中获得的。思考和艺术，不但借助于文明的手段来传播，而且首先借助于文明的手段来积累材料，构思创作和操作（比如电子检索、钢琴、颜料、舞台）。即便是感情活动，也不能逃到文明膜之外。因为城市人的全部感情内容，都是在文明膜这个大背景下产生，又主要在这个膜内传播交流。不消说，传播手段也都是文明的产品，这决定了现代城市社区只具有被文明膜制约着的感情心态。

可怜的现代秀才们，我们能知道些什么，我们又能知道多少呢？我们全部的知识都不过是别人嚼过的馍，都不过是经过文明膜选择、过滤后的牙慧和余唾！现代传媒允许你知道多少、知道什么，你就只能知道多少、知道什么；现代传媒允许你交流多少、交流什么，你就只能和这个世界交流多少、交流什么。如此而已。

人就是这样被自己创造的文明劫持了、占有了！文明使人获得万物灵长的尊严，又使人沦为消失了自然生命本性的奴隶。

人类又是怎样在自己辛勤创造的文化中被弱化啊！文弱书生，文弱，文弱，这个词汇组合得何等科学。人类创造了文化，每一项文化成果都极大地扩展、延伸了人类认识世界、改造世界的能力，也提高了人类消费世界、享用世界的水平。但每项文化成果又反过来削弱了人体。人类在文明化的进程中，愈来愈成为科技的人、理性的人，成为政治动物、经济动物，只有自然母亲给予我们的真性真情真力，在一天天削弱退化。皇冠车使人日行千里却失去了"夜行百里"的飞毛腿，万宝空调使人在炎夏凉爽如秋却再也难于承担烈日下的体力劳动，菲利浦电视机使人能够看到整个世界甚至天宇，却使你对眼前事物没有了反应。当人类只能通过文化膜间接地、半透明地感知世界，而不能用自己的眼、耳、鼻、舌、身、心直接地触摸、尝味这个世界时，那长期受欺凌、受歧视的自然本性怎么能不愤怒、不咆哮、不反抗呢？当现代社会的文明将人类弱化得再也不能产生原来意义上的鲁滨孙和斗牛士时，人类又怎么能不急切地呼唤奥林匹克精神呢？

现代社会开始露头的某种超越文化、排拒文化的情绪、心理和思潮，就其积极意义上来说，是人类撕破文化膜到前文化的、大自然的天地中做健身呼吸，是人类对正在蔓延的文化病的一种心理治疗。当然，这种情绪、心理特别是思潮，也有消极意义。如果由超越文化发展到憎恶、反抗文化，而且形成思潮、形成理论，消极作用就更大了。

突破文化膜对人的弱化，一般有两个渠道。一是实践感受、实践强化的渠道，这就是近年来兴起的文化寻根型和回忆自然型旅游。这两种类型的旅游已经形成热潮，大有超过城市消费型和文化考察型旅游的势头。再一个就是模拟感受、模拟强化的渠道，这就是近年来文艺创作方面兴起的文化寻根热和"人与自然"热。为什么模拟的渠道选择了文学艺术呢？因为其他的意识形态和各类学科，像哲学、伦理学，都是理性文化、抽象思维文化，只有文学艺术是感性文化和灵性文化，是具象思维和灵象思维文化。也只有文学艺术能够再造描写对象本来的面貌，通过形象性、感情性和个别性、偶然性来感染人。这种特点可以说正和人内心潜在的无序性、非理性要求暗合。

人类仍在无限扩展着、优化着这层现代文明膜，同时开始懂得了，不能因此委屈了自己的心灵。心灵无论如何要从这层文明膜中挣脱出来，夺回造化早就给予我们的自由。渺小而又伟大的人，可悲而又可喜的人！

1993 年 7 月 20 日，西安谷斋

城市"牧羊人"

美国有一首西部歌曲,叫《孤独的牧羊人》,唱的是草原牧民的孤独。那种孤独是空间阔大而人烟稀少即生存空间的疏离造成的,那是一种人在自然包围中的孤独。不料,孤独这几年在拥挤繁闹的现代城市流行开来。仔细想想,这种流行很有点深层心理感应的味道。

现代城市人生活得愈拥挤,对生活利益和生存空间的争夺就愈激烈。身子与身子挨得愈近,心和心却容易离得愈远。这是现代城市疏离造成的一种孤独,是在人尤其是"物化人"的包围中的孤独。

现代人整体文化素质的提高和内心生活的丰富,促发孤独。孤独常常是智慧的苗圃,是思考的沃土,是驰骋感情的旷野。现代人也就常常将孤独看成自己的领地、自己的财富。他们不是在孤独中放牧羊群,而是在孤独中放牧思想、放牧感情,有时甚至是放逐思想、放逐感情。

现代人的对话与交流,要有丰富的信息内容、思考内容、情绪内容。一切语言都是沉默的果实。文字以沉默为渊源,交流以沉默的劳动——收纳信息知识、沉思事物的内部联系、蕴集感受情绪——为土壤。现代人认为,世界上最有资格说话的人、最想说话的人,不是喋喋不休者,不是津津乐道者,而是最为沉默者,亦即最好思考者。按现代知识分子的观点,无可言说、无须言说、无可交流、无须交流的爱,才是可以独享的爱、至高的爱。内心世界的丰富,就这样导致了孤独的偏颇。

与此若即若离联系着的,是现代社会群体主体和个性主体的大幅度张扬,孤独和交流同时成为主体张扬的天空。群体认同需要交汇,个体自足则倾向于孤独。以个体主体为基座的价值观、人生观的流行,造成一批孤独者,一批社会的"独行侠"。请看顾城的诗《远和近》:"你/一会看我/一会看云/我觉得/你看我时很远/你看云时很近。"这种类似叔本华论述过的人的隔离感和对人际关系的悲观观点,造成了一批"迷乱和战栗的孤独的个人"。

在现代社会的急剧流动中,特别是在市场经济中,人与群体的关系不像原来那么固定,个体从原有的环境、原有的群体中被不断抛甩出来,又不断组合进新的环境。人不断由陌生走向陌生,不能不孤独。从外部看,个体与环境、个体与社会群体难于组成永恒的固定的关系,难于熔冶为一体;从内心看,这种人和群体不断游离,也就迫使人不能不为自己创造一个相对稳定的内部环境,以实现良性的精神循环。这就容易导致内自型、内存型的孤独。而现代文化动荡造成一部分人对生活采取消极的不介入主义,他们以超悲剧、超喜剧、超义愤、超真诚的油滑对待生活。这种现代冷漠,是现代幽默的别名,正是一种现代孤独。

此外,还有在《文明膜中苍白的生命》一文中谈到的现代传播对人的纵向分割和阻隔,也造成人人面向独有的某个传播频道,而导致在横向环境中的孤独。

现代孤独也是一种逆反。人愈拥挤在城市,社区空间愈密集,愈要开辟和保留心灵中的小天地。没有绿地,哪怕在阳台上搞盆栽,也是将它密封起来。社会愈是一体化,人愈希望以独处来平衡;生活愈是规范化,个性愈要求独立来显示自己的存在。身体的面对面,常常诱发心灵的背靠背。无法逃离的频繁的人与人的交往,常常导致对这种逃离的罗曼蒂克式的神往,和对孤独的乌托邦式的单恋。

现代孤独更是一种自救,尽管这种自救也许是无望的尝试。

深知被既在世界的喧嚣淹没的危险,深知被既在文化机制操纵的危险,于是宁可与世绝缘。这种绝缘的心灵气功,导致人格、诗格、文格的孤独。他们在生活中,在作品中,开始自言自语,本我、自我、超我相互对话,在自己一个人或极少的一群人的心境、身境与语境中，度过孤独的生涯……我们还要说，尽管这种自救非但是无望的挣扎，反倒可能是更深的溺水，但的确有人在尝试。

城市的牧羊人啊，看好你的羊群，不要让羊群领着你无目的地游逛。

1994 年 1 月，西安谷斋

传播这个第三者

前几天，看到报上一篇文章，题目是《和电视告别》，历数了这一家由盼电视、爱电视到因电视而分歧而分裂，最后为了家庭的团结和睦只好把这位"全家人的朋友"送给别人了事。无独有偶，以前也看见《参考消息》上登过一个外国人在忍无可忍的情况下砸了电视的报道。这是怎么了？电视怎么会使人由爱而恨？电视和人类之间发生了什么恩恩怨怨？

电视和其他的现代传播媒介，包括报刊、广播在内，进入我们生活的时间并不长，充其量百年左右吧，而且是否接受传播，主动权全在人自己手里，可以不看报，不按电视广播的开关，但它们是那么随和地、无可改变地改变了我们的生活和心态。它们像第三者闯入家庭，不想见又忍不住要见，不听她的又不能不听她的。

如果在再早上三百多年的明末，紫禁城里的一个重大消息，比如崇祯自杀、李自成进京建立大顺王朝，通过《邸报》，利用驿站传播，三天后，河北山东知道了，哗然；六天后，陕西湖北苏杭知道了，又一次哗然；十天后，甘肃四川两广浙闽知道了，再一次哗然。在非现代传播时代，舆论以新闻源为圆心，像石头落进湖水中，一圈一圈扩大，波浪形往外传播。这种在时空上递进的缓慢传播，只能形成局部地域、社区的舆论，而难以形成全国、全世界的同步舆论。

现在就完全不同了。现代传播使世界大多数人，其中包括几乎所有的城里人，都能在同一个时刻知道中国足球进军了科威特，知道中国回收了卫星，知道中东和南非的悲喜剧。每一个重大的社会事件，立即就与辐射性的时空同步，转化成共同的社会舆论，进入街头巷尾和每个家庭的客厅、餐厅。舆论的同步，促进了社会的同步，即社会的一体化。这就构成了现代社会生活和政治经济生活的许多特点。同步效应可以使足球进军科威特演化为大学生喊出"振兴中华"的口号，而且迅即得到全国的响应。同步效应也可以使世界舆论的强力支持最终演化为曼德拉在南非取得胜利的重要因素。没有现代传播的同步效应，就没有股市；没有现代世界市场，也就在相当程度上没有当代政治和社会的一体化行动。就像人人都知道的那个故事：一支队伍以散乱的便步过桥和齐步走过桥，桥面承受的力量是大不一样的。人的一致行动一致舆论和人的散乱行动散乱舆论，造成的后果也是大不一样的。

现代传播便这样使人与人贴得更紧，心与心靠得更近，便这样使人在和世界的迅疾交流中更深刻进入世界，更充分地成为世界的有机部分，成为社会的人、世界的人。如此说来，现代传播该是这么一位闯入者了——她打开隔离人与人、人与社会的窗子，她融会人情人心，她意味着开放、交流、综合，却又不然。

其实，也正是现代传播造成了社会和人新的隔离。这个闯入者不折不扣是个第三者。当所有的人都去追求她、爱恋她时，所有人之间便无暇维持原有的感情了。当人人都面向屏幕，人人便少有对视和难于左顾右盼。几辈人之间的"代意识"和"代趣味"，在选择电视广播的节目频道和报刊版次文章上，分歧被强化，甚至激化了（不是还有为听美声还是通俗唱法而大吵其嘴的吗？），各种人群之间，思想倾向、生活趣味和艺术爱好的不同，也在这种选择中趋于明朗甚至趋于对立。

在业余生活中，原有的阖家团圆和朋友聚会，被现代传播纵向地切割开来。夫妻之间、父子之间、兄弟姐妹和朋友之间，横向的交流被剥夺。在少得可怜的业余时间里，本来面对面的家庭成员，现在戴着耳机相向无言或目光平行互不理睬，天伦之乐转化为电波荧屏之乐。活生生展开着的人际关系，由于转化为一种艺术模拟而变成了无关系。人际来往的实践能力，也由于转化为一种艺术模拟而变成了无能力，言之沉默导致心之沉默，温暖冷却为淡漠。

这一切，将会怎样削弱现代社会人的能力，畸变现代社会的人情人性？可想而知了，也可见其悲了。

这可爱可恨叫人无可奈何的第三者！

1993 年 8 月 5 日，西安谷斋

杞人说热线

最近各电台纷纷开辟"热线电话",让听众直接参与节目,我也有幸在几个电台和听众做了热线对话。这种对话的参与者,目前还多为市民。

作为大众参与的一个渠道,热线电话反映了一种文化现象。现代社会给老百姓参与文化、参与生活的舞台越来越多。在音像传媒中,除热线电话之外,最为人熟知的,就是电视的现场直播和即时采访。在文字传媒(报刊)方面广泛出现的非专业的老百姓作者群,平常人以平常心写平常文,以随意的口语化的笔调写个人的心情和身边的事情。传播受体在这里转化为授体。依然说的是社会的事、群体的事、"我们"的事,只是换成了个体的角度,"我"的人称。

在文艺上,这种大众参与早几年就已开始,主要表现为创作者和欣赏者的合一,出现了"他娱"向"自娱","他导寻"向"自导寻"转化的趋势。不但欣赏演员的艺术舞蹈,而且自己去舞池跳舞。不但听歌星唱,自己也拿起麦克风"卡拉OK"。美术也正大踏步走出展厅画廊,进入环境的美化、家庭的装饰和个人的美容、衣饰和风度的设计创意。老百姓过去在欣赏别人的艺术中接受美、共鸣情,现在转向热衷于在自己的创造中感受美、宣叙情。

不要小看热线电话以及相关的文化现象,其内里有一种很深刻的东西。文艺传媒的这种变革表现了人民群众文明水平在提高,表现了老百姓的个人价值有了更多获得社会认同的渠道,也表现了现代人能敞开地和世界对话,世界也能更敞开地和个人沟通。而不言自明的是,大众参与社会生活的程度,归根结底是社会民主的一个尺度。这是文化的进步、社会的进步、人的进步。

过去社会心声传播主要是一种代言制，即通过社会专职代言人（如记者、学者、作家、艺术家）来收聚、归纳、升华、传达。由于代言人受过专业培养，一般有较高的思想文化素质，又能意识到代言的社会责任，常常从全局的、群体的、理性的高度，从社会共有的价值尺度考虑问题，表述手段也较为娴熟。大众参与则更多地显示出个体的、局部的、感性的色彩，这就包含着价值多元甚至价值混乱的可能性。我想，恐怕不能没有必要的宏观引导和调控，以尽可能防止文化误导。

大众参与使新闻和文艺更生活化、更平民化、更多样化，在一个新层次上体现了社会主义精神生活的人民性，但是，精神的吉光片羽，不能完全代替思想的乔木苇秆，对生活、时代的及时反映和思索，总是需要引导到茫茫九派的时代精神高度上来。一个时代的精神文化传播，也不能只有即时、即兴的交流，也需要思想家政治家的理性烛照。泡沫文化不可避免，深深的精神海洋更其可贵。要不然，在现实的、即时的热闹之后，很难在整个历史进程中留下时代洪亮的声音。光阴和岁月将使热闹的时代转化为无声的时代。

但愿这一切都是过虑。现在大家都很快活，少有杞人了，且让我来忧一次天吧。

1993 年 12 月 10 日，西安谷斋

杞人说热点

若问近两年来中国通俗出版物的主角是什么，恐怕大家会异口同声答以两个字：热点。热点人物、热点事件、热点社会现象和心态，在通俗出版物上独占鳌头，极尽风流。从版面设置来看，头条率几达24K黄金的纯度：百分之九十九点九九。

书报刊因热点而畅销，读者因热点而"发烧"，作者因炒名人而知名，名人因被炒而升空，成为"天王""巨星"。于是名利双收，皆大欢喜。于是也便有了眼下我们见到的产供销畅通的热点市场。何乐而不为，何不潇洒走一回？

我已届知命之年，属于发烧友、追星族之外而对此深感忧虑的一族，姑且自称为"杞人族"。这恐怕是远比发烧友、追星族更庞大的人群，只是因为划在热点圈之外，声音很少见诸报端和电视屏幕而已。

热点是社会关注和社会心理的兴奋灶。它反映着社会状况，凝聚着群众期待，密集着社会信息，又对时代生活是一种导引。及时地抓住并传播它，对报刊广播电视来说责无旁贷，是群众性、现实性的一种表现，也体现着编辑的改革思路和宣传智力。这些年，有不少热点文章说出了老百姓的要求，反映了生活的进步，沟通了社会各部分的理解，实在功不可没。

热点宣传如果有弊病，我以为表现在选题的偏斜和表述的失真。

有的报刊，大搞热点全席，炒、炸、烹、煮，满桌发烫。热点大多集中在新奇的生活现象、突发性事件和异常的人物身上，过分倾注于热点报道，容易挤压对正常工作、日常生活和平凡人物的宣传。应该说，后者才是支撑社会生活的脊梁。现在的热点，热中有热，最烫手的是四大炒：炒性、炒星、炒奇、炒丑。报刊作为社会的窗口，摆满了各种点缀性的花瓶和快餐，而很少看到优秀的体力和智慧劳动者的身影。选材的偏斜，不能不导致读者对社会宏观真实的歧识，对时代中坚力量的忽视。

炒热点，错不在热点，而在炒。在市场上，价格可炒，股票可炒，可以随行就市地涨落。在精神领域，认识的客体——客观事实是不能炒的，认识的主体——思想观念亦是不能炒的。随行就市地对待事实，炒出的是虚假；随行就市地对待信仰和思想，结果便是投机，至少也是油滑。更不要说有的人为了个人名利，为了某种低级趣味，以应合读者为名，行嗜痂逐臭之实了，例如那些炒性、炒丑者。有些追星文章，把明星写成高大全，一看即为假大空，或者置明星在创业奋斗中表现出来的信念、坚忍、刻苦等美好的人格力量于不顾，专门捕风捉影写他们的怪癖和隐私，甚至制造种种耸人听闻的危言和牛皮，吹捧明星的病态精神和缺陷人格，这就连微观上也失真了。对作者、对读者、对明星，都是一种不尊重，怪不得有的明星要躲着记者了。热点报道实在应该防止假冒伪劣。

笔、墨、纸、砚是我们民族文化的象征。它们发明于人类文明的需要，继而成为书记人类文明的工具，如若被人恣意当成炒瓢和锅铲子用，能不令人痛心疾首？

末了，关于题目，曾考虑是否定为"杞人侃热点"，以与上文既对仗而又有点区别，想了想，还是用"说"为好，不想与某些"侃爷"为伍也。

1993 年 12 月 13 日，西安谷斋

杞人说热度

搞改革开放，搞各项建设，无论搞什么事情，都是热。搞的人自己得有热情和热劲儿，舆论环境得有一定的热度和热气儿。"降温"从来是放缓事物发展速度的同义词。什么都要黄瓜菜似的冰凉，能干成什么事呢？这样，大家便容易觉着热比凉好。

中国人的智慧，常常从选字联词中闪出光来。将"热"与"度"联词就是一例。热度热度，热要讲度，热要适度。过热或过凉都是一种过度。过犹不及，都不好。热与凉本来是相对的。四十摄氏度，人体已经"烫"得不堪承受，而烧开水，那还只能说微温，离烫、离烧开，还远得很。要断清凉与热的官司，不能孤立地看温度，要在事物所处的特定关系中度量，适度则凉热相宜，失度则凉热不调。在一定的幅度中有点冷热起伏是合理的，因为它反映了事物发展的波浪形轨迹。

加快改革开放这两年，大家谈热比谈凉要多，这是时代的热气和人民的热心所致。热是人心所向，过热则让人担忧。人为地往热里炒，脱离产供销的制约，不顾精神和物质市场供和求、质和量的关系，不顾社会效益和经济效益的关系，一味以热为好，以热为荣，老百姓怎能不反对？无实事求是之意、有哗众取宠之心的热，从它出现之日起，就包藏着有一天陡然凉下去的隐患，包藏着超热引起运转紊乱和承载断裂的隐患。这些年，有些地方之所以会出现人为的"加热—过热—降温—过凉"，然后又如此这般再摇摆一遍，恐怕都与不实事求是、不尊重规律有关，也是市场经济体制确立伊始不够成熟的表现。本来嘛，热而不过，那是好事，有什么必要人为地降温呢？凉而适度，为新的发展蓄势，又有什么必要用硬火去猛烘呢？

过热过凉而动辄出现大摆幅，延祸大面积，也不能全怪别人，和国人自己爱赶时髦有关。"时髦"也者，当然现代得很了，"赶时髦"则不然，它是国民精神中一种很古老的痛垢，是盲目从众心理和他律他制人格。盲目从众，必然一哄而上。历史上燕瘦环肥的例子无以计数。一个皇上爱上了赵飞燕的细腰，普天下女子便都饿着肚子束腰减肥。另一个万岁爷喜欢杨玉环的丰腴，普天下的妇人又纷纷将三围的重要性置于脑后。张乐平笔下的三毛，闲来无事，蹲在地上看自己的唾沫，马上围过来一大堆人，不知看什么却硬要看出一点什么或者好像已经看出一点什么似的津津有味地看着。有人搞了首发式、首映式，便人人都来搞这个式那个式；有人把首发式改称为新闻发布会，于是人人便都来搞这个会那个会；又有人将会延展为节，于是这个节那个节便立即争先恐后地冒出来。那真是"你叫猫，我叫猫，一二三四五六七；你叫咪，我叫咪，七六五四三二一！"花钱买恭喜，盛宴换蜜语，似乎不是产品或作品的质量决定市场或社会的热度，而是鼓吹热气就能使黄铜变成金子。其实，产品和作品的质量最终需要实践的检验和科学的论证，与热闹、热气、热度压根儿风马牛不相及。

盲目从众，发端于盲。盲者，亡其目也，不是不长眼睛，就是没有眼力。自己没有眼力，便只好相信别人的眼睛，跟着别人走。在我们汉字里，品与评联词，品评，那是要三张嘴即众人的认可才算数、才有品位的。没有众人认可的热度，便茫然四顾找不见了自信，无所依傍便不能自立，这是自然经济基础之上典型的小生产心理，和现代市场经济意识遥若隔代。马克思在《路易·波拿巴的雾月十八日》中谈到这种心理时说："他们不能代表自己，一定要别人来代表他们。"这恐怕是热起来喜欢一哄而上，凉起来又搞一刀切的最深刻的原因。动辄要求"环球同此凉热"，千变万化的地球只好打摆子了。

鲁迅先生在他的许多杂文中对国民性的这一积垢做了犀利的剖析，警醒国人要"力拒庸腐"。看来老夫子早是杞人族中的长者了。

1993年12月17日，西安谷斋

音乐·市声·天籁

我的文字生涯,最早不是从评论,而是从散文开始的。我最早的散文里,那最长的一篇竟是写音乐的。写的是贝多芬第九交响乐,将它和一位音乐指挥的一生交织着展开。这已是三十多年前的事了。

就这样一直爱音乐,直到现在。细想起来,这爱经历了三种境界。

青少年时代,狂热地爱过明朗的歌,像《解放区的天是明朗的天》,像《延安颂》《祖国颂》《一条大河》。也曾爱过俄罗斯歌曲的宽阔和忧郁,爱过维吾尔、哈萨克歌曲欢快的切分和神秘的半音。这些歌的内容和形式之美是那样地吸引了我,至今仍是我青春的符号。

由而立而至不惑,正值只有语录歌和样板戏的时代。说心里话,我对样板戏不感兴趣,对语录歌却并不一概排绝。我对作曲家们能给散文、论文插上音乐的彩翼使之飞翔在九州方圆之内,着实钦佩,还挺认真地思索过音乐的节奏、韵律和散文、论文的无节奏、无韵律到底是怎么在语录歌中统一的。不过,我对音乐的主要兴趣,却转向了器乐。无词无字的歌写照了无言的时代无语的我。十八般乐器的交响,可以寄寓复杂情绪的和鸣,可以在拘束人的岁月里驰骋无拘无束的想象。欣赏器乐,甩掉了语言对情绪明确的界定,可以边听边"走神",交织进自己的遐思,情绪便借旋律得到了大幅度的张扬。那真是白居易在《竹枝词》里吟唱的,"唱到竹枝声咽处,寒猿暗鸟一时啼"。

待到知了天命,我竟爱上了无歌无曲之乐。已经用不着借音符来飞翔自己了。经历过沧海桑田的人生,登山则情满于山,临海则韵溢于海。在草木的生长中,在河川的流动中,在金秋浓烈的色块中,在凛冬素净的晶莹中,都能听到生命在歌唱。在情绪悲寂和受挫时,在悄悄舔舐心灵伤口时,在少有的淡淡欢愉时，在眯缝着眼睛静观默察这个喧闹世界时，都有对位的旋律在伴行。我品味到了"凡音之起，人心生也"（《礼记·乐记》）那种滋味，感受到了乐"所以达天地之和而饬化万物"（欧阳修《乐类》）那种境界。无音之音，超乐之乐，乃人生之大乐啊。

谈起爱上了高山流水之乐，爱上了大自然的天籁，需要特别补几句的是，这与我对城市生活的喧闹繁杂，对现代摇滚乐的震耳欲聋有点儿厌倦有关。我的右耳曾经失聪过，现在还很脆弱，经不起大锣大鼓的敲打，对高分贝的市声和音响，简直忍无可忍。我常想以自己灵敏的心代替已经不那么灵敏的耳朵，去感应这世界的福音和乐声，却总是被盈耳的噪音破坏了情绪。耳的挣扎转化为心的苦痛，便不能不排拒和反抗。有时想，时至今日，人类所有与外部世界相通的感觉器官，由生到死都被严实地包裹在一层文化膜、科技膜之中，只能通过文化膜间接地、半透明地感知这个世界，而不能用自己的眼、耳、鼻、舌、身、心直接地触摸、尝味真实的生命，实在够惨的了。想到我们的耳朵，很少能听见山溪的流淌、百鸟的和鸣，只能听自来水管猛然地冲刷和模拟鸟声的音响，便很为自己的耳朵、为自己的生命感到委屈。

而人的自然生命力又那么强大，在受到社会生命长期的欺凌、歧视之后怎么能不愤怒、不抗争呢？当现代城市文明将人的自然生命弱化得再也不能产生原本意义上的鲁滨孙和斗牛士时，又怎能不急切地呼唤更高、更快、更强的奥林匹克精神呢？就这样，现代城市生活中开始出现的某种超越文化、排拒文化的心理和情绪，便也在我心里露头。这种露头，是从音乐爱好由有乐之乐向无乐之乐转化开始的。这种心理，就其积极意义来说，是人类撕破文化膜将自身置于前现代文化的、大自然的天地中所做的一种健身呼吸，是人类对正在蔓延的城市病的一种心理治疗。当然，这种心理情绪一旦形成思潮，也会有消极作用，如果由超越文化发展到憎恶、反抗文化，而且形成理论传播开来，那就更错误了。

突破文化膜、城市病对人的弱化，似乎有两个渠道。一是实践感受、实践强化的渠道，譬如近年来兴起的文化寻根型和回归自然型的旅游，就大有超过城市消费型和文物考察型旅游的势头。再一个就是模拟感受、模拟强化的渠道，譬如这几年文艺创作方面兴起的文化寻根热和回归自然热，也包括文艺的"西北风"在内。写到这里，我想代表西部人说一句话来作结：城市文化愈现代化，人愈现代化，西部就越吸引你。西部在向现代人招手。

1994年1月，西安谷斋

综合发展的文明和矩阵式管理

人类文明的发展，大致可归纳为三个阶段：古代的隔离发展，近现代的选择发展，当代的综合发展。这大致也是由古代农业文明向现代城市文明的演变过程。

由于自然的（如地理的阻隔）、社会的（社会结构、制度和生产水平的差异）、心理的（图腾、神话、歌谣等的自成体系）因素，各民族、各社区的文化艺术为了维系自身的发展，必须在内部形成一套自我延续机制。它是文化类型、文化个性形成并具有独立性，文化区域划分并形成自我循环的先决条件。各种文明传统，没有这种隔离发展阶段，是不可能形成的。

但是，隔离同时在集聚着、激活着交流的要求，交流又破坏着隔离。当近现代的历史进步打破文明发展的隔离机制之后，失去了时空限制的各种文化，被推到同一条历史起跑线上比试，人类文明便进入了选择的发展阶段，也就是竞争的发展阶段。这个阶段的特征是：第一，普遍的共振性，某个局部的文明成果，常常超越局部的范围，引起普遍的回响和流布；第二，竞争的淘汰性，以对历史的促进为标准，在竞争中淘汰不适应者；第三，冲突的演进性，不是稳态平衡发展，而是在民族意识（或社区意识）和世界意识这两个基本因素的冲突中，在矛盾统一中，发展文明。中国在五四运动前后一个世纪中，典型地经历了文明的选择发展阶段。经历了漫长的封建文明，到了清代后期，中国社会产生了"别求新声于异邦"的要求。那以后贯穿而下的是：19 世纪末关于"中体西用"的争论；20 世纪初的"夷夏"之争；"五四"的欧化与国粹之争；20 年代东西方文化比较的研究、论争；30 年代以"新儒学"为代表的东方文化本位论的兴起；40

年代关于民族化与大众化的讨论和实践；五六十年代"洋为中用"的讨论；一直到 80 年代"全盘西化"论的再度兴起和衰微，弘扬民族文化在新的高度引起关注；等等。这都反映了中华文明在近现代发展中艰难地选择。文明的选择发展阶段，反映了商品社会的不平衡进程。

二战以来，特别是 70 年代以来，文明的综合发展方式在世界兴起。它克服了选择发展阶段的片面性，即在竞争中常常忽视融会对方的优长和精华，而重视综合当代世界文明各个领域提出的话题，积极反映共同的趋势和多种可能。在文明发展中既重物又重人，既重客观又重主观，既重历史又重审美。例如 70 年代后期，西方兴起了纠偏现代主义的后现代主义。美国学者詹明信解释，后现代主义与帝国主义之后的"多民族资本主义"相联系，它最一般的特征是由从时间角度转向从空间角度来把握世界，这便是由一维向多维的转化，由否定性的淘汰发展转为综合性的认同发展。苏联学者甘图诺娃认为，后现代主义在自己的探索中吸取了欧洲、北美、非洲、东方各地的指导经验和审美经验。

正是基于世界文明发展的这一走向，江泽民同志提出："现在是 20 世纪最后十年，已经快要进入 21 世纪了，应该提倡矩阵式的领导。"矩阵是指多种元素按照一定的序列和规则排成多行、多列的矩形。矩阵式领导是指既要注重垂直领导，又要加强平行联系，形成一个立点端正、纵向畅通、横向协调、内部顺展的有机的系统的管理方式。这正是文明综合发展时代的管理思想。人才学也相应地提出了要更新"专才至上""专才取胜"的小科学观念，树立"通才至上""通才取胜"的大科学时代的人才观。通才就是知识构成多维交会的人，就是长于知识杂交、善于发挥综合思维功能的人。

为了人的全面发展，不能不着手解决物质文明与精神文明的矛盾，不能不把历史主义与伦理主义、功利性与非功利性、对立竞争和互补完善结合起来，进而不能不把世界意识和民族意识结合起来。愈来愈多的人感觉到，世界进入现代科学文明时代和瞬间信息时代，每一局部地区的政治、经济、文化变动都可能有全局意义。这种自觉的世界意识，必然召唤着综合文明的长足发展，也会从新的深度上唤醒民族意识和主体个性。因为世界文明综合发展、扩大认同的同时，会感到失去个性的失落。这就反过来提出了心理补偿要求，力图以不失去民族特色和主体个性为前提来认同世界现代化进程，从而找到一种新的平衡。

1994 年 2 月 5 日，西安谷斋

测不准关系中的中国"老九"

"测不准"是量子力学的一个概念,也叫"测不准关系""测不准原理",由获得诺贝尔奖的德国物理学家海森堡在 1927 年首先提出。本意说的是微观粒子存在于某一状态的时间愈短,则这状态的能量确定程度愈差,也就是时间与能量有一种测不准关系。还有,位置和动量,方位角和动量矩,不可能两者同时具有确定数值。我在这里只是借用这个词的字面含义,来说一点当今城市生活中的事情。

这个借用的念头,起始于杭州的百货大楼。那天浙江省文联主席、著名戏剧家顾锡东老先生在"工作会谈"结束后陪我转街,我早就想买一支钢笔,两人便来到百华大楼文化用品柜台。这下可开了眼,竟有标价两万三千元的金笔。想必那金已远不止点在笔尖上,而是大面积地包在或镶嵌在笔杆和笔帽上,才会值那么多钱吧。斟酌再三,买了一支我辈可以买得起的镀金笔,价格十八元整。心里不平衡,便问锡东老用的什么笔,他呵呵一笑,掏出来叫我看,竟是 20 世纪 50 年代的黑杆金星。"已经四十年了,"他说,"可以说银婚已过,正向金婚迈进,而我与它的感情如初。"他编起了越剧唱词:"今生咪,我对它是不改初衷;今世嘛,它对我是从一而终。"顾老用浙东话幽然一默,听来别致,却别有一番滋味在心头。顾老是剧作等身且多次得过全国大奖的艺术家,我呢,虽然老大徒伤悲,也总算在文化人队伍中恭陪末座,按说我们是钢笔行业最主要的主顾、最高贵的上帝了。现在看来,我们倾一生的积蓄,都未必买得起一支好笔,十有八九倒是被那些不太写字,而只用来签名的大款买走。再往前走,又发现了三万七千元的金表,顾老调侃:"按你的逻辑,这金表大都落在不珍惜时间的阔佬手里。"真是测不准的时代，价值混乱的时代！

由于那次在心里埋下了这样一个"情结"，从此便心不由己地留意这种测不准现象。有年春节，一位只有一个门面的街道锅炉厂的经理，请几位文人去厂里一聚。想着这无非是要我们宣传宣传，扶持区办小企业嘛。岂不知文人只是去当清客，签个名，留个言，以表示主人的儒商风度，会议真正的主人是各路订货的财东。主人给每人发了一张名片：这名片设计得特别，厚重得奇怪——像过去记账折子那样，由四小页折叠而成小本，上面排了近一百个职务和名号。无巧不成书，不久我因事赴京找华君武先生，他也给了我一个名片，除了地址、电话，只有三个大字：华君武。字是漫画家的制版手书，那笔迹是全国许多人都熟悉的。华老解释：名片嘛，主要让人和你好联系。要和我联系的人，都知道我是谁；不知道我是谁的人，用不着这片子。联想起那个账折子式的名片，心中涌出一股热热的悲凉。

翻开报纸，常常能看到一些被演出公司创意包装起来、用巨资鼓吹起来的歌星，用歪歪扭扭的字题疙疙瘩瘩的词，像伟人似的向人民问好！这些题词，论文理，论见解，论书艺，恐怕大部分不及报纸的编者，但编者却愿意死心塌地当他们的王朝马汉，为他们鸣锣开道。打开电视，也常能见到一些歌星用手势示意观众为自己鼓掌，然后作各种痛苦、沉思的陶醉状。我一直很想看看钱学森的字体，目睹一下钱钟书的风采，至今也没有这个福分。

时代的多维发展，使价值由一元向多元转化，这本不是坏事。精神产品虽然也是商品，却具有二重性，因而价值与价格并不总是同步，这就需要用两元的价值标准来衡量，将精神产品现实的市场价格和它在人类精神文明长河中的价值区分开来。与此相联系，劳动者中脑力劳动者的价值，脑力劳动者中从事基础科学、人文科学研究者的价值，因为他们的劳动成果不能在短期内直接地、毫无折扣地转化为现实的物质财富和市场价格，这些劳动者的价值便常常得不到及时的认可和相应的兑现。许多精神产品的价值具有超实用性，价值不像物质产品在一开始使用时便饱满地显现出来，而后呈下行曲线，在使用留存中逐步磨损、逐步减值，而是相反，常常开始不能完全显示自己的价值，在使用留存中反而逐步增值，呈上行曲线。还有的精神产品收益具有外部性，常常是内部（单位和个人）投资，外部（社会）受益，很难按市场的常规计算效益。对一些基础科学、人文理论、高档艺术产品来说，有时还会出现产品质量和数量，即提高与普及的逆向错位，如艺术品的曲高和寡、陈景润数论研究没有市场效益。它们是无价之宝，单纯用市场价值衡定其价值是不科学的。现实的情况恰恰是价值标准的价格一元化、商品一元化，当然不符合价值标准多样、复杂的实际情况。价值的价格一元化、商品一元化最后必然要导致价值混乱、价值错位，导致社会上种种测不准现象的发生。

话又说回来，社会价值测不准现象作为一个历史发展过程具有某种必然性，正如同泡沫经济、泡沫文化现象，如果是产生在市场经济确立初期这个大的历史背景之下，常常标志着原有计划经济价值标准的轰毁，标志着活跃和繁荣，具有一定的积极意义一样。随着市场经济的成熟和社会文明水平的提高，混乱的价值观必将被科学的价值观逐渐取代，许多测不准的事物将会有清晰的价值标准。当然，在一个新的层次上又会出现新的测不准关系，我们也就不去说它了。

1994 年 1 月，西安谷斋

变位刺激和城市病

久居城市的人，常常得莫名其妙的病，或者莫名其妙地得病，或者病又莫名其妙地好了，或者小病莫名其妙地加重了。拿感冒来说，过去三天能好，现在没有一周打发不了它；过去吃丸药、片剂就成，现在则必须打针输液。这恐怕是现代城市生活环境的急剧变动和人体适应能力的相对滞后造成的。

看待病也不能就事论事。治疗疾病，从人体本身的局部病变入手，从人体各器官的具体关系入手，这当然对。其实人体器官的病变，除了生理上的原因，更有心理上的原因。而心理原因之因，则又在人的生存环境激变之中。健康只存在于人能够适应的生存条件之中。这种条件一旦变化（科学上叫变位刺激），人体的适应性跟不上，生理防御系统就会遭到冲击。变位刺激一旦超出人体适应范围，生理防御系统遭到破坏，疾病就从天而降。我们将人送往外层空间，必须在卫星上为宇航员设置一个小环境，在这个环境中，人类的各项基本生态条件，包括某些必要的心理条件（如无线电视、电话以保证和家人及地球生活联系，否则孤独与被弃感会导致心理病变），必须保持在适合人的生存限度之内，不然便会出事。但我们将人投入生活、投入未来时，却常常不注意人对这些变位刺激的反应，和反应超量后可能造成的病变。

现代城市是时代生活变化密度最大、最前沿的地方，生活方式处在无法止息的震荡之中。人口的过度密集，社会生活的过度紧张，造成温度、气压、摄取热量、氧气或二氧化碳标准的过度与不足，使人产生各类紧张、焦虑、仇视、隔膜，或各类消沉、冷漠、颓废。这些都考验着人的适应能力。一旦刺激过度，超出了自己适应的极限，便会在内分泌、神经和心理等各个方面引起病变，最后导致生理上的疾病。这便是一些莫名其妙的病的原因，这些病不妨总称为现代城市病。

西方科学家发明了一种仪器，叫生活变化计量仪，可以测试各类生活刺激的变位反应，并计以度量单位。比如丧偶对一个人的刺激是一百，失业便是七十，和上级闹翻是四十五，迁居的刺激大约是二十，去陌生环境中旅行是十三，看婚变、惊险影片的刺激是十，等等。这个指数虽因人因事而异，各项指数间的比例关系则大体相同。西方学者用变化计量仪多次普查的结果表明，生活变化量最高的百分之三十的人的发病率是生活量变化最低的百分之十的人的一点五倍至两倍。也就是说，一个人变位反应的密度和质量愈大，患病的可能性也愈大。

著名英国作家毛姆在文学自传中记叙了父亲去世前两年经历的一些事件。一是迁居，"到巴黎任英国驻法国大使馆的法律顾问"；二是丧偶，"我的母亲死后，她的女仆成了我的保姆"；三是忙于修建别墅，"他在伦敦附近的一座小小山顶上买了一块地皮……"。可是，"百叶窗涂上了红漆，花园也设计好了，房间刚布置好，我的父亲便与世长辞了"。不能简单地说这些生活变化直接导致了毛姆父亲之死，但起码对他的死起着催化作用。伦敦社区研究所在研究了近四千五百名鳏夫的情况后宣称："丧偶后头半年的死亡率似乎增加了百分之四十左右。"同样，女性丧偶后也极大加速了老化进程，减弱了对疾病的抵抗力。陈毅、郭沫若辞世不久，他们的夫人张茜、于立群先后相随而去，恐怕与此不无关系。

这里说的是变位反应对健康的不利。不要因此造成错觉，似乎生活越平静、越闲舒越好，村居一定比市居好。其实这只是问题的一面。另一面是，人的生命力那么强大，具有对刺激变位反应的适应能力，科学上叫适应反应或压力反应。经历变位反应愈多，造应能力也愈强，也就愈具备将变位反应转化为适应反应能力。这种能力是生存能力的重要表现。城里人的适应反应能力、应变能力超出农村人；在大起大落的商潮中游泳的，处在日新月异生活变化前沿的政治家和新闻记者，应变能力也远胜于其他生活相对稳定的从业人员。在现代，他们都被认为是生活的强者。每当我们面临未知境地，适应反应的开关就打开了。生命在磨损中得到了最大的激活。

从这个意义上说，生活意味着在人和环境之间不断地循环，生命意味着在变位反应、适应反应之间不断地转换。这种转换在现代城市生活中频率更高，生命因此在高频中浓缩张扬。这又是城里人的幸运。

1994年2月13日，西安谷斋

大家都在说：真烦人！

"烦死了，真烦死了！"现在已经成为许多人的口头禅。烦躁，有名莫名的烦躁，已经成为一种社会病。

急剧的生活动荡，过度的变位刺激，疲惫的适应反应使我们烦躁。

急剧发展的现代城市生活，造成感觉的超刺激、认识的超刺激、抉择的超刺激。在这些超刺激下生存的人们，在各种感觉轰炸下九死一生，在铺天盖地的信息处理中疲于奔命，在随时随地都有机遇、随时随地都需要做出抉择，否则就不知所措的生活中举步维艰。在城市的十字街头，你能看到被红灯挡住的推着自行车的人，或眼神呆滞，或焦躁地朝前挪动，蚕食着道路；可以看到堵塞的汽车里的司机或焦灼或冷漠的面孔。在歌厅舞台中，有变幻疾如闪电的灯光，分贝高如雷鸣的音乐。影院录像厅里是高度紧张的打斗凶杀片和需要付出高额感情的生生死死的言情片和命运片。在家里同样有干不完或者干脆就不干的活儿，有电视、音响和窗外的叫卖组成的声光化电圈。梦中有的是光怪陆离、魑魅魍魉相伴。更不要说职业活动中的快节奏和繁杂事务，诡异的股市涨落和商业行情，以及那有张无弛的人际关系。噪音、噪音、噪音，污染、污染、污染，焦虑、焦虑、焦虑！人们难以逃脱这些现代城市生活造成的感觉轰炸，情绪永远处于紧张的苦海之中，心屏上永远是一幅由杂乱无章的色彩涂抹的超现代主义的画面。

除了情绪压迫，人的理智也承受着前所未有的信息负荷，在现代城市中这种负荷也是超量的。理智就是人们根据信息预测社会和个人行为的一种能力。理智预测能力越强，对信息的依赖也就越强。生活越现代化，人接触的信息源、信息量就越多。社会生活越复杂，根据信息作决定也就越难，需要的时间也就越多。终有一日，导致信息超载，远远超出了人处理信息的能力，你感到个人的无能和渺小，甚至拒绝再接受信息。压力和烦恼从反方面削弱了人接受、处理信息的能力。强化的高速信息输入超过了大脑这部电子计算机的承载量，结果招来了各种不准确的、错误的联结和反馈。这真是现代人心里又一颗隐形炸弹。

生活的进步和创造，意味着我们不断地从生活的程序化，即安定的、有律有序的一面，去选择生活的非程序化，即动荡的、正在探索的一面。这种选择与转化的机遇几乎无时不有，社会的内在矛盾就在这个过程中向人显示和被人认知。人人都在下一盘高水平的、入了段的围棋，每一步都面临着抉择，每一步都要动用全方位思维做微观、宏观和纵深的考虑，这要求慎重。但现代社会的快节奏又要求抉择的瞬时速度，夹在二者之间的人，有如烙煎饼，好不难煞人也。拒绝抉择，就等于退出人生赛场；你要抉择，失败与胜利都在终点等着你，失败与胜利都将使你不堪重负——胜利会将你推向新的十字路口。

感觉的、信息的、抉择的超刺激，构成一种现代城市震荡、现代心灵震荡。一大批人征服、驾驭了这种震荡成为强者，也有一些人被震荡淘汰成为弱者。有的抵制，龟缩在几十年不变的旧有程式化生活中作茧自缚；有的怀旧，对眼前的变化横加指责，成了鲁迅笔下的"九斤老太"；有的钻进一两门学问和技能中，两耳不闻窗外事，在专业化中纯化自己的生活，求得宁静；有的则以一种赶时髦的方式，追求生活表面的轰轰烈烈，三天两头在太空舞、摇滚乐、朋克头以及时装、时吃、时文、时调中翻新花样，用简单化的办法来适应现代，从来没有潜入生活海洋的深处探骊索珠，虽也五颜六色，其实是水面带彩的油花，烦恼和悲哀更是可想而知。

城市生活呼唤强者。

1993年9月2日，西安谷斋

进了城的狗

  狗年说狗，吃力不讨好。狗已经说得太多，读者一看题便有了排拒心理。区区一狗，能说出多少名堂？眼睛还没有往下看，心里先有了疑虑。但在现实生活中，狗情看涨，已近烫手。狗市久兴不衰，狗价扶摇直上。买狗保值，倒狗致富，比股票更坚挺。狗用品商店、狗食品商店、狗医院广告大战，门庭若市。有的竟可以在公费医疗项下报销，让狗们也吃点大锅饭。也有宠犬成为第三者，引起夫妻不和，为护狗竟可以用刀砍伤丈夫。也有洋媳妇置重病的婆母不顾，先去狗医院给微现小疾的巴儿狗挂号看病。

  如此这般的人模狗样，报纸时有披露。但那总还是耳听为虚。我亲见的是，走在街上，说不准就蹿出一条狼狗，耳朵竖着，舌头吊下，气势昂昂地从你身边走过，相伴的常是雄姿赳赳的阔少，主仆都挺气派。又有朱唇墨镜的女郎亲昵地抱着或牵着狮子狗、沙皮狗，风姿绰约地招摇于街头，自我感觉极好，主仆都媚态十足。更有狗们径直蹲在豪华轿车的前座，透过茶色玻璃看着这个毫无缘由宠着它们的社会，看着车窗外风尘仆仆的骑车人和步行者。

  有钱的人才买得起好狗，好狗又显示着主人的身份。人五人六，狗五狗六，很有那么点儿狗仗人势、人仗狗威或人仗狗媚的味儿。至于借狗浇愁、借狗添娇、借狗以排解不好与人言说的寂寞，诸如此类，也成了现代城里人一种凄艳的时髦。

  在我住的院子里，常见孩子们与美丽娇憨的小狗嬉闹逗趣，忘情于生命鲜活的运动之中。他们之间有天然的交流和天真的对话。唯有这才是真感情的流泻。

  狗进入人类社会，我想大约也走的是从农村到城市、从牧区到城市的路子。草原、毡房和狗，土地、农舍和狗，组成过典型的牧居和村居画面，那是古老的、温馨的、引燃乡情的童话。而今，阔少、娇娘和狗，成了现代城市不可或缺的风景。狗的文化生命何其长也，狗又何其善于趋势而又何其无辜啊。

如果说城里人养狗一开始就从精神领域切入，主要是为了满足某种精神的需要，那么牧区、农村养狗，则总是从实用出发，最后沉淀为感情和某种精神现象。农家养狗，是为了看门、防盗、壮胆；牧民养狗，是为了放牧羊群有个好帮手，故而就叫牧羊犬；猎人养狗，是为了追捕猎物，猎犬是草原上真枪实弹的游击战士；北极之地的因纽特人养狗，是为了拉雪橇，狗因此成为那里主要的交通动力。他们对狗的爱好，和狗的感情，产生于同甘共苦的生存奋斗之中。人与狗一道创造生活，也一道感受这创造过程中的喜怒哀乐。可以说，劳动者和他们的狗，不过都是社会的打工族。在这个基础上发展起来的人与狗的感情交流，便有了相当的平等和尊重，也朴实，也纯真，也动人。张贤亮的小说《邢老汉和狗的故事》把这种感情写得悲凉动心。谢晋已将其搬上银幕，大家不妨看看，感受一下其中深沉的意蕴。

我年轻的时候很崇拜美国作家杰克·伦敦，对他的长篇姊妹作《白牙》和《荒野的呼唤》更是百读不厌。前者写一只狼闯进狗群，最后同化为狗，为人类服务，也认同了社会化的狗心理；后者写一只狗被荒野的呼唤所诱引，离群而去，最后变成了狼。它们在为人类做贡献和向往荒野的自由之间做出朦胧的选择。唯其朦胧，由狗及人，寻味的余地就越大，搅动人心的东西就越深。

现在城里人养的狗，既不是"打工族"，更算不上"游击战士"，说堂皇一点，是壮行的仪仗队；说刻薄一点，不过是陪酒女郎一类的角色。它们不为社会创造价值，一味供人炫耀，供人消遣。主人不遂心了，或贪利了，随时可以卖掉，另觅新欢。不管狗们是否愿意，也就只好另行高就去了。既然不是同舟共济的患难之交，哪里能有天长地久的默契？做了这样的狗，狗价虽高，那狗格却兀自降了一等的。你道是也不是？

1994 年 4 月 11 日，西安谷斋

蓝色沸点和西安闲人

我们国家的文化，尤其是都市文化，这几年出现了"蓝色沸点"。

我把通俗文艺、消闲文艺称为"蓝色文艺"。蓝色，象征着舒展、自如、轻松、闲适，有如蓝天绿海。这种文艺是人类精神生活的必需，因了它的健康、向上。它以多方面的精神营养，满足着人们多方面的精神需要。它虽然不是正餐，不是钙片，却是甜点，人人爱吃，青少年更是喜爱有加。不过，宏观控制失调，把蓝色文艺当作主食，嗜之如命，恐怕伤及的远不止是牙和胃——因为它到底只是甜点，而不是可以管饱的正餐，不是可以壮骨的钙片啊！

现在的情况是由"蓝"而"沸"，就很有点儿不妙了。

出现了蓝色作者群——以创作蓝色文艺为专业的作者，可以说形成了比中国作协拥有的会员远为庞大的队伍，散布在文学、影视、歌舞、音乐各个行当之中。其中不乏相当知名者，如风靡一时的米雪莉，也不乏态度认真且水平很高者——有的本来就是高雅文艺作家，来这块领土小试锋芒。但大多数恐怕是文商不分，以赢利为目的，或迎合、诱发人类的弱点哗众取宠；或以其昏昏，使人昭昭。青少年如果以这些人的作品为主食，认识、智能、审美水平能有多少提高，或提高到哪里去呢？

出现了蓝色作品系——此一系作品，有的非常精彩，也有的反映了特定社会生活和时代精神，但主要是离开时代环境和人物社会背景的生命欲求、人性欲求，对这种欲求作抽象的模拟和宣泄。比如：崇力类——武侠、打斗作品；检索类——推理、警匪作品，即时下兴盛的以穿蓝色警服为主人公的蓝箭、蓝盾、蓝色档案一类作品；益智类——历史、科幻作品；青春类——

写童心和友谊、人生的蓓蕾和花季的作品；言情类——写正常的健康的婚姻和婚变，以及不那么正常、健康的婚外恋、多角恋、同性恋，甚至借揭露批判之名而行宣扬传播之实的诲淫诲盗之作。

出现了蓝色读者族——主要是蓝领阶层（包括个体户、打工仔）和以穿蓝色牛仔裤、蓝色学生装、蓝色工作服这类蓝色衣服为标记的人群，他们的人生观、价值观和蓝色文艺相互呼应，相与激励。他们是歌厅舞榭、小报摊、录像店的主要顾主，在社会上构成模糊而又鲜明的一族——发烧友、追星族。北京顽主、广东浪仔、上海白相、西安闲人，大都是这一族的出产。

出现了蓝色传播潮——这是一个后浪推前浪的蓝色海洋的大潮。大致分四个层次，一浪压一浪冲击着当代文化生活。首先是书，蓝色小说和纪实文学摆满了书摊；接着是刊，各类消闲杂志涌上市面，渗入家庭；又接着是报，小报先行，大报周末版紧随其后，席卷大地；最后是播，各电台各类文艺文化专业台纷纷开播，电视台也开辟了多频道的传播渠道。这些大多以蓝色文艺与热线现场报道为一个重要内容，于是蓝色沸点升了空，立体地覆盖观众的耳目。

作者的蓝色群，作品的蓝色系，读者的蓝色族，传播的蓝色潮，四口大锅，把蓝色文化煮得一片沸腾。蓝色沸点的社会大背景，毫无疑问是市场经济，是商业利益，是市民心态，也是人民群众文化生活多样化的需要。蓝色文艺在为人民服务这个大前提下，既是平民欣赏的一个艺坛，又是平民参与的一个渠道。它以传播的市场化、内容的娱乐性、接受者的年轻化、表达方式的现代感，体现出文化的时代性，满足了新形势下受众的新要求。因而，它的出现是必然的，也是必要的，大可不必草木皆兵。

蓝色沸点不妨仍然沸下去，但那沸腾之声不能压倒主旋律。也要防止健康的蓝色向黄色、黑色（黑幕、黑洞类作品）和白色（违反四项基本原则的作品）

转化。如果我们把主旋律作品比喻为红色文艺（指思想纯正、艺术高雅、创作严肃），那么，我想，整个社会对于文艺的态度应该是"扬红、导蓝、扫黄"。这才能有效地防止可能出现的文化误导。

1994 年 5 月 21 日

时装，古城进入现代的身份证

古城西安确实古，方框也似的城墙是历史盖在黄土地上的印章，东西南北四个门是通向周秦汉唐的时光隧道。古城又很时髦，从三千多年前到一千多年前，这里几乎是中华时髦的发源地和展示中心。到了现代，到了当代，西安依然很时髦，很新潮。领时装风气之先的当然是年轻人，尤其是年轻女性，没有她们不敢穿的。

古城气候适中，冬天的大街小巷也花团锦簇，一不小心，就能遇上两位穿超短皮裙的花季少女，挽着手，并蒂莲般在你眼前摇曳。刚回过神，又有淑女和绅士相挎着在你前面款款而行，女的金黄头发，拖一袭全毛深色长裙，裙下有两极纤细的高跟将伊人支得离开地球，宛若晴冬的一朵云。绅士的真皮夹克油光锃亮，一开口叫你大吃一惊，原来是地道的陕西愣娃。到了夏天，西安街头到处可见"以一当十"的美学规律，以厄尔尼诺和拉尼娜兄妹为借口，越穿越露，越穿越薄。裙子再短也不过瘾，终于出现了裤腿短到等于零的超短裤，而且再不愿意让长筒丝袜窒息自己的毛孔，尽管那是百分之九十九点九九的透明，也干脆脱了，大有"过把瘾就死"的气概。这两年竟然将在卧室里穿的背带裙、太阳裙也穿到了街上。这种裙子只是两根彩带挂在肩上，双乳以上整个胸背都在阳光下灿烂。

现代通信手段使地球变小了，世界一体化的趋势也使西安的时装呈现出多维交融的现代色彩。黄河文化的特色、北方人的爱好，依然是古城时装的基调。在这个底色上，又大致有三大色块。一块是地处城内西北部的莲湖区一带，这里住着近二十万回民兄弟，伊斯兰文化气氛浓郁。在槐树掩映的大清真寺和人潮如涌的大麦市小吃街上，回族女子不论穿着如何新潮，常常包着黑色或墨绿色的头巾，回族男子也戴着小白帽，显示自己的民族意识和民族身份。在西安，回民食品羊肉泡馍成为古城文化的一个标志，而回族服饰也和汉族服饰一样古老。另一个色块在西安的东郊和西郊。20 世纪 50 年代起，这里建设了纺织城和电工城，90 年代地处三线的一些大中型企业又搬迁到西安，在西南郊建成了电子城。这几个工业区的人主要是来自南方、东北。相对稳定的移民社区，保留了原乡故土的生活习俗，也包括穿着上的爱好。我在西安飞机城看见过一群女子，穿着用江南印花布做的细腰身大襟或对襟上衣，下面配以暗色调的裙子，这让我这个南方人恍若回到河汊水网密布的故乡。到了冬天，西安尽管不冷，还是会看见东北的大皮帽子——那也许不是为了御寒，而是因了心头一种对老家的怀念。再一个色块在高新开发区和宾馆、饭店，这是新潮和名牌服装出没的地方。这里的服饰以它的高品位和非家常性显得曲高和寡，却是古城人进入未来的身份证。

这几年西安的服装艺术和促销活动可谓多多。靳羽西几度亮相古城，在女性沙龙和许多传媒上，与西安女人交流服饰和美容的心得。各种各样的模特儿比赛和服装展示活动，成为古城风景中此起彼伏的曲线。国人倾慕的陈娟红、瞿颖等几十名顶级名模几次西出潼关，在西安的 T 台上展示服装。美国名模和意大利的设计大师也在和古罗马剧场比美的世界第二古剧场西安易俗剧院和时装迷见面。活跃在歌厅饭店和基层社区的专业和业余模特儿队更是难以计数。在古都的大商场，几乎都搞过由自己的营业员和中老年模特儿队表演的日常服饰展示。她们从人群中自然地走出来，表演完了又回到人群之中。甚至有的商店还别开生面鼓励顾客报名，现场即兴表演服装展示，商业活动被艺术化了。

古城来到了最美的时代。无论春夏秋冬，古城人飘逸的霓裳和袅娜的倩影都会让你眼前一亮。这时你会感到，整个西安都穿上了亮丽的时装，年轻漂亮得让你不能不动心。

1999 年 1 月 30 日，西安谷斋

森林和碑林

一个巨人拄着手杖在中国西部疾行。他要去追赶太阳，把太阳留在人间。路途的疲倦与干渴抽空了他的力气，他俯身喝干了黄河、渭河的水，没走到目的地，便像山一样遽然倒下。手杖摔落地面，化作一片茂密的桃林，给后来者解渴。他，就是夸父。

神话在论史时不足为凭。而我们从陕西历史博物馆的确可以看到从榆林北部出土的贝壳和树叶的化石，表明那里确实曾经水草丰美、浓荫匝地。据历史地理学科学的推断，鄂尔多斯横跨晋、陕、内蒙古三地二十七万平方公里的远古内陆湖，养育过一片大森林。现在的神府、东胜、鄂尔多斯大煤田就是这片大森林的结晶。我们的祖先夸父虽然没有追上太阳，却留下了一个湖泊、一片森林。将太阳挽留下来，挽留在深深的地层下，让后代子孙可以享用充分的光和热。和东方夸父一样，西方的普罗米修斯从天上窃来火种，照亮人类。

但是，我们将给后代留下什么呢？每当我伫立在毛乌素沙漠南沿，看着神木北部无垠的沙海，我就会叩问自己的心扉：我们将给后代留下什么呢？他们将再没有贝壳和树叶的化石，再没有森林演化的煤田。如果他们将来只能站在荒漠上发怨古之幽情，我们这一代人在物质生活发展史上将何以自处？

我曾多次陪同国内外宾客去参观碑林博物馆，也曾在闭馆之后，独自在碑林中漫步，在勒石为碑的四书五经、诗词联赋中徜徉，享用历史难得的安谧宁静。平躺在书页中的传统文化，此刻如乔木桅杆直立而起，组成一个又一个景观，使你恍若置身在荫盖浓郁得化不开的森林中，能听到哲人巨兽般的慨叹，智者小鸟般的吟唱。中国书法艺术飞动的线条恰似密林中缠绕的藤蔓，出其不意而又精心布设，在眼前舞动，撩拨着心弦的和鸣。黑色的千年寿龟驮着黑色的碑石，那是驮着一部中国历史在沉浮游弋啊。青葱的历史森林在这里也演化为厚厚的煤层，给子孙后代以精神的光和热。在这里，我们无数的文化夸父们，同样以自己的心血汗水将一轮太阳挽留在人间。

这时候，我也总是叩问自己：我们又给后代留下了什么呢？时代的发展不断结晶出许多新的文化成果和社会道德规范，我们除了让它们自然地经由生活实践过程往下流传，平面地经由印刷符号四方流布，在将它们转化为立体可视的文化形态方面，做了多少事情呢？我们的文明博物展馆是永远都到清代结束，还是需要不断地接续延长、建立起新的展馆呢？后代子孙们在进行历史文化远旅时，难道从清代以后便不得不步出森林，来到一片光裸的荒原么？那样，我们在精神生产史上又将如何自处？

每一个生命都要在他生活过的世间留下踪迹，一代一代的人类总是给世界留下历史遗产。哪怕这遗产只是石块，像神府的煤田、西安的碑林；只是废墟，像圆明园、大明宫——也会无声地诉说当年的喧闹、当年的辉煌。留下遗产，就留下了创造，留下了生命。留下空间，也就留下了时间，留下了脉络。历史是不可见的。可见的历史，其实只是可见的物质、精神遗存环环相扣的排列。当然也有不可见的历史，比如精神史和心灵史，即便这类历史，在主要通过生活实践、文化心理承传下来的同时，也常常需要借助一定的物质形态来传续，才会具有眼见为实的确定性效果。不然，岂但会出现物质和精神的断流？而且如果听任一些歪曲、片面反映当代生活的精神产品和一些假冒伪劣的物质产品流行，那么，当代生活的历史形象便可能永远是赝品和盗版，使后代无法不误读我们。这是怎样的悲哀。

也许，在写了好几篇《杞人说××》之后，这次我又当了一次忧天的杞人。

这与我自小认同悲剧而排拒喜剧有关，是没有办法的事。我总是固执地想：对一个负责任的人来说，一分深忧总是比十分浅笑来得更有分量。我们有幸有夸父这样的先祖，我们没有权利让子孙成为没有夸父的后代。

1992 年 11 月 30 日，西安岚楼

年历与人生

真快，又开始了一年一度的年历盛会。

千百种年历从商店的柜台走上街头，像节日前搭起的一座座花坛，用天地的丽色和青春的笑靥，使凛冬变得温润。

在青年人热闹的选购和悄声的议论中，我想起公刘三十年前的一首诗："上海关。钟楼。时针和分针像一把巨剪，一圈又一圈，铰碎了白天……"时针和分针一点点铰碎了时间，也一点点铰碎了生命，铰碎了这人类最稀罕又最不经心的财富。有时觉得，我们的生命就这样匆匆地装订成一本本的年历，只是青年人正在兴冲冲地揭开它，而我却在一页页地揭过去。它是堪于翻阅的么，还是不忍卒读的呢？

每年都有许多朋友和单位送我精美的年历，以作新岁的贺仪，不久大都转赠了别人。自己则洗尽铅华，喜欢用台历。台历最好是那种装饰少而空白大的，为的是可以记事备忘，安排日程。用了几年，感到它也有不足。台历一日一页，而工作和写作大都不能计日程功，周期长得多，对一段时间里的几个任务，难于了然于心。二是一个一厚本，不便保存。便常常辅之以一月或数月的长计划，夹于历中，或贴在墙上，戏称"近期作业"，以怀念学生时代分秒必争的勤奋。近两年出了一种每月一张、每日一格的年历，全月和逐日的安排皆可记于其上，最简便不过，便成为壁上的专宠。一年下来，翻看那十二张记满日程的三百六十五格，好似看到这一年三百六十五里路的足迹，虽无自豪可言，却有充盈于胸的满足。想着，总算没有让年历的瑰丽虚掩了生命的苍白。

料不到这又有了别样的后果。那一格格的安排，恰如一声声鼓点，愈来愈急切地催促它的主人，干、干、干。各种铺天盖地而来的设想、活动、文债压得你喘不过气来,只好精简一点休息,委屈一下锻炼。妻做饭,问:吃什么?答以"随便吧,越简单越快越好"。亲友来访,盼着早走。去访亲友,盼其不在,将事先写好的条子塞在门下了事。少言寡语,痴痴迷迷,心不在焉。影院、剧院是不常去了,电视连续剧哪里敢奉陪到底?琴、棋、聊、游更不是我辈享用得起的奢侈品,孤独成为心灵的常客,巨额的工作债务压得人心理紧张,思绪逼仄,性格急躁。鲜洌的生活早已是昨天的夜莺,活跃的生命成了明日的黄花。好好一个丰富的人,让工作的机器榨成了"人干"。不久便离不开老花镜,并且终于在刚过知命之年,生平第一次住进了医院。

医院其实也是人生的反省院。所有的诊断告诉我的只是一句话:你是被毫无缝隙的生活窒息了,最好的治疗可谓之"水疗",投身到起伏流动的,有浪花飞溅和色彩变幻的生活之波中去。生活是一只鸟儿,你得抓住它,不能让它随便飞了,又不能捏死它,否则就什么也没有了。人生是肉体和精神的多渠道交织、多渠道循环,导引疏浚尚来不及,哪里经得起围截堵塞?逸给劳以营养,劳给逸以境界。我开始尴尴尬尬进入舞厅,笨笨拙拙搞起锻炼。只有三口人的家也打开了扑克,打那种三个人就可以打的"5、10、K",信不信吧,有时还同时打两副牌。只是给输家不画乌龟,要他自己画他所希冀的东西,房子呀,空中旅行呀,一本想得到的书呀,以作精神安慰。

前几天,在小小的两间房里挂起了三份新年历,一份是山川,一份是花卉,还有一份依然是那种一日一格的月历。勤恳固能结果,相怡自有甘露,希望自己的生活从此和那些懂得生活的朋友一样,切实而多彩。

1992 年 12 月 2 日,西安岚楼

异议熊猫

　　关于我们的国宝熊猫，心存异议久矣，却一直没有说。究其原因，一是碍于国人对熊猫过分地器重，不想冒天下之大不韪；二是我极喜欢孩子，孩子们对熊猫那种天真的爱恋，使我不愿去惊破他们那美丽的童年梦。话要从十年前的春末说起。当时我在报社当记者，和两位同行一道去佛坪山区采访秦岭大熊猫。行前看了不少背景材料，发现新闻界很少有记者直接在熊猫野生地发现和"采访"过国宝，便定了一个目标：这次要在现场追踪目击，获得第一手材料，搞个独家新闻。进入佛坪县三官庙自然保护区后，布置老乡随时提供熊猫的线索，我们穿上登山鞋、护腿，背着简易帐篷和猎枪，白天在林子里漫游，晚上在篝火边听老乡讲"花熊"的各种故事。五天过去了，好几次眼看要进入"历史性"的时刻，有次甚至见到了熊猫发热的粪便，却还是失之交臂。第六天，正在绵绵细雨里吃饭，有人飞报盯上了一只，慌忙小跑着赶到十多里外的现场，总算拜谒了这位"山林隐士"的真容。我们兴高采烈地命名它为"山山"，和它在一起足足待了一天半时间。

　　结果是失望。有两点甚至令人难以容忍。

　　一是它的好吃懒动和"安贫乐道"。熊猫都有六个趾，只见山山用后肢的第六趾勾住竹根，倚坡躺在那里，舒坦得像斜靠在沙发中。前肢不停地拉过身边的嫩竹往嘴里喂。吃完伸手可及的地方，却懒得挪窝，仰头便睡，并且即使在围观人群的喧闹中，在几个闪光灯的咔嚓声中，也依然鼾声大作。熊猫的习性和别的动物不一样，吃和睡交叉进行，一两小时要吃一顿、睡一觉。待它醒来，挪上几步，躺下再吃，吃完又睡。我们采来嫩竹引逗它，伸手可及处照吃不误，但要让它站起来去争去抢，则不屑为之。由于频食、好静，许多熊猫因胃部存食过多而致病。孤独而运动半径小，加之种群隔离，只好近亲繁殖，这又带来了一些先天性疾病：近视，动脉硬化，虚弱，生殖力差。久而久之，熊猫成了生物化石、濒危动物，面临着生存竞争的残酷淘汰。

二是它的既不竞争也不抵抗。在远古，熊猫也曾是掠食动物，即抢着吃。由于性情温驯，缺乏竞争能力，在强手如林的群山中，它所喜欢的食物种类，一次次被别人抢走，食物营养品位一次次降格。它却能每次谦谦忍让，报以君子风度。于是由掠食而觅食，由肉食而草食，由精食而粗食，最后退到只能吃其他动物不吃的含热量极少的竹子。已经是"喝稀米汤"了，它仍然吃得津津有味。老乡告诉我们，每当山里最凶恶的豺豹冲过来，虎豹龇开利牙准备迎战，黄羊扬起飞毛腿迅即逃跑，只有熊猫赶紧坐在地上，护住屁股，不让豺豹用爪子掏肛门。它既无抗敌之力，也无避敌之智，有的只是一身肥肉。

说到这位山山，忍耐力更是让人生气。为了循声追踪，给它脖子系上了牛铃；为了和小学生合影，又给它系上红领巾。摆弄半天，它忍着。有人用手直接从它眼皮上捉下一只虱子，它还忍着。我们被这种温驯逗急了，掏出两支金丝猴烟塞进它嘴里，它蛮有兴趣地嚼了两口，打起喷嚏，站了起来——未走三步，又坐下了！

我总是说服自己，我所看到的只是一只熊猫，也许它老了，病了，有种种特殊性，远不能代表它的整个族类。但因为它是我一生中在山野里亲眼所见的唯一的熊猫，那强烈的印象总也无法抹去。尽管那次采访绝对成功，获了几个奖，在海外报刊上大版大版刊登，我的心里却从此存下了一种尴尬，一种悲哀，一直无法抹去。

1992年12月5日，西安岚楼

凡事丢得开

最近看了一部外国电影叫《落水姻缘》，演的是一位女富豪在一次落水事故中丧失了对过去奢华生活的记忆，糊里糊涂地在木匠家里当起了家庭主妇，从此爱上了平民忙碌而又温馨的生活。她记忆恢复后，又回到原来养尊处优的地位，反倒觉得百般不自在，终于又一次跳进水中，离开旧我，游向新我，游向自己向往的平民生活。

这位女主角患的是一种健忘症，她因健忘症甩掉了过去生活的负累，找到了幸福。看来健忘未必没有好处。

说到健忘，我虽无症，却也够典型的了。记得"文革"期间，在报社印刷厂劳动，有次搞卫生，一路拾着废纸往清洁间扔，回来路上，发现地上明晃晃一块手表，便拾起来，嘴里还嘟囔着：真马虎，能把表丢在大路上。准备下班去交公。洗脸时发现自己左腕上没表了，这才又掏出那块表细看——原来我拾了自己的表。心中好一阵侥幸，要交了公，在那个年代真能够上"假积极"和"欺骗组织"的了。

我每晚都要写一张第二天必办事的条子，以免忘却。却常为找已经放进口袋里的纸条而七窍生烟。每天上班出家门总得三回头，或是忘了提包，或是忘了眼镜，或是拐回来取眼镜又把提包扔下了。睡前常担心是不是关了大门。有一次半夜房门大开，亏得邻居下夜班回来，以为我家遭到洗劫，大呼小叫，岂知我正打呼噜酣睡。为这缘故，每天睡前家人总要问一声：门关好没有？不问还好，一问，明明关了也无法自信，只好穿鞋下床，有时还得重新穿好衣服，再去核实一下。后来干脆自报，一关门便喊"门关好了"，全家才睡得安稳。

其实人人都有忘性。科学的忘却必不可少。一个人，忘掉的总比记住的要多。忘却是记忆对信息的一种筛选，没有忘却，记住所有的东西，既不可能也无必要。"记忆像一只钱夹，装得太多就合不上，里面的东西会全部掉出来。"在信息爆炸的今天，人们要学会将忘却变成一种积极的机制，以大量的、迅速的忘却达到保存有价值记忆的目的。这恐怕是现代人获取知识和技能的一个重要方法。

在文艺创作中，忘却帮助艺术家筛选、提炼心理经验、感情形象和生活细节。特别是散文、诗歌等柔情艺术或性灵派一类的艺术家，常常采用记忆淘汰法来保留自己心中感情和形象的鲜明度。孙犁认为凡忘却者，大都是不感动自己也不能感动别人的东西，大可不必入文。记住的，常是精彩的。

忘却能帮助你调节情绪、心理。一个不能忘却、不善于忘却的人，无异于将所有的经历都一包袱捆在背上，人生路上步履怎能轻盈？鲁迅写《为了忘却的纪念》，用文字将五烈士被害的沉重记忆结一个结，以更好地前瞻、前行。忘却也可以淡化人际冲突，使你宽容。郑板桥的"难得糊涂"，就包含"难得忘记"的意思。必要的忘却使人豁达、超脱。适时地忘却使人适时地由今天转向明天，由忆念走向行动。不断的忘却使你的知识、技能、情绪不断更新，是一种动态的生机。

因为自己的健忘，便全说忘却的好话，恐怕有点偏颇了。它当然有不好的一面，只是这一面大家常讲，不用我再唠叨。我想送给大家的，是哈伯德的一个警句："有牢靠的记忆固然好，但凡事丢得开却是伟大的真正表现。"

1993年1月5日，西安岚楼

说 说 说 话

说了一辈子话，我得承认我太不会说话。比如不会说闲话、不会不着边际东拉西扯地大聊特聊。我很少品味过几个挚友竟夜神谈的人生乐趣。有次，一位大学生来家请我给学校讲课，开门见山，不到两分钟便定下了时间、地点。接下来便无话，他无话我亦无话。尴尴尬尬坐了一会儿，他说：那我走了。我说，也好，学校挺远的，你走吧，就送走了他。事后几乎不能原谅自己。活了一把年纪，不能随意拉几句闲话，活得多么窝囊。只会说必须的话，而没有本事用日常用语稀释这些话，使之流动起来，又活得多么滞涩。

也不太会说大白话，说着说着就说成了书面语言。大白话里，有那么多修辞手段，有时是在对语法的破坏中出新，有时在语义的模糊中传神，有时在跳跃中露出潇洒。这和写文章要求的干净、逻辑、精确是两套路数。将大白话不加调整地变成文字，当然芜杂，但完全按书面语言说话，干净就成了干瘪，逻辑就成了死板。全是精确的话摞在一起说出来，信息爆炸，耳朵接受不了，好像抓一把味精直接放进嘴里，那鲜味谁受得了？

谈话中夹点儿笑话，可以调味，可以寄寓深意，这就更难为我了。天生是个忧郁的人，哪里长得出半个幽默的细胞？我很佩服那些让听众笑声不断的说话人。据说胡适和李四光当年被武汉一所中学邀去讲课，都推让着不肯先讲。李四光说，我是湖北人，算主人，当然请客人先讲。胡不好再推辞，他简单讲了讲"流水不腐，户枢不蠹"这句成语的科学性，接着说：我当着李先生这位科学家讲科学，有点儿像在孔夫子门前卖四书一样。好了，现在就请孔夫子（手指李）来给诸位讲科学吧！引起全场大笑——人家到底是胡适。人有时也得学会说点儿废话。废话言来无物，传之有气，可以营造气氛。哪一号的废话有哪一号的热度。"今天天气哈哈哈"是低温的敷衍。一见面先骂娘，甚或语焉不详地开几句隐私方面的玩笑，热度就提高到了"亲昵"。有了这一层，下面什么话都好说，什么事也都好办。

我很是羡慕能在电话里行云流水或煞有介事地说半小时废话的人，曾肃立于旁认真聆教，想摸点规律，终不得要领。

有些话要直说，有些话最好绕着弯说。弯要绕得有弧度、不露痕迹，"话中有话"便成了艺术。像佛教那样讲个故事，让你心领禅机。或叙而不论，只让你感受到一种指向。或一味归谬反证，在对别个观点的推敲中暗示自己的思路，甚至只用几个语气一声笑，传达出某种意愿。话中有话，显出说话人的水平也显出听话人的水平。由于此话埋伏在那话之中，从未明说，双方都给自己留有很大余地，能够包容事物的多种变化而立于不败之地。

讲了这么多说话的难处，不说话怎么样？也不易。对一些不很同意又不愿或不值一驳的看法，你以缄口不语表示"不苟同"，却被对方理解为"不反对""默认"，并广为扬播，弄得你不是要说车载斗量的话，就是满身长嘴也说不清。以后再遇到这种情况，你只好明说"反对"，若嫌太硬，便只好打岔，若辕南来矣，吾辙北去也，圆滑老到，不伤和气。打岔便也成为说话艺术的一个重要品种。

1993 年 1 月 9 日，西安岚楼

扯几句动物世界

在所有的电视节目中，能引起我经久不衰兴趣的，是《动物世界》。几乎一集不落，看时很是投入，或情趣盎然，或哑然失笑，或因联想而走神。

动物动物，运动形态是动物最美的形态。运动中、格斗中的动物简直美极了。只要想想《动物世界》的片头，那腾空大转体的虎豹，那飞箭般插入草中抓兔的鹰隼，那以弱拼强、慷慨赴死冲向豹子的羚牛，那在空中画出一道又一道优美弧线的岩鸽，那履层林如平地，在双臂的飞扬中聒噪着前进的空中飞猴，实在都展示了生命健力美的极致，激发起我们对仅有亿万分之一的概率的人类生命能被自己所获得的无比珍爱，无比自豪。

若要问是什么使动物由静而动、由怯而勇，回答很可能会令你吃惊，那是饥饿，即维持生命的本能，或者再加上求偶，即延续生命的本能。

食和性的满足使彪悍的猎豹慵懒地卧在斑马群中而毫无欲念，这时候，蝇蚊都可以爬到它头上。一旦周期性的饥饿（包括性饥饿）来临，猎豹便乍然换了一个样子。它的耳朵竖起来，像雷达那样转动着，眼睛充血变得阴鸷恐怖，用高高耸起的背弓将全身肌肉束紧，尾巴如铁鞭似的扬起。它骚动不安地走动着，压抑地低吼着。那不是声带的震颤，是被压抑的生命在呼号。整个一副一触即发的一级战备状态。此时，只要食的或性的目标出现，有如信号弹升空，猎豹刹那间便出击了。富有弹性的身躯充满了爆发的张力，一场迅疾的追逐竞赛拉开了序幕，并且很快升级为在生与死、得与失之间别无选择的残酷格斗。这时的猎豹不但将雄强的体能发挥到极致，而且自如地、恰到好处地运用着恫吓、切割、伏击、声东击西、猛攻薄弱环节等技巧，智力也发挥到极致，生命的健、力、美、智都发挥到了极致的境界。

而当一切得到满足，猎豹又慵懒地躺下，任凭蝇蚊在它头上拉屎了。

《动物世界》多次拍摄动物群体大迁徙的镜头。成千上万的角马、海鲸和鸟类，扶老携幼越过千里荒原、万里海域、茫茫宇宙，向一个遥远的目的地进发。沿途说不尽的饥餐渴饮、拼杀格斗，天灾、兽祸、饥寒、疲劳夺走了一批批同伴的生命，甚至整个族类因此而大伤元气，却瓦解不了它们执着行进的决心。这种迁徙百分之百是义无反顾的，但它们并不了解这是为了什么。

我想，恐怕这种迁徙仍是一种本能的生存选择。动物通过这种迁徙，将整个族类拉进一条马拉松跑道，在这条生存竞争的跑道上，整个族类受到远比平日更为严酷的环境筛选，选优汰劣，选强汰弱，最后留下来一支精兵强将，将种族基因遗传下去。局部的损失，换来的是整个族类生命力的强化和更新。

如果说这还是利用外部环境来筛选生命基因，那么动物在求偶时的竞争，便是通过内部机制来选择生命基因了。动物求偶，也常常形成一种有趣的三角或多角关系。两个或多个雄性动物总是通过淘汰赛或循环赛争当"新郎"。不只是勇与健的选拔，还有智与美的表演。有些鸟类、虫子求偶时大唱其歌、大跳其舞，甚至在躯壳上变幻出各种美的色彩，尽情展示自己生命的雄强和美丽，以博得对方的青睐。最后，"新娘子"投入了优胜者的怀抱。被淘汰者虽然有点儿灰溜溜，却能很知趣地、很道德地走开，绝不死皮赖脸或搞什么小动作。

读者不要误以为我在这里影射人类生活的什么。并无此意。倒是有一门叫"社会生物学"的学问，专门对人类社会和动植物世界做对应研究，令人极受启发。但要解释社会运动最根本、最综合的各类问题，我是仍然信奉历史唯物主义的。

1993 年 1 月 12 日，西安岚楼

中国"老九"的自信危机

中国"老九"又一次产生了自信危机。说"又一次",是"文革"中曾经发生过一次知识和知识分子的恶性贬值。两次情况当然截然不同。那次是极"左"思潮对知识分子的残酷迫害,转化为文化人自信心的癌变;这次是市场经济强风乍起,有些文化人来不及添衣服发生的流感。那次"四人帮"是必置知识分子于死地而后快的,这次大多数"老九"将在流感后产生抗体,迎来新生命力的复苏。

应用科学技术和经营管理界的知识分子,本来就生活在市场的运转之中,他们随计划经济向市场经济的转轨而转轨,虽然也要克服种种心理障碍、实现种种业务转移,因是在原有的领域、以原有的知识技能为社会服务,所以这种转轨顺其自然,正在产生良性效应。

苦就苦了那些远离市场的知识分子,比如搞数量天文和搞经史子集的先生们。论对人类文明的贡献,他们可以说至高至大,但不在一个长时期内经过多级转化,很难产生肉眼看得见的实用价值。对一个成熟的市场来说,他们的光彩是会被认可的,但在一个正在培育中的初级阶段市场中,由于人们大都以实用价值为标尺,以致大儒不如中儒,中儒不如小儒,小儒不如非儒,也就不足为怪。造导弹的不如卖茶叶蛋的殷实,研究《道德经》的腰杆不如偷卖《房中术》的坚挺,恐怕也就不完全是笑话,而是叫你笑不出来的事实。劳酬倒挂、市场失重,残酷地剥夺着中国"老九"的自信力。

笔者不幸也勉可划入远离市场这一类文化人中。尽管恭陪末座,从前以此荣耀,现在只有悲哀。心理不平衡怎么办?有人根据市场行情,对自己的专业开始微调,搞基础理论的向应用技术靠拢,搞创作的开始涉足企业报告文学和广告艺术。这也好。现有的意识形态和学科设置是建立在计划经济基础上的，对市场经济来说，结构未必合理，适当调整调整，于个人是情理中事，于社会供求关系的改善也不无好处。

还有人在第二职业或留职停薪的热浪中别无门路，一个激灵便下了海，当中介、拉广告，或者干脆练摊，重新开辟人生战场。这也没有什么。对个人专业、对社会贡献也许有点损失，只要自己愿意，又符合政策，也用不着去非议。何况，练练摊对重铸中国知识分子的人文品格说不定还真有点好处。中国文人自古重道轻器贱技，重德轻行贱艺，更以行商计利为耻。这在现代社会早已被证明是一种人格缺陷。通过练摊，去初级市场尝几口"梨子"的滋味，既能增加一点收入，又能增加一点自信，还可改变改变观念，我看无可厚非。

至于还有一些文化人，还在那里"衣带渐宽终不悔"，安贫乐道，不改初衷，坚执地在实验室、图书馆向既定目标努力，在绚丽却只有清风的精神宇空中翱翔，更没有理由笑他们迂腐、"傻帽"。我们民族崇尚这种为事业献身不随俗流的精神，物欲横流中方显出英雄本色。我难以完全做到，对此愈益尊重。

总之，我的意思是，站在十字街头的中国"老九"，既然面临的是市场经济，大众就应该尊重他们个人选择和竞争的自由。重新选择什么不选择什么，或者根本不再另行选择，尽管其中有正误、高下之分，却不该受到不应有的指责和干预。

我想说的最最重要的一句话，是给领导者的：在市场上金子贬值，卖不出黄铜价时，你们千万千万不可以把金子当黄铜抛出。你们面对的是全局，是历史。再穷再难，也要用得力的政策为社会为民族保管好精神的金库，不能任其流失，更不能被短期目的左右，将社会转型期一时的混乱和困难转嫁到知识分子个人身上。要不然，文化人的尴尬总会在某一天转化为整个时代、整个民族的尴尬。

如果文化科学在一片个人致富的叫卖声中安乐而死,试问,我们将何以面对历史?——请原谅我言重了。

1993年1月20日,西安岚楼

噫吁嚱，酒

在饮食中，再没有如酒这样无所不在的了；在文化中，再没有如酒这样无所不能的了。酒是五谷酿造的精华。从过程看，它是由物到神的一种提炼，一种升腾。从结果看，它是去粗取精的一种结晶，一种极境，因而和中国人所认为的最大的一个数字"九"同音。

"酒"字最早没有三点水，在象形文字里是一个带着盖子和舀子的酿酒缸——酉。部落酋长的"酋"字，是积了灰尘的陈年好酒；尊长的"尊"，下面那个"寸"字是"手"的变异，是受到推举的老酒。古代最高学府里那个最大的儒，称为国子监祭酒，类乎北京大学校长。后来祭酒改称学部尚书，成了教育部长。看来我们中国，有权力的人和有文化的人，历来与酒有说不清的关系。

酒的作用那就大了。魏晋时代那位赋七步诗的曹植，写过一篇《酒赋》，说进入醉境后，"质者成文，刚者成仁，卑者忘贱，窭者忘贫"，酒真万能。在西方，《旧约全书》有这样的箴言："谁有祸患，谁有忧愁，谁有争斗，谁有哀叹，谁无故受伤，谁眼目红赤……谁就去寻找调和酒的人。"酒简直带上了救世主的色彩。20世纪60年代初，西安民主剧院举办过一次"要古巴不要美国佬"的诗歌朗诵会。会前我去接老诗人柯仲平。出门时，他端起桌上一只带耳的大瓷杯喝了一口，解嘲地对我说："壮壮行色！"别以为那是茶，是白酒！朗诵会柯老第一个登台，未曾开腔人已亢奋，眼里异光流曳。猛吼出两个长音"拉——拉——"（诗题忘了，是写绞索套在"美帝"脖子上，人民拉绞索的豪情）裂帛之声乍起，全场掌声爆响。谁能想到年近古稀的老人有如此饱满如此有爆发力的、钟磬般的声音。我对这位文学史上闻名的狂飙派诗人从此有了狂飙般的感受，想着这怕是酒于诗的魔力。两年后我又去柯老那里组稿，还是那个房间，杯中依然有酒，已是另一种气象。柯老怀抱月琴，且喝且吟。听了我的来意，讳莫如深地一笑，只说了一句"没有诗，没有诗"，便不想说了。后来才知道，那时他未发表的长诗《刘志丹》受到了批判，正以酒浇愁。

酒是入世奋争的激素，出世遁达的解药。它好似如火的骄阳，使你人马骚动，驰骋社会，高蹈扬励，一往无前；又如夜空的月，净瓶的水，温润你失落的心，抚平心上的伤口。在中国人儒道互补的双维精神平衡系中，酒既儒且道，可以自如地流淌其间。

酒固然常与孤寂相伴，给你造一个自感自忏的氛围，又是人际关系的润滑剂，将各种各样的人黏合在一起，使激烈转为冲淡，误会融于坦荡，矫伪销蚀于真情。使反目者言和，陌生人热络，直至酒逢知己千杯少，烂醉如泥仍要腻住不放。酒带来友谊，也带来效益。现代社会，酒道成了联系工作、流通商品主要的黄金水道。以酒文化来搞酒经济，用酒名使一人一地知名，"手榴弹"当敲门砖，琼浆玉液通关节，良矣芳矣，美耶丑耶，早已耳熟能详、目不暇接了。酒也便由伦理文化时代历史地流进了现代经济文化市场。酒还成为当今社会闲人和顽主潇洒人生必不可少的饰物，带上了一点后现代色彩呢。

对这么个妙不可言的物事儿，自小与其无缘的我也怦然心动，几度想和酒套近乎。我曾想认真品出它的味道，岂知除了苦辣别无感觉。曾想舍命一醉飘逸天宇，不想未能神飞先卧倒在床。曾想在酒席上努力锻炼公关能力，却敬酒乏词，逼酒缺计，逃酒无方，只好明哲保身，仍做缄口旁观的呆子。活该我过得拘谨而板滞了，谁叫你不能喝酒呢？

1993 年 1 月 25 日，西安岚楼

出书风景线

在一些人出书难的喊声中，一些人出书是愈来愈容易了。我见过一部写得很认真的社科专著，在出版社编着，作者每年可怜兮兮地去催问，每年都答曰要出，又总是没有出成，因为不赚钱。直到十年之后，也就是今年，书中的观点都陈旧得没有了任何学术价值，作者羞于面世，自己跑去抽了回来，这桩公案才算了结。而一位从来懒得动笔的翩翩青年，两年之内竟出了近二十本书。怎么出的呢？他组织了一个"出书加工厂"，专搞两类书，一是热点问题，二是"擦边球"（黄与未黄之间，谑称"金黄色的"）。想好一个题目，十来个哥们儿老五打狗一齐上手，过去的材料一律去图书馆复印、改写，现在的材料一律用"某王""C城"之类的代号，道听途说凭空编造。一人一段，一周便成，由于自己控制了一个发行网，不愁印数，很快便见书。据他说，这是最认真的一种写作了。大量的情况是"洗牌"，想好了题目、提纲，找来一摞参考书，按自己的提纲拆卸、肢解、组装，笔下只需加几个连接词，靠的全是剪子的功夫。有如洗扑克牌，每洗一遍，就出一本新书。

还有的书，倒有一大半是作者和领导、名人的合影，以及名人、领导的题词。用这一大半去吹那一小半。有的连题词也没有，只是在合影照片下用铅字排着：某某（某大师也）称赞某某（此作者也）揭开了中国诗歌史新的一页。称赞没有？不得而知。不得而知你就不敢不信，因为有照片为证。有的虽有题词，又发现是伪造的，只是那是以后的事。而这些合影和题词也就一如现在身价百倍的绿卡，可以一路绿灯通向报纸、电视，通向更多的领导、名人。

有的人喜欢到港台去弄个书号，出港台版玩一玩。别以为这有多难，港台有些出版社的拐弯而又拐弯的代理人就在古城长驻着。有了钱，是不用迈出西安城圈，只需在西安的印厂里，将简体字改为繁体字，横排改为直排，"同志"改为"先生"，将自己生活了几十年的故土拉开距离称为"大陆"或"内地"，便成了。夸耀自己的作品在港台一带有了影响，也要说成在"港埠"有了影响，如此这般，便可成为有海外影响的作家了。文化人的智商到底高。写到这里，想起唐弢在《晦庵书话》里记的一件书事。说的也是一本并非在国外出版而又声称在国外出版的书——巴金的《雪》。1933年，巴金以煤矿生活为背景写了一部连载小说《萌芽》，由现代书局出版，初版两千册，没有卖完就被当局禁止了。第二年八月，作者重写了结尾，更换了几个重要人物的姓名，改书名为《煤》，交开明书店出版。刚登出预告，国民党中央图书杂志审查委员会便通知书店停印，使其无法面世。巴金决定和当局斗一斗，就买下纸型改书名为《雪》，自费印了一版，委托生活书店秘密发行。版权页上印的发行者为美国旧金山平社出版部，并注有英文地址。卷首的《前记》中说："我的书在美国出版，这是第二部了，不过第一部并不是小说。这本小说为什么要在美国出版呢？只是为了纪念一个旧金山的友人，他肯给我出版这一本别的出版家不肯承印的作品，我带着感激和祝福把这本书献给他。"

这自然是和检查官老爷捉迷藏的话，好让他们抓不到发行人。

这件事和当前的出书难、出书易自然扯不上什么关系。只是假托在海外出版这一点，引起我的联想而已。时间过去了半个多世纪，出版界、写作界的风景实在是大不相同了。

1993年2月2日，西安岚楼

美从自身起步

在我的心中，美容的规律只有两句话：为自己的精神内容找到一个恰到好处的形式，为自己固有的形式找到一个协调的组合关系。二十多年前，我曾经采访过两位大家熟悉的日本电影演员，一位是中野良子，就是风靡一时的《追捕》中那位真由美；一位是栗原小卷，是引起轰动的《望乡》和《生死恋》中的女主角。

"真由美"，从纯形式即容貌的角度，可以说貌不惊人，长着女性忌讳的宽脸盘、东方式的塌鼻梁和令人遗憾的单眼皮。但她似乎很懂得这不算美的形式中所包含的美的因素，这便是纯真和洁净。她围绕着这一点来协调自己的装束和打扮，构成一种和谐的关系。她淡妆素裹，不描眉，不涂唇，薄薄施一层无色淡香的润肤霜，整个脸盘上流淌着青春的光泽。身着一件没有饰物的素色连衣裙，衬出生动灵巧的身段，头发也没有专门做，蓬松地披在肩头。这位"真由美"没有名演员的做派和雕琢，专注地听你提问，投入地回答你的问题，说的时候说真话，笑的时候眼睛里燃烧着热情。这是一种天籁之美，好像她在用生命贴近你。这时候，她的单眼皮、塌鼻子便由平凡、平易转化为亲切、亲近，倒成为一种相识和沟通的渠道，产生出另一种魅力。我当然喜欢这种学生式的美，少女的美。她启示我，"真由美"之美，是美由真的结晶。

栗原小卷，瓜子脸、大眼睛、高鼻梁，是常说的那种美人坯子，透出一种华贵气质，又带着一点西方女性的妖冶，她的美是那种能震慑男性的美。

看来她对自己这种特有的美很有觉悟，在化妆、衣饰和音容笑貌上，都以浓烈的色彩来强化这种华贵中的妖冶，取得形式和内容的某种协调。穿的是晚礼服，熨烫得竖起来的高领，衬着长长的天鹅似的脖子和脖子上美丽的容貌。浓妆艳抹，珠光宝气。说话走路，一颦一笑，头上、身上都伴以许多彩色光点的闪烁，那是眼神、红唇、耳坠、胸针在颤动中的反光。她带着骨子里的矜持，而藏在雾似的睫毛后面的大眼睛，又暗示着这样那样的亲切。你在她的矜持中感觉到的便不是距离，而是品位。

按我素来对美的选择，并不喜好华贵艳丽之美，我更倾心于菊和兰，倒把牡丹、芍药放在其次。栗原小卷的华贵妖冶却令人倾倒。她使你发现，在一定的容貌、身段和气质组成的整体关系中，雕饰也是一种美。她和"真由美"，一个着意，一个随意，都美，因为她们处在不同的美的关系之中。"真由美"的单眼皮和圆脸，容貌的平凡和气质的纯真，正好构成一种协调，平凡的协调也是美。对她来说，浓妆艳抹则破坏了美的协调关系，效果适得其反。非凡的美，则常常需要非凡的打扮来协调。只有栗原小卷式的美丽矜持，她的大眼和高鼻，才能"服"得住浓妆艳抹。惊叹号式的美便由此产生。这种美，强烈，诱人，带着煽动性和灼烫感，和"真由美"平易近人的美构成反差。一个为艳阳，一个为月色。

看来美不是绝对的什么，美是相对的关系组合。特定的神形关系，特定的色彩和条线关系，按照美的各种规律，进行五花八门的组合，造出无穷无尽的美丽，满足着千变万化的审美心理，使这个世界变得千姿百态。不用说，这中间最重要的是，首先发现自身美的条件，感知自身美的特质，然后将自身固有的美作为底版来调色敷彩，将自身固有的美作为一种关系容器，来容纳、融化各种人工的美化手段，选择衣饰，选择化妆，选择美容的风格。希望女士们谨记于心。

在这个世界上，女性是生命的美源，是生命的骄傲，这也许是男人们由不得娇惯这个女字旁的"她"的缘故吧。

1992 年 2 月 4 日，西安岚楼

留　　白

　　在中国书画中，运用空白是一大艺术，它是构成书画家艺术格调的重要因素。一幅画，有了留白，气韵便生动起来；一幅字，没有飞白，构架、布局再好，也常显出一点滞涩。巧妙地运用休止符、静场、空镜头和定格，不但是音乐、戏剧、电影电视重要的艺术表现手法，甚至常常构成作品的艺术特色和风格。亮相和静场（定格）是中国戏曲对艺术的动静、流驻、圆顿关系做程式化处理的一个创造，是中国戏曲的一个重要特色。切分休止符的运用，使人一闻而知其为维吾尔族音乐。在运动不息的世界中，动静、虚实是相依相生的，空白与静止烘托，催生了运动，它本身也是运动的一种形式。

　　友谊、爱情、婚姻、家庭也离不开空白、静止。适度地发挥隔离机制的作用，运用离间效用，常常可以使你的爱情和家庭更美满。

　　你和你的妻子，你和你的丈夫，由相识到相知，由相爱到相知，再到儿孙满堂，两个不同的生命，在几十年中几乎大部分时间重叠着。人与人之间，有着很大的适应性和宽容度，这种适应和宽容，在异性之间，特别在夫妻之间有时简直令人感动，可以无代价地牺牲和奉献。尽管这样，由于性别、性格、职业以及心理特征、感情向度的不同——这种不同哪怕是微量的，几十年共居一个狭小的生存空间，再好的夫妻也仍然避免不了发生这样那样的误解、隔阂，产生这样那样的不理解甚至陌生感。这都会诱发对空白、宁静、孤独隐隐的要求。这种要求本来合情合理，却往往不被社会文化环境容许，甚至也不被自身文化心理认可，常常在实际生活中无法获得合情合理的地位和理直气壮的维护。

　　热恋中的情人，在紧紧的拥抱中凝视对方的眼睛，也需要相互站远一点，在一定的时空距离中,在思考的镜面中,感受一下,咀嚼一下恋人的方方面面。

深爱的夫妻,在为了家庭适应对方、调整自身,甚至奉献自身的同时,也需要在一种适度的隔离中,冷静地沉思对方和家庭的优长短缺,以理智地确定哪些是需要调整自身的,哪些是需要调整对方的,家庭氛围中哪些是需要发扬,哪些是需要抑制与改变的。

感情需要更新,在不断的更新中保持发展。更新感情需要扩大家庭生活天地,需要引进新的文化、感情因子,需要在更大范围的比较鉴别中,取得对自己家庭生活新的感受。

独立的男女,尤其是独立的女性,在全身心地投入一个家庭之后,他或她虽然担负起了造化赋予他们的对爱人、孩子、家庭的种种责任,却也并不能因此推卸掉对社会发展、对自身完善的责任。在精神上,在知识文化技能上完善、充实自身,又是更好地完成社会责任的前提,也是深化、稳固爱情的重要因素。保持、完善自身,需要时间、空间,以及各种心理、感情、身体、精力条件,这些条件最后归结为在家庭生活中夫妻据有属于自己的空白。

人的感情是多方面的,也需要多方面的沟通与滋补。情爱虽然是人的感情生活中相当主要的一面,却不能替代人的全部感情生活,也不能担负起对人的感情世界全面的交流、丰富、陶冶的任务。别人身上,包括异性身上真善美的品质和感情,总是会和自己心中许多美好的感情相通,而引起这样那样的倾慕。这种倾慕并不是情爱,有时却会由此而发展为情爱,因而容易被误解。不但环境不理解,自己也常会产生迷误,自咎自责。作为夫妻,应该懂得这个道理:不但夫妻之间需要相互给予感情上的营养,也需要主动留出空白,让对方能够在夫妻生活之外的更宽泛的人际关系及感情关系中得到营养和陶冶。自然,这也包括对方在与异性朋友的交往中得到这种营养和陶冶。

改变夫妻之间只能捆扎得密不透风的习见,在夫妻间保留适度空白,包括时间、空间的错位,事业上的差异,心理上的距离,甚至一定的感情上的空白，我看，这无异于进行一种感情上的松土保墒，会使家庭生活如生春风，如沐春雨，出现一种既稳定又活跃的新面貌。

1992年2月6日，西安岚楼

读书，驱除心灵的晦暗

读书给人以知识。随着书页的翻动，你便会感到心扉的纱帘在一层层拉开，智慧之光透了进去，心灵的晦暗在消散，许多沉睡的感情、思维、经验，像种子被春天唤醒了，激活了，悄悄地伸出一片两片嫩芽，继而濡染成一片绿色，心田便像春深时的大地，阳光明媚，生机盎然。有时读着读着，便有了古人"心不在焉，视而不见，听而不闻，食而不知其味"的境界，常常拿着钢笔找钢笔，常常烦极了别人的打扰，以致使人觉得你傲岸不群，孤独寂寥。其实那时候心里正热闹着，与那么多的知识见解为友，拜那么多的学问家为师，谦然蔼然谐然群然，哪里有什么孤傲，整个是一派文明境界中的君子风度啊！这才品出了读书的"知、好、乐"三味，"知之者不如好之者，好之者不如乐之者"。读书，出自求知心不如出自爱好之情，而出自爱好之情，哪里又及得上与书文油然而生的和乐共鸣呢？

每得到一本好书，珍爱和渴求常常构成一种尴尬的心情。珍爱，舍不得一口气读完，总想慢慢读去，细细品来，把接受营养的心理时间，延长而又延长。渴求，又恨不得一口气吞下，恨不得将那美味佳肴切碎、嚼烂，消化个一干二净。

这种尴尬的心情，常常导致尴尬的行动。得一好书，先恭敬地包好，然后净手，正襟危坐，裁好夹注的纸条，才开始品读。然而每读到忘情处，便由不得"手之舞之足之蹈之"，再加上嘴里念念有词，接下来便手痒，由不得抽出笔，又圈又点又画又批，有时还要打上惊叹号、问号、三角号，按自己的理解标上序号条分缕析，有时也在天头地尾中缝发几句感喟，生几点感受，一副饕餮者的不雅之态至此便暴露无遗了。这是几十年前在大学啃列宁《哲学笔记》时学来的，长久为之成了毛病，没有圈点勾画，眉不清目不秀，白花花一片总是难得要领，好像没有读过似的，印象不深。

因了这个毛病，我一般不敢读公家的书，怕落个不爱护公共图书之名，书店便成了常常光顾的去处。而因为离得近，对西安钟楼书店更是情有独钟。有了一点零钱，总是虔诚地去那里贡奉。每当夹着几本书从书店走出来，好像便忘了商品大潮中清贫文人或多或少都有的那种捉襟见肘的狼狈，心里总是充溢着一种愉悦，泛起一丝荣耀和高尚来。阿Q就阿Q吧，管不了许多了。

但毕竟藏书甚少，柳宗元说陆文通的"处则充栋宇，出则汗牛马"那种藏书的富裕，做梦都不敢想。只好还是去图书馆借了。特别在写作大部头论著时，陕西图书馆便成了须臾不能离开的圣地。每当走进那上下几层贯通的大书库，大海便扑面而来。过去未来之事，新巧深湛之思，五行八作之技，坎坷曲折的命运图，酸甜苦辣的人生味，喜怒哀乐的心态曲，人类创造的活力，像电波、像激光、像脉冲、像气功，从书籍里发射出来，造成一个硕大的场，经纬纵横，驰骋于空间。那静极了的喧闹，真妙不可言。几百万册书籍造成的博大，无数名贤先哲越过时空的聚会造成的深刻，日常生活中的微烦小恼和猥琐心态，哪里还有存身之处，早已被挤到爪哇国去了。

恒久的读书生活也给人带来了许多负效应——实践能力跟不上思辨能力。离开笔和纸，思想难于展开，思考难于具体和细微。口头表达能力衰退，即便表达，也不太会说家常话，只会操一口书面语。对活生生的现实缺乏分析能力，习惯于舍近求远，透过既有文化的毛玻璃拐个弯去感知现实的世界。文弱文弱，由文而弱，此之谓也。

于是我几乎是定期给自己提着醒儿:一定要花更多的时间和精力,去读生活这本大书,而且要读得认认真真,切切实实。所幸者,前半生大致是这样做过来的,因此到了知命之年,倒也没有被书弄成老呆子。

1993年4月2日,西安谷斋

陌生的朋友

书法于我是陌生的朋友，相识不过年余，友谊日笃。

大半生谋职于实实在在的事务性岗位上，上班，出差，采访，编辑，写稿。所写文字又多是当代叙事文艺方面的评论和研究，这便还是在作品描述的实实在在的生活中浮游，命途的坎坷，心灵的疲累，时时渴望着有种情绪的按摩，却又苦于忙碌，不能辍业就"医"。想不到邂逅了这位朋友，给自己严谨的公职生活平添了一块草坪。白天恪尽职守，夜晚寄意翰墨，最喜习读的是行草。于是在宣纸上率意为之的狷介不羁的舞蹈中，找到平衡和补偿。

一生与纸笔文字打交道，到了只有将文字符号涂在纸上，才能渐次展开思维的程度，年纪渐大，中国文化中的道家精神不知何日始，如墨濡纸，乃至浸入骨髓。爱笔，爱纸，爱砚，爱字，虽不像"米颠"（米芾）酷爱砚山而及怪石，长揖到地呼"石兄"，却也初成小癖。随着黑线扶乩般不知何为而为、不知何往而往地舞动，堵塞中焦的丹田之气，欲言又止说而不清的心绪，竟然黑白分明地落在纸上，好舒畅，好神妙，好惬意！书为心画，诚然，诚然。

五十初度，注意力日渐难以集中，思考之中，常有程咬金从这条那条记忆的金道里杀将出来，眼见这颗心被搅乱，成了歧路亡羊，那羊毫、狼毫便生生地将各种程咬金捉了去。喧闹宁寂下来，杂念排拒开去。心静矣，神凝矣，情绪受到一次医疗性按摩。如秋林散步，如荷塘垂钓，干燥的心敷上了一方温润的小手帕。

我无志也无能在书道上精进，却从此很愿意以书为友，即便我们还那么陌生。

1990 年夏，西安岚楼

从张艺谋、巩俐分手谈现代看客

古往今来，许多文章都写到过看客。

中华民族所以有幸能拥有一个鲁迅，一定程度上与看客的反激有关。鲁迅曾在他的散文中记载，当年在日本仙台学医时，看过一部日本兵杀害中国老百姓的纪录片，在血淋淋的残杀旁边，围满了看客。这看客不是日本人，竟是被杀者的中国同胞。看客脸上麻木的、冷漠的表情，没有关切却有好奇的表情，因为饱了眼福而感到满足的半张着嘴的表情，深深地震撼了这位热血青年。他强烈地感到，医治中国人的身体远没有救助中国人的灵魂来得重要，从此弃医就文，放下了解剖病体的手术刀，拿起了解剖病态灵魂的手术刀。从此周树人成了鲁迅，从此中国拥有了鲁迅。

近几年来，更有不少报刊报道，在一些公共场合发生的恶性案件中，常常少有见义勇为者，有的倒是围观的看客。或者虽有人挺身而出，旁边却少有仗义执言者，更何谈仗义执事了。有不少文章挞伐了这种病态的社会现象。

鲁迅没有死，看客也依旧活着。

其实生活还有另一类看客。他们以传播、咀嚼、玩弄别人的生活隐私和精神痛苦为赏心乐事，且特别喜欢传播、咀嚼、玩弄名人的隐私轶事和悲欢离合，以补偿自己心中弱小者的失落。最新的例子，就是由传媒炒向社会，炒得和镇安板栗一样烫手的所谓张艺谋、巩俐缘分已尽的消息。不同的是，这一次看客们不是以冷漠和欣赏来参与一场对血肉之躯的残害，而是以冷漠和欣赏来参与一场对感情的残害。

还有一点不同，恕我直言，便是看客之外，还围着一批叫卖别人隐私和痛苦的"热心者"。这也许是对记者、编辑先生的大不恭敬，但我不能不这么写。我暂时还找不到比这更礼貌、更高雅的表述方式。

张艺谋原先和妻子离异，也曾闹得沸沸扬扬，现在与巩俐缘尽，又一次被炒热。这本是两件在是非曲直、臧否褒贬上水火不容、相悖相逆的事，有的传媒却一律叫好，或貌似客观实则倾倒，或貌似叹惜实则欣赏。真叫人百思不得其解。细想起来，也没有什么不好理解的，大约是冷冰冰的传播市场效益和小市民心理在作祟吧。

一位电影导演、电影演员，或其他任何人，在法律允许的范围内，感情生活发生这样那样的变故，这是他自己的事。不错，张、巩二位有很大的社会影响，这种社会影响是他们从事社会性的艺术劳动带来的，是社会职业、社会成就造成的。社会可以对他们的艺术活动评头论足，却不可以公开他们感情生活中的隐私。他们在这个领域的行止，自有法律和道德之光去照射。大家都说"名人也是人"。在这个句子中，"名人"指职业人，"人"指自然人。这两种人的概念虽然重叠在一个对象身上，却万万不可混淆。剥夺名人的隐私权，或剥夺名人作为自然人的其他权利，起码是对名人自主人格的不尊重。

这还只是就事论事。延伸开来看，社会对这类事情的热切，在相当程度上表现出大众心理和大众情绪的庸俗倾向。小市民渴望猎奇，以便给味同嚼蜡的生活借来一点虚幻的趣味，使贫乏苍白的心灵有一点死水微澜。虽然悲哀，倒也无可厚非。不能要求所有的人都在同一精神标高上生活。但如果这种满足是以公开咀嚼别人的隐私为前提，甚至是以"蹂躏"别人的感情世界为代价，这样的看客和叫卖者，也许自感善良，却总是流露出一点不自知的残酷来。

原谅我问一声：如果张艺谋、巩俐愿意传媒来炒这件事，他们是否还有真诚？我们以真诚甚至狂热去炒一种不真诚，我们是不是被愚弄？我们何苦来哉？如果不是这样，张、巩根本不愿自己的分手在社会上扬播，我们从"自己的"（包括读者个人的和报刊的）需要出发去炒死炒活，我们又是否还有同情心，还有爱心?

这些问题，不但叩问社会，也叩问自己。

文中对某些报刊不够恭敬，准备着不好发表。就是发表出去了，我也可以预想到，这微弱到等于无的声音，也丝毫改变不了什么。看客们会依然看得兴味盎然，叫卖者也依然会叫卖得花样翻新。

社会就是这样，一切皆以平常心对待。

1995年3月8日，西安谷斋

冯玉，你在哪里？

前几天收到凤县双石铺镇一位朋友的来信，忽然想起了近三十年杳无音讯的冯玉。冯玉当时是凤县一个村的党支部书记，抗美援朝时失去了双臂。不是通常的那种残疾，而是两个胳膊几乎齐胳肢窝被高位截肢，属于特等残疾。

他被安排到华山荣军疗养院，农村的妻子也农转非去照顾他，由国家负责他们的一生。冯玉待了不到一年却坚持要求回乡。回了乡，村里的事便不能不管，这是一个战士的习惯。正是三年困难时期，山民们生活得很是吃力，难得有这么一位热心的当家人。三管两管，便当上了生产大队支部书记。按他的情况，当支书当然可以动口不动手，他却充分发挥腿的作用，跑遍了那里的山山沟沟。这个秦岭深处的山村，一个大队（当时一个大队包括好几个村）分布很散，山陡路险，溪流纵横，出门"七十二道脚不干"。没有手，上山无以攀缘，过河无以平衡，其困难可以想见，他时常摔得浑身青肿，有一次还被激流卷走。

1962年深秋，听说了这么一位荣军的这么一些事迹，当记者不足两年的我，背了个"120"大盒子照相机，揣了笔记本、钢笔便赶去了。一路上，以青年记者的热情，在脑子里给冯玉描影图形，理想地设想着他种种精神境界。当我举着小挎包涉水过溪时，寒彻骨髓，打了几次滑，腰以下全湿了。亲身的感受更促发了激情。想到冯玉常年在山间奔波，心中很有点崇拜感。

在他的热炕上，我们用被子盖住腿，开始了对话。为什么要放弃荣院那么好的条件回来呢？住在那里总想家。为什么有伤，还担任这么繁重的社会工作，受许多难怅（方言，此处意为困难、艰难）呢？没人干，我又不能下地，闲着做甚？被激流冲倒卷走，你怎么搏斗？赶紧用脚摸索着抵住一块石头，爬起来再走，不敢误了公家的事。当时想了些什么？想什么？没想什么，就想要用脚赶快抵住一块石头……

处在理想化的时代，处在理想化的年纪，我有点失望。他莫不是当时说的那种只有朴素感情而缺乏觉悟的人？在后来写稿的过程中，我没有能扑灭自己原已虚构的激情，在好几个地方"拔高"了他。通讯题名《赞冯玉》，构思了一种报纸通讯中少见的第二人称的写法。记得一开头便是"你站在我面前，背后是高高的秦岭"，然后"你"这样这样，"你"为何为何，叙事缠绕着抒情，一路写下来，很是得意。通讯也得了奖。

记得临走时给他拍了一张照片，贴在相册上。几十年中，多次给家人、给朋友介绍过他，也大致依据的是通讯的版本。时间长了，已经淡忘了那朴朴素素的原版冯玉。

其实他何尝没有境界。他的真境界是，他爱家乡，念乡亲，想工作，负责任而又不会炫耀自己的业绩。这并不是大家都能做到的啊。他的真朴，我的真性，常使我内疚，总想着等待一个机会，还他一个也还我一个本来的面目。

这一切冯玉自然并不知道。他不会想到自己竟会在几十年中嵌入另一个人的心灵，给这个人以营养。他甚至早已将我忘记。这也才是真正的冯玉。

夸父追日不得，倒在大地的怀抱里，用血肉育化了远古的森林，才有了发光发热的煤田。太阳既在天空也在大地的腹中。轩辕黄帝之"帝"，原是"地"的谐音。黄帝不过是广袤的黄土地的人格神。

冯玉，你在哪里？

1991 年 4 月 22 日，西工大宾馆

弱 者 之 美

"巧合"虽然愈来愈受到文艺的冷淡,生活里有时还真有十分巧合的时候。就拿这六个人来说吧,年龄不同,性格不同,经历不同,籍贯不同,竟然都先后在三秦之地爱上了文学,又在1980年仲夏的一天聚到太白县的陕西小说创作座谈会上。游山时,几十人走得很乱,他们不知怎么神差鬼使就走到了一起。走到一起了这才发现:怎么都是芸芸众生的矮个子?几乎没一个超过一米七。按新时期的标准,清一色"三等残废"。

很荣幸,这个发现者似乎是鄙人。而且也似乎是我提议:让我们站在高高的太白山上合一次影吧,感觉一次自己的"高大"吧,用假定来补偿一下多年的心理缺憾吧。这位现在无法考证的摄影师也真绝了,用百分之一秒的瞬间捕捉了六个人性格、命运中的许多重要信息,将这些密码定格、显影于永恒。

路遥当时刚平三十岁,你看,已经富态初呈。连鬓胡"草色遥看近却无",陕北汉子的虎背熊腰正在不可阻遏地突破中山装的文化限制,无言地宣告着黄土山脊般的大气。那时他的《人生》还没有发表,进山路上,给我轻轻哼唱着《赶牲灵》:"你若是我的哥哥哦,你就招一招手;你不是我的哥哥哦,走你的那个路哦!"边唱边解释这首陕北民歌的情致和境界——这构成了后来《人生》小说和电影中的重要意象。十年后,他为陕西争得了第一个茅盾文学奖,名列榜首。一曲《人生》,一片《平凡的世界》,印证了他对生活把握的大气,对人生描绘的宏阔。

清癯的贾平凹对着镜头偏偏低了个头,怡然神往于手中的小草。看来他怯于人与人的正面交流,更适合像山中的水和路那样,拐个弯,托物咏怀,借自然的几缕灵秀传心中的一派魂脉。八水绕长安,城中不见水。很有点超脱,很有点随意,很有点机智,很有点格外。这何止是平凹的肖像,活活就是他的作品。十年之后的他,自然依旧没有长高,却在文坛很领风骚,出了六十多本书,第一个拿到了洋人的"美孚飞马奖"。

却又怪,偏偏是年龄较大的徐岳,手里要拿一束花,还要卷着裤腿、耷拉着头发,咧开嘴朝你直笑。那发型和裤腿,大约是一位儿童文学作家童心的流露。那束山花呢?现在应验了:原是该献给他自己的。这几年独自苦心经营《中外纪实文学》杂志,成为陕西文坛罕有的盈利刊物。去年夏天,此兄穿烂了三双凉鞋,用两条麻秆腿跑出了一个"双五"文学奖基金。文学圈里,这是个用创作、编辑、经营三双翅膀飞翔的人。依然不显老,被朋友们戏称"大龄青年"。

细察李星,你就会明白,日后不可能是别人,必定是这位敦实的老弟首先提出"'农裔城籍'作家的心理世界"这个命题,并做出深切的论述。他也是"农裔城籍"的评论家,此乃他的专利。不过李星又是在京城做过"大学生"的,当日前向社会捧出第一部评论集《求索漫笔》时,你如果发现作者的头发已经起伏着波浪,便不致见怪了。

真不知道当时白冠勇为什么要背着手,配以那六人中唯一的眼镜与背头,正是时下荧屏上领导干部的形象。果不其然,太白留影之后不久,便挑上了宝鸡市文化局长的重担。评论写得少了,那个地方的创作却繁荣起来。屈指行程八九年,可说是一名"老干部"了。

一张已经灰黄的旧照,有几多刻意呈露在随心之中,有几多必然散落在偶然里,又有几多永恒压印于瞬间呢!十多年后重又翻出这张照片,我哑然失笑,又无可奈何。心头冒出一丝命运的苦艾子香味来。

也无妨说,这六个人是整齐地站在矮个子的起跑线上。他们也许难以跑过高个子,却恐怕从来没有不跑就认输的念头。六个人中,我肯定是落在最后面、上气不接下气的一个。就这样，我也还是想继续跑下去。我绝对追不上身边的各位，也绝对缩不短自己拉开的距离，但我绝对会认认真真、从从容容坚持跑完人生马拉松的最后一米。

以此故，乃在照片背面题了"弱者之美"四字。对他们是由衷的钦羡，对自己则聊以自慰而已。

1991年5月26日，西安岚楼

无异的两岸心

1988年初冬去云南大理参加一个全国文学学术会议，第一天吃早餐，我迟到了，和一位戴眼镜的男士坐了一桌。服务员来收餐券，此公茫然不知："餐券？没有人发给我呀。"眼看他的会议代表身份要受到怀疑，我连忙代付一张了事。

于是边吃边聊。贵姓？免贵姓高，名片忘了带。写点诗。很爱西部，那儿有未开采的意象库。不像东南，诗的贫矿，又加之西式的滥采滥伐。一定寄一本大作《西部文学论》给我。一口带上海腔的普通话，健谈，坦诚，观念似属传统派。

会议开幕式上，欢迎台湾著名诗人高准致辞，从过道加座上站起来的竟是此公！"万方之中央呀是巴颜喀喇山脉，闪闪的繁星冷浸着铮淙的清冽，铮铮而北，腾跃着，腾跃着黄河浩荡，淙淙而南，奔流着，奔流着大江日夜。从此是两条发自内心脏的血脉，拥抱着，拥抱着那永恒的美丽缠绵！"一首《中国万岁交响曲》博得满堂彩。接着发表了以儒为本的诗歌文化见解。我暗自诧异餐桌上一席谈，竟没能发现他的"台胞"身份。除了不知会议餐券为何物，海峡两岸的我们这两个，实在谈不到多少"异样"。

就这样成了朋友，就这样做了几次长谈。在一次民间色彩的"三道茶"晚会上，我起哄要这位出了十二本诗集的诗人朗诵，不料他宣布要唱在台湾学得的半首歌，只记得前两句——"五星红旗迎风飘扬，胜利歌声多么响亮……"全场的人帮他唱下去，唱着唱着，欢乐竟转成了感慨。

这位高准，1981年不顾当局禁令，访问大陆，被吊销"台湾身份证"。

"不让我当中国人,只承认我的美国籍!"打了几年官司,这回以中国人身份再访大陆。难怪他珍惜这份中国人的文化感情。

1991 年 4 月 2 日,西安岚楼

心　　债

　　一点小小的歉疚，在心里埋了三十七年，挖出来竟然还活生生的，有绿芽儿。1954年初中毕业时，按家里安排报考高中，志趣却另有所钟——那时，我和同班好友万嘉勋正读苏联马卡连柯的教育小说入了迷，《教育诗篇》《塔上旗》展开着重塑灵魂的境界，两颗少年的心被献身少儿教育的激情燃烧着，几经墙根和阁楼上的神秘策划，我们悄悄给招生办写信要求改志愿上南昌师范学校。发榜时，想不到他去了"南师"，我上了高中。

　　三年后，我在京城的大学校园里收到来自莲塘镇小学的来信，他已是一位小学教师。熟悉的字体无声传递着总角之谊的纯真。回信时，我在精美的十竹斋信笺上写了一句事后跌足而悔的话："这信笺是在荣宝斋买的，我很以为高雅，你以为若何？"这不是笔误，是某种可憎的潜意识在作祟——隐隐的优越感和幼稚的附庸风雅，暗示了两人的距离。再没有回信。或许他被刺伤了，或者不是。我却为自己这样回答童友的无邪，在漫长的岁月中背上了心债。

　　喧闹的50年代末，严峻的60年代初，十年"文革"的纷争，十年新途的繁忙，我们转眼由而立而不惑，进入知命之年。银丝像常青藤爬上天灵盖了，却童心大发，初中同学在南昌举办三十七年的首次聚会。我特意用奢华的红封礼仪电报驰贺："独在异乡为异客，偕友同揖贺同窗。"随后，一叠彩照寄来了，几封密密麻麻的信寄来了。照片让我看见了现在的他，又告诉了他的现在："不想近几个月马太效应在我身上发生了，四月份被评为省优秀班主任，七月份被评为全国优秀教师。"文字跳脱，笔力遒劲，那当然是心力充盈的表现。

我应该释然了，又似乎陷进了更深的歉疚。已经不是为事情本身，而是为两种人生境界的高下。

1991 年 8 月 25 日，西安岚楼

重信守诺

1982年秋天的西安丈八沟宾馆，鸟儿在绿荫中鸣叫。我去四号楼找李健吾先生组稿。四号楼在这个园子里不但楼小，房间也小，却住满了一批声名卓著的学者：冯至、季羡林、伍蠡甫、李赋宁、草婴、叶水夫等等。他们是来参加全国外国文学学会理事会的。李健吾集戏剧家、翻译家、散文家于一身，与我素不相识，自报家门便径直说明来意，希望他为陕西报纸写点文章，西安印象、观剧随感都行。同行的李夫人端上热茶，一笑，无话。

李老很有点学者气，不事寒暄便问起他在西安的老友封至模先生，早年他们一道去法国学戏剧，回国后李研究莫里哀，封却沉浸在民族戏曲艺术之海中乐而忘返，以京剧专家的身份来陕西指导秦腔，惜哉已不在人世。"对西安还是很有点话可说，可以写的。"李老说。这才想起要记下我确切的姓名、地址。于是摘下护目镜，换上老花镜，纸笔当然是永远摆在桌上的，手拿起。

他问我去西安话剧院顺路不，有没有兴致帮他办一件事——"市话"一位亲戚为他买了回京车票，能否将钱捎去。得到我肯定的答复，李夫人便数出三百元交我，不写条子，不要回音，此事就算了结。我实在有点惊异于两位阅世很深的老人对人纯真的信任。想到自己常因轻信吃亏，更增加了责任。

时颇有相知之慨。

几个月后，李老在京遽然病逝。从《人民日报》的回忆文章得知，倒下的前一刻，"桌上正铺开为陕西报纸写的文章文过一半，飞来横祸"。真想不到这篇永远写不完的短文成了李老的绝笔，而他人生的句号竟画在我和他人生之圆的切点上。

1991 年 2 月 11 日，西安岚楼

郭老的炽热

1959年夏秋之交，北京各大学的学生轮流到京郊十三陵水库义务劳动。在已见雏形的大坝下，上万条车道辐射开来，用小车、担子向坝基运土，供卷扬机向坝上提升。红旗猎猎，锣鼓喧天，学校小喇叭的宣传组在车流人流中活跃着。我们挑破了肩膀，挑瘸了腿，很累，很虔诚，很昂奋。时代是青春的，个人是青春的。大家给工地上一切的艰苦都编了欢悦的快板，用河北民歌《大实话》的调子唱出来："窝头甜，咸菜咸，吃到肚里管半天。""花洞房，真是洋，可惜没有住新娘。"我们把半截埋在土里的工棚谑称为"花洞房"。

这天，毛主席、周总理带中央机关干部来工地劳动，年轻人的激动无以表达，都加快了步子。有顷，广播宣布由郭沫若副委员长给大家朗诵诗作。郭老在我心中一直是"黑体字"，是书面上的伟人，我不想放过这个机会，便挑着空担溜到席片围起的工地广播站；不敢贸然闯入，像孩子一样在竹席上戳个窟窿，眯眼朝里窥探。年近七十的郭老穿着坎肩，摘下眼镜，看着手里的小本子朗诵着："北京的北部，这座十三陵水库／蓝色的天穹下，毛主席为它铲土／红旗猎猎鼓声震，百条长龙共……"刚念了两句，广播"嘟——嘟——"直响。调试好扩音器后，又念，念不到两句，"嘟"声大作。郭老并不生气，小声说："这是配乐朗诵！"我在外面笑出了声，心中的崇高化为现实的平易。

晚上，向同学们转述了自己的见闻，并在大家有节奏的掌声中朗诵郭老的诗。每四句，同学们便全体大喊"嘟——嘟——"作为"副歌"过渡，一个个笑得前俯后仰。

三十多年过去，忘不了自己那份稚嫩，也忘不了郭老那份炽热。那年我十九。

1991年4月15日，西安岚楼

元戎和哲人

20世纪50年代末60年代初，首都高等学校的毕业生在分配前要听一次报告，地点是人民大会堂，报告人是当时中共中央政治局的委员们。记得第一次是周总理，后来彭真、陆定一都讲过，我们六一届是当时中央主管文教、外交的陈毅老总。

座号票有前后，班里很难分配，便抽签。我竟抽到了楼下第一排。这是全班独一无二的第一排座号，我成为全班独一无二的幸运儿。

这天下午，万人大会堂坐满了就要走向社会的莘莘学子。宁静的等待中有无数的青春梦在大会堂穹顶群星向阳的灯河中飞翔。

陈老总迟到了。近四点才来。他边朝讲台走边拱手道歉：因为参加梅兰芳先生的葬仪耽误了大家的光阴。随后在麦克风前坐下。这一坐下，苦了第一排的幸运儿——过高的讲台几乎挡完了陈老总的脸，我只能看到那饱满的额头，台灯在额角上聚成一个亮点。他几乎不停地抽烟，许多精彩的、豪放的、沉思的话，从讲台后随袅袅烟雾腾起。一代元戎便成了思考的哲人。

陈老总主要讲国际形势，讲地球上中美苏这个政治大三角，而出发点和落脚点则是中华民族的命运，中国如何在强手如林的地球上自立自强。有几句话是终生难忘的："我们这个国家、这个民族需要改造。这是近百年所有革命者的追求，也是我陈毅一生的追求。五十年内外，这个改造不能实现，中国在地球上无以立足，何谈振奋？有了这个改造，才有跃进，中国才可能成为地球的一个支点！"说时动情地以指击案，麦克风放大成"咚咚"的鼓点，一下一下打进我的心头。

从人民大会堂出来,天安门广场华灯初上。我在高高的廊柱中稍事巡行,然后一步一步走下台阶。那时人民英雄纪念碑南面有好大一片松林,我在那里坐了很久。我是在一声号角、一片沉吟中踏上人生征程的。

1991 年 4 月 29 日,西安岚楼

三 见 周 扬

先后三次见过周扬,一次1960年,一次1979年,一次1986年。见面而已,从未说过一句话。三十年中,他由中年而古稀而垂危,我那明澈无邪的眼睛也被岁月打磨得浑浊。沿着各自命运轨道经历了人生创痛的人,无须说话就有了感应。

1960年,北大、人大联合举办文艺讲座,两周一次。老舍、曹禺、何其芳、张光年等人各执一讲。周扬作为文艺界第一号领导和理论家,安排在开篇。讲的内容我已忘得一干二净,只记得似乎通篇在和某些看不见的论敌争论。他眼里常常有两个亮点,扫射着会场。头发已经斑白,像刷子一样竖着。不停地用手指敲着讲台,加强自己论辩的力度。这敲击声经过麦克风的放大,发出鼓点的"咚咚",有次还引发了喇叭的长鸣。他常说这样一句话:"你们不要去传,周扬又说了什么什么……"好些年后我才懂得,这都是由于他的地位。

1979年去京出差,文艺界的朋友又拉我去听了一次周扬的报告。正是四次文代会前夕,通篇是讲几十年执行文艺方针政策中自己应负的责任。不厌其烦地向许多人重复道歉,使人感到琐碎而啰唆。原有的刚强自信荡然无存,明晰的理论思路也如眼中的云翳显出了灰暗。此时的他,是一个敢于负责的共产党人,又是一个厚道、宽容的老人。人本性中一些无意识的东西,濡湿于意识形态之中。1986年去京开会,周扬已卧病经年,几位文友相约去医院看望。一代论家已无听、无视,不再和世界交流,静静地躺在那里,通身插满管子,维持着非意识的生命代谢。许是病房过于安静的缘故,我注意到窗外有一茎在阳光中颤动的小草——那是春日的爬墙虎在探着头。由不得就想起自己两年前在勉县武侯墓的一副题联:"汉桂犹绿矣,蜀相安在哉!"不知怎么就想起了它。

1992 年 10 月 7 日,潼关旅次

赵淑侠的乡愁

晚秋天气，游轮逆江而上。我与瑞士籍的华人女作家赵淑侠搬两张椅子坐在前甲板上。秋风顺着河道扑下来，头发乱麻似的散在额间。神女峰顶，最后的夕阳在曚昽中灿烂。

关于她，我们已经聊了很久：身世、创作、大陆、台湾、欧华社会、欧华文学。赵淑侠母系旗人，原籍山东，先辈闯关东去了黑龙江。1949年去中国台湾，1960年赴欧。三十年下来，由服装设计师而作家，以几百万字、几十本书的实力被选为欧洲华文作家协会会长、世界华文作家协会欧洲分会会长。有作品被译成瑞士文……

"在欧洲，我可以说是很少几个走出华人社会得到西方社会认可的作家，"她说，"心头却好一个愁字了得。欧洲的朋友读我的作品，惊异字里行间有那么多苦闷。大约他们想，你一个中国人，能够定居瑞士，生活优裕，事业有成，就该乐不思蜀，哪来如许的惆怅？这就是西方人的实用主义和我们中国人的不同。我们是'家园虽好，终是他人家园'。"天渐暗水渐凉，她不想回舱，几乎是用喃喃的自语，伴着这摇篮似的江轮。

我们都是无根的，树苗从土地上挖出，栽进花盆，有美水硕肥，却少了贯通的地气。我们生活得舒适，出了小窝，却满目碧眼黄发。我们不可能用西文写作，不可能用和那里的生活相融一体的文字来表述那里的生活，我们只能以东方的符号来写对西方的感受。这是悲哀。

我们好不容易被欧洲社会认可，说老实话，那不过是被异域文艺圈认可。

社会的读者层在我们是不敢想象的。以此故，欧华作家的圈子很难扩大。20世纪70年代初，只有我在写，现在有了几十人在写，分散在欧洲各地，难于见面，哪里成得了气候！真担心欧华文学后继无人。

我遇到许多去国赴欧的作家，他们告诉我：我们的价值，作品的价值，全在于无根的漂泊感、失落感，全在于向西方人展示外来人的独异眼光，向中国人展示无母体的情状。这是我们的价值，也是我们的悲哀。我们价值的实现，还得靠中国。如果中国没有园地发表、出版我们的作品，在欧洲是很难面世的。没有读者或者见不了读者，当什么作家、写什么作品？我们愿意在国内出书，读者多、反应大。这不光是艺术价值的实现，也是我们和母体血脉交流的渠道。中国读者的反响，使我们感到一种娘家的温馨。

三峡的山，如一只只有力的臂要挽住东去的江水，金粼粼的夕阳却像过江之水，弯弯曲曲顺流而下。夜在她的絮语中，就这样悄悄地降下自己的帷幕。

1992年11月3日，西安岚楼

倦 于 追 星

眼下年轻人心头有各类青春偶像，尤以追逐歌星、影星为甚。热度之高，不亚于炎夏上升的气温。舆论幽其一默，戏称为"追星族""发烧友"。

想起来，我也曾当过几年追星族哩。非但追星史很长，从20世纪60年代初到80年代初，长达二十多年，而且是"专业"追星人——采编影剧歌舞的新闻记者。想当年忙于出入影院剧场，还比别人早好几年进入了当时刚刚起步的电视拍摄厅。一有外国外省的影戏访问团来西安，蹬上车子就出击，台前幕后忙个不停，见缝插针采访，回来连夜编写，好及时传播给社会，和读者共享喜悦。这二十年来，外国的中野良子、栗原小卷，中国的王丹凤、张瑞芳、孙道临，还有京剧的四大名旦，及至当时初出茅庐现在红得发紫的陈冲、张瑜、刘晓庆，都曾一睹风采，合过影、留过言、写过专访。记得60年代中期，经中央电影局批准，曾印制了当时全国十大影星的黑白大照片，高悬于各影院的休息厅中。我也走后门弄来了谢芳和崔嵬的两张，挂于卧室明窗两侧的墙上。我偏爱谢芳的学生味和崔嵬的个性，不料"文革"中被批为资产阶级情调，讨了好大一个没趣。

实在说，那个年代青年人对影星虽有热度，也不过微温，和青春偶像干系并不大。那个时代青春的理想、憧憬，大都集中在雷锋、王杰、欧阳海们身上。我自然不例外。我的追星热情，更多的是工作热、写作热的表现。要不是记者分工的需要，而我又痴迷于记者职业，怕连微温也保持不住。

故而我追星的温度没有维持多久便呈明显下降趋势。"文革"是一大转折。干部下放锻炼，在农村工厂基层待了八年，生活的氛围和切身的闻见都和过去的青春情调相去甚远甚至大相径庭，总感到文艺圈的人生到底不如社会的大人生来得切实。岁月与遭遇洗尽心中铅华，青春的浪漫相当一部分转为中年的务实。到了1982年，参加全国"百花奖""金鸡奖"在西安的颁奖活动，可以说是向追星族最后的告别。这次颁奖会挺有趣：由于获奖者都是新生代演员，一律年轻，而新闻界当时还没有换代，大都是刚从"文革"朔风中跌跌撞撞爬过来的中老年记者。会场内外，便形成老头老太太争抢采写后生闺女的局面。记者诸君体力和心理的疲惫，可想而知了。记得晚报有位知天命之年的老记者，大会没有他的床位，为了采写应届最佳女演员得主李秀明，在丈八沟宾馆群星灿烂的楼外整整等候了七个小时。困了，就靠在草坪的石墩上打个盹。真叫悲壮，真叫悲凉。我想，四十岁以上的吾辈，这是知趣地退出追星行列的时候了。这种奢侈，既非我所好，又为我心力所不支。

　　回来不久，便递上了告别记者岗位的请求，调到了可以少安毋躁的新单位。从此不再发烧。

　　又一个十年过去，我隔着漫长的光阴来看今天的男孩女孩为追星而发烧，时代的轻风送过些许遥远的回忆，有点儿理解，有点儿慨叹，更多的是慈爱。谁能知道，眼前这位戴着老花镜的夫子，当年改行他就，竟会是缘于倦于追星呢？

1993年6月20日，西安谷斋

人生赛手

  我俩先后诞生在那个有着"东宫"和"西宫"的复杂家庭。在抗日战争的颠沛流离中，合伙吮吸着一个奶瓶，戴着一样的来不及绣字的小围兜。尔后，背上外婆一次做成的两个小书包，走进小学一年级教室，同坐一桌。在好奇和怯惧中悄悄拉起手，形影不离地抵御着陌生的诱惑和陌生的压力。每次放学回家，都同时喊饿，同时喜滋滋地吃姨外婆给我们留下的两碗加餐饭——烩米饭锅巴。至今，这仍是我特别爱吃的饭食。学期末，一同带回来成绩单。在微小的差距中，两颗幼小的心蓦然经受着荣耀、羡慕、失落、压力和激励的种种心理。竞争给了童心以最早的人生经验，从此我俩成为人生路上的赛手。他只比我大半岁，却是我的六舅——我是这个家庭正房的长孙，他是偏房最小的儿子。我母亲只比姨外婆小四岁。上初中了，我俩仍在一个学校，同级不同班。每次成绩出来，矜持使我俩从不互问对方的得分，却早从侧面摸清了对方的底细。有次年级作文竞赛，他是第一名，文章贴在墙报中供同学学习，我一连读了四遍，是学得最认真的一个了。接着便借文艺书，带着一股狠劲啃起来，不料从中啃出了味道，竟然一辈子与文艺为伴。少年人一时的好胜给我开了一个终生难以改变的不幸的玩笑。

  高中时，我们分到两个学校。我住堂，他走读，每周回家仍要见面。高一上学期，他兀地寄来一信，报告自己入团的消息（竟然等不得周末当面告诉我），我即回一信祝贺。半个学期之后，如法炮制，我也给他寄去一信，报告了同样的喜讯。当然也收到一封同样的"贺函"。考大学时，由于学校性质，我被提前录取，入学通知比他早到三个月。他经受了难耐的一百天，终于收到同样的一份入学通知。少年老成的舅甥，像站在起跑线上的两个"男子汉"那样紧紧握手。

然后他去了武汉学医，我去了北京学新闻。然后我到了西安当记者，他到了空军当医生，成为我国第一个飞机手术室的主刀手，被同伴谑称为"空中一把刀"。我们依然不时互告在人生赛场上的每次"得分"。"文革"中断了联系，却时在念中。一想起孩提时代的友谊竞赛，脑子里便过了电影。心头有湿润的小风儿掠过，手脚也便不由得勤快起来，不能一丝懈怠。

"文革"后，《光明日报》一度开辟了优秀知识分子榜。

我预感六舅的名字有一天会在其中灿然出现，便一直注意着那栏目，好几年中，从未失望过。唯对他没有失望，才增添了对自己的坚信，反激了自己的奋争。1989年夏的一天，我在青海高原牧民帐房里，眼光无意落在垫桌子的旧报纸上，果然读到了他的名字，果然就在《光明日报》那个栏目里。心像乍然充了电，腾腾搏动起来，能听见血潮在体内澎湃。那是热的传导，力的涌动。

人生路上的两个隐形赛手，就这样于神意中竞赛了大半生。

我俩的专业无可比性，竞赛完全是一种心力的较量。它也许带着过重的五六十年代的理想主义色彩，却如此令人留恋，如此让人受惠无尽。

1993年4月4日，西安谷斋

寄托的瑰丽

在物欲横流的今天，我来写她，实在是不合时宜的。但是没有办法，一想到她，便有一种被催促的感觉。

她叫王文真，一位老红军的妻子。丈夫吴沛在战争年代屡建功勋，建设年代作为大军工基地的总军代表，也有很多劳绩。不到五十岁即因极"左"路线强迫离休，并被"疏散"到陕南城固县。王文真在县办工厂当支部书记，吴沛便发挥余热，去街头巷尾修自行车，帮地方上干各种公益劳动，曾被评为兰州军区离休干部标兵，《解放军报》有过整版报道。在知识青年上山下乡热潮中，老两口亲自将女儿送到大巴山区插队落户，吴老还带着家具去村里给知青点打灶、安门窗。

我就是这时采访了他们。我细读了吴沛的日记，深知他属于被信仰、理想之火燃烧得热烘烘的那一代人。从此我与吴家成了莫逆之交，二十多年来往不断。

吴沛1973年因病过世，王文真一人带着八旬老母和四个孩子，艰难可以想见。她靠什么支撑呢？和丈夫一样，也是靠一种信念，一种精神目标。只是这信念和目标具体化为一点：给自己崇敬的丈夫立传。这个目标使她夕阳中的人生变得绚丽了。

无论在城固还是回到西安干休所，她都将丈夫的遗像、遗物、日记、书籍专放一屋，无事则坐屋中，将丈夫的日记、笔记读得烂熟，说话间，由不得也引用"吴沛语录"。

为了给丈夫立传，她离休之后决心提高文化，成了山西函授大学年龄最大的学员，并以优异成绩获奖。在这前后，考入老年大学书法系，心劲大得家中铺书案、寒夜敲教师的门。练字既可养生，也是一种写作的准备。尔后，便自费去了东北、四川、包头，沿着丈夫当年的足迹逐地采访传记的材料。

每次我去看她，她便高兴地像汇报一件工作或一项工程那样，报告她的计划和执行情况。她生活得紧凑、充实、快乐。

这中间，老母仙逝，小女早夭，每次打击之后，她都重新调整步履，重新振作往下走。

我要告诉读者的是，二十年过去，王文真至今也没有完成丈夫的传记。这并不重要，重要的是她因此将余生纳入了一个奋斗的进程。在这种奋斗进程中充实了自己、提高了自己。她在写丈夫的过程中写了自己，写出了积极与执着的人生态度。她其实是完成了一件作品的。

看来，人还是要有点精神的。

1993 年 3 月 10 日，西安岚楼

相信能记住，就记得住

今晚两位大学时的老同学从外地来访。毕业匆匆已二十五载，从未谋面，话匣子一打开，眨眼就到了电视播音员和观众道别的时刻。

闲谈中得知，大学时的报刊史教师、人民大学新闻系方汉奇教授，和大学的同学、《人民日报》高级记者艾丰，今年同时以自己的新闻史、论文著作获得吴玉章奖金。方汉奇老师记忆力惊人，每次上课，什么也不带，两支粉笔一张嘴，滔滔不绝就是两个钟头，中间极少打绊子，也难得说重复话，更不喜欢拖腔拉调，用语气词来稀释自己逻辑严密的讲课。举凡报刊史的叙述、评论、人名、报名、年代、各朝年号，乃至长长的引文，一律倒背如流，是一个字也不兴错的。

那时我还未满二十，不轻信，好奇，也有点调皮。有时听课，就一字一句对照教材，想抓方老师几个错。说真的，还不记得有哪次"胜利"过。这倒使我对报刊史听得分外认真，由崇拜老师而爱上了他的课。有次他讲同盟会机关报《民报》和保皇党的《新民丛报》大论战，竟能把两报辩论的文章一段一段背将出来。真是惊人的记忆力，要没有亲见，谁能相信呢？

算起来方汉奇教授已是近七十的人了，听说记忆力少见衰退。三年前去京出差，拜访他时曾问及记忆的奥秘，他说，要懂一点方法，譬如及时复习直到记住，将要记忆的内容和熟悉的事件、好记的形象、谐音联在一起，还有就是分析、理解，记住逻辑构架……这都是可行的；但最重要的是要有记忆的信心和决心，特别是年纪大的人，不要在记忆面前气馁。他总是将自己的能力乘以二，来安排工作和记忆任务，因为他相信人脑的潜力被埋没的远不止二分之一。有了超负荷的要求，就可能挑起超负荷的担子。

我听了很惭愧。我自突破四十五岁大关，就常常想着自己老了，说话、走路、穿着，都要符合"老"的身份，好像有意识在培养自己的老年意识和老年感觉。这不是自己在缩短自己的寿命，取消自己进入人生新阶段的入场券吗？方老师让我想起达尔文的句子："在学问上有所成就者，与其说是头脑的好坏，不如说是决心的大小。"或者再加上一句："你相信自己能干好，你就干得好。"

1988 年 1 月 1 日，西安岚楼

拼接读书法

自从在一所大学兼课，家中年轻的客人就多起来。大约因我不是正式教师，没有"师道尊严"，只是"以文会友"，倒是什么都谈，让人尝味到忘年交的甜头。有次一位老弟要谈谈自己的读书方法，搞得我半晌没吱声：他哪里知道这正是我终生的憾事。走向社会近三十年，忙于编辑和其他行政工作，何尝有时间安安静静坐下来读书？至于认认真真地总结读书方法，更是梦花一朵了。

不过倒是逼着我想了想这个问题。我想，读书之法，大约像一切领域的办法一样，都因时因地因人而异，大法则有，定法则无。就读书之法而言，大致可以举出很多。一种是网络式的读书法。在一个知识领域内求得历时和共时的系统性；在若干知识领域之间，注重其联系，逐步结成一个知识的网络。一种是聚合式的读书法。在阅读各类书的过程中，逐渐向一个专题、一个目标靠拢，最后形成自己专有的领域，好似长藤结瓜。一种是发散式的读书法，即围绕一个目标去读各方面的书，使自己不但对这个问题有所知或知之甚深，而且对这个问题与其他问题的联系有相当的把握。一种是反刍式的读书法，先浏览，再精读，再有重点地拆卸开来读（如一部小说，先读肖像描写、对话），再组装起来整体地读，读与思结合，逐层深入，等等。

这都是些好方法，但有一点——都得有比较充裕、完整的时间。像我这样长期在报社工作的人，很难高攀。我只能逮零碎时间读杂书。前十来年，常常围绕报纸编辑工作热蒸现卖地读杂书。今日文学，明日戏剧，后天说不定是历史文物，有时还得翻翻科学史话。工作需要之中再挤点个人爱好。偏我个人的爱好又多变，一度热恋美学，也掉进过哲学的深潭，又在外星人秘密中眩惑不已。这真是完全的"散点透视"。到了近十年，渐渐发现原来无意中读的杂书，在这里那里开始衔接、粘连。而几个不同领域知识的衔接、粘连，常常使自己的思路开阔起来，思考角度新颖起来，有时或因此获得了新的思维材料。

这倒给我以启发：杂是我们这些忙里偷闲的读书者的弱点，不也包含着长处吗？于是，我近年来便有意识地注重各学科之间的联系，从联系中选书读，尽可能使以前的散乱结成一定的章法。

这样的读法，可以适用于读书时间少的情况，又可以在一定程度上将知识的非系统性转化为系统性。虽然这种系统性在深度与广度上不如上述几类读法，但也算是"不幸中的万幸"了吧。

这自然是不得已而为之的办法。想到中小学教师大部分都当不成专业读者，写出来聊做参考，不过心里总有点凄楚。期望一生都能认真地专门地读书的梦想，看来是难以实现了。我是多么眼红那些可以坐在教室、图书馆终日静读的青年和学者啊！

1988 年 1 月 5 日，西安岚楼

闲谈群体团聚力

一位在中学当班主任的朋友来访，闲聊中我提到：山川、土地、人情风俗、科技文化、名人名事等，都是构成社区群体团聚力的重要因素。他十分感兴趣，因为增强群体团聚力对搞好一个班级至关重要，当下要我稍说其详。

社会群体有多种层次、多种类型。一个学校、一个班级也就是一个社区群体。团聚力是群体内部的吸引力，是群体保持内部亲近、协调的黏合剂。社会心理学家总结了许多种群体团聚力的模式，我归纳了比较重要的四种介绍给友人。

一种是血缘模式。家庭的团聚力最为强大，在以家为立国基础的中国尤其如此。家庭团聚力的基础是血缘的纽带，经济的纽带，长期共同生活的纽带，以及反映这些感情、情绪、性格命运的各方面难以撕扯开的联系。此外，家庭是社会的基本存在单位，在社会交往中常常作为一个独立体，这又从文化观念和社会外力两方面加固了血缘群体模式的内聚。

一种是业缘模式。指共同的职业要求和工作任务将人群组织团聚在一起。他们没有血缘的基础，但共同的目标（其中包括经济、政治和其他目标），以及为实现这种目标而共同进行职业实践活动，实现这种目标后可能获得的各方面的利益，将他们联系在一起。

一种是地缘模式。从这种模式的角度看，群体是空间上组织起来的人群。不同范围（大至国家小至村落，甚至班级、小组）的个体经常在生活实践中交往，就会产生一种群体认同感或叫社区感现象（例如校风、班风、集体荣誉感）。西方学者勒温把这种观点叫作"群体场理论"。这种场包括两种因素：空间（社区环境）和动力（个体在场中的吸引力）。

还有一种是兴趣组或社交性模式。社交性是指个体间互相结合的倾向，例如学会、俱乐部、课外活动组织。这种群体的形成，取决于兴趣和社交的共同趋向。

作为群体的学校或班级，可以说是除了血缘模式之外的其他三种模式的交叉。教与学可以说是师生的一种"职业"，学校是一个社区；在学校、班级内部，在师生的业余生活中，又可能因为兴趣和社交程度的不同组成各种公开的或潜在的群体。增强学校与班级的团聚力，如果从这三种模式入手同时进行，就会有显著的效果。

1988 年 2 月 19 日，西安岚楼

丰富的孤独

每天下午二时至四时,在大街熙来攘往的人流中,有一个孤独的散步者。那是位六旬开外的妇女,提个手提包,在人行道上缓缓地走着,一言不发,也没有什么目的,很放松、很自若。她就是著名作家杨沫。杨沫的名字和《青春之歌》里的林道静一道为国内外读者所熟知,而她本人却常常处在这种孤独之中。上午是她写作的时间,"很怕别人干扰,来个电话,也心烦成热锅上的蚂蚁"。下午的散步是锻炼,也是构思。她写作品总是离开家找个安静的地方独处。她很想家,却不能不与这种思念斗争,强迫自己留在这种孤独的情境中。"生病时,特别是心脏病,需要绝对卧床。一个人躺在被子里,想家里人,最想外孙、外孙女禾禾和蕾蕾。有时禁不住闭目喃喃低喊:'禾禾,蕾蕾,你们在哪里,在做什么呢?两行清泪不觉滴落面颊。为了文学,我必须忍受这孤单。"孤独,常常是知识分子的"常见病"。以前受"左"的影响,认为这是缺点,是毛病,一律和"资"或"小资"挂上钩。其实很需要做具体的分析。杨沫的孤独,陈景润的孤独,既是由某种创造性精神劳动的个体方式养成的,又表现了为事业而牺牲生活乐趣的精神,有什么不好呢?人是群生的,为了事业而克制人性中的合群欲望,忍受孤独,其中不有着殉道者的高尚么?

还有一种高层次孤独,是开拓者、启蒙者走在人类大群前面而不被理解或缺少同行者的孤独。马克思、恩格斯、哥白尼、布鲁诺、鲁迅都因为对现实社会深刻的批判,对未知事物的最早发现而经受过这种心理孤独。这是灯塔的孤独,是珠穆朗玛的孤独。随着历史的发展,他们的思想和发现逐渐被广大群众理解、接受,有时还会变成全社会的实践活动(如共产主义运动)。

这时，他们的孤独会消失，而新的孤独又会产生。

这孤独是伟大的。

还有一些孤独，属于无可褒贬之类，应该得到尊重。譬如由个性、气质造成的或先天或半先天的孤独；由于年龄境遇变化造成的孤独（社会对老年孤独症与中年忧郁症的理解太不够了）；由于要保护自己或家庭的隐私所造成的孤独（社会对独身者尤其是独身妇女的孤独理解更不够）；等等。我们说的要尊重人，其中恐怕包括尊重人的这些好的和不好不坏的孤独在内。——只是有一个前提，这些孤独不能损害或妨碍他人或社会。

也有不好的孤独。如自私、傲慢、偏狭造成的孤独。对自己错误的心理长期隐瞒以逃避群体的监督和制约，久而久之会变得孤独起来。现代民主提倡社会生活更公开和透明，人与人之间更多地交流和对话，我看这是克服这种孤独的好办法。

现代社会愈来愈走向一体化、网络化，这使得人际交往、公共关系日益重要。现代社会也愈来愈个性化，这又使得尊重正当的孤独成为必要。

1988 年 3 月 5 日，西安岚楼

小猫的征服

家里养了一只全黑的小猫。小黑猫可真不算漂亮，鼻子和下颚向外突出，有点儿像狗。亲戚送来的时候，上高一的男孩嘴快，脱口说了一句："这猫怎么贼头贼脑的？"

小黑猫对自己的丑陋和不受宠爱毫无自知之明。它死乞白赖地依恋着人，不屈不挠地索取着人的爱。成天用甜甜的媚笑缠着你要吃的，吃饱了，便展展地躺倒睡觉。睡够了，用一个长长的懒腰召回精神，不知从哪里翻出来一些瓶子盖、线团，练习着抓老鼠的功课，那机敏与速度，像是足球赛场上的明星。玩腻了，又蹲在你身边，用两粒琥珀那样黄亮透明的眼睛，好奇而专注地看你翻书、写字。有回日立公司的广告里发出了猫的叫声，长久寂寞的它极为兴奋，竟歪着脑袋与荧屏之声酬对。

丑陋的小黑猫，开始成了全家的宠物。孩子更是爱得厉害，抢着服侍它，包揽了关于它的全部事务：吃、睡、洗、拉、玩和好几个项目的智力训练，表现出一种由爱而产生的耐心、细心和恒心，流露出一种由爱而得到的幸福、自豪和满足。这真是有点儿出乎我意料。因为粗疏、冷热病和对友谊人情的寡淡，正是我常常批评他的，想不到热情和责任感却因小猫而苏醒了！

我以为，小猫所以征服我们，征服孩子，更主要的还在于它给人类提供了一个表达爱的机会。人需要被爱，也需要爱人，需要接受爱，更需要付出爱。这种爱常常转化为一种对于社会、国家、民族、集体、家庭和他人的义务，人在履行和完成这些义务中，会感到付出爱的幸福。这种爱与被爱的感情要求，是人类本性的一个表现，它反映了作为个体人的群体归属感，是人和群体认同、和社会认同的一条感情渠道。当这种感情要求转化为对群体和他人的责任、义务时，这条感情之渠也就相应地转化为和社会认同的实践之路。然后，社会实践会反过来充实、丰富、发展这种感情，使这种认同感深深地渗透进社会、时代和特定阶级、阶层、社区。

我们爱孩子，爱下一代，常常只意识到他们是被爱者、爱的接受者，而忽略了更多地诱发、激活他们心中爱人的、爱社会的、付出爱和履行社会义务的要求。这不但不利于培养青少年自重、自律、自立的社会责任感，而且无意中堵塞了他们寻求自我价值的要求，孩子自己也未必满意。

1987 年 12 月 23 日，西安岚楼

"测不准"的无奈

此刻是2000年10月1日下午三点,全国都在欢庆建国五十一周年。前年就开始嚷嚷跨越世纪,今天掐指一算,20世纪真正只剩下三个月了。新世纪的微曦已经在东方的天际出现。

西安大南门广场被草坪、鲜花、气球和标语装扮得像一个穿上婚纱的新嫁娘,她不算太老,芳龄才七百来岁。身边站着新近落成还没有启用的金花豪生大厦,个子高过城楼一截,玻璃墙贴的是纯金金箔。这个金碧辉煌的小子,无疑就是今天的新郎了。说真格的,看着还挺顺眼,谁见了都不能说不般配。

城楼前几十米长的两个观礼台,站满了两千多来自世界各地的旅游者。他们五光十色、千奇百怪的装束和以朱红装点的灰色城楼,构成一种要很多话才能说清的色彩关系,当然又远不止是色彩的关系。好几万西安人挤在广场上,参加中国西安丝绸之路旅游节开幕式。昨晚他们来这里参加了"前夜晚会",亲历了"瓮城揭秘",目睹了凤凰卫视当红主持人吴小莉、窦文涛的生猛惊艳;今天还要听领导讲话,看彩车巡游。自古以来就好仪式、好排场的古城人怎么能轻易放过这样的热闹?旅游节是国家办的,由凤凰卫视向全球实况转播,偌大的世界都在看着我们西安,这对切望被关注、被尊重的周秦汉唐嫡传心理,那种好为"中"、好充"大"心理,又是何等的满足。

为了拉动消费、繁荣市场,国家决定每年"五一"、"十一"、春节放七天长假,三次长假的主题词基本是一个:假日消费。半个世纪以来的现代政治性节日,十几个世纪以来的传统文化性节日,积淀了许多原发性内涵,现在都被汪洋恣肆的经济大潮融化、消解了。现代政治节日对某种信念、理想的强调,传统文化节日对民族凝聚力和家庭亲和力的追怀,以及节假日题中固有的审美和休闲之义，一切似乎都还存在着，一切又似乎稍稍变了一点味儿——都被揽进了旅游经济、假日消费这个大题目，成为它的广告词，它的载体，它的手段，它的策略，它展示风采的舞台，所谓"文化搭台（政治有时候也搭台），经济唱戏"是也。总而言之，文化再不是目的，搞活经济才是目的。

其实我在理性上，甚至在一部分感情上，是能接受经济对文化的操作的。文化产品本身就既具文化含量亦具经济含量，文化事业本身也应该既有社会效益又有经济效益。这两种含量和两个效益，可以转化而且一直在转化着。只是在自然经济和计划经济时代，我们长期缺乏这方面观念意识上的自觉，也不可能找到一种有效的操作方法、建立一种有力的操作体系，将文化产品的双重含量发掘出来。

是市场经济，一点不错，是市场经济，给了我们这样的观念空间和操作空间，文化由单纯的事业开始转化为事业和产业的结合，文化产品的双重价值才逐步得以实现。这有什么不好呢？

也可能不好——譬如，好事做过头了就不那么好。发掘文化的消费潜能是文化走向市场的一个前提，但恐怕不是什么都可以转化为消费对象的。文化和审美，到底还有自己的品格，也还有和市场不搭界也无法搭界的一些圣地或祭坛，更甚至有一点自己的"隐私"。这几年，从消费悬念、消费爱情、消费凶杀、消费苦难和愚昧、消费富裕和闲适，到消费女性（这叫"靓"）、消费清纯（这叫"蔻"）、消费男子汉（这叫"酷"），一浪高过一浪，热闹得无以复加。清纯做了消费的佐料，何谈清纯？拍卖别人的苦难和愚昧，则几近残酷。庸俗和肤浅混声合唱着，高洁和深刻只能掉进无尽的休止符中。

不妨将廉价的眼泪、浅薄的笑声、作秀的惊乍，视为民族精神的一种信号，它也许预告着一个喧闹而无声的文化时代要光临了。……唠叨这些挺惹人烦的，自己也挺没趣，罢、罢，权学猫头鹰睡觉，睁一只眼闭一只眼吧。

往后更来劲了，商业主意直往深里打去，开始消费历史。历史是已经发生、铁板钉钉的生活，有时很有一点儿严峻。怎么出售，又怎么个消费法呢？只有"戏说"了，只有按照当下市场心理的需求篡改甚至虚构了。古老的历史便如此这般成了现代的童话和市井的热销货。当代史也进入了市场。"老三届"中的文化人开始将他们那一代苦难的青春当文化商品推销；千百万知青将自己的岁月和阅历结晶的一些人生信念和价值坐标，变成了走俏市场的精神商标；领导人像章和"文革"书报刊，也由于"含史量"而含金量飙升。

我就想，一个人如果不能真实地回眸历史，怎么能真实地对视现实呢？一个在游戏历史的氛围中长大的孩子，会不会游戏人生呢？在现实生活严峻的时候，还敢睁大眼睛看吗？还有拼搏的勇气和能力吗？

同时开始消费思维和观念。将哲学、经济学、教育学、文化学、美学机巧地操作化、趣味化、插图化甚至卡通化的书籍，被大量翻译引进。国内出版界竞相效颦，诱发了书市一个个新卖点。行销一时的《格调》，将构成人格调的各种因素和表征全面细化、量化，"格调"作为一种文化气质和文化素养由是变成可以像模仿秀那样速成操练的东西。许多天真的人以为，中国人一夜之间便会像电影里、夜宴上的欧洲人那样有格调了。

几乎人手一册的《学习的革命》，也是将人类学习求知的过程缩略为一本练习手册。这个手册含有几个版本，最简的黄页，五至十分钟就能翻阅完毕，并大体掌握。——铺天盖地的宣传，使许多可爱的人以为，中国的学习体系、体制和学习效率、效益，马上会有一个天翻地覆的变化，也真的相信"这次学习的革命对人类的意义远比蒸汽机的发明来得重大"（某位专家的话）。

自然，什么也没有"革命"，什么也没有"天翻地覆"，中国人的学习和中国人的格调，依然根据自己的实际、按照自己的规律，缓慢地提升着，切实地改进着，有些地方甚至依然停滞着。这既然是事实，也就并不悲哀。悲哀的是有那么多人相信精神素养可以速成，希望精神领域也像股市一样天上掉馅饼，会产生一批暴发户来。更悲哀的是，这"那么多人"中竟有那么多文化人、知识人。多少记者、编辑、教师、专家花了多少时间、心思、版面，真诚地、煞有介事地为之呐喊、为之兴奋啊。

这些年，便这样走马灯也似的，你方唱罢我登场，一轮又一轮。

时代变了，各种观念都在变。立足点也好，角度也好，眼光也好，想法也好，尺度也好，用语和口气也好，还有，功利目的也好，都在变。这些变化背后，人的心态和感情也在变，而在前面，是新的活法和新的行为方式开着道。

我们这一群，就是被大伙儿称为"文化人"的一群，也在变。变化中常有那种进入新时代的高蹈扬厉的感觉，却也免不了尴尬和无奈。对时下的变化，有时候感觉上好极了，理性上却出现了阻隔和障碍，便多少陷于某种困窘。这倒好办，不去想它，跟着感觉走就是。有时候却为难极了，理智上很接受，感觉、感情、感性却偏不点头，于是出现一种撕裂性痛苦。我们这群人到底是以思考和研究为职业的，不能不尊重自己的理性，也不能不用自己的理性去说服自己（还有别人）的感觉。但是，天下的感觉是那么容易说服的吗？你只好掉进深不见底的苦恼。也有时候，我也会抱着一种靠近新潮、了解陌生的心理，尝试着参与一些理性上有保留的活动，比如那些为了经济的文化活动，或那些贴着文化标签的经济活动，最后收获的，十有八九是失落和自嘲。

这大约是一种脆弱的文化人格在春潮乍起的经济时代无可逃遁的苦恼和失落吧！自嘲是什么？不过是无奈。

改革开放这些年了，一些原来的苦恼其实也并未完全消除。有的旧创，还时时加上新痛。文化人格在极左时代被长期蹂躏，种下顽固的后遗症。到了20世纪90年代,一边是文化人格在思想解放新空间里更加自信自立;一边呢,权力和金钱在市场经济中"调情",对文化人格的侮辱和摧残又大有加剧之势。二十年前的后遗症没法不恶性复发。它引发了文化人在漫长岁月中遭遇精神"轮奸"的痛苦记忆,又变本加厉将他们推向"一仆二主"的屈辱角色。他们不得不同时听命于权力和金钱,权钱结合给极左造成的伤口撒了一把盐。

牢骚满腹的文化人,又开始借自嘲以自慰,说自己不但是荣国府贾政身边的清客,而且是荣、宁二府的"老三陪"——陪坐,陪聊,以文陪笑。

这个世纪尾巴上的十来年,我们这一群大约便是这样在活着。市风日商使我们失去了古典的平衡,却又无法真正进入市场经济和市场文化。稍有介入,也只是浅尝辄止,远没有变成自己的人生和艺术方式,更无法在实践中步态从容。市场不成熟引发的许多弊端,常常使那只抬起来的脚迟迟放不下去,眼神溢满困顿和迷茫。

但是,文化产品必须由市场来传播,精神劳动总要转化为现实的效益,每一个文化人大约都是很难躲掉的。市场经济公平公开的竞争原则,等值交换的利益原则,高频变动的效率原则,等等,总是先通过文化市场渗透到文化精神中来潜移默化我们这一群人,这真正是中国文化人实现现代转换的难得契机。现代市场经济的民族精神和文化人格,说不定或早或迟会从这个契机和起点上建立起来。

量子力学有一个概念,叫"测不准原理"或"测不准关系",是获得诺贝尔奖的德国物理学家海森堡1927年提出来的。说的是微观世界的时间与能量、位置与动量,不可能两者同时具有确定数值,有一种测不准关系。如若借用这个概念来表述对当前某些社会现象的印象——莫不是我们也进入了一个"测不准时代"?对一些说不清的事,不是难得糊涂,怕倒是无法不糊涂。故而前些日子应朋友之约,要来写检视自己人文观方面的文字,笔在手中游移再三而又再四，落在纸上真是很难很难。谈"人文"吧，人文的内涵正在变化；说"观"吧，旧观正在经受叩问，自信和自执日见其少，新观还没有建立，正处在那种无观有感、无形有影的时分，乍暖还寒、明晦不定，又何从谈起？无"观"可论，只好在世纪的尾巴上来次小扫除，随意检索，拾到什么算什么吧。

2000 年 10 月 3 日至 5 日，西安谷斋

万物之灵的责任

不知为什么，作为文化人，我首先意识到、经常感觉到的，又总是自己的幸运和幸福。从生命和历史两个角度看，都是这样。

四年前，我受母校之邀，参与过一次中国人民大学的"著名校友讲座"。对着上千青年学子、我的隔代校友们，我有点动感情地说，在宇宙演进漫长而不可穷尽的过程中，在亿万斯年的亿万种可能中，造化唯独赐予了我们最难得的、顶级的可能：给了我们生命，而且让我们获得了生命的最高形态，成了万物之灵、万生之长的人类；再何况，我们又处在人类的知识层次、思考层次、自觉层次，不但有欲有情有智有灵，而且有语有文有艺有术，可以用来表达和交流心中的所爱和所恨，所得和所失，所悟和所思。这种幸运使我们拥有了世上万物所没有的幸福。

1988年春天，我在杭州老作家陈学昭家里聊天。陈老早年留学法国，从巴黎回国即奔赴延安，是延河边当时唯一的留学生，1957年被打成右派，历尽人世坎坷，这时已经快八十了。她说，她一生最快乐的时候是写作的时候，她自感最美丽的时候是工作和创造的时候，所以用"工作着是美丽的"作为自己长篇小说代表作的书名。这本书，这句话，都被历史老人首肯，留了下来。可不，工作着、创造着，生命才有意义，进入意义世界的生命是美丽的。

我自感大约属于"工作狂"那类人，对此有着深深的认同。在最近出版的五卷本"对视"书系后记中，曾经如实描绘过"文革"后自己渴望写作的这种亢奋状态："大约是被窒息久了，一旦有了宣泄、释放的自由，便一味想说想写，想思考想倾吐，在写作的痛快中，点燃迟到的生命之火，感受迟到的生命自由，只觉得工作着、写作着是人生的一种大美。"也描绘了我编辑书稿时的工作状况："我还不会电脑输入、扫描、检索，依然笨拙地靠剪刀糨糊。家里成了一座手工作坊。十几本书十几叠报纸剪开、分类、排列、粘贴。桌上、床上、地上、书架上，堆满了一摞摞发表过的文字，由杂乱而有序，渐渐显出书的形状，像是关中农村用一锨一锨黄土打成了胡基砖坯。在互联网时代，我的手工劳作显得原始，因其原始又显出了经典气息和悲壮感觉。"

我思故我在，我感故我在，我劳动、我工作、我创造故我在。生命是无法后悔的，辜负生命对己对人都无异于谋财害命。

在另外一些场合，记得是在西安交通大学授予特聘教授证书仪式的讲话中，我真挚地谈到自己的另一种幸运，同样很动感情。这幸运只能说是历史老人无意中赐予的。我今年年底恰满六十，我的花甲和新世纪的降临几乎同步；我属龙，和龙族、龙的中华多少有着一点同构的意思。这当然纯系巧合，没有任何意义。我要说的是，自己这辈子已经生活过的六十年，时间的纯长度不过是历史的一瞬，而我看到的、我经历的、我感受的，却是一次历史的质变，是一个在长达几千年的岁月中相对稳定的历史阶段和经济形态，由量变转化为质变至关紧要的几步。

在我生活的这个甲子里，中国几千年的封建社会，经由短暂的半殖民地半封建社会进入了社会主义历史阶段；中国几千年的自然经济，经由短暂的社会主义计划经济进入了社会主义市场经济。

一个古老的民族、一个传统的国家，也许孕育了几百上千年，却不迟不早，恰恰是在这六十年中开始阵痛，分娩出一个现代的中国。新的国家怎样在连绵的战火中诞生，第一面五星红旗怎样升上蓝天；土地怎样分了合了又分了，当前又怎样在市场调控下萌发着新的组合；企业怎样由私营私有到国营国有、公私合营，又到私有、三资和股份制改造；极左怎样把社会主义搞得贫穷不堪、几近崩溃；改革开放怎样让一部分人、一部分地区先富起来，西部大开发又怎样展示了一个均衡发展、全面富裕的前景；还有，特区是怎样建立的，香港、澳门是怎样回归的；等等。这个阵痛和分娩的全过程，我不但看到了，而且相当程度地经历了、参与了。民国以前的每一个大封建王朝，汉、隋、唐、宋、元、明、清，哪一个不是动辄就延续二三百年？六七个甲子也看不到我看到的改朝换代；封建社会一拖就是一两千年，四五十代人也无法经历我经历的深刻变化。

我感到自己短暂的生命有了一种超重的质量和超密的信息，这幸运、这幸福真是难得。

在人生白驹过隙的几十年里，谁都不要去随意抛洒这份造化的馈赠，谁也不要去妨碍别人活得更充实、更美好。可叹事与愿违的时候不是没有。历史和社会，还有人自身，有时候在作践生命时是何其轻易，何其轻率，何其轻狂啊。就在我们目力所及的地方，有多少人在空掷，多少人在虚度，又有多少人在委屈着、屈辱着、被迫着，只活个五六成，甚至活成零，甚至活成负数。

在天山深处的巴伦台停车点，长途车一次随意的休息中，我看见公路边一位蓬头垢面的老人在六月的冰大坂上发抖。夏天出门大家都没有带多余的衣服，我送给他一瓶伊犁特酒，却被当地人挡住，说这是个疯老汉，不敢惹的。说他几十年前在乌鲁木齐好像教着书，后来被打成右派在这里劳改，刑满了就在附近乡上就业。因为婚姻不顺神经出了问题，从此和原单位、亲友失去联系。右派平反时，单位找不到他，他也浑然不觉，恐怕得这样流浪乞讨终生了。我整个后半天几乎一言不发，内心的震惊演化成一种病理性痛苦。我真想向苍天发出屈原老夫子的叩问！

古往今来无数生命就这样灰飞烟灭于太空之中。多少才能、智慧、瑰丽的爱和闪光的灵，在还没有显示、发挥的时候，便无端耗散了。多少也许能影响生命和历史发展的可能，再也不可能了。他们之中，少数在有生之年赶上了社会的某种转机,在人生的尾巴上出现了一点改观,便被众人视为幸运者——其实本应拥有的生命已经无可挽回地逝去,转机只提供了一种可能:尽量将负数减到最小而已。终究是带泪的笑。

我最痛恨伤害生命的人,无论他采用的是哪种方式;我理解在各种伤害中负重生存的人;惋惜被耽误的生命;敬仰能以苦难营养自身、用超常的努力追回光阴重又活出质量的人。活着、创造着是何等美好,生命的每一天对我们都太重要,太重要了。

个体生命是不可重复的。热爱生命,在有限的岁月里无限地发扬生命,让人生尽可能美好——这恐怕是谈人文观、人文精神初始的前提和终极的目的。

2000年10月3日至5日,西安谷斋

新世纪的微曦

——题赠我国最早的私人藏书楼宁波天一阁

什么是人的本质、人生的境界、生命的意义？又怎样去体现这个本质、达到这个境界、实现这个意义？多年来的人文精神讨论，大都是在人的精神领域和意义世界这个范围里，在人与人的关系、人对人的责任这个范围里展开的。现在看来，思维空间显出了一些逼仄。人对人的责任可否充分履行，人生的意义可否充分实现，都不只是孤立的人类能够独自解决好的问题。

人永远生活在关系中，生活在人与人的本体关系、人与历史的时间关系、人与环境的空间关系中。每一重关系都发生一重责任。人既要对自身和他人负责，也要对历史、社会负责，还要对树、对鸟、对大地和河流负责。只有这样，人才能得到他人、得到社会历史、得到大自然在责任层面的回报。谈人文观不能不涉及人的生存环境。在人类对环境长期意识不到责任的今天，更要分外重视这一点。

从世界发展的新情况出发，我们不妨将对人文观和人文精神的思考从社会人生领域拓展到人与自然、人与整个生存环境的人文关系上来，拓展到万物之灵的人类对整个生态圈、对整个生命体系的人文责任上来。

有一年初冬，在榆林，树本来就少，这时已经没有了一片绿叶，居民烧煤取暖使全城烟雾迷离。有只小麻雀停在窗台上。它无处栖身，想进屋暖和又对人怀着遗传性的成见。它瑟缩着，把自己蜷成一个褐色的羽毛团，眼睛透过颤抖的羽丛，三分哀怨、三分乞求、三分戒备地望着我。因了那种无法沟通的成见，我若上前呵护只会被误解为轰它走，只好用同情的目光久久地追随。未及十分钟，她终于耐不住冷，连飞带蹦趔趄到屋顶的烟囱上。那里暖和一点，身子却熏黑了。又一会儿，大约还是冷，小鸟奋力一飞，寒风中腾起一道黑光，嗖地钻进了浓烟滚滚的烟囱！为了温暖，为了生存，无知的它决绝地选择了死亡。

我脑子刹那间断了电，一片完全的空白，心中一阵痉挛，人性、道义、责任，万弩齐发的谴责一齐袭来。对这只鸟的死亡——也就是对这只鸟的生命，我无法推卸自己的责任。我有了一种推人跳崖的感觉。这感觉是如此强烈，十几年间每想起来，心里便山摇地撼。

"天人合一"，人和社会、宇宙全息，人和万类霜天竞自由，又和万类霜天相交流，这是中国文化乃至东方文化的一个特色。传统的"天人合一"观是在自然经济、村社文明基础上人与天的循环。那时候人类对自然、对环境的认识、开发、利用不很充分，自然对人的承载也远没有超量，实现这种朴素的交流和循环较为容易。即便这样，传统的"天人合一"观也在相当深刻的程度上理解了人和自身赖以生存的环境间那种同生灭、共兴亡的关系，理解了人对自然的亲和、关怀，人对自己所处的大生命体系的亲和、关怀，说到底，是人对自身的一种终极关怀。这样，中国古典的"天人合一"观，便将人对自然、对生命的态度理所当然纳入了人类的人文视野，转化为人生观、人生价值、人生境界的一个有机内容。

现代社会，出现了人对自然的掠夺性开发，也出现了自然对人的报复性惩罚，出现了各种生态病变，这种生态病变又导致各种文化心理病变，乃至生理的病变。人和环境、资源的关系，也就以前所未有的广阔和深刻程度，进入了现代人的人文视野，成为考察当代人文精神一个不可或缺的方面。这一点在历来人文精神的讨论中都是关注得很不够的。

在现代社会，人对自身的关怀早已超出了物质关怀，愈来愈深地进入了人文关怀。但仅仅从文化意义上理解人文关怀，是远远不够的。人类繁衍兴盛，社会可持续发展，必须彻底扬弃和超越传统工业文明的无节制发展，扬弃和超越短视的人类中心主义和浅薄的物质消费主义价值观，在生态文明基础上建构充满人文精神的新的价值观。在开发自然资源和其他涉及生存环境的永久性工程中，要贯注这种新人文精神，贯注人类的道义感、责任感和使命感，体现出既尊重人类的生命权利，尊重人类在生命中的中心地位，承认、尊重自然万物的生存权利，维系、保护、建构人和生态圈的良性循环。这丝毫不会影响人性的自由发挥，反倒能促进人的价值由物质层面进入意义层面，克制物性对人性的宰割，以及兽性的泛滥，实现人与人、人与自然、人的肉体与精神的圆融无碍，营造现代人人性的新境界。

在实现这种新的人文境界时，需要培育一种新人文理性，并在整个社会实践操作中发挥它的作用。在培育新人文理性的过程中，人类会逐步由忽视资源合理利用、破坏生态平衡的粗放型经济，向合理利用资源、维护生态平衡的集约型经济转变，这是从经济增长方式上说；从人类存在方式上，则会逐步由人与社会、人与自然相互疏离的对立存在方式，向人与人、人与社会、人与自然融通和谐的存在方式转变。

两种转变，都可以说是由传统的人文理性向现代新人文理性转变，它构成了促进现代社会进步的坚实的人文基础。

将人文精神拓展到宇宙大生命领域的问题，最近几年已经引起文化学者和文艺创作者的注意，出现了一批以此为主旨，或旁涉这个问题的作品。文化研究和文艺评论界也关注到这种创作现象，有些分析极有见地。但是，郑重而又执着地将其作为现代社会人文精神的一个有机内容，熔铸为艺术作品的形象、命运、冲突和心理状态，或在理论上做深层次归纳、阐释、研究，则显得不大够。这方面可供我们开掘的内容其实是很多的。

譬如说，环境保护的人文研究和艺术表现问题。

当代社会，环保不仅是一种社会建设策略，更是一种道德精神境界，是人类可持续发展的新的道德价值。每个人都是生命大家庭中的一员，共同构成这个活着的世界，应该享有同等权利；每个生命形式都以它对人类的价值而有理由得到尊重；每个人都应该对自身施于自然、施于客观环境的影响负有道德责任——是建设性的还是破坏性的？是堵塞循环的还是疏导循环的？是美化了还是丑化了？等等。这都无不反映了道德水准和认识水准，也无不产生道德后果和社会后果。古往今来，写森林、写河川、写山岳的作品，正是由于超越了自然生命的使用价值、商品价值，发掘了潜藏于自然生命深处的精神价值、美学价值，亦即人文价值，才成为上品，成为妙品，而万代传颂的。

资源开发的人文研究和艺术表现也很值得探索。

人类并不能独占地球，地球也不能供人类独享。从大生命的人文观出发，人和其他生命共同享用地球生态资源，"资源共享"不仅适用于人类社会的国家、民族、地域，在一定程度上也适用于人类与其他生命的关系。其他生命资源通过多级转换，为人类的生存提供给养，保证了人类生存质量的不断提高。同时，其他生命资源又在物质上、精神上为人类营造了美好的环境。这样，人和其他生命共享地球资源，最终也就构成了深刻的人文、人道命题。

从这个意义上来看，天文文化、地文文化、生文文化和人文文化共同构成了一个大文化系统。这个大系统以人文为核心，第一圈层是生文，第二圈层是地文，最后一个圈层是天文，四个生命循环场既相互独立又相互交流、互激互动、互为对象也互为因果。万灵之长的人是无可置疑的主体，处于主动者、主传者、主受者的至尊地位，而各个圈层的客体在和主体世界的关系中，都有自己不同程度的能动作用。在这个大生命系统中，具有高度生命自觉意识的人，是人文责任唯一的承担者。成熟的人类要对人类自身负责，对人类的现在和将来负责，也要对整个生物圈负责，对大地（包括地下）、天空负责。这种责任无可旁贷。

我们的文学在反映社会生活时，原先从政治文化坐标、历史文化坐标着眼较多，后来许多作品从人性文化坐标、经济文化坐标着眼，着眼于人本体的生命坐标的作品也很不少。这几年，着眼于大生命系统的作品也开始有了，还出现了一些致力写自然环境和生态的作家。只是如何将生态题材提升到大生命、大人文的平台上来，用艺术形象和人文意蕴超越题材，还需时日。更自觉地在创作中深化大生命系统的美善判断，有可能使我们在司空见惯的生活素材中发掘出大开眼界的东西，一些习见的题材、人物和场景，由于有了新的光源照射，将会焕发新的光彩。

还有，对人类消费生活的审美表现，如果从节约自然资源和提升生存境界出发，从物质和精神两方面的良性循环出发，来表现以适度消费代替过度消费的新的生活追求，描绘新人类那种以提高生活质量为中心的简朴生活，并且熔铸为人物形象、渗透进人物的心理和情绪，应该是会具有新意的。

和古典的安贫乐道以及传统的清教徒的追求不同，这种简约的生活、质朴的境界，是具备大生命眼光的现代人，在较为丰富的物质生活水平上表现出的一种新人文价值。地球是人类永远的家园，地球的资源是有限的，而人类的发展是无限的。他们以一种对人类、对地球负责的态度，在现实生活中节流，在科学探索中开源，开拓有限的资源，消减无限膨胀的欲望。他们更看重深层的人生欲求，譬如在科学和审美活动中实现生命的创造，以旅游和娱乐休闲来调适实现艺术和智慧的人生，建立健康的心理生活、高尚的道德生活和纯真的信仰生活。还有，参与社会和家庭事务，满足为群体、为后代做奉献的愿望，等等。

这种在精神层面上满足人生追寻的消费伦理意识，体现的正是现代社会的大人文观。

在现代人对大生命系统的自觉意识中，在现代人生欲求的大转换中，会衍生出多少故事纠葛，多少命运转折，多少感情波澜，多少心理经验，会给人类精神生活史提供多少新的素材。一块待开垦的处女地，正在等待作家耕耘。

2000年10月3至5日，西安谷斋，窗外飘过第一片黄叶

忍不住拿起笔

作为一个编辑，在一大堆来稿中，每当读到了好的散文，总是忍不住反复吟味，从内心深处感到喜悦；有时候，看到白璧纸上有许许微瑕，也免不了十分惋惜。散文如诗，生活本身的光辉就是这诗意的火种。生活在时代的激流中，我们会忍不住提起笔来写几篇散文的。

在生活中，不是常常有那么一人一事一景一物引人激动、发人深思么，为什么不把它们记下来呢？我们应该记下这些珍贵的见闻和感受。在劳动、工作、学习之余，在日记中，在信件里，在稿纸上，用三五百字、一两千字，花十几分钟、几十分钟，记下来，这该是多么好的散文啊。

有的同志也许会说，连什么是散文我都不清楚，怎么写得出？的确，"什么是散文"这个问题，很难回答。因为，顾名思义，散文者"散"，是最没有成规拘束的一种文学样式，所以，很多人只好通过种种譬喻来说明它。比如，它可以是白刃战中的匕首和投枪，也可以是散发着乡土气息的风俗画或风景画，还可以是恬静轻妙的小夜曲……其实，说穿了只一句话：把你的所见、所闻、所感写出来。在生活中，你听到一点、看到一点，或者听到许多、看到许多，你有了感受，心里有话要告诉别人，那就大胆写吧！不管是写一个人、记一件事，还是论一点理、抒一曲情、描一幅画，也不管是欢呼、歌颂、论辩，还是漫谈、絮语、忆念，只要你的见闻反映了我们时代的吉光片羽，只要你产生了由衷的激情，你就能写出散文来。

在散文中，一方面"感"是先有"见闻"而后产生的，"见闻"是"感"的客观基础；另一方面，"见闻"的内在美又是因为有所感才被发掘出来的，"感"是"见闻"思想上和艺术上的结晶。文艺作品都是有感而发的，散文，如果说有自己的特点的话，那就是应该把"感""情"提到更重要的位置，更多地袒露作者自己的心怀，用诗的意境、酒的醇美去感染人、熏陶人。因此，你如果要写散文，可以以"虚"为主，也可以以"实"为主，但切莫忘记"虚实结合""虚实相生"。不然，或是流于空泛，好像作者在那儿莫名其妙地抒情、议论；或是囿于事件，好像作者只是想说出这件事情而没有自己的见解和目的。读了这样的散文，不总是叫人感到缺少一点什么吗？

  愿爱读散文、爱写散文的同志，在我们这个充满诗意的时代里，放开自己的情感，忍不住拿起笔来，多写散文，写好散文。

1962 年 12 月，西安西楼

如乐之和

——第八次全国文代会日记

与贾平凹、赵季平等说文谈艺

在西安至北京的软卧车厢里，我和一同赴京参加第八次全国文代会和作代会的音乐家赵季平、作家贾平凹、剧作家陈彦一直聊到子夜一点。贾平凹和我参加这样的文艺盛会已是第四次，听过邓小平、江泽民同志的讲话，回忆起上几次盛会的一些细节和花絮，常常引发阵阵笑声，以至于列车员几次过来示意安静。

马上就要见到在北京生活的小孙女了，赵季平乐得眯缝起眼睛合不拢嘴，他谈到最近的创作动向和高校艺术教育的想法。我谈到前不久在西安召开的"历史记忆与城市文化"国际学术讨论会，哈佛大学、匹兹堡大学的王德威、许倬云教授，以及北大、台大的学者，与陕西文化人一道解读中华文化及艺术。陈彦谈到自己创作的眉户现代戏《迟开的玫瑰》最近参加文化部"精品工程"的评选，不知鹿死谁手。还谈到杂技艺术如何以自己的通用语言风靡几大洲，民间遗产保护又如何在最底层默默而又执着地推进。正说着，话剧演员刘远送过来新创作的方言喜剧《皇家宝贝》，要我在会议期间提提意见。他们几位想采用完全的市场方式操作这个戏。央视10套《探索·发现》的导演也来电，问我到京了没有，上次谈《未发掘的皇陵》要补一段话……

每个人都在默默工作。每个人手里都有活儿。每个人心里都有打算。列车在速度中显示出一种沉甸甸来。代表们人来了，也多少带来了一点中国文艺的过去、现在、未来。

2006 年 11 月 8 日

如乐之和也

抵京报到后下午无事，有京城友人邀了几位文朋画友小聚。座间有人提议，往年此时，冬天的脚步早已光顾，难得这几天北京如此阳光，如此碧空，如此暖意，何不随兴合作丹青，以资存照？众皆曰妙。说干便干，稍一商讨布局，便你一花，他一鸟，我一石，信天游般画将起来。我于画事本来风马牛不相及，却抵不过朋友们的提携，竟也斗胆上手，弄了几笔兰草梅枝。

茶过三巡，六尺整张宣纸上竟然春光明媚、百花齐放。牡丹、月季、杜鹃、红梅错错落落，在奇石秀草之间开乱了季节。其间又有三两只鸟儿跳跃鸣啭，还隐约可见蜜蜂儿振翅。构思行云流水般自如，色彩天造地设般协调，溢出一股温润冲和之气。我脱口而出：这可真是冬天里的春天！此言一出，无异自投罗网，大家非要我给画题个款。

这可把人难住了。春韵？春光谱？春气动矣？春深时节？脑子一时在"春"字里转不出来。朝着书架发了好一阵呆，蓦然想起《左传》里的一句话："如乐之和，无所不谐。"莺飞草长的春天，生命也好，艺术也好，有如千帆竞发，却被造化鬼斧神工般协调得有如音乐般和谐。就是这了。于是援笔写下"如乐之和"四个字，博得一阵小小的掌声。

2006 年 11 月 9 日

高评价 高定位 高期待

胡锦涛总书记在文代会上，对文艺工作做了"高评价、高定位、高期待"

的讲话。

"高评价"——总书记指出，广大文艺工作者以昂扬的精神状态、出色的艺术劳动，为推动我国社会发展进步，满足人民的文化需求，弘扬民族精神和时代精神做出了重要贡献。"历史将记住同志们的杰出创造和奉献，党和人民感谢你们！"

"高定位"——总书记指出，文艺是中华文化史册中色彩瑰丽的篇章。没有先进文化的引领，一个国家、一个民族不可能屹立于世界先进民族之林。对文艺做如此高的定位，是科学的，也是空前的。

"高期待"——总书记对文艺工作提出了很高的期待和要求。要求我们找准新形势下文化发展的方位，大力建设和谐文化，发掘民族和谐文化资源，倡导和谐理念，培育和谐精神，营造和谐氛围，并且明确指出这是现阶段我们工作的主题。总书记还殷切期待我们从各方面发扬创新精神，使社会主义文艺成为国家软实力的重要部分。

我想，总书记对文艺工作做了如此高的评价、定位和期待，每一个人都不能不为之动容，都不能不增强责任感，以更自觉的意识、更出色的劳动搞好手头的事情。

2006 年 11 月 10 日

字里行间有风景

今天听振民同志的工作报告，由于许多事情曾参与其中，他的文字和语言便常常转化为活生生的人和事，有一种字里行间皆有风景的感觉。

为纪念抗战胜利六十周年，中国文联和陕西联合举办了"黄河颂"大型演出，于壶口瀑布现场千人齐唱《黄河大合唱》。这是有"合唱"六十余年来第一次在黄河边演出。冼星海的音符载着永存的激情在飞瀑中跳荡，光未然的歌词重现着那些如火如荼的岁月。年逾七十的西安音乐学院前院长刘大冬教授在烈日下连续排练多日，老伴带着内衣，汗湿了便换。半年后，刘先生辞世，这场演出成了他指挥生涯的绝笔。郭兰英大姐热情要求上台，说我不是来当观众的，我要唱。中国文联的同志在整个筹备时间里，和我们一起辛苦。

第五届国际民间艺术节，西安是一个分会场。那天二十多个国家的二百多位艺术家要到西安翻译学院为三万名师生露天演出。下午下起了大雨，傍晚仍不见停，军心有些动摇。中国文联的同志果断决定"下刀子也要演"，于是一个小时内，舞台上搭起了天棚，三万件雨衣发到每位学生手里。老天被感动了，演出开始后十来分钟，大雨骤歇，全场欢呼。当天深夜，好几个国家的演员用"伊妹儿"给欧美非各国媒体发消息，说这是他们一生中规模最大、感触最深的一次演出。

我当过中国文联文艺评论奖评委，也受邀给中青年文艺评论家高级研讨班授过课。各艺术门类的专家在一起切磋研究，多姿多彩的艺术理性与艺术感受在自如的交流中圆融无碍地融汇，显出了文联"联"的优势。

我陪同过《中国艺术报》记者组"重走延安路"的采访活动。李总带着三四个青年记者，短短半个月里竟然写了、组了近四十个版面，社会影响极好，受到中国文联和陕西省领导的赞扬。记得我借用一副对联的下半句戏夸过他们："这几个角色，真是可家可国可天下！"

去年，中国文联"走进新农村"活动到山东肥城采风，我们把节目和书画作品送到农村，也亲自感受了中国农村走向市场、走向科学、走向小康的新面貌。在京西八大处的"三项学习教育班"又听过常香玉等艺术家的事迹介绍，得到了德与艺的营养……

就这样，听着报告，脑子里回放了一部有章有节、可圈可点的纪录片。

2006 年 11 月 11 日

巍 哉 周 老

前天，周巍峙主席以耄耋之年代表中国文联、中国作协致开幕词。他走向讲坛时步子稳健，讲话思路清晰、中气挺足，让我们领略了一番人瑞风采，不由得想起他偏偏给自己新出版的文集命名为《年方九十》。以九秩高龄而透出一股子青年人的俏皮劲儿和人老心不老的生命气息。

最鲜活的历史常常附丽在一个个具体的人身上。像周巍老这样的大家，那就更是信息富集的芯片。他们的生命像一本厚厚的书，在你面前一页一页翻开来。记得1992年，为了纪念毛泽东同志《在延安文艺座谈会上的讲话》发表50周年，我受邀担任多集电视片《长青的五月》的总撰稿，跑遍大江南北集中采访了当时还健在的延安时期的革命文艺工作者，像欧阳山、刘白羽、贺绿汀、草明、欧阳山尊、李焕之、水华、阿甲、胡采、吴印咸等四五十位老前辈。周巍老和王昆也是我们的重点采访对象。

那是在北京朝内大街老文化部宿舍，老两口和我们谈到西北战地文工团，谈到延安整风，谈到《白毛女》在晋察冀的演出，当然也谈到新中国成立初期《志愿军战歌》的创作和传播，和后来担任国家文化部领导以及离开行政岗位后全力以赴主编民间文艺集成的种种回忆。

20世纪90年代中期，周巍老出任中国文联主席，每年开会都见面，听他讲话，也交谈几句。有次他以民间文艺集成主编的身份到西安参与一项活动，没有给省文联打招呼，我们知道了赶过去，道歉招待不周。他却说，这回不是为文联的事来,豇豆一行茄子一行，有意不通知你们，怕给你们添麻烦。

也许不少七届全国文联委员还记得两三年前的一个镜头。那天正开一年一度的文联全委会，已经望九的周主席坐在主席台上，突然站起来快步朝外走，边走边掏出手机接听，那利索劲儿，那时尚劲儿，逗得许多人都笑了。

愿我们的周主席周巍老，永远年轻！

2006 年 11 月 12 日

抓"一'盐'九鼎" 更抓"一言九鼎"

来京开文代会之前，我跑了一趟塞外古城榆林，在长庆、延长的油气田，在新型的现代化油井，在《东方红》作者李有源的故乡佳县，往来十余日。我曾二十多次去过这块贫瘠而富饶的地方，眼看着她一天天由穷变富。

如果说榆林以前的贫困一言难尽，榆林现在的富饶则有十六个字，叫作"乌金遍地，油浪滚滚，'底气'十足，一'盐'难尽"。这四句，一句说煤多，一句说油多，一句说天然气多，一句说盐多。陕北的煤、油、气之富集大家已经熟知，按下不表。这里岩盐的藏量也罕有其匹，于两三千米的地层中埋了三四亿年，在海盐、池盐被污染的今天，是现代和未来最适合人类食用的无污染盐了。

由"一言难尽"的贫困，到"一'盐'难尽"的资源，再到"底气十足"的经济发展，这就是今天的榆林。她被誉为"中国的科威特"，世界 500 强动辄几百个亿元在这里投资载能工业项目。今年前十个月的财政收入已经比去年全年翻了一番，经济增长速度居于全国前列。

胡锦涛同志在第八次文代会、第七次作代会的讲话中说："中华民族的伟大复兴必将伴随着中华文化的伟大复兴。"有了硬实力还要有软实力，有了经济话语权还要有文化话语权，要不然，发展容易失衡，形象也不完美。这块土地，战争年代曾经以血与火铸造了自己的红色文化形象，为民族为人类提供了"一言九鼎"的精神资源。今天，如何将经济上的"一'盐'九鼎"提升为文化上的"一言九鼎"，将经济上的"底气十足"转化为文化上的"底气十足"，是市委书记周一波时在念中的一件大事、要事、心事。

这位书记是个嗜文如命的人，曾与贾平凹等一伙长安文人在城头月下吹埙而歌，论书法已是中国书协会员，现在又正学国画，由西安美院教授不定期授课，笔记记了几本子。他说，这是个人爱好，更是榆林发展的需要。一个书记，要会打造煤、油、气、盐品牌，更要懂得打造文化品牌。今年9月份，他们举办了大型的陕北文化节。与外交部联手，邀请各国驻华使节到榆林，既看文化，看秦代长城；也看生态，看治沙造林。与中国书协联手，举办全国性的专题书法大展，各省市送去了几万幅作品参展。同时举办陕北民歌大赛、陕北民间艺术大展及白云山道教文化论坛。央视、凤凰卫视及省上各媒体争相往那里跑，把榆林闹腾得红红火火的。当然，大文章、好文章还在后头。

这真是"一'盐'难尽何须尽，一言九鼎才是鼎"呀。

2006年11月13日

语态和心态

温家宝总理的经济形势报告博得了很多掌声。他没有念稿子，朋友聊天那样娓娓道来，随口而出的一些用语，能够很真切地反映他的心态。

温家宝总理一开始就说，我不念讲稿，而是报告一些情况，谈谈心。我要求自己用心讲话，用心写文章。后面又说，作为总理，按说谈经济形势也不应用稿子，这叫"心中有数"。这里有两个词博得了掌声，"用心""有数"。讲话、待人要"用心"，管理国家要"有数"。一个是真诚、是人性化，一个是切实、是科学发展观。

接下来他讲了自己和几位老文艺家结识的情况。他说有一次去钱学森钱老那里"汇报"。他说每年要去看望季羡林老，都受到很大"教益"。而他与季老今年春天关于"和谐文化"的聊天，季老说和谐包括人与自然的和谐、人与社会的和谐，还应包括人自身的和谐，这个意思后来融进了党的十六届六中全会公报。可见这"教益"是真的。他说,有一次通过范敬宜同志联系,就诗歌问题去"求教"老诗人李瑛,李瑛说总理还认识我?总理回信说,我以认识你引以为豪。这里又随口用了"汇报""求教""认识你引以为豪"几个词语。文艺、文艺家在总理心中的地位之重,他待文艺、文艺家用心之诚,可以想见了。正如他自己说的,"我都想不来,我花在自然科学上的时间和花在文艺、读书上的时间,哪个更多"。

温家宝总理谈文艺时,第一点就谈到"文艺要追求真善美"。照应着前面他对巴金老《随想录》坚持讲真话的钦佩,他力主文艺要"讲真话","反映真实的生活",鼓励人民群众"追求真理"。他谈文艺,循着的是一条比较切近文艺功能、文艺特性的思路,一种朋友间谈心的口气。想想生活中、艺术中表达真话、真情、真态有那么多障碍、顾忌,你就会感觉到这些举重若轻的话有多大分量了。

这个形势报告的结束语令全场感到新鲜、讶异、温暖,只一句话:"一小时四十五分钟,大家累了吧?"充满了对听讲者也是对文艺家的关切和尊重。并不是每一位在台上讲话的领导者都能想到这一点的。如此微量而又微量的关切,也许并不多么重要,从这种讲话语态中透露出来的待人的心态和从政的姿态,却远不是小事,甚至和党的宗旨联系着。

我记住了温家宝总理报告中所介绍的国家大形势,也永远不会忘记报告中这些言词用语传达的深层信息。

2006 年 11 月 14 日

打基础与攀高峰

开卷有益。最近翻阅《芥子园画传》，一开始，在初集卷一《青在堂画学浅说》中有一句话，给我很大的启发。这句话是："惟先矩度森严，而后超神尽变，有法之极归于无法。"这句话道出了打基础与攀高峰的关系。在艺术上，我们一贯提倡破格和独创，因为没有这种敢想敢干的精神，一味因袭模仿，以不变之陈规反映万变之现实，我们的文艺事业就得不到长足的进展，就达不到新的顶峰。但是，敢想敢干不是胡想乱干。千里之行应该始于足下。要创新必先付出艰巨的劳动，打下雄厚扎实的基础。——"惟先矩度森严，而后超神尽变"，唯先在基本法规的锻炼上有着无限的劳动积累，才能达到无法的境界。古今中外的艺术家，大凡有所成就，莫不在打基础时下过很大的苦功，表现出很大的毅力。齐白石老人的画，形神兼备，浑然天成，人莫能窥其巧，真是达到了炉火纯青的地步，这是和老人深厚的基础分不开的。他由木工而成为画匠，由画匠而成为画家，并且在书法、诗歌、篆刻等方面成就卓著，是因为他学习过民间的木刻，画过花样，临摹过古人的作品，也画过写生画、"文人画"和工笔人像；虚心地学习过从宋元到现代，从艺人到名家的许许多多一点一滴的成就；从临摹入手，一丝不苟地掌握了民族绘画的各种规律法则。齐白石老人正是在这样师承造化、师承传统、师承民间艺术的基础上，总结提高，才创立了自己画、诗、书、印的风格，独步天下的。像乌兰诺娃这样的芭蕾舞大师，前年来我国演出，在火车上每天仍然坚持练习基本动作。老舍先生在谈写作经验时，也说到不中断地写短文、写快板、写相声，对于文学语言的精炼、传神、生动有着极大的意义……这些例子，都证明了打好基础对于攀上艺术高峰的重要性。

但是目前，在文艺界有一些同志，往往还只满足于零敲碎打、现贩现卖的学习现状（应该指出，这在一定时期对青年同志来说，是必然的也是必需的）。有的人虽然下决心打基础，但刚刚开了个头，就或是一曝十寒，或是半途而废，或是虎头蛇尾，总不能坚持下去。神往于超越前人，画出最新最美的百花，这当然是好事，这对于文艺新人也完全是可能的。但是，也要知道，这最新最美的百花，只有扎根在民族和民间肥沃的土壤中，只有用自己劳动的汗水辛勤地浇灌，才能竞放争艳。没有基础就不见高峰。革命精神与求实精神相结合，独创与务实相结合，这才是正确的态度。从这个意义上来看，甚至可以说，对待打基础的态度，在一定程度上是思想作风踏实不踏实的表现。

所谓"基础"，我认为主要包括三方面：一是基本理论的学习，包括马列主义与毛泽东思想，文学艺术的一般规律法则以及每个艺术部类的特殊规律和法则。二是基本知识的掌握，包括科学、社会、生产、生活各方面的常识，特别要掌握一些与本艺术部类有关的基本知识，以收"他山之石，可以攻玉"之效。三是基本技法的锻炼，如国画用笔的勾、勒、皴、点，用墨的轻重向背、渲染明晦；戏曲的唱、做、念、打；相声的说、学、逗、唱；等等。

要在这三方面把基础打得比较扎实，当然不是轻而易举的事，它需要我们付出长期的甚至一辈子的艰辛劳动。凡是有志于繁荣社会主义文艺事业的人，都应该拿出"铁杵磨成针"的精神来打好基础。这里，不妨再引《青在堂画学浅说》中的几段话，作为我们的借镜。

其一，"惟先埋笔成冢、研铁如泥，十日一水、五日一石，而后嘉陵山水"——要多练也。其二，"惟胸贮五岳、目无全牛，读万卷书，行万里路，而后驰突董巨之藩篱、直跻顾郑之堂奥"——要多观察、多揣摩、多学习前人也。因此，结论是："欲无法必先有法，欲易先难，欲练笔简净必先入手繁缛。"

这是古人的经验之谈。古人尚且能如此，我们则更应该把这些话提到新的高度，作为律己馈人的一条格言了。

1961年7月，西安西楼

花园话百花

夏天的傍晚，总喜欢去公园走走。在公园里，又总喜欢待在花圃中和老花匠聊聊。虽然是地北天南的漫谈，但是，我所好，他所长，却总离不了一个字：花。

由于花匠的精心培植，花圃中日日皆春，可以同时看到四季花开：有含醉微卧的牡丹，有浓妆淡抹的芍药，有素净古拙的清菊，有幽香阵阵的夜来香，有血红的鸡冠、热闹的剑兰、妖冶的玫瑰，也有"铁石心肠"的仙人锤……光彩耀眼、暗香沁心，真个叫你赏玩不及。我看见老花匠对这些花百般钟情，眼里饱溢着一股爱恋之情，就故意问他："您老人家最喜欢哪一种花呀？""哪一种？"他把这三个字咀嚼了一会儿，摇摇头笑着说："说不好。"我懂得他的心情。这满目的鲜花，哪一种不爱煞人？特别是当她们聚会在一起，组成了花的旋律、花的海，少了哪一种不叫人遗憾？少了哪一种不令人怀念？赏花人尚且"人同此心"，更何况种花人花了一片心血呢！听曲，白居易说要"大弦嘈嘈如急雨，小弦切切如私语。嘈嘈切切错杂弹，大珠小珠落玉盘"，才算上乘；赏花，我想也要既有"大弦"也有"小弦"，既有"急雨"也有"私语"，形成嘈嘈切切的"和弦"，方为美极。百花如人。人，百人百性；花，也各有各的血统（品种）、各的环境（生长条件）、各的性格（生长特点）、各的风致（色、香、味和仪态）。如果只爱"那一种"，岂不是独人独性独面孔，单调乏味？

当然，每个人爱好是可以不同的，每个人的爱好，也不可能无限广阔；有所侧重是必然的也是必需的。但是，不能认为自己不爱的花就是不好的花。像袁枚在《随园诗话》中所说的"以宫笑角、以白诋青"，亦即厚此薄彼，这是不利于百花齐放的。也不能因为这花自己不爱就不准别人爱。因为你不爱的花不见得不好，有她们自己的特色，"此处不知音，自有知音处"，免不了有人爱。栽花要"百花齐放"，赏花也要"百花齐放"。否则，百花虽开无人敢赏，久而久之，百花还是会枯萎的。更不能因为这花自己不爱就不准存在，或是限期另作"打扮"。我们可以提倡一些特别为广大人民所喜欢的好花，但是不能叫一切花都按一个模式开放。马克思固然提醒人们不要因为席勒而忘记莎士比亚，但他又说，"我无意于叫玫瑰花发出紫罗兰的香味"。可见，马克思是真正懂得个中真谛的。他希望有适合时代和人民要求的最好和最主要的风格流派和艺术方法，但是他更希望不要因此而有碍于花开百样香。

我把这个意思告诉了老花匠。他很高兴爽朗地笑着说："你懂花！"（其实，这是天晓得）接着，话儿就多了起来："有人问我，为什么一样的土壤阳光，会长出这么多样的花。为什么？这儿的土特别肥，什么养分都有呀；这儿的阳光特别亮，每一个花瓣儿都照得着呀。"我插了一句："回答得真好，苏东坡在《答张文潜书》里，不是说'地之美者，同于生物，不同于所生，惟荒瘠斥卤之地，弥望皆黄茅白苇'吗？恐怕也是这个意思。""对哩，只长得出一种花的地方，一定不很肥。会赏花的人，看了花就知道这儿阳光的亮度和土地的肥力。"

这话很有意思，很有理，也很引人深思。不知道还有没有这样的花匠，这种花匠不太喜欢在花圃辛勤劳作，精心培育出耐看诱人的好花，却更喜欢在花圃旁边竖一块木牌子，大书"此处土肥光足，好花圃也"。他们赞美大地、赞美太阳的热心是可以想见的，但是，花匠就是花匠，他所从事的劳动的特点就是种花，而不是写标语牌。对于花匠，直接把结论写出来倒不见得真正有结论；即便有，对阳光与大地的赞美也不过是写在硬木牌上的一句口号罢了。我想，种花人的思想最好还是用花来表达；种花人要赞美太阳、赞美大地，最好还是请你把自己种的花搬出来展览一番。你的花儿越美,就越能叫赏花人感到太阳的温暖、土地的恩泽。是不是这样呢?老花匠微微颔首称是。

1961年8月,西安西楼

花篮和花环

搞文艺创作的人不能轻视生活素材一点一滴的积累，艺术家勃留洛夫曾经说过："艺术就是从这'稍微'两个字开始的。"的确，作家随时随地的所见、所闻、所感，哪怕是片言只语、一颦一笑，如果能够记载下来，存进自己生活知识的仓库，以后往往也会成为长篇巨著的重要结构材料。据宋代孙升《孙公谈圃》记载，梅圣俞乘舟外出，每日成诗一篇。同舟的人感到很奇怪，因而密伺他如何作诗，才知道他"寝食游观，未尝不吟讽思索"，偶有所得，或半联或一字，随时奋笔写一纸条投入小笔袋中，以备作诗之用。同舟者窃而视之，见笔袋内有两句诗云："作诗无古今，惟造平淡奇。"这才知道他日作一诗的秘密。

好个"小笔袋"！我想，如果在工作、学习、生活中，我们每个人都在心里准备一个这样的笔袋，该有多么好。有了这样一个"袋子"，我们就会经常想着给自己心里装进一点东西，就会随时留心周围的情况，准备"偶有所得"之时，"奋笔写一纸条投入袋中"。这样，我们就成了生活中的有心人，就会更主动更细致地去了解实际情况、摸清群众心理。事情往往是于细微处见真情，这样随时随地了解到的情况，往往是比较能反映客观真实情况的。

有了这样一个"袋子"，我们就能"虚怀心待"。多数人的反映，记下，装进去；少数人的看法，记下，装进去；好现象，记下，装进去；不合理的地方，也记下，装进去；表扬，装进去；批评，装进去；开门见山的意见，装进去；"一目传情"的暗示，装进去；成熟的看法，装进去；随意的"半联一字"的感触，也装进去。就像是我们提着花篮走进了花园，采集得越多，编织花环的材料也就越充足，花环的色彩也就越丰富，越能真实地反映花园的美丽。

有了这样一个"袋子",就会"耿耿于怀"。隔一段时间,我们把自己心中的"袋子"打开来,翻出里面的"纸条",读一读,回忆回忆;分一分类,梳一梳辫子;思考思考,研究研究。把该留下的留下,该淘汰的淘汰,该马上解决的马上解决,可以参考的留作参考,需要说明的加以说明,需要充实的继续了解……有这样一个"袋子",我们干工作就有了多少生动活泼、具体充实的材料作为依据啊!

因此我想:人备一"袋",岂不妙哉?

1963 年 8 月,西安西楼

要有一颗温暖的心

在日常用语中，"头"字有两个意思，一个是"生命"——"掉头"即指丧命，一个是"思想"——"没头脑"即是没思想。心字也有两个意思，除了指生命之外，还指品德，就是常说的"心地""良心"吧。人民是把思想和品德看得和生命一样重要的。而中国的历史，包括林彪、"四人帮"横行时的中国当代史，告诉我们，要捍卫自己的思想和品德，常常得用生命作代价。近十来年，不光有人所熟知的"献忠心""交红心"活动，也有"献脑袋"的活动，公开发动大家将自己脖子上用于思考的脑袋层层上交。一个天才可以管五百、上千年，尽够九亿人本世纪、下世纪用了，理解不理解"都要执行"就是了。这些年，为了保护性命而不要信仰和品德，将自己的头与心或真或假虔诚地供奉给别人或无愧或有愧苟且偷生下来的人，我们也确实见得不少。创造这种无头无心的人类，实在是林彪、"四人帮"的一大历史功绩。所幸的是，我们见得更多的是"四五"英雄们那样真的猛士和强者，为了捍卫革命的信仰和品德，甘愿付出鲜血和生命。不止一个张志新因此被割掉了脑袋，然而他们，才是我们阶级中真正有头脑有心肝的人。他们也实在比我们大家都活得长久、光辉。

面对着倒在血泊中的张志新，如果竟然有人反对大家去追究制造这血泊的刽子手"四人帮"，却反身责怪别人：你们是何居心？为什么要将这些血迹在人民面前张扬？一定会叫人莫名惊诧。而现在这样的事确实发生了。君不闻有人说：你们文艺家为什么要暴露林彪、"四人帮"造成的伤痕？为什么要将读者观众引到这阴湿的地方来看血污？你们真是喜欢"闻腥的动物"啊，真是"有点缺德"啊。怎么才不缺德？那就要"歌德"；怎样歌德？又歌谁之德？——请恭读这位同志给我们写的一段范文，答案自会清楚：

"虽然'四害'造成了十年灾难"，但"现代的中国人并无失学、失业之忧，也无衣食之虑，日不怕盗贼执凶行凶，夜不怕黑布蒙面的大汉轻轻叩门。河水浃浃，莲荷盈盈，绿水新池，艳阳高照……"吃了人民的饭，穿了人民的衣，却在人民的疾苦面前闭上眼睛，而起劲地去粉饰置人民于水深火热之中的"四人帮"的假社会主义；还要反唇相讥，骂不屑于干此等行径的人是"缺德"，还要"此地无银三百两，隔壁阿二勿曾偷"式地标榜，自己主张"批判""歌颂'四人帮'的哈巴狗文艺"，"指斥""一味歌舞升平的空泛文字"。这位同志，真和隔壁的王二那样，"德才兼备"而又天真可爱极了。文艺上的见解，见仁见智，应该自由讨论，这里暂且不去说它。但要讨论得起来，总得先有一个基础，就是有一颗热爱人民之心、实事求是之心，不然就很难谈得拢。德国作家威廉·豪夫写过一篇童话叫《冷酷的心》，大家也许熟悉。那个将许多人的心掏出来换上石头的荷兰鬼，问烧炭工人彼得：看见穷苦人挨饿受冻，你哪里不好受，是胃吗？彼得说：不，是心，心疼。荷兰鬼说：你不能富裕，就是你的心太温暖了，太富于同情了。于是将彼得的心换成了冰凉的石头。从此彼得变得对人民的疾苦毫无知觉、冷酷无情，直到最后打母亲、杀妻子。林彪、"四人帮"难道不是荷兰鬼么？多年来他们给群众灌输极"左"路线、形而上学思想，其实是一种精神上的割头挖心术。多少彼得那样纯洁善良的人失去了自己的脑袋，换上了冷酷的心！前几个月，有同志在报纸上撰文，悲愤交加地要林彪、"四人帮""还我头来！"看来，还应该呼唤的是"快把我们温暖的心换回来吧！"

作品是生活的教科书，作者应该比常人对生活有更深刻的思考；作品是以情感人的，作者的心应该比常人温度更高，更炽热。由此看来，有一个张志新那样善于沉思的头脑，有一颗张志新那样热爱我们人民、我们事业的温暖的心，对搞文艺的同志是何等重要。这就毋庸我在这里多费笔墨了。

1979 年 11 月，西安西楼

当前创作在哪里倾斜？

联系当前创作实际来讨论文艺的真实性和倾向性，很自然会提出一个问题：当前某些作品表现出来的偏向和缺陷，问题主要出在哪里？有同志认为出在过分强调真实性上。由于有作者表示只要生活里有的就可以写，便更造成了这种错觉。我觉得问题不但不出在"写真实"上，倒恰恰出在"不真实"上。

举当前创作中的两种偏向为例吧。有一种所谓"X+爱情"的作品，不论写什么题材，不论有没有必要，都得加点时髦男女的追逐嬉戏、接吻搂抱，以招徕读者和观众。在实际生活中，爱情是人类感情的重要内容，并不是主要内容；它能激发人的力量和才智，却不是人物行动的唯一动力；它是高尚的，又不是至高无上的，不然反倒变得庸俗了。此类作品不能如实地表现出爱情在社会生活中的真实地位和真实面貌，常常按作者的某种需要或趣味来编造，加上不太注意我们民族传统的审美习惯，或者又凭空布置了一些脱离当前群众生活水平的环境，就显得不够真实了。无怪有的观众和读者要说，某某人物像"业余华侨"，某某作品写的是"外国"了。

还有一种"X+主义"的作品，不是从生活出发来描绘蕴含着思想哲理的形象，而是从观念出发，用形象来"论证"自己的某种理性主张。在这些作品中，真实的生活图像被粗暴地打乱了，按照作者头脑中的既定观念重新组合成一种逻辑图像。

此类作品即使政治上是正确的，艺术上也不会有真实的生命。蒸馏水里怎么能浮游生物？何况，当前有些作品所宣示的主义并不正确。有的带有悲观、虚无的色彩，有的不过是乌托邦式的社会药方。作者为了将自己这些主张形象化，不得不编造虚假的环境和人物，从而动摇了整个作品的可信性。

让人感到作者是在用不真实的生活画面，图解不正确的思想观念。

这些作品的问题出在不真实上，不真实的原因又在哪里呢？恐怕是某种不太正确的思想观点、感情倾向或艺术趣味或多或少干扰了作家扎实地深入生活、真实地反映生活，妨碍了现实主义在创作过程中的贯穿到底。有的作者因当前颇有市场的市民趣味，忘记了真实性的要求；有的作者对当前生活怀有某种消极的或偏激的情绪，笔自觉不自觉地离开了现实主义的轨道；有的甚至仍然信守着创作"主题先行"、文艺"图解政策"的错误框框，用以律己责人。

这些不正确的思想和艺术倾向当然不是作家脑子里固有的。不能否认某些作品污染了社会；但更应该做的，倒是认真探究一下社会如何污染了作家的头脑。不能要求作家不接触社会生活中的假恶丑，要求于作家的应该是能正确地认识、评价现实生活中的各种思想潮流，分清泡沫、回流和旋涡，而将自己的思想感情深深地汇入时代思潮的主流之中去。这才能不受或少受社会的污染，并反过来有助于社会风气的净化和升华。不用说，这个主流不在别处，就在党领导广大人民群众从事的宏伟事业之中。而要在复杂纷纭的社会生活中时刻把握住这个主流，马克思主义的唯物辩证法实在是最好法宝。

于是最后就归结到一句老话上了：坚持马克思主义的思想指导，坚持在生活洪流中和群众相结合，现实主义精神才能在新的历史时期发扬光大，也才能在加强作品真实性这个基点上，逐步解决当前创作中出现的某些偏向和缺陷。

1981 年 1 月，西安西楼

天下兴亡　文艺有责

"天下兴亡，匹夫有责"，这已是尽人皆知的道理。许多人提出，在四化建设中要"从我做起，从现在做起"，就是从无产阶级思想的高度，为天下尽匹夫之责的具体表现。文艺是唤起民众真善美感情的上层建筑。文艺家是人类灵魂的工程师。天下之兴亡，文艺自然更加责无旁贷了。

天下将"亡"，文艺有责，道理不难理解，在我们中国现代的文艺史上也形成了传统。20世纪初，鲁迅去日本学医，后来之所以搞起文艺来，就是觉得在许多中国人还麻木的情况下，要尽到自己对天下兴亡的责任，文艺比之医学更显得重要。因为"我们的第一要著，是在改变他们的精神，而善于改变精神的是，我那时以为当然要推文艺，于是想提倡文艺运动了"（《呐喊》自序）。

抗日战争时，冼星海通过激越的旋律，向全民族发出了"怒吼吧，黄河"的呼号；日军占领上海时，聂耳和田汉谱写出"前进，前进，我们万众一心，冒着敌人的炮火，前进"的战斗进行曲，鼓舞了几个时代的人民。到了1976年，为害十年的林彪、江青、康生一伙，使国家遭受了一场大浩劫。人民群众忍无可忍，又用诗歌作号角在天安门前吼出自己的愤怒……这就是每当国家、民族遭到危难的时刻，我们的文艺，我们的文艺工作者的态度。

其实，天下振兴之时，文艺的责任更重，它是要帮助人民一砖一瓦地去建设一个新世界的。这一点，近来谈得却有点不够。认为文艺只在国家民族危难之际，才是号角，才是战鼓，而在欣欣向荣的时代，便可以专门演奏"霓裳羽衣曲"。我以为这是误解，是错觉。文艺是社会的精神文明，它不应该是当前社会粗劣的、低级的、自发的精神现象的翻版和杂烩，而应该是社会上先进的、高尚的、美好的精神的结晶和升华。

当然也有此一说：文艺不过是镜子，只要它照出了生活中实有的东西，就不能再苛求什么了。这话有道理，但不完全对。马克思主义者认为自己的任务不但在认识世界，而且在改造世界。社会主义文艺的任务恐怕也如此。《天云山传奇》是部好影片，我看了两次。开始，那个叫周俞贞的小姑娘坐罗群的马车去天云山。车轮陷到泥里了，罗群和凌云一个弓身推车轮，一个扬鞭吆牲口，小周却没有上去帮忙，站在一旁忙着选镜头给他们拍照。两次在这里，观众都发出了笑声。这自然不是赞许她的笑。我们的文艺面对着四化建设事业，恐怕不能只当照相机，还需要以充沛的激情上前帮点忙，鼓点劲，使马车更快地上路。不然，就很难责怪人民群众笑话我们。当然，我并没有褒贬周俞贞或电影的意思，只是借这个镜头来发点议论，这是需要特别说明的。

1981年1月，西安西楼

"文摊"精神

现在，在一些评介中青年作家的文章中，经常有"登上文坛""蜚声文坛"的字眼灼然入目。这诚然是文学事业繁荣发展的可喜现象，但我也常常担忧，有没有产生另外一种情况的可能性呢？在"文坛"登而上之以后，便不由自主地和养育他的"土坛"——生活、群众、时代离得远了呢？甚或，还沾沾自喜地以为这是在向"天坛"迈进呢？

我希望这种担心是没有根据的，而实际上却并不是没有根据。君不闻有的作者声称：作家还是离生活、离时代远点好，为未来的读者，为后代人或外国人编的文学史而写作，才可以由"登上文坛"到"蜚声海外"。我不是杞国人，听见这些议论，虽没有"天倾"之忧，但确实有"坛斜"之虑。

这就由不得想起了早已"蜚声文坛"而且"蜚声海外"的赵树理同志。年轻时，他接受了五四运动提倡的"民主""科学"思想，立志要在封建文化笼罩下的农村进行启蒙教育，便带了一些五四新文学作品念给家里人听。可是不管他如何夸赞这些作品的优越性，他的父亲都只是摇头。这使他认识到欧化的形式、知识分子腔调的作品，思想再进步也无法与根深蒂固的封建文化争夺群众。他感到"文坛"太高了，应该拆下来，到民间去铺成"文摊"。从此，赵树理立志走下"文坛"，就低不就高，终生为农民写"识字不多的人能够看、不识字的人能够听懂"的通俗作品。由于他将"文摊"摆在大地上，就"像一株树木一样，在欣欣向荣地不断地成长"，"毫无疑问地成为一棵大树了"（郭沫若）。他的创作被赞为《在延安文艺座谈会上的讲话》之后，毛泽东文艺思想在实践中最初的硕果。他则成为"一位具有新颖独创的大众风格的人民艺术家"（周扬）。

作家和劳动人民相联系、相结合的途径和方式是多种多样的。赵树理铺"文摊"的方式只是其中一种，但这种铺"文摊"精神恐怕是值得普遍地、长久地提倡的。现在的时代和那时候有了很大区别，文艺工作者可以也应该在为人民服务的实践中创造和发展适合自己条件的、多种多样的途径和方法，但是，对社会主义作家来说，在要不要和群众结合的问题上，是不应该犹豫的。

1982年7月，西安西楼

不要给生活穿小鞋

小说家高晓声同志说过一段很精彩的话："生活的脚有它自己的尺寸，作家只能按照它的尺寸做鞋子，不能先主观地做好了鞋子让生活穿。让生活穿小鞋是不行的。"他的意思是，艺术创作中不能用预定的概念来束缚对丰富生活的描绘。

我想借用这个比喻，来说和这个问题有关联的另一个问题。电影当然是要有情节的，这不言而喻；但电影又不能只有情节，这在当前需要引起注意。如果说情节是连接影片各部分的骨髓，它还需要有脑袋（主题），有流动的血液（感情），有丰满的肌肉（细节），等等。而这一切又靠什么站立起来呢？靠脚，靠生活。一部电影的成败，归根结底靠生活取胜。因而，优秀的电影艺术家重视情节，更重视影片的生活细节、生活画面、生活气息。在组接影片时，他们对生活镜头是手下有情的。《天云山传奇》刻画冯晴岚，除了她和罗群雪天成婚那个情节称得起有"分量"外，主要是靠一些朴素真切的生活镜头。如她领着农村小学的孩子跳舞，在小凌云的小伞下冒雨洗衣服，穿了十几年的破棉袄，断了腿子的眼镜和死前要罗群给她戴上眼镜的请求，以及死后猝然搁下的生活重担：切了一半的腌菜和正在改的作业本，等等。《卡桑德拉大桥》的情节架子也很简单，它是因为穿插组接进了列车上各类人，大量的普通生活镜头而变得丰满的。乍一看正直的医生和他离婚的妻子的邂逅，富商夫人和走私犯的偷情，有许多镜头似乎和基本情节毫无关系，其实，因为它们表现了人生的各种喜怒哀乐，用生活的情趣烘托出生命的可贵，反衬出杀人者的可憎，激发出乘客们在死亡线上抗争的力量。处处"闲笔"无闲笔！如果将这些表现列车生活的镜头删去，影片也就成了一部平淡浅露的惊险片了。

当前，有的影片脱离生活，一味"耍"情节。人物不是从性格而是从情节的需要出发来虚置的，他除了完成情节规定的任务，没有自己独立的生命。例如破案，不干不谈不想任何别的事情，看不到他作为一个完整的人在生活；而影片展示的生活面，也无不在为破案服务，复杂多面的生活，编导舍不得给一个镜头。用情节将生活过滤得如此干净，就不可信了，思想艺术的感染力怎能不受影响？——这也可以说是给生活穿上了小鞋吧。

让朴实无华的、真切可信的生活大踏步地走上银幕！我们的影片将会因为注射了高浓度的生活葡萄糖液而变得鲜活灵动、血肉丰满。切莫给臆造的情节披上空荡荡的大氅，而给真实的生活穿上尺寸不够的小鞋。

1981 年 8 月，西安

艺能和知能

鲁迅说，艺术品"是表记中国民族知能最高点的标本，不是水平线以下的思想的平均分数"。在我们全民族学习文化知识的热潮之中，一些戏剧工作者有没有掉到水平线之下的可能性？

陕西一个地区统计过这么个数字：十二个县剧团的六百二十多人中，小学文化程度的占六至七成，还有一部分文盲。"高台教化"，而施教者文化不高，令人担忧。

编剧之需要文化是不消说了，编剧是"文人"。演员是"武人"，文化似乎不那么重要？不然。演员的艺术劳动有特殊性，它是用身体作为创造手段让观众欣赏的。演同一出戏，同一个角色，水平高的，"人包戏"，水平低的，"人砸戏"。这水平之中，文化知识常常是一个重要方面。著名话剧演员英若诚1950年刚到北京人艺，表演紧张刻板，连"话"都不会说，曾被安排到图书馆去管理资料。在总导演焦菊隐的支持下，他用两年的业余时间翻译了斯坦尼斯拉夫斯基的《奥赛罗导演计划》，向我国戏剧界介绍了斯氏体系的精髓，对他本人的表演理论和技巧的提高，也有很大好处。英若诚以后在表演中显示出来的对角色的深邃理解，对性格复杂性的精微把握，应该说很大程度上得益于这一段学习。

戏曲演员，这个问题更突出。戏曲表演把生活凝结成程式。能不能活用程式，能不能将程式和内心体验运用得恰到好处，文化知识水平就显出了作用。梅、程、尚、荀都重视认真地、系统地总结、学习前人和别人的经验，学习多方面的知识，特别是美学理论。他们都能书善画，都和文化人是莫逆之交，有的甚至终生合作。易俗社创建后，也重视发挥知识分子的作用，对学生进行较系统的文化训练。这都为我们提供了榜样和经验。

这几年，文艺界正在更新换代，中青年逐渐成为戏剧队伍的骨干。但也有些青年演员，在导演的指导下演了几场好戏之后，便很难演出富有独创性的角色，有的甚至在生活追求和艺术格调上出现这样那样的问题。原因自然很多，生活、艺术实践和思想文化素养不足恐怕是很重要的一条。

知识在思想文化素养的构成中有很重要的位置。知识是滋润人精神机体的血液。它促进人们在实践中各方面的能力得以充分发挥。"读史使人明智，读诗使人灵秀，数学使人周密，科学使人深刻，伦理学使人庄重，逻辑修辞学使人善辩：凡有所学，皆成性格。"培根这段话说得多好！艺术家可以凭借知识去了解人类历史和社会生活的全貌，以突破个人经历和水平的狭隘天地，对自己所要表现的对象做历史的、美学的把握。各方面的理论知识，特别是从人类知识总汇中提炼出来的马克思主义的辩证唯物主义理论，则可以帮助我们不断开拓新的知识领域，组成完整的、多层的知识结构。知识是可以转化为觉悟，转化为人格，转化为情操的。加强文化学习，能够提高我们的精神文明水平，防止精神污染，有助于克服戏剧界的自由化、商品化的倾向。学起来吧，学一天，便有一天的收获的。

1982 年 12 月，西安岚楼

细 处 下 手

说到秦腔和当代观众的距离,常常提到两个字,一是"慢",一是"粗"。前者指节奏,后者指表演。粗犷作为风格,不是缺点;粗糙对于艺术可能致命。当然,也不能粗犷、粗糙不分,把秦腔固有的风格和"粗"字一锅煮,那是把秦腔冤枉了,三秦和西北的观众也不会赞成。但秦腔确有粗糙的地方。

拿表演来说,不妨比一比兄弟剧种在"细"字上是怎么要求的。十九岁的晋剧演员任跟心演《挂画》,面部表情能将喜、怒、哀、惧、爱、恶、欲、恼都清楚、细致地表现出来。演出喜、怒、哀、乐易,这是人类感情的原色;演出颦、嗔、愠、恼则难,这是人类感情的中间色,比较复杂。只以喜、怒、哀、乐要求自己的表情,可以做到鲜明、清晰,却未必能细致,如果能把颦、嗔、愠、恼表现得"山分四时,土分五色",在"细"字上才算得是高标准。

倾倒巴山蜀水的川剧小生晓艇演《逼侄赴科》,先把握剧中三种不同的情,突出刻画潘必正、陈妙常的爱情,观主的亲情,反衬封建道德的无情。然后又把潘必正的性格分成三个层次和侧面:文雅多情的俊气,玲珑洒脱的灵气,纯真无邪的娃娃气。再用这"三气"去串联、改造传统的表演程式,创造新的表演程式。何等的细!

著名话剧演员李默然,关于表演有四句话:在台词处理方面,潺潺流水与大江东去并用;在形体动作的设计方面,浓墨泼洒与工笔细描并用;在把握和表现人物的情感、情绪方面,异峰突起与绿茵小径并用;在表演的尺度方面,分寸的准确与必要的夸张并用。这些当然不完全是细的问题,但有造诣的演员对表演的精细思考和要求,我们不妨做个对比和借鉴。

表演要细,主要是演员和导演的事,也不能不扯到剧本创作。在戏曲现代戏和新编历史剧创作中，只考虑剧本内容，不考虑或很少考虑表演，这种现象恐怕比较普遍。戏曲形式美的分量较话剧、电影为重，情节的容量也就相对要小一些。不考虑这个特点，把情节的曲折和内容的充实等同起来，剧情势必将表演，将唱、做、念、打挤得无地可容。现在有些戏，演员成了交代情节的工具，忙于说话、表态，没有时间和空间将人物的内心活动化为细致的表演和大段的唱腔，用精美的程式展示出来。戏曲现代戏和新编历史剧很少有折子戏作为保留剧目流传下来，除了剧本方面的原因，这恐怕是很重要的一个原因了。

秦腔的表演要细，导演、演员要努力，剧作者也要努力。不知道给表演"腾板凳"的剧作者，不能算高明的剧作者。

1984 年 5 月，西安岚楼

杂 文 杂 议

（一）

杂文是散文大家庭中年轻而活跃的一个成员。这种文艺性论文以直接而迅速地反映社会事态和思想动向而见长。杂文的内容广泛，生活中发生过的物质和精神现象都可以入文；形式多样，各类文艺体裁的手法莫不能变通采用。一般有关社会生活、文化动态、政治事变的杂感、杂谈、杂论、随笔，乃至"等而下之"的"语丝""语林""思想的火花"，都可归入此类，并从这里登上文艺的大雅之堂。

（二）

杂文常常通过一事一例一典、一人一景一物，引出议论，引出见解。高手则进而将情、景、象、理糅为一体，描写这样那样的类型或意境，用形象寄寓道理。杂文议论的问题，以具有较强的社会性、新闻性为好。一篇杂文能够变成街谈巷议的内容，成为群众舆论的一部分，无异于获得了社会的奖赏。杂文还要有点知识性、趣味性，既能使人明理，又能有助益智、审美。文采也不可等闲视之。贴切精到的比喻，生动自然的联想，议论和叙事、写人、绘景、抒情的熔铸，简洁、流畅、机智而有个性的文字，都能给你的杂文镶上珍珠彩贝。

（三）

杂文在中国，古已有之，于今尤盛，罗隐的《谗书》，皮日休和陆龟蒙的短文，还有明末那些"有不平，有讽刺"的小品，可以站出来列队为证。鲁迅是中国古今独步的杂文大家，他那析理严密、行文舒卷、形象鲜活的杂文，构成了中国现代杂文新的风格、新的传统。新中国成立以来，我们承接、壮大了这个传统，在杂文如何正确反映人民内部矛盾和促进精神文明建设方面，更开了先河。

（四）

报纸副刊是现代杂文的摇篮，杂文是报纸副刊的眼睛。副刊应该多登杂文。副刊编辑应该是杂文写作热心的提倡者和组织者，读者可以来电来函提供杂文题目、素材或点评杂文……

繁荣杂文办法很多，杂文繁荣历历在目。

1983年1月，西安岚楼

愚人的自律

　　文艺批评的失语并不是没有批评的声音。相反，文艺批评很是喧闹，而且正在喧闹，就像你进入了城隍庙的小商品市场。这种市声，先是淹没了，而后便掩埋了真正的批评之声。长久以来，那种点中穴位的、入针即麻的、快刀子见血的、真实而不造作的、简朴明快而又深刻的、既有思考启动力又有感受和才情的批评之声，真是越来越难得听到了。喧闹而无声，喧闹而无声。

　　有的对新生活、新人物、新性格、新的情绪心理、新的社会运作，不了解也缺乏了解的兴味和感应的才情，雾里看花只能隔靴搔痒，要不枉顾左右而言他，要不干脆缄口如瓶。

　　有的只对作家作品做形而下的评介，书就是书，人便是人，无法由书和人拓展到更宽更高更深的境界。一味在云层下熙熙攘攘，而云层上悄然无声，让深刻的作家和读者好不寂寞。

　　有的深则深矣，新则新矣，新论和新作却满拧。论者在这边厢一味新词轰炸，读者在那边厢我自岿然不"懂"。于是有人调侃：你们把鲜活感人的艺术生命"解构"成不知所云的学术标本，累不累？累了自己又去累别人，何苦来哉？

　　有的因了评奖，因了销量，因了地缘，因了哥儿们，因了红色，因了面情甚至同情，活生生将真实的感受和犀利的分析转换成国人的"今天天气哈哈哈"和西人那看不见的"皇帝的新衣"。

　　在一个泡沫文化横流的时代，在一个现代传媒覆盖一切空间的时代，在一个创作和欣赏都逃不脱浮躁的时代，在一个艺术和学术都很难很难很难和功名利禄割断苟且的时代，我不想当一个古板的人，我希望大家对文艺评论稍稍换一种眼光和心态——也许的确应该宽容那些带有某些商业色彩的评论，不过，哪怕是商品广告，也不能宣传假冒伪劣吧。也许无法遏止那些带有浓冽通俗文化和传播文化色彩的评论（不过，原谅流行甚至肤浅，总不能有损国人健康吧？），但是（但是！），最好和立足于历史的、文化的、美学的这一类文艺评论明确区分开来。然后，让我们这一支愚人的队伍对这一类文艺评论做如下的自律：

请不要以传媒热炒代替科学评论；

请不要以市场包装代替科学评论；

请不要以轻松的舌耕代替艰辛的笔耕……

我极愿意忝列其中。

1996 年 4 月，北京航天桥下

在立体交叉的掌子面上

——记三原黄堡煤矿矿长杨玉超

现代思维是一种综合性、发散性都很强的思维,有人将它形容为"球状闪电"。人的思路不再只是沿着线性伸延,而是球状闪电般四面开花散发开去,又八方接应收拢综合起来,组构成一种立体合成的思路。

20世纪90年代初,江泽民同志在谈到领导方法时说:"现在是20世纪最后十年,已经快要进入21世纪了,应该提倡矩阵式领导。"矩阵,是指多种元素按照一定的序列和规则排成多行多列,相互照应、关联、作用。矩阵式领导思维是指既要重视垂直领导,重视事物的垂直伸延,又要加强平行联系,重视事物的平行扩散,形成一个纵横畅通、内部顺展的网络状的领导思路和管理方式。它不是别的,正是球状闪电思维在管理体系和企业开发中的运用。

你怎么也想不到,从20世纪80年代中期起,一个农家长大的孩子、一个县办煤矿的矿长,已经开始运用这种矩阵式领导思维,在黄土地上培育出连片的花果。

他就是杨玉超。

超常的苦难:一个人的精神故乡

和杨玉超接触过的人,都能从他身上读出六个字,那便是:土地、煤层、水泥。敦敦实实的中等个子,像坑木柱子戳在你面前。两只手肥厚有力,出奇地大。肌肉从西装中突现出来,这是自小在土地上和地层下干重活的印记。曝晒的阳光和不见阳光的煤层给他的脸膛留下了一层黝黑,上面栽着青青的胡茬。洪钟似的声音引起房间的共鸣，那是在旷野和风钻声中练出来的嗓门。深深埋藏着的煤给他以埋藏着的热力和激情。被水愈浇愈硬的水泥给他以愈干愈强的坚毅和执着。

杨玉超的家乡三原县是个出名人的地方。他不是名人之后，只是这平坦肥沃的土原上一户普通农家的孩子。从小贫困，却也有别人没有的财富，这便是命运过早加于这个小生命的苦难。

我们专门问过他在各个人生阶段第一次最鲜明的记忆，他的回答令人震颤。

童年时代第一次听到爷爷奶奶的称呼，感到的不是慈爱，而是恐怖——虎烈拉（霍乱）在他诞生之前便夺走了两位老人。

少年时代最早的记忆是饥饿和饥饿中超额的劳动。父母生了六个儿女，他老大。在60年代初的天灾人祸中，家里吃饭每人只有一勺稀汤。有次他妈要借两毛钱打醋，跑了半个村也没借上，大家都穷。这个才十多岁的初中生，不得不承担一部分家里的劳动。去清河沟里割草，蚂蟥沾满了腿肚子，草捆一上肩，在猴娃细路上不敢歇，歇下便没劲再站起来。干完活，便带上一种叫"老鳖靠河岸"的苞谷面饼子去徐木乡上学。饥饿和劳累使他得了严重的夜盲症。

青年时代，二十来岁时便目睹了惨痛的死亡。1969年秋冬，杨玉超从县农技校毕业，分配到县办黄堡煤矿当了掘进工。煤层最低处只有一米多高，一只手支在地下半爬着走，脊背常常被碰烂。他眼见一块矸石贴着同伴的鼻梁垮下来，打飞安全帽，绷断了矿灯电缆，他们侥幸和死神擦肩而过。他有一件穿烂了的矿工服，母亲洗净后拆了当铺衬，整整装了一大笸箩——矿工服千缝万补，数不清有多少层。不久，和他住一个窑洞的大个子马军被绞车挂住碰在横梁上，颈椎中枢神经断裂，高位截瘫，惨不忍睹。大个子才恋了个对象，矿上刚给他分了新窑，没赶上结婚就死了。

劳累、苦难、饥饿、死亡，这些人生最严峻的命题，过早地推到这个年轻人面前，催促他早熟，激励他拼搏。在往后的日子里，杨玉超体会到，自力更生、艰苦奋斗的延安精神，既来自革命圣地的宝塔山下，其实也早就种植在家乡的土地上，种植在深深的煤层下，早就在自己的心里生了根、发了芽。

十七八岁上，杨玉超第一次有了男子汉的自信和自豪。因为"文革"，这年他从县农技校返乡劳动，打胡基挣工分，咬牙干了一冬天，得了一百五十元。小伙子捏着厚厚一叠票子，花一百四十七元买了一辆"红旗"加重自行车。当时农技校学生有车的只几个人，靠自己劳动挣来的大概只有他一个。他骑着新车在县城街上疯跑，花三角五分钱满头大汗吃了一碗羊肉泡，花二角钱买了一包"黄金叶"散给同学抽。第一次消费自己创造的财富，使这个年轻人得到一种从未经受过的满足。杨玉超神气地吸着烟，隔着烟雾看着县城熙熙攘攘的行人，心里腾地就冒出来一种自信和自豪。他依稀感到，苦熬不如苦挣，人靠苦干是可以改变境遇的。

童年是每个人精神的故乡。现代心理学的研究证明，一个人日后的成功常常和他早年的经历有关。一些最初的印象和异常的刺激，会久久储存于心间，对人的观念、性格、心理长期起作用。苦难反激出来的搏斗、创造、自立、自强像金色的种子在人生沃土中长大，使杨玉超有了一笔受用不尽的财富。如果他真有什么强于旁人的地方，恐怕和他经受了超于旁人的苦难有关。

超重的担子：领导一块工业飞地

"三原县黄堡跃进煤矿"，这个名字挺耐人寻味。黄堡并不在三原境内，而是远在六十多公里外铜川黑池原的沟道里。用农村话说，它是三原县办工业的一个"吊庄"。用城里话说，它是一块"飞地"。也许这本身就包含着一个启示：创造性的事业从来是不受封闭、不拘一格的。创造需要八面来风。

二十多年前，铜川矿务局为了支援三原，发扬共产主义风格，将这个老矿调拨给县上。当时是县工业局副局长王志涛去办理的交接手续。这时黄堡的煤源已经开始衰竭，经评估每年开采十五万吨能开采六十年。就是这块"飞地"成了三原人的宝地。1969年，一支平均年龄二十三岁的农家子弟，告别"金三原"，下到远离家乡的"黑窝子"。也就是这年11月，刚从学校毕业的杨玉超被分配到矿上工作，当过掘进工、维修工、技术员，一路顺风。1972年到1982年是黄堡矿的黄金时期。全矿九百人，月产量突破万吨，成了学大庆的先进单位。三原矿像上足了发条的钟，铮铮铮铮地往前走。1972年，杨玉超带职去省煤校上了第二次学。在校一年半，同级几百人中，他以兼优的品学成为唯一入党的学生。1976年任副矿长，分管生产、技术，每月下井二十天，事必躬亲，起草文件也自己动手。劳累调整了他的生物钟，每天忙到下半夜两三点才睡。到了下半夜两三点，头上就冒汗，倒头便能睡着，第二天一早六时准起。

他和黄堡矿共同度过了这一段美好时光。但此时的杨玉超已经不是那个只知苦干打胡基的小伙了。他有了专业知识，有了领导、管理经验，有了开阔的眼界和多维综合的思维能力。他进入了真正的而立之年。

1982年以后，各类集体、个体小煤窑在黄堡四周掏开了蜂窝。小煤窑以破坏性开采，分七路包抄黄堡。矿脉被挖断，优质煤被劫走，产量质量每况愈下，巷道愈拉愈长，成本愈升愈高，安全难以保障。全矿亏损达十多万元，发不出工资，"有门路的调三原，没门路的发熬煎"。一线工人锐减，地下一个矿工要养活一个半地上的人员。煤矿将无战心、兵无斗志，像一条斩断了爪子的龙，再也"跃进"腾飞不起来了。本来有六十年寿命，眼看二十岁上未老先衰。

就在这时候，1985年4月1日，杨玉超被任命为矿长。

县上决定该矿第一批推行矿长负责制，国家把七百多万元资金，近九百名矿工全权交给了他。这副担子挑还是不挑？挑，等于让一个有作为的人去侍候病人。不挑，既违背共产党员的党性，也不符合杨玉超的个性。不少人劝他慎重，也有人等着看热闹。那些日子，杨玉超嗓门小了，话也少了。少年时代打胡基震坏的胳膊变得沉沉的，有时竟捏不住东西。

不干怎么办？让县上几十年好不容易支起的这个摊子散伙了？把眼前这些技术人员和设备踢腾了？让和自己一样来自农村的工人又回去土里刨食，吃苞谷面"老鳖靠河岸"？他已经是两个孩子的父亲，不能像和自己一道出生入死的战友的子弟那样没有工作，在矿上游荡。不抽烟的杨玉超叼起一支烟，"嚓"地擦着火柴，干！

干，还得干好。1969年到1984年的十几年中，煤矿向三原财政交了近百万元利润。县委、县政府、县人大和县经委非常关心煤矿的前途。面对煤矿的衰败，曾经设想将职工逐步调回县上安排。对身在渭北的人来说，"宁向南走一天，不往北挪一砖"，谁不想回白菜心似的县城。但是，矿上工人工资高，年龄大、改行有困难，再加上几十个伤残、七八个截瘫要政府和社会负担，我算个什么矿长？维持会长！煤矿"治丧委员会主任"！凭我这坑木柱子一样结实的身板，凭我是煤矿第一批创业者，绝不能无所作为，一定要干出颜色！

走向外线：挥戈北上　再率师南下

在实践出真知这个命题中，实践不但给人提供新经验、新认识，也提供新的思维方法。二十多年前北上交接黄堡煤矿的王志涛，这时已是县经委副主任。他始终怀着不同常人的感情关切着黄堡矿的命运。第一次北上接办"飞地"的实践经验，触发了他的一个思路：能搞第一块"飞地"，为什么不能搞第二块、第三块呢？为什么不能来个再次北上呢？

"北上！"两个字像引信点燃了杨玉超，引发了大面积的思维感应。他将这个思路和黄堡的实际相结合，提出了后来有口皆碑的"四线"战略方针："压缩三线，整顿二线，巩固一线，走向外线。"内线是基础，外线是重点。

先清理脚底下，步子才能迈得开。整顿黄堡矿，坚持挖好煤，力争保本经营，不吃"返销粮"。全矿分成九个承包单位，中央集权，诸侯分封，全面承包，独立核算，打破"当然"（档案）工资。从机关到井下，逐层逐面制订了网络状的岗位责任制。该回井下的坚决回，不宜在一线干的，政策优惠往下退。对一位吃空名领钱的中层干部，律之以法。有人跳在煤场高台上指名道姓骂他，受了委屈的妻子流着眼泪要离婚。整顿却使杨玉超可以轻装北上，走向外线，不仅在地下，也在地上，开辟一个又一个新的掌子面。

试办炼焦厂，资金少，质量差，失败了；想办黄板纸厂，投资大，没办成；电石厂怎么样，电力增容问题难解决，无法立项；……想办的事太多了，没钱办事又太难了！后来因陋就简办成了几个小厂、一个小商店，安置的人少、利润少，也解决不了根本问题。

矩阵领导、球状闪电，不是火花乱闪，它要求从实际出发，按规律办事。杨玉超的思想弯回来，想到自己立足的煤矿，想到矿工的技能，矿上的设备和技术，决定发挥自己的优势。他认真研究陕西的煤炭资料，铜川有煤，延安黄陵的煤更多。"跃进号"应该拨正船头驶向那个煤海。未来的世界在哪里？一封封信件、电报发到那边煤校的老同学手里，发到各方领导手里。杨玉超从此以吉普车为家，车上备有水壶、压缩馍、毛巾被，成天奔波在陕北、三原、西安、北京上千公里的国道上。车一停，司机抓紧时间打盹，他小跑冲进某个单位的门，上香点蜡、磕头作揖。一回到车里，司机马上踩油门，他便疲惫地蜷缩在后座上沉沉睡去，眠一些噩耗和喜讯混杂的梦。司机成天握方向盘，手震坏了，带着药跑。车跑坏了，换成桑塔纳跑。

终于感动了上帝，他也终于在好几个立项书上郑重而激动地签了字。立项之后三十五天，黄陵一矿建成投产，优质煤，年产六万多吨。三个月后，黄陵二矿出煤，又是优质煤，年产三万多吨。两矿当年见利。按最低建矿标准价计算，两矿共节约投资三万多元，每年利润近十万元。

杨玉超有了信心。在大兵团接管黄陵一、二矿之后，先头部队又马不停蹄地建成三个小矿。北上两年，老矿亏损的窟窿填平了，1989年利税猛增到近百万元。他也被选为第七届省人大代表、咸阳市劳模和优秀共产党员，不久还兼任了县经委副主任。黄堡矿的工人在黄陵的南川北川，为三原也为黄陵人民创造着新的财富。

黄陵是我们民族的故乡，中国历史的源头。往北不到二百公里，延安是中国革命的根据地，是革命者的精神家园。往南不到二百公里，有位于泾阳县的中华大地原点，祖国大地以此为坐标辐射四方。在这样一条神奇的精神中轴线上奋斗的千千万万个杨玉超们，你们何等幸运，你们感受到了历史、革命、土地对自己的注视么？

一场恶战：没有烟的烟囱和不采煤的煤矿

北上是为了南下，外线作战是为了拿下主攻目标。杨玉超在北上初捷后，又做出一个大胆的决策：以外线企业积累的资金，挥戈南下，利用黄堡老矿的地皮和建筑，建设水泥厂。

这个决策是1992年定下的，当年11月正式动工，不到两年，当我们在1994年9月的初秋季节来到这里时，原先狭窄的沟道已经拓宽填成平地，近五十米高的烟囱有烟不见烟，五组十八个原料库如巨人并立，三台球磨机正在轰轰隆隆工作。四十三米长的旋转窑在托轮上如长龙滚动，银灰色的全钢降尘室在阳光下熠熠闪亮。水泥厂已经在7月8日一次试车成功，正常运转快两个月了。水泥标号达到五百二十五，超过设计标号四百二十五。

按常规，这个水泥厂最快得三年建成，但他们只用了二十个月。按国家每吨规模五百元标准，这个水泥厂最少得投资二千五百万元，他们只花了一千三百万元（原有地皮和建筑除外）。

水泥厂崭新的大门上浇铸着一只展开双翼的鸟，鸟身是一个时钟。时间就是速度，展开双翼才能凌空高翔——这实在就是水泥厂的形象。

这个厂原预算只投资七八百万元。为了节约资金，杨玉超花四十六万元买下了西安水泥厂原价二百万元的四台下马转让设备。一些非标准设备，组织青年职工在维修厂老师傅的带领下自己制造，省钱省时还练了兵。但是，核心设备他坚持要最好的，除尘设施他坚持要最好的，技术员他坚持聘请最好的。加上其他因素，结果预算上涨到一千三百万元。预算再大，他仍然坚持三个"最好"。"没有这三个最好，我们很快就会被淘汰。没有除尘设施，我们就会给煤城再增加污染——铜川已经烟笼雾锁，是卫星上看不到的四个污染最严重的城市之一了！"

一千三百万元，以施工的二十个月计算，杨玉超平均每月要筹款六十五万元，这简直不可思议。我们很想了解他筹款时"软磨硬缠"的功夫，几次提问都避而不答。后来才听明白，他主要是靠自己的实力、信誉和工作精神来取得贷款与拨款的。最大的实力就是他现有几个矿的固定资产和利税，这是矗立在大地上的财富。最大的信誉就是科学和实干，水泥厂设计先进，技术有保障，杨玉超和他的弟兄们说到做到、不放空炮，这是矗立在人们心上的碑石。哪位拨款者、贷款者看不到呢？再加上县领导和各有关部门的支持、帮助。作为煤矿的主管上级，县经委新任主任刘金生多次深入现场办公。在工程进展到最关键的时刻，他邀请县委书记王汉斌、县长刘光辉、县财政局长上官吉庆来到工地指导，解决问题。经委办老主任王志涛利用自己工作多年的各种关系和渠道，热心联系资金。水泥厂因此得以在边基建边筹资的情况下顺利建成。

其中各种困难是可以想见的，只是杨玉超从不轻言个人的难处，习惯于自己化解。就连终日相处的司机，也不完全了解他内心的压力。其实，工程在进入决战阶段后，资金就"干"过三次。最早联系的最大一笔款项，经过了连续两年的跟踪催促、付款单位的四次变迁和矿长七上北京的曲折，才逐步落实。他相信"人是不会被打败的，除非自己投降"这句格言……种种难处，要不是记者刨根问底，别人哪里知道。这个人，敦实的身子像坑木柱子一样默默地支撑着一个一个立体交叉的掌子面，以煤炭的热力、水泥的坚执，工作着，工作着。

在石板上能烤熟锅盔的三伏天，有些姑娘穿得薄如蝉翼还喊热，水泥厂工地的姑娘们厚厚的工作服上却结满了盐霜。凛冽冬季，工地的小伙脱成单衫还流汗。1992年冬四个月的移坡填沟工程，杨玉超几乎钉在工地挖土。烧石灰砸石头，震得虎口流血，包扎了手，又去工地烧水端茶。母亲在三原农村得了病，春节还打着吊针，小儿子的视力下降到只有0.3，他没有时间为亲人看病。

杨玉超就浑身是铁，又能打多少钉子？他不是孤胆英雄，他善于发挥班子和干部群众集体的力量。他不是技术专家，但敬重内行，善于发挥技术人员的作用。在他身边，有扎在工地埋头苦干的副矿长、省劳模娄金学；有思维缜密、工作踏实的魏忠民；有煤矿开国元勋、善于团结工人群众的工会主席王建功；有曾在国防大厂工作，因公致残却甘愿来山沟挑技术改革重担的经委生产科长左进文；有技术全面、吃苦耐劳的何坤；有一心为公严把财务关的常钦志。还有杨玉超从各处请来敬若上宾的专家、技术人员。帮助处理厂房基础的地质专家，隔三间五从西北建筑学院（现西安建筑科技大学）来到工地。水泥工艺专家嘴抽了风吃不成饭，也不离开工地。离矿多年的老矿长返矿为水泥厂部署防洪工程。已调走的老书记为水泥厂拉来了一支制造非标准设备的人马。兄弟水泥厂的厂长也被请来为改造设备做高参……

1994年夏最热的那几天，三原县工会去水泥厂工地慰问，县工会主席在赠送慰问品时说："这几年大伙不知流了多少汗，我们给每人送上一条毛巾，大热天，各位擦把汗。"大白话里的深情，一时使全场寂然无声。杨玉超也好一阵说不出话来。

自己已无退路，只有拼力向前。

我们采访的第二天，杨玉超本来要去乾县为矿区果品气调库看苹果园，因为预报阴天小雨，遂决定一早陪我们去徐木乡的气调库现场。但久久不见人来，拖到10时才匆匆进门，道歉说："早上去落实给汉中的二十五万元包装木箱款和二炮学院六万元的纸箱款了，对不起，对不起。"

桑塔纳在平整的二级路面上轻捷地奔驰，太阳高悬于纤尘不染的秋空。待收的玉米、成行的小叶杨和微微起伏的黄土地，在眼前扇面似的展开。空气里有一股清凉的甜味，叫人想起吮吸玉米秆的童年。

经过几年的调整、组合，杨玉超所领导的黄堡煤矿已经发展成一矿一库六厂共八百多名职工的联合企业。一矿——华原煤矿，一库——徐木五〇三果品气调库，六厂——水泥厂、钙镁磷肥厂、海绵厂、铸钢厂、农造厂、修造厂。这一矿一库六厂，跨四个地市，杨玉超得在南北长一百八十公里、东西宽一百五十七公里的地域里"办公"。这一矿一库六厂，有黑、白、灰、软、硬，有工、矿、商、农、路，分布在山区、平原、地上、地下。为了保障运销，还和公路运力较强的国营红原厂和郑州铁路局联合，成立了陕西省三原县煤炭联运公司，已经挂牌办公。

全国煤炭系统多种经营五个先进单位，四个都是国营统配煤矿，地方煤矿只有他们一个。

汽车由国道拐进一条柏油专用线，眼前出现了浅浅的丘陵。"这是我们气调库的专用线，"他说，大手朝远处一划拉，"那边，还有整整两公里的铁路专用线。"毫不掩饰的喜悦，让人想起他少年时代挣下自行车时的自豪。不过这次靠的不是苦力，靠的是市场增值的智慧。1987年，驻徐木某军事仓库要撤离。仓库占东西两道沟，有五米高、四米六宽、六十米深的地下窑洞仓库五十八个，占地二百九十五亩。地面有鱼塘、果园和十五亩可耕地，还有铁路、公路专用线和两千多平方米的宿办建筑。因搬迁急等出售,开价很低,问津的人却很少。七年前这里的市场观念还比较淡薄,从实用的观点看,窑洞太大、太深,采光不好,住人、办学、办厂都不理想。谁掏钱买荒山野岭呢?

机遇对每个人都是平等的,有的人当面错过,有的人却能抓住不放,这取决于认识、决策和实践的能力。黄堡矿当时正处在困难时期,杨玉超却一眼盯上了这个仓库,东拼西凑,硬是以七十万元买下了全部不动产。有人不理解,煤矿自身难保,为什么花这笔冤枉钱?杨玉超却坚信煤矿总有一天会兴旺,一旦有了资金,这些产业就会派大用场。即使暂时不能用于生产,产业本身在市场上的大幅度增值也是可观的。果不其然,七年后,这些产业经评估已增值到上千万元。

黄堡煤矿在北上之后,重新积累了资金,今年投资三百多万元购买设备,先行将三孔大窑改造成果品气调库。气调库通过先进的技术手段,使下树的果品"冬眠",新陈代谢降到几近于零的程度,保鲜效果极好。杨玉超又熟练地算开了账。"三个库今年投入使用,可贮存万吨果子,每公斤获利一元,可赚一百万元,三年即可收回成本。"而且,百分之九十的潜力还没有发挥,"他指着一字排开的其他窑洞,"剩下的五十五孔窑,采用三种办法利用,一是出租给别人搞果品保鲜,我们提供水电、设备、住房;二是通过铁路专用线代办出租气调库的发货运销;三是从南方调运柑橘、菠萝到这里贮存,占领北方市场。五十八孔大窑,最低贮量二十多万吨呀,活活一个果品贮存基地。"

他充满激情地说着这些数字,又不由得自豪起来。杨玉超初中时曾经爱好文学,幸好他没有成为诗人,这半辈子才能一直在黄土原的地上地下,用数字编织长长的诗行。

大致了解了他在总体思路上的立体交叉结构之后,不妨再解剖一下这种矩阵思维在一个厂内部经营管理上的体现。矿上办的钙镁磷肥厂是三原许多磷肥厂中的一个。写磷肥这篇文章的人不少，唯独杨玉超写出了新意。磷肥厂的生产有季节性，以往冬季停产时，设备闲置不说，还要专人看守设备。杨玉超则别出心裁，在一个掌子面上采几种"煤"，让球磨机和其他设备一机多用，农忙时生产磷肥，农闲研磨水泥熟料，冬季则做蜂窝煤，一只"鸡"同时生三个蛋。

现在，我们看到了杨玉超企业的这样一种思维结构：

a_{11}、a_{12}、a_{13}……a_{1n}

a_{21}、a_{22}、a_{23}、……a_{2n}

…………

a_{m1}、a_{m2}、a_{m3}、……a_{mn}

这就是江泽民同志说的那个"矩阵"。它多么像一首有韵的诗！

矩阵将事物的多种元素、多种因素（对杨玉超来说，主要包括思维元素、思想元素、技术元素、设备元素、生产元素、供销元素、市场元素等）横向排成 m 行，纵向排成 n 列，行列立体交叉，相互发生着关系。矩阵给我们提供了不是用加法，而是用乘法和乘方计算的无数联系渠道。和单向线性思维相比，它使我们的世界呈现出无可比拟的丰富性，使我们的事业和工作呈现出四通八达的可能性。当然，矩阵思维要在实践中形成并在实践中去完成。

杨玉超也许并没有专门研究过矩阵，但尊重实际、好学善思，却使这个从黄土地上走出来的人通过实践不断接近着科学的矩阵思维，使一个县办企业的基层干部和我们国家的最高领导人心有灵犀一点通。

社会主义市场经济就这样造就一代新人，营构着新的精神境界。

1996 年 5 月至 6 月

真想过个绿色的春节

很多年了，一直想着要过一个绿色的春节。很多年了，一直怀念着自己经历的几个春节那种绿色的过法。

母亲和我坐着铁箍独轮车，车子在空旷萧瑟的田野里吱哩吱哩地走着。天上洒下几丝雨星，我调皮地张开嘴，借着小风儿，让它们飘进嘴里，凉丝丝有冰糖的感觉。奶娘那熟悉的村落在地平线出现了，近了，心里无缘无故地冒出一点冲动，便跳下车朝村里跑去。吸引我的不知是熟悉的奶香味还是陌生的泥土味……这是少年时代。

三年困难时期，几位外地同学相约寒假留在北京合写一篇论文。那是一个好凄苦的年，年三十食堂只定量供应菜窝窝头和咸菜。大年初二我们去京郊朝阳公社挖萝卜根。田野封冻着，只有一块拖拉机正在翻耕的菜地露出黑油油的泥土，在凄冬中冒着热气，散发着腐殖质腥烈的味道。那是泥土的气息，是孕育生命、孕育绿色的气息。我闪眼在土壤中看到了一根被犁铧切断了的萝卜，它用残缺的身躯滋养出一丛绿色的嫩芽。嫩绿，光一样烁眼。我唤大家过来看，围观着它，一群爱喧闹的年轻人寂然无语，被这凛冬中的灿绿、这冻土下的生命奇迹惊住了……这是青年时代。

20世纪70年代有一年，去孩子的姥姥家过年，这座关中的山东庄子，年前家家户户吊起挂面。每座院落里，垂满了纱布似的帷幕。阳光像天灯从一幅幅帷幕中投下光柱，孩子们嬉戏着在光影中出入，稚气的笑声如音符在挂面的线谱上跳跃。被阳光暖融融照着的我，处在这幅画面里，说不出的亲切、温馨、惬意。那正是阶级斗争、路线斗争、生产斗争如火如荼的年代，心身备感疲惫。此刻则恍若来到了西施浣纱的江南水乡，是那种"道由白云尽，春与青溪长"的感觉，心头便漾起一汪绿意……这是中年时代。

离这段最后的回忆也已经二十多年了。那以后，祥瑞之气漫于神州，工作和生活条件有了很大的变化。大多数春节都过得红火热闹，几乎年年淹没于繁复的庆典礼仪、繁杂的走往交际、繁茂的文艺活动。春节红火的结果，是造成远胜于平时的空气污染、音响污染、色彩污染，远胜于平时的信息超载、感情超载、人流车流超载。一年复始，万象更新。人们需要红火，却又往往难于胜任红火。想到城里许多人的春节，是在水泥浇铸的各种密封舱中，在电视广播各类频道包裹的文化膜中度过的，总感到这种和泥土、大自然隔离的过节方式，违背了春节的本意。

春节其实不在春天，而在冬天，在春天正在临近却还并未来临的冬末，是那段"残雪暗随冰笋滴，新春偷向柳梢归"的日子。为什么要把春节定在冬末呢？除去历法周期不论，除去我国各民族关于春节由来的民间传说不论，纯粹从心理因素看，春节其实是久蛰冬日的人类切望春天的心情被仪式化的结果。那是在冬日的长久枯萎之后对生命的期待，那是在冬日的长久萧索之后对绿色的期待，那是在冬日的长久关门闭户之后对阳光、空气、泥土的期待，也是在冬日长久的闲适之后对劳动、创造的期待。李白有诗"闻道春还未相识，走傍寒梅访消息"，道尽了望春春不到的急切。也是唐代的诗人史青，接到宫廷的诏命，在除夕之夜写道"今岁今宵尽，明年明日催。寒随一夜去，春逐五更来"，也说尽了企盼春日早来，早些投入工作的急切。我便想，作为一个冬春更迭的界碑，春节的内涵之中原本有红和绿两种色彩。从对过去一年劳作的总结和收获的庆祝来看，它应该是红色的，红火热闹的。

从它是新春旋律的引曲和新生命活跃的前导来看，又应该是绿色的。不能疲惫了生命，而要扬厉生命；不能隔离了自然，而要去亲近自然，和谐于自然。你可以过两色兼具的春节，也无妨根据自己的意愿任选其中的一种色彩。

至于我，一直想从那种火红的消费高峰、火红的电视高峰、火红的交通高峰中解脱出来，真正到春风春声春色中去，以绿为友，与绿攀亲，和绿做无言的神交，迎接生命又一个新螺旋的到来。真的好想。好几年都没有做到，我期待今年，今年万一又无法做到，我会执着地期待明年、后年，执着地追求下去。

写到这里，想起了布里吉斯的十四行诗："在冬季严寒的地毯下，掩盖着千万朵花蕾等着开放；来去有信的候鸟已经筑好窝巢，在那瑟瑟颤抖的枝头上待时歌唱；直到南方飘来第一场柔和的细雨，引导春天朝圣的脚步来到大地上。"春的诱惑叫人简直无法自持，无法再把自己关在房子里烹文煮字了。

1997 年 1 月 26 日，西安谷斋

包子贾三包容天下

　　那年，时任湖北文联主席的周韶华先生来西安，我尽地主之谊，约了几位在画界弄事的朋友请他去吃贾三包子。周先生是山东人，却从黄鹤楼上名播全国。他多年来喜欢画西部，画丝路、黄河、黄土地。开席时，想举杯说两句欢迎的话，不料贾三告我，清真馆子是不备酒的，啤酒都没有，也没烟。我颇感尴尬，只好请各位举起茶杯，权借陆游的两句诗来解围。我说，周先生一生"阅尽千葩万卉春"，咱们的贾三包子却是"此花风味独清真"，今天倒有机会领略一下伊斯兰文化的清与真了。

　　话从这里起的头，也便从这里漫开去。席间大家围绕着文化、包子、贾三这个圆圈聊开了。明末清初有个回族学者王岱舆，专门解释过伊斯兰"本清则净、本真则正"的教义。清真馆子大都不事奢华，注重的一是清净，食物一定要做到无垢无污；二是本真，待客注意不偏不倚。贾三和他坊上的伙计们，是把为商的道德和伊斯兰的教义贯通了来做生意的。

　　包子因什么叫包子呢？那是因了包容啊。数学家计算过，同样大一张皮儿，数圆着包利用率最高、馅子装得最多。"天圆地方"的说法其实并不准确，天穹如庐，是圆的，大地，即地球，不也是圆的吗？包子全息着天地，气派该有多大。不过再包容，还得把口收紧，褶子捏实在。有度量、有限制才能实现包容，散漫无边是什么也包不住的。

　　包子的文化在"包容"二字，馅子的文化呢，在"团聚"二字。你看贾三的这汤包，夹到嘴里一咬，皮儿在外面严严包着，馅儿在汤里清清爽爽泡着，像拳头攥过那样团成一疙瘩，紧紧结聚着供你咬咂，不带一点儿散漫的。

　　贾三做包子有两大原材料，一是牛羊肉一是面粉。前者是游牧文明的一号产品，后者是农耕文明的一号产品，包子便是人类这两大文明交合在一起的共同成果，猛火一蒸，变出一种有面有肉却又不叫面不叫肉的鲜鲜嫩嫩热气腾腾的新玩意儿。又包容又团聚又交汇又出新，这就是贾三的清真包子，也是坊上人的清真品质了。

朋友们吃着说着，吃得差不多了也说得差不多了，滴酒未喝却有了点醉意。不知哪位疯喊一声：贾三，笔墨纸砚的伺候！一时将饭桌变成书案，争先恐后上了手。我信笔写了"包容环宇"四个字，韶华先生用鸟迹篆成"飞翔"二字。各方友人拊掌笑曰："好，好一个'包容环宇''飞翔'，就是要把自己的人生变成一次包容环宇的飞翔啊。"

2005 年 1 月 31 日，星期一，猴儿惜揖别，鸡鸣喜可闻

假如记忆可以移植

"移植记忆",恐怕是很多人都产生过的幻想,有人可能还做过具体的设计:"真可以如此这般,我一定要这般如此……"也许正是这种幻想,呼唤了文学的诞生,构成了创作的一个心理源泉。在作品里,作者把自己人生的、心理的、情绪的及种种形象的记忆,移植到笔下的人物身上,供大家共享,也让自己在书里再活上一回。说穿了,文学其实就是被移植了的个人记忆。世上作家才有几个?全球几十亿人,加上人类有记忆的上万年历史中前呼后拥的先人,少说也有几十万亿吧,他们的记忆,大都被逝去的生命吸进了宇宙黑洞,变成永远解不开的谜。太空中漂浮着多少用生命积淀起来的人生经验和感情经验啊,这笔巨大财富由于记忆的无法移植和遗传,而不能为社会共有,随着个体生命的死亡消散了,浪费了。要不然,历史怎么会被我们称为"老人"而如此步履维艰?没准儿能快上个千儿八百年的,那样,"我们"怕早不是今天这样的我们,"今天"怕也早不是今天这样的今天了。

闲话少说,言归正传。假如记忆可以移植,我最想干什么呢?我想将古往今来、五行八作人的记忆输进"银河"巨型计算机中,分门别类整理、储存,以供随时提取。第一个要提取的是我母亲的记忆。我一岁丧父,寡母孤儿相携着长大,二十四岁,我大学毕业才工作两年,她又中年早逝,年仅五十二岁。在我心中她是爱的代名词,是世界上最伟大的爱者。而爱是仁、智、勇的情感沃土,爱由家庭向社会传播,或者变成社会的、国家的行为,便是仁,便是仁爱。我早年享受到极可怜的一点亲情是母亲给的,这亲情滋润了我整整一生。年轻时有限的人生知识、最初的人生信条也是母亲教的,这形成了一个年轻人最早的价值坐标。

我对人生觉悟很迟，属于到快要退出舞台时还不灵醒的那一类，这与我自小缺少父母的指导和扶持有关。正反两面都让我想移植她的全部记忆。中年以后，越懂得做父母的苦心便越想她，越想她便越想植入她记忆中的珍宝，我想我会因此而更纯美更成熟。如果大家都能够植入前人在记忆中保留的这笔巨额遗产，人类的精神生活将会多么丰沛，人生的步子无疑会更大更快。

我还想复制世上所有仁者、智者、勇者的记忆，复制他们记忆中的各种精华，以营养自己。也想移植失败者亲历的教训和感受，以警示自己。克隆在各种场合、各种社会角色中和自己发生关系的人，尤其处在对立位置的人的现场记忆，更是令人神往。你去购物，卖主买主很快能知道对方心里想什么，那是怎样一种和谐？两代人有了分歧，记忆移植使得有一种设身处地的理解在暗通着双方，还有什么隔阂？那真是进入了一个"无差别境界"。

不过麻烦就来了，人和人在记忆的自由移植中没有了差别、没有了个性、没有了不同的利益和目标追求，人生也就没有了选择、没有了竞争、没有了冲突和矛盾。一个由百分之百的谦谦君子构成的地球村，将是一个和谐平衡而无法激发生命力的温柔乡。社会发展最根本的内动力被消解了，那又是多么可怕和可悲的事！——我真庆幸这个话题目前还只是一个"假如"，一个乌托邦。

随着现代科技的发展，人类也许有一天真的有办法移植记忆，不过我相信无所不能的人类也一定会创造相应的社会管理机制和道德文化坐标，两相辉映又两相制约，再一次实现新的文化进步。

2005 年 2 月 5 日

秦风吹又生

华夏大地，有哪一份报纸的名字是源于两千五百多年前中国第一部诗歌总集的吗？没有，只有这"秦风"两字，赫然在《诗经》的《国风》里可以看到；而这份报纸采集民风民艺的主旨，也正好可以上溯到《诗经》的《秦风》。20世纪最初的十多年里，同盟会元老、陕西讨伐袁世凯檄文的起草者景梅九老人曾经创办了以"国风日报"命名的报纸；20世纪40年代，李敷仁办的那张在三秦大地家喻户晓的《老百姓》报，原先也叫过几天《秦风》，惜哉都为时太短。

陕西民间文艺家协会这份《秦风》报，创刊于20世纪80年代改革开放之初，有幸得到全国书法家协会主席舒同先生题写的报名，如此殊荣只此一家。开张几期印数飙升到三四十万份，可以想见饱受百姓厚爱的程度了。

各位大约明白了，今天到手的这份《秦风》，虽然复刊才第一期，有如呱呱坠地的婴儿，其实早已是元老级的资格。读者、编者都不能小觑它，读者、编者都有一份责任尽量办好它。

复刊后的《秦风》任务很重很光荣。它要促进陕西民间文艺事业的繁荣发展，要承担陕西民间文艺家协会和社会各方面的组织、联络、协调，也是我省民间文艺重要的形象窗口和创作园地。但是它当前最主要、最迫切的任务，是全力以赴为中国民间文化遗产抢救工程服务。

中国民间文化遗产抢救工程是国家立项的中国民间文化遗产保护工程的组成部分，是国家社科基金的特别委托项目。全国人大常委会副委员长许嘉璐为这项工程专门题词。陕西省委书记李建国视察延安时也谈及重视民间文化遗产抢救保护的问题。中国文联副主席、中国民间文艺研究会主席冯骥才亲自带队到基层搞试点示范、编写抢救保护手册，推动全国各地按手册统一规划分期分批开展这项工作。陕西是民间文化资源大省，已经列入全国第一批开展工程的重点省份。《秦风》将是组织这项工程一个重要的抓手，参与这项工程一个重要的平台。

民间文化土气十足，却是一切文化艺术的土壤和源头；《秦风》小报其貌不扬，小小不言下自成蹊。一切要靠我们的努力，一切要靠读者诸友、业内诸君和社会各界的支持。挚友不言谢，编报人在此一躬到地。

2003年6月23日零时，星期一，西安不散居

开　学

这两天，常听见窗外孩子们高兴地打招呼："开学啦！"

三月和九月，每当一茬一茬的孩子和家长为开学忙碌的时候，便能闻见一股熟悉的童年气息和青春气息。那是草长莺飞的繁茂，是麦子拔节的喧哗。开学就是开花，由春到秋，由秋到春，草荣草衰，花开花谢，树便这样长了一圈年轮，人也便这样上了一个台阶。

生命是在"开学了—放假了""开学了—放假了"的节奏中，从混沌走向开蒙，从纯真走向丰厚，从自然个体走向文化个体乃至社会个体的。年轻人在离开这个节奏、告别校园的那一刻，泥坯便成了砖，陶胎便成了瓷，一个生命的成品便从车间的生产线走进了社会的广阔天地。

开学是生命的充电，是人生的强拍；放假是生命的松弛，人生的弱拍。青春在这样的循环往复中构成强弱、张弛、起伏的节奏和韵律。放假不是休止符，不是停顿，是一种蓄势、一种调整，是起跑前的下蹲和后蹬，使你在人生赛场上更快、更强。这样，放假便也是一种充电，是一种为开学后的知识充电作准备的体能的、心理的、情绪的充电。

某种意义上，开学使你由家庭生活空间又一次转入团队生活空间，亲情、亲缘为主的人际关系转换为友谊和"学缘"为主的人际关系，更多的呵护和温存也便转换为更多的奔突和竞争。"开学"要求于你的精神坐标更多是群体意识和竞争意识，学校这个传道授业的知识殿堂，也便同时成为对青少年进行社会人和准社会人训练的基地。

我和我的儿子、儿媳加到一起，经历了近六十年的开学与放假，我的夫人上完大学留校任教至今，她将终生在开学与放假的更替中度过。我的母亲更是一直在学校当校长，最后在校园里和这个世界诀别。我们家是一个具有浓烈校园情结的家庭，窗外随便哪个孩子呐喊一声"今天开学了"，会像雷管一样点燃我家屋檐下几代人激情的爆发，热烈地忘乎所以地侃着侃着，不知不觉又陷入长久的各怀心思的沉默。也许大家都想起了自己的老师同学，想起了自己已经远逝的或正在展开的青春，共同的生命感觉使一家人更具亲和力。

　　而我的人生已经快要放假了，最后一节课的下课铃正在秒表嘀嗒中走近。偏这时候华商报社要我来说说开学，真是别有一番滋味、别有一番留恋在心头。其间的戏剧性和人生况味几句话哪里说得清。说穿了，退休与放假一样，不过是新学期开学前短暂的桥梁，我愿意马上和青少年朋友一道，步入一个新的学年，找回自己的激情、活力和青春。让我也来喊一声——

　　"开学啦！"

2000年8月29日晚10时，凉意沁人的西安谷斋

藏獒对不诚者的惩罚

飞机降落，我来到了西藏。带着朝圣的心走出拉萨贡嘎机场，便被藏传佛教无处不在的文化氛围浸渍。黄教寺院层峦叠嶂的气派，格鲁派僧俗执着到极致的信仰，深深震慑了我。以至于高山反应引发的晕眩，也以为是一种宗教感应。

为了从这种文化晕眩中解脱出来，我试着采用"世俗消解法"，即尽量了解僧侣的世俗人生和平民情怀，将他们由彼岸世界回渡到此岸生活中来。此法以前在甘南拉卜楞寺用过，很见效的。第一天参观布达拉宫和大昭寺，密匝匝的佛教仪式和密匝匝的礼拜人群将僧侣的世俗感情封锁起来，连对话的机会都找不到，何谈聊天、交心？到了后来，我自己也被感染得口念六字箴言，和几位远从四川江孜徒步来的信徒一道，五体投地匍匐于神圣的宗喀巴佛脚下了。

第二天于微雨中驱车去哲蚌寺。哲蚌寺和色拉寺、甘丹寺号称"拉萨三大寺"，僧侣多达万名，乃黄教首善之寺。哲蚌意为"米聚"，象征繁荣。四百五十多年前，哲蚌寺最早采用灵童转世方法认定了三世达赖，开创了藏传佛教的活佛转世制度。在布达拉宫建成以前，这里曾是三世、四世、五世达赖喇嘛住持的地方。

哲蚌寺和内地的寺庙不大一样，远看是依山而建的一片楼阁群，进到寺里，除了佛堂经殿，还有僧舍、院落、私人宅第，以及纵横交错、曲折迷离的街巷，整个儿是一座山区小镇，一个世俗生活和宗教信仰功能齐全的社区。尤其那些沿山势凿石为阶的小巷，被两旁殿舍的高墙夹成一线天，在雨幕丝丝缕缕的掩映中，窄上窄下摇东曳西凄迷地蜿蜒着，每走几步便有新的景观，便会出现新的悬念，很有那么一点江南小巷的味儿。在几个小小的十字路口，还有鸡毛小店和菜场，用内地的秤，像内地一样讨价还价，只不过交易者皆是僧侣，说的都是藏语，脸上也少了市民的活跃。终生皓首穷经于喇嘛佛堂酥油灯下的出家人，那被帷幕遮严了的世俗生活，便这样挑开了小小一个角。我的兴趣发酵了。

心中遂不安分，不由自主随小巷走去，离开了佛堂，离开了群体，来到一列小院之外。想着这该是"札仓"（僧舍）了。试着推一扇门，门竟哑然而开，院内寂无声息，两排厢房如两座卧佛相向而视。蹑足趋近窗缝，眯眼往里看，如军营一溜摆开十来个铺位，灰床单灰被褥，上悬一溜儿白毛巾，此外别无长物。好一个远离物欲、不设防范、将生活简化到极致的所在！我胆儿大起来，一连窥探了三个院落，偷拍了照片。未见一个人，未说一句话，却清晰接收到社会这一特殊群体秘不示人的内部信息。其中有多少人生的固守，多少灵魂的搏斗，又有多少哲理的苦求。

小巷拐角，君临群舍，筑着一座院落。高高的门楼用梨木镶就，推开，是一座木结构的两层小楼，上下皆有回廊。这大约是寺里高僧的住所，有学位的"堪布"或他手下各司僧职的"翁却松"们的小院。楼上传出幽幽的乐声，不是佛音，亦非藏乐，完全想不到，竟然是克莱德曼的现代钢琴曲。又一重隐秘的心灵帷幕在我眼前开启。我想，这位高僧极可能在北京或兰州、成都的佛学院受过高等教育，精研佛学的同时也受到现代文化的熏染。他的信仰可能更理性也更丰富，他的心灵可能更超越也更富冲突……这么想着便直往里走。就在这当口，说时迟那时快，"汪"一声墙角飞出一条藏獒，扑过来就是一口。我惊叫着抱头鼠窜于门外，逃向小巷深处，噔噔噔，足音在墙的峡谷中回旋。好一阵，感觉到小腿隐隐作痛，卷起裤腿，螺丝骨上一寸赫然可见四个深深的牙印，已经是见血了。

后来，疼痛倒未加剧，而精神几近崩溃。我知道自己冒犯了神圣，以一双俗眼偷窥僧房，以一颗俗心揣度活佛内心的世俗，肯定给无比纯净的佛地带来了不洁。——在西藏文联同志护送我去防疫站注射狂犬疫苗的几个钟头里，在自治区丹增书记（也巧，恰就是后来调中国作家协会当副书记副主席的那位丹增先生）宴请我们的整个晚上，在经成都返回西安的几天归途中，我一直这样忏悔，这样祷告。我摇着转经轮一样捧着没有打完的狂犬疫苗（七天一次，要打三次），每到一地便央人存进冰箱，好似自己的命根子，自己再不敢弃置的信仰。

医生告诉我，狂犬病的潜伏期极有可能长达二十多年，我只有苦笑。好几次五分酸楚、五分自嘲地向媒体的友人预告：二十年后也许会有一个八十岁的老头儿突然疯了，摇动满头白发在西安钟楼的闹市中逢人便咬。那就是我，真的是我。你们千万不要错过这条新闻，也千万不要忘记在报道中写上，这个人在很久很久以前，曾经冒犯了神圣。

2003年2月4日，羊年立春，西安不散居

麻风村十日

20世纪80年代之初，我曾有过在陕西日报社汉中记者站做驻站记者的一段历史，由于外行于经济，很难抓到这方面的重头稿件，便"搜尽奇峰打草稿"，钻进秦岭巴山去探宝，把熊猫、朱鹮、金丝猴等奇观异景写了个遍，不料因巧取而豪夺，竟抢上了几个头条。报社看我终不是挑大梁的料，只好让我搞一些边角料的报道，采访麻风村便这样落到身上。那是中国新闻社给的任务，说是要从全力治疗和终身善待麻风患者的角度，宣传中国的人道主义和人权意识。

麻风村不是自然村，而是高墙电网中的麻风病院。从汉中北行五十里，来到秦岭之阳的武乡镇地界，青山绿水掩映的一条深沟里，便是了。为了"名誉"，对外称"汉中疗养院"。来之前，从采访准备和个人安全出发，翻阅了许多关于麻风病的资料，自认对这种骇人听闻的传染恶疾有相当的"科学"准备。走时恰好阴天，自感有点"风萧萧兮易水寒"的悲壮。

住在医院招待所（各地来探视病员的家属都在这里住），吃在医院食堂（全院职工都在这里吃），应该说，"不幸"传染的可能性极少。但我终是不敢用那里的脸盆、茶杯、碗筷，每天仰头在水龙头下直接洗漱，也不吃食堂的菜，头几天全靠自带的榨菜就饭，见油就恶心。不久，一件事触动了我。那是采访一位业务骨干，这位中年人说他大学毕业分到这里，好几年不敢告诉同学所谓疗养院就是麻风病院，也不敢接触这里的器物，"吃饭见油就恶心"（我表情不自然了）。在以后的日子里，他了解到病员那种被当作异类的内心创痛，这是一群无辜的受害者，一群从未危害社会却被终身监禁的人，把他们从疾病中拯救出来是医生的天职和良知，这才安下心投入事业。理解便这样产生责任和爱。

又一件事，让我决心要进入病区和他们接触。在大诊疗室开过两次采访座谈。这里的诊疗室和别处不一样，有两个对开的门，一个朝着病区，供病员进出，一个朝着"社会"，供医护进出。靠病区的半面墙漆成红色（暗示着警戒），地面也比那半边低七八厘米，里面注着一层消毒药水。病员坐的小板凳一律泡在药水里，我们则坐在干处的高椅子上。恐惧和歧视真是太触目惊心了，而病员对此早已麻木，反倒因为能与"社会人"聊聊而高兴。这些在精神上无端矮了半截的朋友，牵动人们的悲悯情怀，进而引发对自身、对社会的思考。那天我问得很细也记得很细，初知了这个我所陌生的精神空间。

会后我便提出要进病区里面采访，态度几乎不容商量。医院只好请示上级，同意后，便给我从里到外换上消了毒的白衣白帽，戴上大口罩，扎紧裤腿袖口，套上胶皮手套、半腰胶靴。然后，蹚过一个半尺深的消毒水槽，进入了神秘世界。

一样的疏林小径，一样的房舍村落，也有小学和夜校（由患者教患者），也有舞台和广播，也有自助银行和文化站（几位缺鼻子少指头的晚期患者正在里面打扑克），还有党支部、团支部（但不发展新党员），整个儿就是小小的社会细胞。只是男、女分队，按病情轻重编组，与世隔绝地生活在围墙里。和社会上一样，这里也有明争暗斗、人际纠葛，但能够通过自我教育和管理，通过"同病相怜"的感情沟通实现基本的安定。有时也发生偷盗诈骗，病员纠察队会出面处理，不悔改的还要关禁闭。"文革"中，里面也成立了造反组织，有几次甚至冲向社会，刚出门便被周围群众的棍棒打了回来，"革命派"只好在院墙里游行。

麻风病区最大的问题是自杀倾向。孤独自卑、痛苦绝望、亲友遗弃，都使弱者丧失活下去的勇气。意外的是，文化水平愈高自杀率竟也愈高。想想倒也必然：这些被文化弱化了的生命，哪里承担得起被智慧无数倍放大、加深了的痛苦啊！有一位正在热恋而又快要入党的中学教师，遽然查出了麻风，撕心裂肺地被强送院里。小小的病菌生生毁了他的爱情、青春、理想、前程。他多次吞食玻璃碴想死而未遂，在血泊中慢慢建立起生的信念，现在已是病区的团支书，夜校的模范教师。我专门去看望了这位教师，远远便伸出手来。他看着我，意外、怀疑、顾虑，终于伸出自己的"鹰爪手"（麻风症状常表现为"掉眉、光脸、鹰爪手、兔眼"），勇敢与我相握。他和我都充满了感动。

十天之后离开那里，我不只是历了一次险、出了一篇报道（这篇报道作为中国新闻社的通稿，被海外传媒广为采用），更是换一个角度领悟了一次社会人生。说实话，我一直后怕。我知道麻风病的潜伏期长达七八年，那以后整整有十年吧，我都在隐蔽地、严密地监视着自己的健康。

2002年12月26日，老伴住院手术间隙，西安不散居

他死在我的臂弯

一个真正名不见经传的人，我从来不知道他的名字，以后也永远不可能知道。三十多年以后的今天，他的面影早已变得模糊。或许这次编辑组稿，是他唯一一次可以变成文字的机会。但我无法征得他本人的同意，他也无法再读到这些描绘自己的文字。笔下迟疑，心里隐隐不安。

1970年，初冬。秦岭挡住了北下的寒风，刚从秋天走过来的太阳，挺有暖意地照着汉中盆地。那时我作为"臭知识分子"的一员，正被"文革"下放在横贯陕西南部的阳安铁路工地民兵师劳动。因为原来是省上一家大报的编辑，所以被抽调在民兵师帮着搞宣传，隔三岔五也去工地干点活。民兵师由六部分人组成，铁路工程局的工人阶级和汉中农村的贫下中农是主体，军队"支左干部"和县乡被革命委员会"三结合"的干部担任师团营各级领导，再有，便是"老广"和"小广"了。"老广"指我们这些下放干部，因响应毛泽东"广大干部下放劳动"的号召来农村落户得名。"小广"指下乡知识青年，因响应毛泽东"广阔天地，大有作为"的号召来农村插队得名。你看，为了说清民兵师这六部分人，我不得不一而再再而三地用双引号标出那个特定年代的专有名词，还得加上啰唆的解释。重提这些绕口的词儿，谁都无法不慨叹。但愿我们民族永远不要忘却也永远不再启用这些个浸渍着一代人悲凉的特指词汇。

工地上正在搞大会战，几百人用人海战术要将一道山梁炸为垭口，让"幸福路"直穿而过。午饭送到了工地，咸米汤泡饭加一小块咸菜疙瘩。民工和"老广""小广"歇下来，三三两两蹲在地上吃饭。工程局师傅的饭另开。红旗猎猎，一绺凉风挑开披在肩头的棉衣，湿透了的脊背打个激灵。高音喇叭反复播送一段"最高指示"："是英雄创造历史，还是奴隶创造历史……"这是毛泽东8月底在庐山上对陈伯达"称天才"的批评，刚刚传达到基层。乍然，喇叭里响起了尖锐的哨音，播音员大声喊："毛主席教导我们，'加强纪律性，革命无不胜'，马上要放炮了，请筑路战士急速退到安全线以外。"

大家端着碗、扛着工具纷纷转移，原有的班排连乱了，挤挤揉揉聚在安全线外的一面土坡下。坡上是挨了霜打的冬草甸子。相识的不相识的，边吃边随意聊着。我南边贴身坐一位民工，坐法很特别，屁股压在锹把上，双腿展直，脚尖不停抖动，一股俏皮劲儿。小伙浓眉大眼，刚剃的头一层青光，也就二十一二岁吧，笑眯眯说昨夜有只蟋蟀冷得钻进了他的被窝，"还叫呢，蛐蛐……"

这时炮响了，他下意识朝上看了一下，接着讲自己的故事："它叫我也叫，吹口哨，它以为同伙来了，叫得更欢——"这时头顶上的草丛嗖嗖作响，谁大喊一声"石头！"便四散乱躲。我吓得一时不能动弹。光头小伙则机灵地朝前扑地便倒。"啪"一声，石头砸在谁的搪瓷盆上。

那哪里是搪瓷盆，是小伙的天灵盖啊！一块巴掌大的旋转的石片，从耳轮切进太阳穴。我跳起来紧紧抱着他，凄惨地喊着"你、你、你！"他嘴唇像石片一样灰白，眼睛又亮又大，瞳仁里映出我的脑袋和脑后的天空。脑浆流在我的棉袄上，浸着艳艳的血。他无法回答众人的呼唤。他死了。

我一生中经历过不少死亡，死神总是像阴云那样一点一点吞噬生命，最后完全沉入冥暗。从未见过死神如激光般瞬间便攫走一条生命。我不明白他为什么要像绿茵场上的守门员，飞身扑上去迎接这致命的一击。事后知道，只有这一块石片飞出了半径一华里的安全区。击中的可能性只是几万分之一，光头小伙迎接死神怎会有如此的精确度？

安葬时，光头小伙的母亲来了，一遍又一遍追问她儿子最后留下什么话，我只能一遍又一遍如实回答："他说，蟋蟀钻进他被窝，逗着叫……"这时，他那个民工班的小伙伴默默地朝连夜做好的棺木里放进去两只蟋蟀。在拥土盖棺时，那灵虫一直叫着，直到声音被愈来愈厚的土堆封住。

2002 年 12 月 19 日，老伴手术后，西安不散居

鱼化湖小记

湖名鱼化，本是传说，说了个聚鱼化龙的故事。古代士子赶考长安，多在此歇脚，踏上他们此后化鱼成龙的人生旅程。星移斗转千余年过去了，风华正茂的黄藤君将自己创办的西安外事学院迁过来，傍湖而居，传说便成了眼前这有声有色的风景。每年有万名少年汇于湖滨，也有万名学子投身社会，龙腾虎跃，干得很是精彩。他和他的师生滋养了这个湖，湖融聚万千读书人的气场而有了灵性。

塔指蓝天，志存高远。看云影信步水面，和惠之心顿生。鱼儿在水中喋喋，有若求知急切的学子。潋滟的湖水是他们眼中的流波，绿荫深处无不有精细的耕耘。湖因融汇而多元集纳，因涌动而自强创新。学无长幼，校无大小，教无高下，育无国界，正是涓滴成湖的那种境界啊。

风从林子里穿过，响起琅琅的书声，月光泻于水面，有秉烛夜读的倒影。花一茬茬环湖而开，那是一茬茬青春的笑靥。浪一次次温存地拥抱，曲折迷离的廊桥，缀连了多少故事！阳光嬉闹于水，月色沉思于湖，种种的清澈澄明恰是青春的无邪。

拾级而上怀远亭，不期然与黄藤君相遇。树团锦簇，唯见堆绿。惜乎黄君银发早生，遂叹曰：这个湖，就是这所学校，也是你的心事，万千师生的心海。一池历史，一池青春，一池记忆呀！他笑了，灿然华发中牵出几许疲惫，眸子里满是湖光山色。

古稀之年，我在这个聚鱼化龙的去处有过四年的停留，生命在夕阳中重圆了一次大学梦。天天奢侈地望湖，还犹未尽意，又镌为斋号，以相许久远。鱼化湖便这样恒久地荡漾在我们心头。故有此记。

2012年5月5日，壬辰龙年立夏，撰书于望湖阁中，时微雨初晴

莹　巧

薛莹巧是荞麦园的老板，我是荞麦园的老顾客，也是她的老朋友。

这个老板不一般，不光和我是朋友，她和所有的顾客都是朋友。老顾客从没人叫她薛总，都叫她巧巧，一来二去把她叫成了陕北民歌中的人物。后来才知道她身上还真有故事，她爷爷是陕北碛口黄河的船工，新中国成立前夕，毛主席和党中央的一些领导东渡黄河，她爷爷是船工。在荞麦园的楼顶，那艘饱经风浪的木船还静静地停在那里，从满身的斑驳中你可以听到当年的风浪声。

我去荞麦园，是为那里陕北版的羊肉饸饹所吸引。那羊肉汤，那洋芋丁肉臊子，那荞面饸饹，无一处不字正腔圆。经师傅在锅里一滚，碗里一调，有股正宗而地道的信天游韵味儿，让你由不得从舌尖一直痒痒到心里头去。西安吃羊肉饸饹的好去处不少，好到既有味又有韵的不多。恋着荞麦园这碗羊肉饸饹，免不了隔三岔五去。头回你去，她会和你坐一会儿，倒杯水，拉几句家常。一来二去就成了朋友。

荞麦园选了个好地方，就在西安美院大门外。美院历任院长、教职员工，一茬茬青年学子，还有美院外围的一茬茬书画粉丝，自然而然成了这里的常客，久而久之荞麦园便有了一个粉丝团。要知道，那些书画家和教授顾客，平素都是被粉丝围得水泄不通的，最后竟然纷纷突围而出，围过来当荞麦园的粉丝！我恍然悟到，书画是由眼入心的艺术，饮食是穿肠过肚留在记忆里的艺术啊。它与所有的艺术一样，有色香味韵，有风格流派，它是活在每个人每天生活里的文化。

荞麦园的艺术与西安美院的艺术就这样互相倾慕、互为粉丝，终于合二为一。薛莹巧在五楼专设了画室，成了书画家们如刘文西、杨晓阳、王西京、王胜利、茹桂等常来的地方，文艺界的陈忠实、贾平凹、王向荣、高建群也时有光顾。享完口福便手痒，不写不画不罢休。荞麦园成了小有名气的画院，几层楼的走廊成了精品画廊。顾客穿堂而过，一不小心便与大师擦肩相遇，或失声惊喜，或流连驻足。

很多人来这里，半为吃饭半品艺。我调侃薛老板：你的饭菜要加价了，利润要分成了，十块钱里，怕有五块该付给书画家吧？她认了真，有一段时间我去吃饸饹，竟然叮咛服务员，不收我的钱，她圆满了自己的商道，却让我缺陷自己的艺德，吓得我一年半载不敢登门。

一个从来只说艺术而未听过她说生意的老板，一个从来不把顾客当买家，只把顾客当朋友的老板。她让你知道，原来老板还可以这样当！

2012 年 12 月 25 日，圣诞夜，西安不散居

槐　香

永寿近在咫尺，却很少来。真想不到她以大山为屏障，在自己的怀里悄悄藏匿着这么大一片槐树林，中国最大的槐树林。

而且随意，而且粗粝，不加修饰，那样的一望无际。

细碎的白花，似雪，纷纷扬扬在绿原上。似飞溅的浪花，绽开在绿涛里。似音符，精灵般舞蹈在绿色的旋律中。

一种似花非花的质朴，一阵似有若无的清香。空气晶莹得不挂一粒尘埃，却透出甜甜的气息。那是蜜蜂儿嗡嗡出来的甜味。

在花的大家族中，槐花最是民间，最是乡土。不要牡丹的帝王气，幽兰的名士味儿，放弃木棉的灿烂，芙蓉的天生丽质，也不争梅与菊的傲霜品质，她只是平凡如常人，只是蓬勃在大山深处，旮旯于农家的院墙，悄无声息地过自己的日子。待蜂儿在她身上酿出了纯正的蜜，便似完成了人生任务，默默地飘零败落，腐朽了自己去给土地以肥沃。

槐花，槐树，活脱脱就是站在村头地边的农人和村妇，世世代代这样子生活着，自足自得而不去惹人注意。

从来没有听说过有牡丹蜜、芙蓉蜜、木棉蜜的，倒是不起眼的槐花甜蜜了老百姓的日子。槐花蜜，一份温馨的甜蜜。

在中国，槐树是家园的守护者，无论走向何方，槐乡永远会是你我心中的"吊庄"，你我的梦乡。

回到西安高高的楼居，窗外依然市声鼎沸，舞影幢幢，霓虹在楼群中闪烁。坐在不着地的书房，展纸写上面的文字，那摇曳于风中的槐林，重又勾起心中的梦，也淡淡地给我一个无语的提醒。

2008年6月14日，西安不散居

关于秦地，说一段话

有人说陕西的地图，乍看像秦始皇陵前的一尊跪射俑，说出了她的沧桑和苦难。有人说她更像一把钥匙，不错，她的确是打开中华文明宝库、中国历史长廊的钥匙。还有人说，她像塔，一座耸立在北中国大地上的塔，黄河在它脚下宁静地流过、激越地南下，朝着东方奔涌。是的，她当然是一座文明积淀而成的塔，是中华民族精神的标高，是中国人文化人格的象征。

从蓝田猿人到仰韶文化，陕西是民族繁衍和中华文明的源头；从炎黄二帝到周秦汉唐，陕西是展演大半部中国历史的主场。她是中华古国的粮库、史库、文库、智库，堪称东方文明的"四库全书"。

倘若祖国像引吭高歌的金鸡，位于中国之中的陕西，便是这只金鸡的鸡心；倘若祖国的文化存量有如超大容量的计算机，她便是这台计算机的机芯。

但对我来说，陕西只是种植于心田、流淌于血管的两个最普通而又最深情的词：母亲、母土。

2013年3月12日，西安不散居

老树与新苗的对话

——在 2015 年西安外事学院文学院新生见面会上的讲话[1]

同学们，你们好！

我想，今天是你们每个人终生不能忘怀的日子，因为你们在今天跨出了人生重要的一步，你们由中学生成为大学生，你们由少年步入了青年，你们稚嫩的生命从此开始走向成熟。

如何评价大学？怎样度过大学生涯？这个问题从今天起现实而又现实地摆在每一个同学面前。

关于"大学之大"的问题，历来有各种说法和理解。清华的老校长梅贻琦，在 20 世纪 30 年代曾仿照孟子的话说："所谓大学者，非谓有大楼之谓也，乃有大师之谓也。"此话似乎大家都赞成，其实并非没有可推敲之处。

对的，大学之大不应只是大楼之大。但是如果这个"大楼"是泛指学校的硬件设施，那就也要承认，一个学校的建筑、环境、实验设备等，对传授知识、陶冶情操是绝对在起着作用的。试想，北大没有了未名湖，没有了湖中的塔影和湖畔的图书馆，我们外事没有了鱼化湖，没有了湖中的塔影和湖畔的图书馆，同学们知识文化传播的平台是不是会有缺失？我们的大学记忆是不是会有遗憾？物质不能取代精神，但物质会恒久地影响精神。

那么，"大学之大在于大师"，此话如何？乍一听当然很对，细一想似乎也不应绝对化，似乎还有更深层、更根本的东西。毋庸讳言，大师在传道、授业、解惑各方面的确都高人一筹。有大师的学校，能和大师伴行的学生，

---

[1] 肖云儒先生曾任西安外事学院文学院名誉院长——编者注。

是一种幸运。即便无缘亲耳聆听大师讲课，他们的气场也会终身涵养我们。但是，孔夫子门下也并非个个如颜回、子路、子贡那般优秀，弟子三千，可以称为贤人的，也只有七十二个。这说明大师并不能最终决定大学生的一切。

大师，以及学校的人文精神、文化气场，我们可以统称为大学的软件。那么，为什么大师不能决定所有学生的命运呢？因为大楼、大师——也就是大学的硬件、软件，还都属于外因，是一种环境和条件。最终决定我们大学生涯的归根结底是内因，归根结底是我们自己，是每一个同学自己。因而我们可以说，大学之大不完全在于楼房的"势"有多大，也不完全在于老师的"势"有多大，最重要的是同学们，是我们自己的"势"有多大！楼房好、老师好当然好，自己好才能真的好！

作为一名大学生，你的"势"大不大，质地优秀不优秀，又表现在哪里呢？表现在考试成绩好不好？有道理，又不全有道理。考分只是衡量学生许多尺子中的一把尺子，而且很可能只是度量学生一时、一地、一个方面的尺子。

表现在知识占有、积累多不多？有道理，又不全有道理。知识占有量在中学、大学阶段都十分重要，但对大学生来说，判断力、分析力、思考力将会逐步地上升到最重要的地位。

表现在学习态度刻苦不刻苦？有道理，也不完全有道理。态度是学习的重要推动力，但态度不能根本改变一个学生的内质，不能引发人精神上、情怀上、思维上的质变。

我认为大学生之"大"，主要是指要致力于培养自己较大、较强的融会能力、思考能力、创新能力。

知识融会力使我们能够将所学的知识触类旁通、融会贯通，最后达到无师自通。无师自通不是不学自通，而是自学自通，为一个人的终生学习奠基。

独立思考能力使我们能够追根究底、追本溯源，将所学的知识向着一个理性化的、规律化的高度提升，使我们可能像司马迁那样，逐步地学会"究天人之际，通古今之变，成一家之言"。用独立思考咀嚼消化过的知识，才能真正化为自身的文化肌理和血液。

培养创造思维、创新能力尤其尤其重要。你们这个年龄是生命最蓬勃的时候，是创造力天然强盛的时候。你们的思维定式少，人情世故少，正是一往无前朝着新路上迅跑的年纪，千万不要辜负造化给予你们的这个可贵而又可贵的生命创造期。我的青春是在"文化大革命"的大动乱中度过的，这使我错过了创造力最佳的年龄段，是我和我们这一代创新成果不够多的重要原因。我为此遗憾终生，而又无可奈何！

创造思维、创新能力其实在一个新高度上涵盖和提升了融汇力和思考力，促使我们将前人知识转化为自己创新的动力，把对已有知识的反思转化为朝前开拓的动力。

在大学阶段培养创造思维、创新能力，我们应该重视在课堂内外、在日常生活中有意识地训练自己的求异性思维，在否定之否定中、在异于前人或常人的思维坐标上掘进；有意识地训练自己的发散性思维，让思维冲破陈规，像球状闪电全维喷射，从一切方面去探究解决问题的一切可能性；还要有意识地训练我们的统摄思维，善于将复杂问题简化提升，用规律去统摄现象，用大道理去统摄小道理；还要有意识地训练我们的驭变思维，不是以不动制动，以不变驭变，而是在事物永不停歇的变化中去驾驭永远在变化的事物。

同学们，大学之大，说到底大在我们自己的眼界和思维，大在我们自己的胸襟和格局。我们的命运掌握在我们自己手中，大学生涯主要由我们自己去书写，美好的大学记忆主要由我们自己去积淀。

但是，请每一位年轻的朋友千万不要忘记，在你们学习、探求的道路上，永远会有学校和老师们关切的、温暖的目光，有学校和老师们随时准备扶你们一把的有力的手，有师友们和你们一道搏动的心！因为你们是我们的子弟，是我们的希望，是社会责任未来的担当者，是民族文化火炬的传薪者！

同学们，请大声回答我：走好这四年，你们有没有信心?（全场同学高呼：有！）好，谢谢大家。

2015年9月1日，鱼化湖畔

春天里，说读书

书籍是人类智慧的结晶，典籍更是书中的华彩，是人类在几千年历史中反复优选出来的精神瑰宝。

诵读经典，就是站在历史上攀得最高的那些人的肩膀上，继续攀登；就是接过历史上跑得最快的那些人手里的火炬，继续朝前奔跑。读书，尤其是读经，真是大好事，一本而万利。

从小诵读经典有利于铺就最初的文化底色，构建最早的文化记忆。但诵读不光是为了记忆，更是为了理解，为了践行。书要多读，不要死读。对好书要有所读，更要有所为。对虽然好却来不及读的书，或不那么好的书，也可以有所不读，有所不为。

怎样区分好书、坏书和不很好、不很坏的书，社会有客观标准，时光有淘汰机制，自己也要善思善断。经典要读，更要思。读之思之行之，行之思之而又读之，在这个循环中，将历史与时代熔接起来，把个人与社会汇通起来，我们的人生便能渐入佳境。

阅读昨天，营养今天，奠基明天！

2011 年 4 月 23 日，在西安读书节诵读活动上的讲话

沉潜　沉着　沉厚

——年终感怀

就要过去的 2009 年，世界性的经济危机引发大动荡，中国在大动荡中以一揽子大调控稳住了步子。时代愈来愈现代，社会愈来愈复杂，民众愈来愈成熟。而文化界在大动荡中却似乎没有产生相应的波动和感应，反倒是文化产业和文艺体制改革逆势而上，取得了骄人的成绩。

从年初起，陕西的文化体制改革风便吹皱了一池春水。紧跟着西安市文艺院团先行一步改制，省上也迈出了大步子，省文化投资总公司、省电视和广播集团公司、省演艺集团公司相继成立。文艺一条街的融资和筹建如火如荼。西安美术馆、西安音乐厅、西安影视城使大唐不夜城彻夜无眠。改制牵动了万千文化人的命运，有人忧虑，有人观望，更多的人因生存方式的改变而振奋。

文艺创作一直在执着而沉着地推进。电视连续剧《保卫延安》《大秦帝国》和大型文化专题片《望长安》《法门寺》《大秦岭》在中央电视台和各地电视台热播；歌剧《米脂婆姨绥德汉》、交响乐《山丹丹花开红艳艳》在国家大剧院上演；戏曲《大树西迁》、杂技《汉唐百戏》国庆进京献礼；长篇小说《秦腔》才获得茅盾文学奖，《大平原》《晚春》又引发新关注；中国诗歌节在诗城长安举办，诗歌在故都的广大民众中找到了知音；入冬以来，三秦文艺之火烧得更加热乎，赵季平当选全国音协主席，张艺谋和闫妮以《三枪》走红全国。种种种种，陕西文艺在全国摇了铃，陕西符号在全国入了人心。

其实文艺的发展是受复杂的生态规律、艺术规律制衡的，不能要求文化一年一大步。新年里，我期望文艺的是"三沉"，沉潜于灵魂，沉着于创作，沉厚于历史、时代、人生。少计功利多计功夫，少问成果多问成熟便好。

2009年年尾，西安不散居

年度决算与预算

又跨年了，拨拉算盘一算账，还算差强人意，便在朋友圈微了一条：今年年成还好，特向三百六十五天吃过的饭、三百六十五晚睡过的觉汇报。意指没有白吃饭、白睡觉也。"汇报"简况如下：

年初，将近五年发表的文字编成《独泊》《守昧》两个集子，共六十万字，交陕西人民出版社，几经耽误，年底面世了。

年中，从7月到9月两个月，参与国家广电新闻总局"丝绸之路影视桥工程"，随中央、省上十来家媒体坐汽车走完丝路全程，经八国、四十余城，三万华里。我以七十四岁高龄获"最年长团员"光荣称号。途中除每日接受中外媒体关于丝路文化的访谈，还每日写1篇文化散记，在《西安晚报》、光明网、新华网、西部网、华夏网连载，反响甚可。12月，已将六十五篇文章和三百幅照片集成二十万字的《丝路云履》一书，出版面世。

年末，课题组历时三年努力完成的三卷本《都市新社区文化研究》系列丛书，终于从印厂拉到书店。三卷共七十八万字，是西安市社会科学规划重大课题项目，由我担任主撰。质量有待社会评说，但这个领域的研究眼下还真不多见，相信会受读者欢迎。

2014年总计：出版新著八十万字，另发表新作十万字；出版近年文章结集七十万字；还在欧亚大陆绕地球表面三分之一跑了一圈。这是对我身体状态、思维状态、写作状态的一次总检测，得分均可及格。

古稀之后这几年，每到辞旧迎新时刻，自己和家人都拉警报，年龄不饶人，一定少干些再少干些。去年有记者采访我的新年打算，我干脆谢绝，自嘲道这个年龄不应再有打算，社会要求我的，就是吃好睡好心情好保养好。

但每年都做不到，总是被卷进各种"任务"之中。今年我也就不再矫情，还是说一点新年的小九九。很简单——

一、与几位青年学者就中国西部文化，即丝绸之路中国段的义化景深，做一次系列的对话和探讨。他们已经准备很久，这逼着我不能不对此做再思考。

二、一定要集中精力编出自己文集中的《肖云儒文化论文选》（上、中、下）和《肖云儒文学评论选》（上、下）。并且在明、后年继续编出艺术评论选和散文随笔选。

这是我人生最后一件大工程，不能再分散精力去写各类应酬文章、参加各类应酬活动了，这些事尽管有益社会，对我都无异于自戕！恳请朋友们理解。静心地干着，静心地活着，才不辜负这温暖的冬阳。

2014 年 12 月 31 日，西安不散居

羊、阳、美、祥

新春入羊，清辉华阳；大地初美，一片吉祥。

上面这行字，写下来觉得太俗气，却不是作秀。这四个字——羊、阳、美、祥，从来分不开，原本就是一个字，一个字根。从《说文解字》到《辞海》《辞源》，解释"羊"字，一说"羊通阳"，羊，阳也，三羊开泰与三阳开泰于是通用；一说"羊通祥"，故而古"吉祥"多作"吉羊"。而"羊大为美""羊口为善"，我们更是耳熟能详。

羊大为美，开始可能只是口腹之欲的满足，如韩非子说的"香美脆味，厚酒肥肉"那种感觉。属于这个层次的，还有羊灯、羔币、羔儿酒，给我们祖先的都是实用性满足。后来便朝文化和审美乃至借喻和象征等精神层面升华。

羊与自然美、艺术美不可分。"抟扶摇羊角而上者九万里"，庄子以羊角之盘曲而上喻盘旋之风，极写逍遥游之美。《史记·孔子世家》有"眼如望羊"一词，说的是举头远望，追慕阳光。羊毫笔和羊脑笺，年深日久成了中国书画的符号。羊大为美，这是对美的一种中国式诠释。

羊与智慧不可分。"歧路亡羊"说的是道路如何影响人生，"亡羊补牢"又说的是道路的校正转型可以改变命运，"羚羊挂角"更说了以求异思维规避风险的智慧。

羊与道德不可分。"善"字、"义"字都以羊为元素。佛家有"羊毛尘皆无"的诫言，心中连羊毛尖大的尘埃都是不能有的。《后汉书·羊续传》记载了"羊续悬鱼"的故事。一位叫羊续的廉官，深疾奢靡贪腐，将下属送给他的鱼悬于庭上，再有人送礼，便让看那条"警示鱼"以杜绝之。羊家清廉传家，吏民曾为其后代羊祜立"羊碑"以表其廉。

羊的故事告诉我们，形下的物质一旦与形上的文化结合，舌尖上的中国便千变万化为文化里的中国、记忆里的中国，易耗转化为恒久，在千秋万代的积淀中增值。

羊年到了，大地更阳光，民生更美好，中华更吉祥。秦人新春去吃羊肉泡，肉是更上一等肉，汤是满碗文化汤啊。

2015年2月8日，西安不散居

百姓方是英雄

我先要向在座的的哥、的姐致敬，鞠躬！我是出租车的受惠者，你们的工作不但便捷了我的行程，节约了我的办事成本，扩大了我的人生视野，从这个意义上来说，你们延长了我的寿命。更重要的是，乘坐出租车使我更多地了解社会民情，短时间内使我获得了密集的社会信息。

国之幸，系民心；国之运，在民心。国家的安全稳定在民心、民生、民风。

民生问题不仅是物质层面衣食住行的问题，更是精神层面的问题，是生命实现的幸福感、成就感、荣誉感。的哥、的姐既问"今天赚了多少钱？"，也问"你这个月上榜了吗？"你上"百姓英雄"榜了吗？物质和精神的两重实现，民众都追求。义与利，我们都追求。

民风、民心，靠谁来引领、来营造？要靠精英、学者，更要靠民众自身，靠我们身边每一个人。"百姓英雄多了，做坏事的人少了"，民众风气好了，社会风气也就好了。文化人为什么要"三贴近"，贴近民众？记者为什么要"走基层"？因为真正的英雄、历史真正主人在民众之中，在基层。

我最近参与了由联合国教科文组织CISV中国总部支持的西安文理学院泰腾国际民生文化研究所的筹建。我们想让民生的诸多问题进入理论视野，得到理论关怀；我们想让理论不只停留在终极关怀层面，而且进入现实关怀层面，为民生问题做一点切实的事。我们的宗旨是"以民生为本，拜民众为师"，是"心系民瘼，服务民生"，是"民生休戚，文理情怀"。开始设想更多是衣食住行物质层面问题的研究。今后我们还要更多地关心民生的文化、文明问题，城市病、焦虑症、成就感、幸福感，应该是民生问题的题中应有之义。

出租车司机不但拉人、送人，而且和人、和心。的哥、的姐是城市的宣传员、导游员，是城市的形象大使，出租车是城市形象流动的展览厅。向你们致敬，向社会之本——民众百姓致敬。

2011年11月22日，"百姓英雄"峰会发言

为奇石著文（七则）

层 林 尽 染

你分明能看到太阳西下的脚步，由远而近在林子里悄悄走动，暮色用深深浅浅的墨绿，一点一点合围着夕阳。天在黑下来，一股冷墨之气直往林子底下钻，而夕阳仍然恪尽职责，守住自己光明的领地。在那些已经失落的领地上，她也仍然以最后一点回光将山林曲折起伏的脉络勾勒出来，让整个林子显出一种迷蒙中的丰富。

这里那里，一些树木踮起脚、挺起身子，争着去沐浴最后一缕阳光。有的还扬起双臂，深情告别光明。在同伴们纷纷隐入暮色之后，他们用挚爱点起一束束金色火炬。看来，只要你肯追求而且肯努力，总能比别人抓住更多机会，拥有更多光明。

暮色中，林子深处还能看到大大小小的白色光团，我想那大如月光的恐怕是人类的窗口，而小如星星的，不会竟是百兽的目光吧？因为人和鸟兽，人和森林，人和天光地气在这里应该是和谐共生、氤氲一体的。

一切都静着，而一切又都活了。太阳和月亮、金梭和银梭，在无声之中编织着一个叫"光阴"的词儿。

慈 航 普 度

这块石头于内蒙古的洪荒旷野浑然天成之时，距今远不止亿万斯年，一朝命名为"慈航普度"，则瞬间变得惟妙惟肖。

你看那晶莹剔透的造型，那素净斗篷裹着的身段，那为人熟悉的一手托净瓶一手洒甘露的姿态，还有那侧露着的慈爱的面容，甚至脚底下那截一看就能想起莲台的玛瑙石，都无一不像是观音下凡啊。

但我还想告诉你我另一种感觉，其实乍一见这块红葡萄玛瑙石，倒以为那是站在高天远岩上的一只鹰鹫。他敛起了刚刚展翼翱翔的双翅，爪子深深地抓进岩石里，回身用犀利的目光看着长天白云，随时准备再一次飞身搏击。那才是他龙腾虎跃的生命空间。

观音的她和鹰鹫的他，何等不同。她给你期冀，给你善良，给你慈和爱；同时，他却给你以昂扬，给你以远志，给你以力和威。

悟 空 受 戒

虽然大闹过天宫，打乱过一切规矩，一时几乎所向无敌，但最后还是不得不接受既有的游戏规则，收起野性，俯首受戒。包括他那个猴身猴心，也不得不用佛法无边的袈裟裹住，就连从不受拘束的脚，也被套上了黑皮靴……因为所有这一切，我们的孙大圣多少有点不好意思，他背过身去，扭捏着，只给大家一个后侧影。所幸有袈裟的遮挡，才不至于露出那暴露猴儿本色的红屁股来。

披着袈裟的悟空此刻在想什么？在悔恨自己曾经有过的叛逆？在做鬼脸，用鬼脸自嘲和嘲世？在受戒的约束中感到不自在、找不到北？还是在为紧箍咒剥夺了生命的自由而痛苦？还是正在思谋怎样甩掉袈裟，"东山再起"，再大闹它一回？

一切可能都不是，又一切都可能是。在人生和艺术中，背影、空白、沉默、朦胧、休止符、省略号——那都是最为丰富、最具悬念、最耐寻味的东西啊!

依山傍水

　　有山，山是雪山。山上有云霓，山下有水。那水是清水。水边有黄土路，路边有行道树。树在水中有清晰的倒影，还有土丘或石山。就连山顶、山腰的色彩都那么准确，阴天下的雪峰，白里透出一点蓝来。山腰积雪有点薄了，白色中糅进些许黄，那是黄土之黄吧？

　　我特别留意了，这块石是黄河石，产地兰州。因"黄河"与"兰州"的缘故，我得把这幅奇石定性为上天理想主义的作品。恕我只能这么做。中国人谁不想有一条如此清澈，清澈得没有一点泥黄，清澈得有山和树清晰倒影的黄河呢？但今天的中国人谁又看到过一条如此清澈的黄河呢？也许往前数一两代人，兰州黄河段是这样子的，难道要往后数一两代人，我们才又能看见这样的黄河吗？或者难道我们将永远看不到这样的黄河了吗？

　　一块黄河石，就这样变成了黄河生态警示石，中国生态警示石。

　　你可以欣赏它，养眼养心于当世；更要思考它，刻骨铭心于万代。

岁　月

　　耄耋老人为什么总这样佝偻着腰？是悠悠岁月洗尽了他的生命啊。大漠砺石为什么总这样百孔千疮？是猎猎风云掏空了它的生命啊。白驹过隙的光阴走过了，留下来的是生命的丑陋和残缺。

　　我曾几度由当金山朝南进入柴达木，又由柴达木的冷湖西趱，直奔茫崖、若羌。几百公里的雅丹地貌给了我惨烈至极的感受。这里很少有雨，是风、完全是刀子似的风，将石山土丘逐年逐纪雕琢塑造成各种残缺而伟岸的生命形态。满眼只见荒漠无垠，横尸遍野，两军相搏，利镞穿心，真是"黯兮惨悴，风悲日曛"，整个儿一派《吊古战场文》中的凄厉气象。

这块已经没有了生命的砺石，让我们听到了、看到了、感受到了生命如何龙虎般搏斗，如何英雄般死去，如何死后还永不倒下，就这样千秋万代站着，站成一块生命纪念碑。天地人世间的沧桑以及生命的悲壮、悲凉、悲哀、悲悯和悲怆，无不尽在其中了。

一块发散着生命悲剧感的石头！

一 石 三 字

此石产于广西，系三江彩卵石，深褐底色，旋转一周，可见其上有土黄之字，曰"上"，曰"入"，曰"人"。一石之上，竟显三字，且意思多有关联，令人啧啧称奇。

若以"人"—"入"—"上"为序，你可以说一句这样的话：为人者，入世为上。若以"入"—"人"—"上"为序，你不妨说一句这样的话：进入生物圈和食物链，才懂得了人为万物之上的道理。再若以"上"—"入"—"人"为序呢？又可以这样说一句话：没有底层阅历，径直由上层进入社会，人极容易浮泛。最后，若再按"上"—"人"—"入"的顺序，你还可以说成这样：人上之人，入正史或易，入民心难矣哉。

这真是上天的音籁，造化的密码了，你说神奇不神奇。

夜 月 疏 影

几道寒光激醒了老僧，眯睁的眼蓦地便接住了夜月幽幽的注视。他从床上坐起，趿上麻鞋来到窗前。枝条摇曳着霜叶，在月下布成疏影，凉夜里，用深沉的透明的红焰，招撩着古井似的禅心。

"呀"的一声,老僧推门而出——既有"待月西厢下",何不"僧推月下门"?

禅意春心,便这样叫月光印在了石上,留下千古绝唱。

2005年6月12日,星期天,西安不散居

临池小札（十二则）

知天命以来的十年里，闲来学着练点书法，常常在竹管的舞动、水墨的渗化、笔与纸的酬唱中怡然自得。每每引起朋友们一点半真半假的赞誉，也便半真半假得意而忘形，附庸风雅在宣纸上留下几段题画和小札。年深日久，有的竟然传开，成了茶余饭后的"段子"。反馈回来，我便留了心，录下聚成《临池小札》，如秋日山野间的小花，随意撒在家藏的歙砚、端砚旁。

菊花茶畔老友捐躯

今年元旦和春节挨得近，新年过后，新春即至，索字的朋友催得生紧，年后的第一个礼拜天，伏案终日，才算把字债还清。

腰酸背痛中想，这辈子开始学着写点文章，结果背上了如山的文债。友人登门求文，都很客气，有时还露出一星杨白劳求告的神态，我便时时警惕自己，千万不能有半点黄世仁的倨傲，那便只好来者不拒了。一待答应下来，友人催稿便添了几分理直气壮，"答应的事怎样了？"多少变出一点黄世仁的口气。我呢，只好当下便矮了身子讨饶，"对不起对不起，最近实在太忙……"反倒露出杨白劳的可怜来。

五十岁习字，为的是从这如山的文债中解脱出来，在砚边觅得一份闲散，不想又背上了如山的字债，再度掉进了"黄世仁—杨白劳"的怪圈。生就的苦命，那是在劫难逃的啊！

想着便又站到案前，展纸写一副四尺对联："青菜萝卜糙米饭，瓦壶天水菊花茶"，聊以对自己做一点精神超度。谁料写到菊花茶的"花"字，笔管开裂，笔头断落纸上，竟溅出一朵墨玉兰来。顿时失色，怕是暗藏着什么不吉，旋从纸上捉起笔头，写下几句话，想冲一冲晦气，话曰：

  庚辰龙年岁尾，余已届花甲之年。为国为家为人为己虽无大作为，亦勉可谓辛劳半生并无它求，唯糙米饭、菊花茶足矣。岁将尽时，乃研墨展纸书此联以为花甲之感。不意笔头断落纸上，墨花四溅，显出兰花一朵，遂苦笑以自嘲：此花亦肖姓也，终生浸于墨中，读墨字，写墨书，开墨花，虽无绚丽却有辛劳，写尽自家六十年生命。笔亦肖姓也，本以江南板桥竹根为杆，西北荒塬狼毛为毫，陪我习字十年，得于心，应于手，默契于灵境，可谓鞠躬尽瘁。今日为书艺捐躯，感之慨之，遂以残笔记之。

  本想写点吉祥话，却怎么也躲不开忧郁，随它去吧。昏灯之下与老妻共读，相对默然。

2000 年 12 月 13 日，西安谷斋

卫老夫子残联圆满

  卫俊秀先生，高寿九十四，世纪老人也。晋人，一生奉献于秦地。书法评论界有于右任、林散之、王遽常、卫俊秀为 20 世纪"草书四大家"之誉。其学宏博，其性耿直，其书直承傅青主而多有创新。年轻时热血抗日，酷爱鲁迅。中年就教陕西师大，有鲁迅研究论著出版。直言罹罪，划为右派，几十年辗转于劳改场站，隐藏于黄土褶皱的深处。役余习字，木棒为笔地作纸，在线的飞动中写尽风云际会、命运颠簸和胸中块垒。晚年名声大噪而平朴如昔。

  1998 年 3 月，我写有书作《卫俊秀"金石不随"条幅小跋》一幅，照录

如下：

> 戊寅春偕卫俊秀、徐庶之、曹伯庸、吴三大、王金岑、赵振川诸大家研习书道，恭请卫老开笔。老人展开条幅，书"金石不随波"，孰料纸短，"波"字难于布设，欲毁之重写。余恳留收藏，曰："金石不随"四字足矣，人有金石气度，岂但不随波流，大山压顶、雷电袭身亦宁为玉碎不为瓦全也。"不随"二字道尽卫老夫子九十人生。众皆拊掌称妙，卫老感慨用印，并嘱作记为跋，裱于纸下。

眼看三年快要过去了，近日出访印度归来，翻阅积报，一连见到卫老夫子的几条消息，有关于他书艺评价的热点聚焦，有关于陕西师大为他办展览、召开学术研讨会的消息和专版，更有一幅特写寿照，配以文字，云卫老近来白发转黑，身体健朗。欣慰自从中来，即同宇虹、国光驱车府上问候，果如报道所云，老人谈锋甚健，记忆亦好。对三年前那个小跋所记的故事念念不忘，提出只赠残联于友有不恭之嫌，要给我再写一幅字，问什么内容为好。我随意提出，能将上次那幅残联写全岂不圆满？老人灿笑于颜，迭称好极好极。我和宇虹扶纸左右，卫老夫子运笔如剑，只见——

> 金石不随波，松柏知岁寒

十个字如帖如碑镌于宣纸之上。我谓老人，这次对联终告圆满，算是成全了一段佳话，何不再作小记？老人颔首再三，拜托于我。别时执意下二楼送至门外，但见校园冬阳正盛。

2001年12月27日，西安不散居

丽人在侧三出其错

大约七八年前，去汉中开当红电影导演黄建新作品研讨会，他以《黑炮事件》《站直了，别趴下》《脸对脸，背靠背》等影片成为影坛新锐。这天晚上，建新拉上我和编剧叶广芩、演员许还山、作家王蓬等一干人去当时汉中唯一的台湾风格茶馆喝茶。说是台式，表演的其实是日本茶道，榻榻米，木托盘，跪式服务。倒是门口有一联，虽非初见，却是地道的中国文化、中国风格，联曰："茶可醉人何必酒，书能香我不须花。"我很是偏爱，与汉中的老朋友相携于联前留影，并用心记了以备后用。

去年夏天兴平贵妃度假村邀几位书画界的朋友去玩，说是有三秦一流的游泳池。自然免不了有笔墨上的应酬。一人一桌一毡，配有女士扶纸倒茶。纸是好纸，茶是好茶。为我扶纸的是某报记者，热情周到。我手扶书案想，游泳池再大惜乎我不会水，只难得有这今年明前的上品茶，也不枉来一趟。这当口，七八年前汉中记下的那一联冒上心头，提笔便写，"茶可醉人……"

不想却写出一点波澜，敷衍了一段故事。欲知后事如何，且看我在这副对联上作的小记：

> 为某君题"茶可醉人何必酒，书能香我不须花"句，将后联"不须花"错为"不须书"，弃之重写，二次在原地原字又错；再重写，再错，仍在原地原字，将"不须花"写成"不须书"。心中暗自诧异，众友亦问其故，遂戏曰，因有丽人在侧，神使鬼差，心猿意马，情倾者花，淡忘者书，故三拒"不须花"，三呼"不须书"，以明心志矣。众大笑，扶纸女士并不嗔怪，请余将错就错，直书故事始末于联后，以作藏品。

后来又听说，这幅错版书作流入市场被拍卖，因有这段小记价格翻了两番，而所记内容也变成了段子，在饭局和茶秀中流传。

和老表邱会作酬对

邱会作是"文革"名人，四十岁以上的中国人大约没有不知道的。邱会作经历了大落差的风云变幻之后，在西安一个老干所里和夫人安度晚年。邱是江西兴国人，我也是江西人，生在雩都，同属赣南，是挨得很近的老表了。

一日，几位江西同乡在酒楼与昔日的老将军聚了一次。其时邱老已八十过五，头发斑白，丰腴而不发胖。不多言谈，脸上浮着一种持久的笑容，从中你能读出阅尽人间春色的恬淡和老年人的慈祥。他的话大多让夫人说了。夫人是西安人，一辈子当大夫，在各种场合热心宣传保健，提供长寿和食疗的咨询。她说，邱老现在严格按她的食谱进食，身体很好，每天早晨外出锻炼，在场子上走好几圈，这两年还练字习书。我说我在江西近20年，在西安40年，和你们老两口是老表加乡党，巧不巧？便放松了许多，也热闹了许多。

饭后几个人开始写字互赠，大家不好劳驾八十老人伏案，由于辈分和其他原因，一时也斟酌不出恰当的词句赠予邱老，便公推我代表各位执笔。来了四个人，难题偏偏落到我这个个子最小的身上。开始试写了一联：

心头犹忆鼓角鸣，眼前遍看花叶荣

老人笑着说好，我清楚不过是大白话。大家也说好，我明白那意思大约是指此联巧妙地躲过了老人"文革"那段历史。有顷，又想了一联，就手写出：

半生沙场情，一梦到新春

大家又说好，我当然知道仍然是大白话，不过因为用了个"梦"字，没有回避老人"文革"中的人生，倒是把前面的"沙场"生涯和后面的"新春"时代衔接起来了，中间是噩梦似的十年，比较实在地勾勒了邱老的一生而已。用完印，我与邱老在字前合影。

当时没有留意老人的神态，几日后照片洗出来，我在灯下端详，老人仍是恬静安宁的，只是双瞳上有两个光点，造成了一些迷离，一些感慨。

2001年1月14日，星期日，去农村义写春联归来补记

头可断，初衷不改

　　几个"狗皮褥子没反正"的好朋友在一起闲聊，聊到没话找话的时候，便鼓动省教育学院艺术系王志平画画。志平即兴画达摩面壁，挥洒自如力透纸背，不料笔头一时不堪承受，凌空断落。画家情不自已，抓起笔头接着勾勒晕染，一绺长发在额前伴笔而舞。画作完成，志平对我说，初次见面，望能题款相赠。恰好心有所动，一时竟忘了谦让，二话不说接过笔，略一沉吟，便写道——

　　志平画达摩，笔头断落，捉残笔完成，众友称奇。断肢残臂仍不改初衷，此真达摩也。肖形故不易，暗传精神更是何其难哉。余乞珍藏蒙赐，长躬鸣谢。时在辛巳春初龙蛇变幻之时，长安兴善寺侧。是夜月明星稀，钟磬历历可闻。

　　恳画家赠画并蒙相赐的话已经白纸黑字写在上面，腰也躬了，谢也谢了，志平乐得顺水推舟，"十分愉快地"送给了我。几位朋友却气红了眼，嘟嘟囔囔说，人家让他题款呢，他那支笔怎么倒像是钓鱼竿，那么着动弹了几下便把人家的画钓走了。

2002年春节，西安不散居

众皆醉矣我独醒

　　蛇年春节，几位文学界爱写字的朋友聚在一起。散文家孙见喜一迭连声囔囔，三日不见，各位要刮目看我。原来他不但习字，近来还学开了画。只会画一种动物，就是鱼，而且只会画一种鱼——鲶鱼，又只会画两条深情对视着、将身子游成弧的鱼。虽然如此，也得承认，这确实比我们高出一个级别，很是不得了了。

　　受到夸奖，见喜拿起笔一挥而就，便有了两幅鱼乐图，两张纸上，各有两条鱼那样地游着，只是眼睛不太对窍，叫人不由得想起"死鱼眼睛"的形容实在是绝妙好词。见喜得意地题了一个长款，说这鱼如何像贾平凹和肖云儒，又如何像方英文、像李杰民、像王丽娟、像马河声。原来他创造的是放之四海而皆准的鱼。

英文也题了两句助兴：

> 单鱼乐否不知，双鱼则定乐矣。

杰民则写道：

> 见喜画游鱼，憨态乃可掬。鱼儿成双对，性情皆为真。

正在打扑克的贾平凹被叫过来欣赏，他画画的历史长，且受惯了称赞，不能忍受人民群众对另一个人的欢呼，便冷着脸在画上补了一段文字——

> 见喜画鱼，围观众人戏谑之声不绝于耳，非笑画鱼人，乃笑鱼也。吾独怜鱼。鱼乃吾辈亲戚，鱼之自由，人所不知，岂可随便画之笑之食之？此为记。

几笔下来，给所有的人泼了凉水，却让护鱼英雄贾平凹永垂宣纸，那是一个古典天人合一和现代生存思考兼而有之的伟岸形象。众皆悻悻然而又怏怏然。

2001年春节，友人相聚后补记于西安不散居

黄河溯源神会八卦天象

戊寅年仲夏，偕陕西国画院院长、山水画一方名家苗重安，副院长、美术评论家罗宁，西北大学教授费秉勋和陕西电视台编导王战诸位老友，为创作巨型《黄河魂》组画并电视专题片做实地写生考察，计划分段跑遍大河上下四千里，首途西行赴青海溯河探源。青海交通厅龚厅长系陕西富平人氏，

20世纪60年代毕业于西安公路学院,即现在的教育部部属重点的长安大学。老乡见老乡,两眼笑汪汪,非要亲自驾车同往,顺路检查河源地区高原公路的管护。

西宁、湟源、倒淌河、共和、花石峡、玛多,一路走过。玛多县海拔四千五百米,被称为"黄河第一县",城外有"黄河第一桥"——黄河在这里其实只有二三十米宽。大家在桥上合了影,车子便离开柏油路面的国道,进到绿色的高山草甸,一直朝着西北方向,去寻觅幼时便入梦多次的西部幻境星宿海和牛头山了。途中几度迷失,不得不停车问道于野驴和羚羊,亏了有苍鹰在高空定位,有不知名的鸟儿车前车后叽喳着热心引领,才算把定了方向。源头上的黄河,没有壶口瀑布那腾空而起、粉身碎骨的男子汉气概,倒像文静的淑女,闪着明净的眸子,在绿色的草甸上少有声息地轻挪莲步。

车行扎陵、鄂陵湖畔,近处清澈澄明,远处烟波浩渺,横陈于蓝天艳阳之下。众人正领略这造化原创的风光,阴云不知从哪儿忽然就合上来了,一时苍穹如盖,覆于地母之上。于是眼前,一边厢已然是冷风驭雨骤至,鼓点般扫过草甸,高山草甸苍墨混沌,地老天荒;一边厢却仍是阳光凌波起舞,似有仙女奏乐万方,姊妹圣湖渺如双眸,溢彩流光。天地之间顿时现出一幅阴阳太极秘图,云和水的曲线清晰地划开了晦与明,似有圣湖的双鱼首尾相衔在其间游动。一时众皆无语,默然顿悟:河源心源天道人道,莫不尽藏其中?

在太极图腾充盈天地的神秘场中,我们下车鱼贯行至湖畔,汲水数瓶,相约归返长安后,用河源圣水恭作丹青,记下这灵悟神会的一刻,以还心愿。古诗有"愿乞画家新意匠,只研朱墨作春山"的意趣,不意吾等今日在这个神圣的地方能够遭遇这等神圣的景象。归途中凑成四句,句云:

旷古洪荒岂无灵,天精地气育此君。

借得扎陵鄂陵水,写尽黄河一缕魂。

回西安不出一句,重安先生用黄河源头之水画好八尺巨幅丹青《大河魂》,

吾简记一路所见并题诗于画上。

我们与黄河，从此神魂不再分离。

2001年9月17日，星期二，西安谷斋忆记

伟群、笑丛暗合卢梅坡诗

笑丛系我子侄辈，中学时能文善舞，品学兼优，被推为西安高中学生会主席。省学联换届，要西安高中代表中等教育界出一名副主席，笑丛顺理成章当上了省学联副主席。翌年参加高考，以多年多面的基础和马太效应的作用，被保送中国人民大学国际经济系，入学即被遴选为干部。花季时候，好生了得。

我曾开玩笑说她的名字：毛泽东步苏东坡韵咏梅，有"待到山花烂漫时，她在丛中笑"句，"丛中笑"乃在人丛中谦逊自处也，你现在倒过来"笑丛"，笑视众生，笑傲江湖，太不自谦吧？虽是玩笑，实在也有警醒的意思。不想笑丛很是自知，自期不低而自视不高，多年来只是一直兢兢业业努力着，对于日后的生活、工作、事业，整个是平常心。这才好啊。

前四年，笑丛要成家了，对象是一个单位的小白，白伟群，也是一个好生了得的小伙子。无锡人氏，中央财经大学毕业，辩论赛场上的优秀辩手，干练机智，快捷周到。笑丛的爱意，字里行间，谈笑之间，由不得便溢出来。

他们叫我叔叔，笑丛更戏称我为"教父"，不能赴京参加他们的婚礼总也抹不去心头的遗憾。秀才人情半张纸，用心写了一幅卢梅坡咏梅的七绝寄赠。诗曰：

有梅无雪不精神，有雪无诗俗了人。

日暮诗成天又雪，与梅并作十分春。

意犹未尽，又有余纸，即兴再题一小跋：

"她在丛中笑"，笑丛，乃梅也。伟群白姓，雪也。情如诗，小桥流水；志如诗，大江东去。今宵此刻，有梅，有雪，有诗，融为十分春色。故以卢梅坡诗赠之。

一对年轻人很是喜爱，见面就说这幅字，几年过去，竟成了一段故事。故事如常青的树，掩映着他们的感情，也埋藏着我的一点情趣。

2002年2月12日，忆记于西安不散居

醉了长安

黑河出之秦岭，搂西安城于怀抱之中，乃造化所赐生命之源。雪线之上，叶端根梢涓滴相汇，不舍昼夜奔流古城。中经古刹仙游寺，衮雪飞翠聚而为湖。其水清如玉，甘如蜜，醇如酒，醉倒长安百万人。始知白居易句"黑潭水深黑如墨，传有神龙人不识"所言不谬也。

仙游古寺建于唐代，藏佛舍利子，藏龙简，白居易千古绝唱《长恨歌》即吟于此。为引黑水入长安，古刹让道，西迁新址，京华名士周明先生乃此地人氏，为新址建碑林奔走呼号。多次嘱我题诗，诗云："南依狮山西象岭，万壑雷音滚黑水。龙简远传《长恨歌》，法塔新迁平湖翠。"几句大实话竟勒石保存，臊煞老夫也。

壬午荷月之尾，偕长安丹青神手十数人溯河而上，驻源头铁甲山庄。一路见闻，诸多感喟，众皆画兴大发，酒酣之后，铺开丈二巨宣，嘉励经营布局，一路醉拳。梦石画石，揉纸擦皴如探囊取物，兴犹未了，又勾几影梅枝。雪丹、王宽趁醉而上，圈点之间，梅兄已是笑靥可人。此时联喜、玉祥、雪丹皆不相让，只见刀枪剑戟一齐上手，以太白醉写之态道尽贵妃醉酒之姿，转眼间紫藤、牡丹、水仙相携，游于画中。昌哲远于酒且讷于言，唯笔下之鸟善鸣，余戏曰，画上只欠"众人皆醉我独醒"了，昌哲笑不露齿，几笔下去，花树丛中遂有清丽的鸟鸣传出。

余素无能于绘事，蒙众友推崇，权以数语作插科打诨之记，并书纸后，聊博一笑也。

2002 年 8 月 30 日，太白水苑山庄

百俏争春

壬午年荷月，长安画界有秦岭之游。车疾驰于关中平原，有如飞机在跑道上助跑，到了周至马召这个地方，车头一扬，便腾空上了秦岭，自此缭绕于云雾之中。蜿蜒黑河而上，湍流险滩，深潭幽谷，花鸟传情。忽见云絮飘至眼前，便感细雨拂面，一时夏有秋意，秋有春色。我道，此处山俏，水俏，树俏，花鸟亦俏，岂可无画？众皆心热手痒，熬到驻地于水苑山庄，连催铺纸研墨，争先恐后，欣然命笔。

只见范长安先画一石，且种菊于旁，王宽布上酸枣，点出鸡冠花，张少峰令葫芦结于架上，李拙不拙，以笔招来翠鸟，啾啁鸣啭其间。百俏争春尽出矣。

众友命云儒以闲笔记其趣，并书于画上。行外写字，又说绘事，手颤心又惊，遂书以上文字，权作补白。

2002 年 8 月 30 日，太白水苑山庄

关于文人书法

中国字画自古以来就有所谓"馆阁体""院体""文人画"种种称谓，以大致概括书画家不同的出身、素养和风格追求，也表示着各类书画作品背后不同的文化底蕴。这种分法原本就很模糊，放到当代环境中，就更显出简

单来。现代书家人人都有多重社会角色和多重文化身份，心境、情绪和志趣色彩驳杂、变动不居，把具体人固定在馆阁、院体和文人字画中其实是很难的。

现在提出来"文人书法"，我想那用处怕是给一些不以书法为业、而书艺又还算精到的文化人，或一些文化色彩很浓的名士，发一张进入书法界的入场券，外加一个"职称"吧。"文人书法"，含义多而不确定，有时意思完全相反："某某的字，那真是文人字！"和"某某的字，不过是文人字！"褒贬何等不同。

如果"文人书法"是指书作的人生感、书卷气，即文化含量甚至精神境界——"道"，愿书法界朋友都能从匠气和艺术中破门而出，进入"文人书法"堂奥。如果"文人书法"只是进入书坛一张很是廉价的门票，则文化界爱习书的朋友，首先是我自己，应该敬谢不敏。

关于自己的书作

对于自己书作的风格，我无以回答。我和书法结缘已有十五六年的历史，但从来不是、现在也不是什么书法家，从来也不想、现在和将来也不想当书法家。年前我曾经写过一篇文章，题目就叫《不当书法家》，两年前我办了一个小小的书展，册页上便印着"一个迷醉书法而无意当书法家的人，一个不想为艺术而活却想活得艺术的人"，聊可为证。朋友之间开玩笑，有时我也会吹自己的书作如何如何五马长枪，玩笑而已，心里是清楚的。开玩笑是一种身心的松弛，在超负荷的现代社会有益于精神健康。

书法于我，主要是养生，养气，养心，养灵。悄无声息地步入了人生冬季，想多有一种生命方式，在线的飞动、笔的提按、水墨宣纸的渗化里，率性宣泄意绪，涵养性情，维系生命活力。这也有文章为证，四年前写的《学书初记》用了三个小标题，便是"养生""养心""养灵"。十几年来，我从不练碑习帖，也不大看书法史论，只是有时随意读点帖，那原因便在这里了。

不是说碑帖和史论不重要（我心里常常为不习帖而惭愧），而是不愿把书法爱好变成一个新的任务和人生目标，刻意去奔忙，因此而失去在书法中静心养气的初衷。我宁愿一个人在宣纸上对字形、墨色、结体和其他书法美学要素做各种试验，有了心得便纳入库存。这种心得也许前人早已总结，我却喜欢享受这份独自摸索的乐趣。

　　这便是我的心态，这心态免不了会自然地流露在书作中，譬如在笔墨和结体中，更重后者，更重关系美和总体美；在辞章和书艺上，又更重前者，更重以内容辐射形式、营构人生境界；读别人的书作喜欢稚拙古雅之品，自己写来却忍不住追求灵动秀美。我书作的优劣短长都含纳于其中了，可能是特色，是绝不可名之为风格的。

2002 年 10 月整理于西安不散居

奥运论语[①]

中 国 时 刻

奥运是中国人的百年之梦，从1908年到2008年，这个梦终于实现。现在是8月8号早晨8点，窗外的晴空飘着棉絮云，还有一个对时，到今天晚上8点整，奥运就要在北京真真切切登台亮相了。美国《纽约时报》说得好，从那一刻起，世界将进入"中国时刻"。人类的目光将聚焦北京，格林尼治和地球每个时区，开始和北京时间对表。

"中国时刻"是那样牵动着大家的心，连我这个体育的门外汉也忍不住要拿起笔来。说来也巧，"忍不住拿起笔"，本是近半世纪前我发在《陕西日报》一篇小文的题目，六个字里跳荡着当时的青春激情。已经年近古稀了，这句话竟又冒出来，"中国时刻"让老夫有了聊发少年狂的生命冲动。

其实，奥运梦何止是对最大的世界性体育竞技的期盼呢，又何止只有百年？"同一个世界，同一个梦想"——这其实是千百年来世界各国共有的强族兴国之梦的一次又一次拟态的、象征的实现，是民族魅力和国家形象的一次又一次美丽的"软展示"。

而"人文奥运、科技奥运、绿色奥运"的理念和躬行又告白，它远不只是"软展示"，它还是一个民族和国家精神文明、物质文明、科技文明、生态文明实实在在的、铁板钉钉的、硬碰硬的凸现。它全面检验着改革开放三十年的发展水平和发展的扎实程度，当然也会暴露出一些我们还存在的缺陷。二者都会是今后的动力。这不，前几天还预告今天北京降水的可能达百分四十几，刚刚却宣布：京城今晚无雨，说不定其中就有"科技奥运"的法力。

[①] "奥运论语"的十八篇文章，是我在北京奥运会期间在《陕西日报》等三家报纸开设专栏所写的文章，每日一篇，现辑于书中。

北京奥运不只属于体育,它属于每一种肤色的每一个人,也属于我。它绝对会成为一段历史、一个时代的文化芯片,显示出许许多多和我们国家、我们每一个人息息相关的信息。它会让世界看到中国人的智慧,看到中国人怎样把奥运的和平休战精神,与"止戈为武""如乐之和,无所不谐"的中国和谐文化融为一体,怎样把奥运的"友谊、开放、交流"精神,和"四海之内皆兄弟"的中国襟怀融为一体,怎样把奥运"更高、更快、更强"的竞争精神,和积极参与、建功立业的中国儒家文化融为一体。地球是唯一有生命的星球,孤独于太空的人类,唯一的选择是把地球建设成人类共有的家园。我们要在地球上千秋万代生活在一起,然后有更多的了解和交流,才会有更多的安宁和快乐。

我于是忍不住想站在体育的门槛外来说说奥运,真实记下自己的所见所闻所想。这笔记当然极为个人化,还可能是个异数,却会成为"中国时刻"一份真实的记录,汇到整个民族记忆中去。

2008年8月8日晨,西安不散居

张艺谋与中国形象

在奥运会开幕式中，全世界都看到了 2008 张人类的笑脸。这笑脸不是用网络技术粘贴复制来的，是张艺谋一个个实实在在拍摄、筛选、收集来的，那是 2008 个中国人开在心里的花朵，是整个中国的笑容。半个多世纪中，在"铁幕""竹幕""僵化""人权"各种误解指责中，中国坚持走有自己特色的和平发展之路，日渐强大，强大化为自信，自信转为微笑。是的，自信才能笑对天下，也笑对天下各种不同价值坐标上发出的不同声音。

作为世界级的电影艺术大师，从陕西走出去的张艺谋可以说是在全球平台上塑造中国形象的雕塑家。你看他在开幕式里汇集了多少中国元素：京剧、脸谱、民族音乐、民间艺术、焰火、茉莉花；又有多少现代元素：高科技的舞台，多少中国智慧。当所有这些中国元素，被张导按照一种美的秩序与情趣组合到一起，一个鲜明动人而美丽的中国形象便走进了全国人民的心里。今夜，崭新的中国形象在鸟巢孵化诞生。今夜无人入睡，今夜无法入眠。

张艺谋是与改革开放同步成长的艺术家。他的过人之处，还在于一开始便将自己的电影艺术定位在向世界传达中国符号，塑造中国形象上。他早年担任摄影的作品《黄土地》，便成功地用电影画面将黄河中游这块厚土的地域性提升到人文、生命的厚度，以翠巧追求新的生存权利表现了那一代人的觉醒。"黄土地"从此成为一个中国的文化符号。他以《秋菊打官司》告诉世人，中国农民的人格主体意识正在走向自觉，他们由翠巧的"求生存"提升到了秋菊的"讨说法"，他们呼唤人格尊重，呼唤社会管理逐步走向理性化、法制化。

而今，在奥运会开幕式上，我感受到了中国形象多层面的丰富性。它是形象的中国，绰约的风姿是那么瑰丽、绚丽、美丽；它是艺象的中国，在一小时内演奏了中华艺术文化的华彩段落；它是情象的中国，流贯在所有节目中的生命激情感染着所有的人，今夜一个古老的国家让世界变得分外年轻；它是心象的中国，结晶在所有画面的深处，结晶着中华民族自强、自信、自爱的精神品质。

2008 年 8 月 9 日，西安不散居

瞄准人生的靶心

今天射击比赛杀出了捷克"黑马"卡特琳娜·埃蒙斯,我们的杜丽没有拿到奥运会第一金,但毫不损伤她在我心中的形象。——国人呼唤第一金的声浪,给这姑娘的压力实在太重了。

杜丽有一双美丽的眼睛,这双眼睛举世无双。

我最早在电视上看她射击,大约是上次雅典奥运会。戴着眼罩,看不清面容,但那纹丝不动的瞄准姿势,像一座雕像,一座以终生的沉静、内敛、执守浇铸于一瞬的射击女神石雕。她打得很慢,没有十分把握不扣扳机,别人都打完了,她仍然不慌不忙,静静地瞄准。当她打中最后一个十环获得冠军,慢慢摘下眼罩转身向欢呼的人群招手时,啊,我看见了睫毛下好美丽的一双眼睛。美丽而不炫耀,还有一丝羞涩。眼光有如月下一泓深深的湖水,将多日的辛劳、执守如一的坚毅都映在了里面。

从杜丽美丽的眼睛,我想起站在她身后的另一双眼睛。这双眼睛一直在注视着她,他注视的目光和许许多多注视的目光融汇在一起,构成一道光的屏墙,光的后盾。这就是中国射击射箭管理中心主任许海峰的眼睛。谁都想不到,这位大半生用眼睛为国家立下汗马功劳的许海峰,其实视力只有0.5!报名参加射击队体检时,他是事先把视力表最后几行背得烂熟才勉强通过的。

许海峰从小喜欢射击,立志把射击运动作为自己的人生目标。但通向这个目标的道路对他来说曲折而又坎坷。20世纪70年代末,参军当兵没有验上,他成了一名下乡知青,后来招工成为专卖化肥的营业员,在化肥氨气的长期熏渍下,视力急剧下降。放在一般人,眼睛不好还学什么射击？他非但不放弃,反而通过扎实的调查、试验、研究,将自己的射击梦建立在另一种新的科学思维基础上。他发现视力稍差的人,反而能够更加集中精力注视一米左右的地方,而这正是准星的距离。这种近距离的视力集中,使运动员在关键动作上不容易失误,射击误差也比较小。他试验给1.5好视力的运动员戴上轻度老花镜,结果成绩反倒上升。科学试验给了他信心,将他的梦想落到了实处。那以后的故事大家都知道了,许海峰成为中国第一个奥运会世界冠军,后来又成为世界冠军的金牌教练,成为北京奥运会开幕式上跑第一棒的火炬手。

每个人的人生目标,都要尽可能建立在对主观客观条件的科学判断之上,扬长避短,化短为长,审时度势将劣势转化为优势,使优势更充分地发挥。如果说杜丽以她美丽的眼睛,让我们懂得了如何在明媚的阳光下直奔心中的目标,许海峰则启发我们怎样驱散晦暗、另拓光明,去射中自己人生的十环。

2008年8月9日,西安不散居

郭文珺吼了一声大秦腔

陕西女子为中国争了块金牌！真好样的，咱的郭文珺。你看她那镇定，那稳健，那质朴，那内敛，无一不是东方气质，中国气质，陕西气质！

古人说："胜人者力，自胜者强。"郭文珺能够胜人，原因很多，我看最重要的是她首先能够胜己，能战胜自己心中的杂念，控制自己的情绪。她临场不乱："我就一枪一枪往下打，每枪都不留遗憾。"她临危不惧：中间有一枪掉到9.7环，人人捏一把汗，她回头看了一眼，是回望教练，也是回望乡党，回望祖国。一瞬间的心理电波，让她收纳了无数的安慰，无数的支持。只见咱陕西女子转过身去，静下心来，冷不丁给你连着来了个10.7环和10.8环，让全世界吓一跳，让中国和陕西蹦得老高。

一切体育拼搏和人生拼搏，说到最后都是心理的、精神的拼搏。一切人与人的竞赛，国与国的竞争，说到最后也都是自己和自己的比拼，是主体驾驭客体的比拼，是心灵驾驭行为的比拼，是用自己的而不是别人的心管住自己、超越自己的一个过程。自知者明，自胜者强呀，人生跑道上的弱者和败者，如若认真检讨，恐怕最后都弱在自己的素质，败在自己的心理。——这就是郭文珺这块金牌超出奥运赛事的普遍的精神价值和社会含金量。

让三千万三秦儿女感到格外亲切和自豪的是，郭文珺在关键时刻闪耀光彩的这些精神质地，是那么陕西，那么秦味。质朴、稳健，慢中而有快，遏低而飞高，这不活活就是咱老陕吗？是货真价实、百分之一百二十的老陕啊。开幕式上，我们正遗憾秦腔在最后一刻无缘演出，想不到咱的郭文珺紧接着就朝着全世界吼了一声大秦腔。秦人自有天相啊。

郭文珺——三秦大地的美玉,在世界展台上放射出中华光彩、陕西光彩!

2008 年 8 月 10 日下午,西安不散居

撕心裂魄中站起伟丈夫

他是个英俊的小伙子，长着东亚人共有的容貌。在奥运村，你随时都能碰见这样英气十足的年轻人。但一个人的意志和力量，能够在瞬间爆发如此强烈的闪光而震慑世界的，却只有他：韩国运动员李培勇。

那真是惊心动魄的一幕。

因为李培勇完全有实力冲金，他稳健地走上前，泰然自若抓住杠铃，信心十足朝上挺举，就在这个瞬间，腿部抽筋让他突然倒下，整个身子压在那条腿上。全场观众惊呼着站起来，以为杠铃压在了他身上——那将不堪设想。倒在地上的他脸上浮着一种异样的笑，是痛苦至极、遗憾至极、无奈至极的笑。只一分钟左右吧，电视镜头还没有移开，他便站了起来，被人搀扶着，瘸腿走下赛场。全场一片唏嘘，为一位优秀选手诀别奥运比赛而惋惜。

想不到的是，第二轮李培勇竟然上场了。他的腿还不得劲，他走得慢，每一步都定格在我心里的疼痛点上。一切在我眼里都变成了慢动作。他慢慢弓下腰，又一次咬紧了牙关，伸手抓住了杠铃，然后聚气，然后攒劲，然后发力、大吼，再然后……再一次倒下！全场又一次惊呼。他在春节鞭炮般的掌声中，蹒跚退场。我想，再没有人、也许包括他自己，认为他还能参赛了。

但我们错看了李培勇，李培勇让全世界吃了一惊，又一次出现，执拗地走上了第三轮举重台。脸色那么凝重而严峻，迈步更其吃力。在后场的几分钟内，他一定做了一个对自己、对祖国都十分庄严的决定：他必须带伤慷慨赴赛，必须！不是为了竞技夺冠，而是为了意志夺冠，是为了向全世界证明人类生命的强韧和民族精神的伟大。

第三次他又倒下了，伟岸的男子汉形象却永远永远站在了我们心里。这次他没有很快爬起来，不用了，他已经没有机会。他那么伤心地趴在赛台上，痛哭流涕捶打着杠铃。全场用一阵一阵的掌声为他伴奏，比领取金牌的掌声还热烈。我心里充满了神圣。

不怕别人笑话，活了一辈子的我还有这种难消难解的神圣感，像有人说的，还想不开、看不透。我要坦率承认，自己生长于一个理想主义的年代，一个神圣的年代。那时候，神圣的理想中有许多假大空，那是假大空不好，不是理想不需要。在我的一生中，自己的和他人的经历，无数次印证过理想、意志、执着、坚守等精神的东西，是人生、事业前进最大的发动机。我不想隐讳这一点，也不在乎别人的调侃。我尊重每个人的人生选择，包括尊重消解崇高、抛却理想的选择，庸常其实也是一种理想。但将抛弃理想作为一个民族、一个时代的选择，是我所不赞成的。至于硬要振振有词地把渺小说成崇高，津津乐道地把丑说成美，更是难以苟同。

李培勇和他身后那个国家，会永远镌刻在我心里。我尊敬李培勇和哺育了他的民族。尊敬到敬畏。

2008 年 8 月 14 日，西安不散居

万勿轻信耳朵

"百闻不如一见""眼见为实"是中国人人皆知的成语，这实在是一条最普遍、最朴素的真理，是被无数事实反复证明了的经验之谈。

前一段，有的国际友人和外国运动员由于过分轻信耳朵，轻信一些西方媒体和少数对中国有成见人士的片面宣传，对我们产生了种种疑虑和误解。比如北京的污染如何如何严重，奥运的服务设施如何如何不理想，说"北京准备好了"是中共的宣传和炒作，等等。以致一些奥运代表团先在周边国家集结训练，尽量减少停留在北京的时间。还有一些团给运动员发口罩，甚至有人扬言在北京戴防毒面具。

结果怎样呢？请听听客人们的切身感受：8月6日英国《卫报》报道：国际奥委会医学委员会主席永奎斯指责西方媒体夸大了污染问题，北京上空暂时的阴霾其实是雾气、湿气，不是污染。美国举重选手冈普患有哮喘，到北京后感觉良好。看见泰国运动员戴上口罩他感到很可笑，说"去年在泰国比赛，我倒使用了鼻喷雾和抗敏药，但在北京，我没有任何不适"。更有四名美国自行车赛手，抵京时戴了口罩，由于北京空气质量挺好，为此向奥运组织者道歉。

"通过北京奥运，中国把自己放到了向世界开放的平台上，北京太有魅力了！"这是最近几天国外媒体屡屡出现的声音。

眼睛便这样校正了耳朵，切身的感受便这样冲决了媒体文化膜的覆盖。我感动于他们的反应是那么真实而真诚。客人的真实，让我们对真实的北京有了信心；客人的真诚，又让我们感到真诚的温馨。当然还有另一面，客人的真实，促使我们以更实在的态度去发现还存在的不足，不足肯定是永远会有的；而客人的真诚，则策励我们报以更大真诚。

用真实相见、以真诚相待，还有很多感动我的事。巴西足球明星，那位著名的罗纳尔迪尼奥说："中国人民热情得让人难以置信，现在轮到我们以竞赛场上的优异表现来回报他们了。"小罗纳尔多一句话，道出了搞好赛事、增进友谊才是奥运会的重点。

当真挚的心打破了阴暗的偏见，事情开始逆转。英国《每日电讯报》记者加拉格尔出于记者维护真相的责任，在了解并亲历北京奥运的各种准备之后说："不承认中国人按照承诺，交付了能够鼓舞运动员、吸引观众的惊人的奥运场馆，那就有些刻薄、歪曲事实了。这里的一切都和宣传的一模一样。"

请注意最后这句话："这里的一切都和宣传的一模一样。"他指的是中国的一切和中国向世界报道的一模一样，而和有些西方媒体报道的大不一样。

请相信自己的眼睛。相信你眼睛公正的观察，相信你心灵真诚的感受，一定会有更多的媒体，更多的朋友对北京伸出大拇指。

2008 年 8 月 15 日上午，西安不散居

志愿精神：看不见的和谐

各国运动员来北京参加奥运会，刚下飞机，第一面见的是谁？是奥运会的志愿者，是那些遍布机场、赛场和奥运村，遍布各类奥运服务设施和城市角落，殷勤、热情、耐心，永远微笑着的志愿者。外国记者在开始几天对北京奥运的良好反映，有很多文字都与志愿者有关。志愿者的素质，几乎决定了世界对中国的第一印象，所以萨马兰奇把奥运会志愿者称之为"奥运会的面子"。

志愿精神是一种不计报酬自愿为社会、为他人服务的精神。它是各国传统文化的题中原有之义，又是现代社会公民精神的重要体现。中华民族历来有扶贫济困、助人为乐的美德。梁启超说："公德之大目的，即在利群。"现代社会要求每个公民自觉承担更多的社会义务，以确证自己社会主人的身份，培养自己的公民意识。所以美国志愿者将已故总统肯尼迪的话奉为圭臬："不要问你的国家为你做了什么，而要问你为你的国家做了什么。"在这个意义上，奥林匹克运动是世界体育赛事的总汇，也是各民族利群美德的大展。志愿者从来就是现代奥林匹克运动一道亮丽的风景线。自从1896年第一届现代奥运会在希腊雅典举办，就有很多志愿者为大会做义工。1980年第十三届冬奥会正式将志愿者列入组委会规划。自那以后，越来越多的志愿者活跃在奥运会从申办、筹备到组织、总结的全过程中。

北京奥运会是历史上志愿者最多、最活跃的一次，它有十万名场馆志愿者，四十万城市志愿者和数以百万计的其他社会志愿者，创了奥运志愿服务的纪录。他们不但是北京奥运的见证者，更是参与者。从推广奥林匹克精神的角度看，参与奥林匹克实践和体验的人，将几十倍地扩大。

志愿精神是人的生存境界和道德境界的大提升。从为活着而活，到为实现个人理想而活，再到为有益于他人、有益于社会而活；从为自己出力，到为家人出力，再到为更大的群体乃至社会出力，这不只是人生义务、责任的拓展，也是人生成就、人生境界和人生幸福的大拓展。我一位年轻的朋友在四川地震灾害中当了两个月的志愿者，去时还是一位"愤青"，回来突然变得成熟。他告诉我，这一看，拓宽了自己的生活圈子，丰富了人生体验，了解了社会，价值观不能不调整。真是肺腑之言。是的，人的幸福指数和财富指数不能画等号，却常常和奉献指数、成就指数挂钩。志愿服务是改善生命质量、提升生存境界的大学校。

澳大利亚学者马克认为，一个国家志愿服务的发展程度，标志着这个国家社会资本的水平。很有见地。悉尼奥运会志愿者总共付出了五百四十五万小时的劳动，折合可比价值一亿一千万澳元，这都是未计入 GDP 的看不见的社会资本。但我更想补充一句，志愿精神同时也是一个国家看不见的文化资本、精神资本。志愿者的利他利群利族利世精神，是族群和社会各种矛盾的润滑剂，它使人与人、人与社会的关系得到调整，是看不见的和谐，冲不垮的稳定。

说到底，"和形象"是一个国家最重要的"软实力"。

2008 年 8 月 16 日，西安不散居

严重关注文化入超

有读者从编辑部打听到我的地址，给我送来两份资料，一份是《奥运项目的起源》，一份是《北京奥运会值得一看的100名运动员》，要我分析一下，说两句。

在中国人编写的《奥运项目的起源》资料中，各种现代奥运项目，基本上全起源于欧洲，起源于西方。从最古老的田赛、径赛，如跨栏跑、马拉松，到帆船、赛艇、皮划艇，到自行车越野赛、棒球赛、举重、古典和自由式摔跤，再到冷兵器时代射箭、击剑等贵族运动，都出自西方。尽管其中许多运动项目，在古代中国都能找到源头，譬如狩猎中的追逐、奔跑、投掷，游牧与战争中的射箭、击剑，还有蹴鞠之于足球，郑和七次下西洋远航世界之于运动，等等，但很少发展为被世界认可的奥运项目。

在美国《时代》周刊网站发的《北京奥运会值得一看的100名运动员》中，有五十名美国运动员，实力很强的中国只有八名，俄罗斯更只有两名，百分之八十以上都是西方各国运动员。中国的八名是：刘翔、姚明、郭晶晶、杨威、邹市明、郭跃、林丹、王励勤。

这两份资料给我们传达了什么信息呢？第一，它传达了目前世界体坛的基本面貌，我们正在崛起，但绝不可过分乐观，在体育上，我们还只是"最大的发展中国家"。第二，它也透露出一种西方价值中心主义的偏斜，并没有很深入地反映东方各国及俄罗斯的体育资源和当前状况。

别人怎么看，我们管不上，也无须多嘴。重要的是，我们要反思自省，做得更好。两份资料给我的启示起码有两点：

一是，如何下大功夫发掘、整合民族体育资源，通过科学策划，将资源提升为项目，又通过市场和传媒运作，将项目和相关运动员打造为品牌，全面提升民族体育资源的价值与知名度。先上区域性赛场，再往国家的、东方的乃至世界的赛场上推。

二是，要密切关注文化（包括精神）入超问题。与这两份资料相类似，还有一组数字：中国改革开放三十年来翻译、出版、发行的国外（主要是西方）的学术、文化、艺术书籍，是国外译介中国著作的近百倍！也就是说，在中国商品、中国制造大踏步走向世界市场的同时，我们的文化交流还处在严重入超的境地。中国文化及其精神和代表性人物（包括体育）被介绍到全球的幅度、对世界的影响的深度、为人类所做的贡献的程度都很不够。在相当多的时候，在文化精神和具体操作上，我们还受制于人或过多地受别人的影响。

这是建设体育强国、文化强国不能不严重关注的问题，也是中国文化在进一步市场化、现代化、世界化过程中，急需须解决的问题。

2008 年 8 月 16 日，西安不散居

从郎平说到何智丽

女排中美"和平大战",场面气氛达到沸点。双方球艺之精湛让我们大开眼界,用现在流行的话来说,真是一顿视觉的饕餮大餐。

在视觉大餐背后,还有一碗心灵鸡汤等我们去品味。美国女排主教练是郎平,那位曾经给中国争得了无上荣誉,被我们视为民族英雄、被世界视为中国标志的"铁榔头",这次却成了竞争对手的主帅。你看她恪尽职守、镇定自若,用流利的英语指挥球队发起一波一波凌厉的攻势。中国观众却似乎能够泰然处之,他们关心的是球艺的高低,而不是郎平的身份。郎平也早已发话:我们为胜利而来,更为了探索人类球艺的巅峰而来。

美国队在几年前正式邀请郎平任主教练,她并非没有顾虑。但新浪网一次民意投票让她感到意外,大多数国人都理解她。这直接推动了她决心上任。今春她带美国二队回国热身,受到了球迷和媒体热捧,其程度不亚于她为中国夺取"五连冠"的20世纪80年代。杭州体育馆因为她加售门票,南京球迷的热情使她取消了原定的游览。郎平说:"带美国队回中国打球,我感觉非常幸福。"确是肺腑之言。

我想起了以前情况十分类似的何智丽。这位出色的乒乓球运动员在移民日本后,代表日本队回中国参赛,受到了一些国人的非议。家乡上海也有人不接纳、不理解。受了大委屈的何智丽心灰意冷,也对祖国家乡有了些许怨恨。这甚至影响了她以后的人生。

从何智丽到郎平,我们看到了一种成熟。这种成熟包含两方面,既有中国身份的观众的成熟,也有中华血脉的郎平的成熟。这是整个民族的成熟,也是当代社会的进步。一种全球意识和人类襟怀在这种成熟中萌动、化育。

人类文明成果，包括体育成果，严格说是没有域界和国界的。每一个世界纪录的创造者，每一块金牌的得主，虽然归属于一定的国家和民族，但其实都是人类为探索生命极限而共同奋斗的成果。我们有多少优秀运动员、教练员在国外服役，为他国体育做贡献。北京这次有二十一个国家的乒乓球代表队有来自中国的人。在世界体操、跳水界也活跃着我们的教练。而又有多少外国专家来中国服务，比如足球、篮球、佩剑、曲棍球等项目。中国体育竞技水平近年来大幅度提高，有他们的心血汗水，北京奥运会中国获得的奖牌，有他们一份功劳。

运动员、教练员的跨国交流，学者、科学家的跨国合作互访，和互派留学生、互派演出团一样，促进文明成果在交汇中发展，使文明火炬在传递中前进。一国一地的文明在这种传递中逐步转化为人类共有的财富。在这种互动互惠中，中华文明为世界做出了更多更大的贡献，各国文明也更有力地推动了中国的发展。中国和世界正在奥运会上热情拥抱。中国和世界的进步，都将因此而更高、更快、更强。

这场排球的"和平大战"于是成为文明的"和平大餐"，我们也就不能不对何智丽女士怀着一份远去的歉疚。

2008年8月16日，西安不散居

洗脸与养心

一位五十三岁的"奥运狂人"陈冠明，花七年时间骑三轮车走遍全国一千一百多个城市为奥运加油，行程六万五千五百公里，比红军长征打个来回还长。这些天，已经到达北京的他，成天在鸟巢和水立方广场外忙碌，弯腰拾广场上、草丛里、马路边甚至自行车夹缝中的烟蒂、纸屑等杂物。他很少直起腰来，红色的奥运旅游帽下，人们看到的是苍白的头发和胡须。记者说，陈冠明是在为国人"洗脸"。

陈冠明的确是自觉维护奥运环境的好老人，但问题出来了。第一，他的忙碌恰好反证了奥运期间，首都还有人不讲卫生，随地乱扔脏物。如果人人都是陈冠明，陈冠明也就"失业"了，就可以直起他酸痛的腰，舒心畅意享受京城的蓝天白云、绿树红墙了。第二，陈冠明的生态自觉是奥运激发起来的，是不是能够永远保持下去，成为所有中国人一种文明的生活习惯呢？我们不仅要为奥运而"洗脸"，更要以奥运来"养心"。

奥运期间，北京空气质量提高了，有了蓝天白云；公共交通能力提升了，可以在七十五分钟内疏散参加开幕式的十九万多人。场馆建筑设施不但美观、现代，防震和各项安全指数也达到高水平。社会安全有序，市民文明礼貌，更加团结、和惠、快乐、阳光，大家都能够以一种人类情怀和多维坐标，接纳容受世界各国各民族的价值观和生活习俗。这都表明，和各项赛事一样，奥运期间中国精神文明和物质文明的水平也在突飞猛进，奋力朝"更高、更快、更强"提升。

奥运是世界最大的展览厅，是人类最大的舞台，中华民族当然要抓住这个千载难逢的机会展现自己的华彩，也学学别人的长处。因而，如何使奥运期间的生态、管理、科技、人文成果，经济社会和精神文化各方面的极限承载能力和极限运行能力，科学地转化为今后中国社会现代的、科学的运行秩序；怎样以更高的安全标准建设城乡住宅，设计城乡交通体系；生态和精神文明怎样落实为社会管理机制、转化为人们的生活习俗；民主、宽容、友善又怎样变为现代中国人的文化心理；甚至奥运期间国家在内政外交上的一些新的思维；等等。还有大量的事情要做，还需要我们长久做下去，做好。

只有让奥运的公共性价值渗入社会管理、日常生活和民众行为之中，老百姓才能普遍享用奥运成果，奥运对一个国家现代化的促进也才能真正深刻地体现出来。奥运既然来到中国，我们就要竭尽全力将它永远留在我们的土地上。奥运会对主办国的影响，不只是举行赛事的十八天，也不只是筹办的七八年，而是让它的精神、它的标尺在我们的土地上生根发芽，直至永远。

什么叫奥运改变中国？这就是。

北京奥运，应该是带不走的奥运，永不谢幕的奥运。

2008 年 8 月 17 日，西安不散居

看奥林匹亚如何保护遗址

北京奥运会有"人文奥运""生态奥运"的口号,这些口号其实不只适用于奥运,也适用于我国当下经济社会发展的方方面面。"人文世界",当然包含着保护、展现历史文化,这没有异议,但怎样体现则众说纷纭。"生态世界"要强调青山、绿水、蓝天和空气质量,这也没有异议,但是除了自然生态、自然之绿外,如何营造精神生态、精神之绿,则关注不是很多。要不,怎么会有人对修复、重建圆明园遗址公园那么热心呢?

无妨看看奥运会的故乡和故地,即希腊伯罗奔尼撒半岛上的奥林匹亚遗址,是如何保护的,是如何在保护中体现"人文"和"绿色"的。为了长话短说,我将有关这个问题的见闻和议论归纳了一下,大致有四点:

第一,坚持不做大做全,力求做小做强。不用各种现代建设对文物古迹做无度的巡展,用现代"白开水"去冲淡历史的"浓咖啡"。"世界七大奇迹"所在地的奥林匹亚城很小,小到只有一条商业街。平时游人也不多,不追逐商业利润便换得了历史的静谧。

第二,将绿色生态的覆盖和历史光阴的覆盖结合起来。古代奥运会的训练场、竞技场和宙斯神庙、赫拉神庙,周遭都是浓郁的松林和橄榄树林。在树林后面则是废墟,残垣断壁如历史老人在向你絮语那逝去的光阴。走进林子便走进了历史。

第三,将遗址呈现与文物展示分开。遗址原地不动,原样保护,目光所及,幽深的林子有如时光隧道,其中散落着一片片废墟,置身其中,历史的沧桑感便像空气一样包裹了你。历史时空的距离感,营造了一种心理上的间离效果，强化了我们内心的缅怀与思考之情。而在这里发掘的其他雕饰和原件文物，像展示英雄赫拉克勒斯功绩的十二块檐装饰浮雕和酒具、陶器，则另建展馆，既有设施保护，又可供游人参观。

第四，将旅游与凭吊分开，新古分流。奥林匹亚的各项旅游设施，如吃、住、玩、购物，都在遗址外另辟天地。由于城市小，商业街距遗址步行也就十来分钟，并不远。又方便又隔离，闹与静、新与古、旅游行为与文化的感受遐思在各自的空间各得其所，互不干扰。

在一个到处都在把文物古迹当作摇钱树并计入GDP的时代，奥林匹亚在向我们昭示什么。这也是一种奥林匹亚精神，是在运动会赛场上学不到却实在很需要学一学的精神。

2008年8月18日，西安不散居

奥运给中国留下真性情

我相信中国的每个家庭在这段日子里,都和我家里一样,弥漫着阳光般的率真和流水般的欢乐。疯狂叫好,扼腕惋惜,充满期待的凝眸,用一串串笑声伴和泪珠,时不时幽它一默,有时还喷几句"国骂"。在网络上,更是高山飞瀑般宣泄倾吐自己的感受,想到就说,淋漓尽致。

儿子是资深"愤青",哪壶不开提哪壶,总用一种无可救药的神态说"国足",我有点烦他,或回报以沉默,或瞪着眼动真格地争辩,或枉顾左右把话题转向举重、跳水、射击、体操和乒乓球。儿子无奈只好命名我为"中国护短英雄",说老爸"肖古来稀"(言肖云儒年近七十矣),下届奥运有望成为这支"无可救药队"的队员。看报的儿媳倏尔站起,指着某报通栏大标题《不同的败》,激愤地说:"得了银牌、铜牌怎么能说败,那是胜利、胜利!这标题太有问题了。"和奶奶趴在"麻将"凉席上玩跳棋的小孙女又喊起来:你们快来看,我身上挂了这么多奖牌!——可不是,凉席的小竹板在她身上印满了一块块"奖牌"。

我们这个文明古国,也许因为文化积淀的深厚,千百年来的处世之道都被条分缕析总结成理性经验,结晶为礼教而载入典籍,通过学校强制性的授业传道和一代代人的行为规范传递下来。历史上的汉民族用礼教窒息生命自由更达到极致,推崇克己,推崇内忍,推崇温顺,推崇寡言,推崇老成,推崇谋略,讲究"笑不露齿""泪不轻弹",讲究"后发制人也胜人"。以过度的智术,过度的防范压抑生命率真的诉求。"听话"成为我们做人的一个重要标尺,孩子听话是乖孩子,学生听话是好学生,职工听话是好职工。这样的价值判断世代沿袭,误导了整个社会。像鲁迅先生锐利剖析过的,整个民族是一副不敢说、不敢笑、不敢狂放、不敢歌哭的"死相"。

自古以来，我们的先知先觉和仁人志士除了和旧的社会制度斗，也一直在和旧礼教做斗争，和这种露出"死相"的精神状态做斗争。魏晋时代的阮籍、嵇康，晚明时代的李贽、徐渭，近现代的龚自珍、梁启超、鲁迅、胡适，都是这批斗士中的大勇者。他们不约而同地崇尚童心真性，力主法天贵真，追求自由人格，认为礼教以抑引为主，人性以从欲为欢，理性规则只有在根本上顺应了人性的本体要求，才是值得追求的，否则便是生命的藩篱，要无情地冲决它。

创造的动力源于生命的自由状态。压抑人性就是压抑创造。人类千百年孜孜追寻的，就是希冀能够最大限度容受生命的自由度，最大限度调动人的积极性，使社会在宽松、和谐、自适中科学有序地发展。这是现代社会高速发展的需要，也正是我们党一次又一次提倡思想解放的目的，是我们实践科学发展观的一个目标。

民族要青春，要阳光，要率真，先要每个人的精神青春起来，阳光起来，率真起来。奥运体育把生命本体需求调动到极致，它一定会给中国人留下真性情，中国人也真需要在自己的血液里添加一点狂放。

敢说敢笑敢歌哭，敢作敢为敢担当，这是当代中国人一种新的美丽！

2008年8月19日，西安不散居

刘翔周围确有几种不良心理

这篇文章是在刘翔退赛发生后即兴写下的，我有意压了一天才发。我有点拿不准。我想在媒体对这件事铺天盖地的反映中沉淀一下自己，用舆论印证或校正自己的看法。我甚至希望我的看法偏颇有误，而将其打入冷宫。但很遗憾，媒体的报道聚焦的是刘翔，而不是刘翔周围和刘翔背后。我没有被说服。

对退赛一事舆论初步形成了几点基本的共识，这也是我的看法，因不是此文的内容，可以搁置不论。但务须简明提出，以免伤及无辜。第一，刘翔本人没错，他是无辜的、无奈的。不要炙烤这颗已经受了伤的心灵。第二，刘翔已经尽了凡人做不到的努力，他对得起奥运，对得起国家与大众，也对得起自己。第三，刘翔永远在我们心中。我们永远以刘翔自豪，永远爱他，痛惜他，期待他。等等。

撇开刘翔，在他的周围和后面，又确有一些做法，一些心理值得我们深思。譬如：

有没有关心奖牌胜于关心人的畸态功利心理？教练孙海平在电视台解释为什么不一开始就公告刘翔的伤情，说这是为了震慑竞争对手。"过早公告会使对方更趾高气扬，长了别人的志气，灭了自己的威风。"似是而非之极！在体育赛事中，用什么震慑对手？用生命魅力，用竞技实力，也用观众强大的支持力，怎么能用虚假信息去"震慑"对手呢？为了维护这一虚假的表象，刘翔忍着巨大伤痛强行锻炼，身心的折磨可以想见，我们于心何忍？是的，他本人尽管愿意，我们却不允许他这样干。现在呢？确是我们策划、安排他去这样蛮干。既不符合人性化原则，也不符合奥运精神。

有没有相信"奇迹"胜于相信科学的畸态心理？一直到赛前两天的十六号，依然秘不示人，还在带伤强练，为什么？因为"大家"都寄希望于最后一刻刘翔伤势有好转的可能。这当然都是好心与善意，都是为了不使国人也包括刘翔和他的团队失望，心情无可厚非。值得注意的是这个"大家"之中有一批高级医护人员。从镜头上看，刘翔的伤已经不是轻伤，而且时间很长，别人不懂，作为科学家的高级医护人员能不懂吗？他们对于伤情的严重程度和人体的承载程度，对此类伤病的最快痊愈时间，对带伤强行做高强度锻炼的危险和后果，能没有起码的估量吗？科学就是科学，在科学面前只有规律，而没有超乎规律的"奇迹"和"侥幸"。说重了，这就是"奖令智昏"。

有没有遮蔽媒体、垄断话语、操弄"沉默的大多数"的畸态心理？有网友说这件事使他有受愚弄的感觉，话虽偏颇，却是真实的感受。尽管我相信策划组织者没有愚弄大众的初衷，但从整个事件过程我们不是不能感受到一种十分似曾相识的东西，那就是过去年代中常常发生的动辄遮蔽媒体、垄断话语，不让"沉默的大多数"知道真相。对这一点，国外媒体有反映，国内只有新华社记者杨明表示了遗憾。随着改革开放和中国大踏步的现代化，那个时代早已过去，但那个时代形成的一种习惯的心理、习惯的思维和习惯的处事方式还不会马上绝迹。人民是什么？人民不是看不见的抽象名词，此刻他们就是看台上、电视机前的亿万观众，对他们信息公开，是一种权利的公平和公正，是一种信任。今年以来，从西藏骚乱到地震，无数事例证明中国的民众是世界上最可信任的，最能与国分忧的民众。

试着设想一下另一种处理方式，很可能会出现完全不同的另一种结局：一开始就公告刘翔的伤情，接着连续公开报道刘翔边治疗边带伤训练，报道他不顾组织者与医护人员劝导，要来鸟巢圆奥运之梦。在现场，人人为他捏一把汗，看着他痛苦地起跑，痛苦地瘸行，痛苦地退出，那会是什么效果？

同一个刘翔，以这样透明的方式在社会目光的注视下，与亿万观众同行，他就是姚明，就是李培勇（韩国运动员），就是奥运精神、中国精神的一次大闪光。而现在却不能不让我们的好刘翔背上许多疑问和误解。

2008年8月19日，西安不散居

待 客 之 道

待客之道,首先是热情,但远不只是热情,比热情更重要的是宽容,比宽容更知心的是坦诚。

有报道称,考虑到各国运动员的习俗信仰,我们在奥运村不但准备了各国各民族的特色饮食和特色用品,还准备了《圣经》和《古兰经》,以备需要者随时使用,得到西方和中东一些代表团的交口称赞。这就是一种宽容。我们坚守自己的信仰和价值坐标,也尊重别人的信仰和价值坐标。世界很复杂,也很丰富,每个国家民族都有自己的历史和文化传承,每个人也都有自己选择信仰和价值坐标的自由。他们在自己选择的路子上做出了成绩,迈出了成功的步子,都值得我们尊重和学习。

宽容就是承认世界的复杂性和丰富性,并以海纳百川的态度去包容。这是一种符合反映论的科学态度。有了宽容,热情才能建立在理解、默契的基础上,热情才不会止于礼貌,才不会掺杂作秀的成分。有了宽容,我们才会有交友和了解的愿望和激情,才会有兴趣去和别人互动,从别人那里真正吸取、学习到好东西。

有次我去美国,在纽约的市场上,几乎所有的店家见中国顾客来了,都笑着学一句中国话:"马马虎虎。"他们是善意的,因为这话好学,好记。但当时我却有一种本能的反映,难道他们心中的中国人,都是"马马虎虎"的吗?诸君切记,宽容不是"马马虎虎",不是"今天天气哈哈哈",宽容、热情都要以坦诚为基础。世界很绚丽,有许多先进的生产力、科学技术,有不少成熟的管理经验和法制体系,也有百家争鸣的思想文化观念和百花齐放的文学艺术和民间习俗。世界也很复杂，信仰不同，文化各异，矛盾很多，冲突难免。与绚丽并行的，还有腐朽与阴霾，有偏见与隔膜。用心不良的人也不是没有。

这次人家来咱家里做客，我们不要去挑剔客人，不会去与客人较真，相反，我们应与朋友们、兄弟姐妹们促膝交心、坦诚对话，让世界更了解中国和中国人。我们要告诉朋友们，我们有点强了，却绝不会霸。我们不是救世主，也不愿当受气包。我们认为我们的选择符合中国实际，符合中国和世界发展的最大利益，这已经被三十多年的改革开放成功实践证明。对此我们信心十足，但没有要别人也走我们这条路的意思。我们尊重不同价值体系和不同利益体系的不同选择，我们为不同价值体系在社会发展中做出的成就由衷感到欣慰。

我们感谢世界对中国的支持和赞誉，也感谢世界对中国的不同议论。的确有许多问题，许多麻烦，许多叫人恨铁不成钢的事情，各位给我们指出来，无论善意还是有点什么小小的用心，我们都欢迎，都能从中受到启发和鞭策。但是我们也要坦诚地说，中国实在太大了，十三亿人口、五十六个民族，这样一个大家庭，不可能完全按邻居们的意思去管理。中国的事最后恐怕还得按中国人的意志办才能办好。世界上一切成功民族和发达国家都是这么办的。这一点，即自己要做自己的主，正是我们向他们学习来的。

在热情接待中握手，在宽容理解中肩并肩，在坦诚相见中心连心。和而不同，求同存异，让万邦之音奏出如乐之和，响彻奥运村，响彻地球村。

2008年8月20日，西安不散居

金牌领先时的自问

离北京奥运全部赛事结束还有好几天，中国金牌数节节上升，已经超过我们在上届雅典奥运的金牌总数。南方有的媒体已经打出了"金牌总数第一在望"的大标题。中国正在为那辉煌的一刻酝酿情绪。

这个时刻，中国特别需要冷静，需要自省自问，需要自己给自己挑点儿刺。不是泼凉水，而是反激我们在新的征程上步子踏得更稳。

当中国的竞技体育位列世界前茅，要问我们的群体体育和国民健康情况如何。竞技不是体育的目的，实质上只是民众强身健体水平和群众体育水平在最高平台上的一种展示、一种检验。这就是奥运会很长时期强调参赛运动员业余身份的根本原因。这些年，城市健身与群体体育水平有了很大提高，场馆设施大幅增多，群体组织的活动随处可见，许多社区有了公益性的健身器械等。但在广大农村，步子就慢了些，特别是还处在温饱阶段的西部贫困山区，就更值得我们去关注。应给以更大投入、更大力度，从强身健体的角度提高这些地方的生存质量。

当世界已经开始用先进的科技发明，如改造泳衣、跑鞋来促进竞技成绩时，我们要自问中国科技工作对这方面的关注如何，政府引导组织得又如何。我们是否像飞机设计师那样以空气动力学研究过各种高空竞技的气流阻力、涡流、助推等问题？

当西方体育项目一直垄断奥运的现状很少改变，我们要问问自己在打造东方的、中国的竞技品牌并争取向世界推广方面，是否有切实的规划和行动。韩国汉城（现首尔）奥运会让本国的项目进了赛事，不是一日之功。他们申请端午节为韩国非物质文化遗产，跑在了我们前面，是多少年的铺垫工夫，是长期以来，韩国致力于本土文化世界化的硕果。我们从推介中国文化大格局中策划中国体育交流的意识自觉和方法创新怎么样呢？

当大家都在思考、讨论中国现行应试教育的利弊，我们要问问自己，是否认真思考过应试教育对青少年体质的影响。青少年体质是中国健康强大的未来，也是中国竞技的基础。央视《共同关注》栏目报道过一个偏僻山区学校的女子篮球队，只是因为有了一位有热心、有诚心、有恒心的体育教师，这支篮球队打成了全县冠军。镜头中的她们，个个健康、快乐、阳光。我永远记住了她们。

当奥运会集中接待了数量庞大的运动员、志愿者、领导人和国内外的旅游者，我们要问一问，会后如何将这些异常时期开发出来的旅游线路、旅游设施、游客资源、景点潜力，转化、充盈到正常时期的旅游中去，而使中国旅游在数量和质量上，都朝全球化、现代化方向迈进一大步？

…………

自问越多越深，我们就越能发现在金牌领先的背后，中国还有许许多多并不领先甚至落后的东西。让我们在今天的欢呼中自问，在不断的自问中迎来明天的欢呼。

2008 年 8 月 20 日，西安不散居

明星退役之后

奥运奖牌得主,尤其是奥运冠军,以他们对生命极限的成功冲刺,成为民族的骄傲,时尚的明星。媒体热捧,万众欢呼,都是对他们所付出的巨大劳动的一种回馈。但体育明星退役之后,在他们需要转变角色,重新选择人生的时候,遭遇却往往不大一样。

进行第二次人生选择,应该说较之常人他们有着很大的优势,譬如长期运动生涯中养成的优秀的身体素质和心理素质,坚毅、执着、吃苦的精神品格,靠自己的努力在公开、公平、公正的竞争中打拼的价值观念,还有社会知名度给予他们的种种隐形含金量。这些优势肯定会为体育明星在第二次人生选择中加很多分。

那么,为什么在起跑线上同样的优势却会导致不同的遭遇呢?我们熟悉的李宁、邓亚萍、郎平人生转型之后的成功,不亚于他们夺冠时的光彩,但据媒体披露,也有一些体坛赛场上的成功者,在以后人生的赛场上被远远抛在后面,有的甚至穷愁潦倒,孤苦伶仃,体病心疾缠身,演绎着明日黄花和迟暮美人的凄凉。得失之间,有客观因素,如时代,如机遇,如个人和环境家庭各方面的不同情况。但主要原因,恐怕还在自身。

认真比较一下,有这么几个关键点可供我们思考:

最重要的是加强文化素质方面的修养。运动员从小集训锻炼,文化知识上多少有些欠缺。有了文化素养是事业转型的基础,是获得人生二度自由的翅膀。邓亚萍在退出赛场之后,马上背起书包进入清华园,从零开始。学了几节课也把英文字母记不下,她在日记本上写下一个"拼"字,想,这和比赛一样,一定以最苦做到最好,没办法比别人强也一定不能比别人弱。就用这种赛场上的拼劲，她由清华到诺丁汉到剑桥，由小学三年级到洋博士。知识又一度改变了她的命运，有了知识她才能承担各种社会责任，并且应付自如。中国女排老主攻手侯玉珠和有"中国山口百惠"之称的杨希，退役后都马不停蹄上大学，学对外经贸和心理学，为新的挑战储备新的知识技能。

尽可能利用原有专业领域的优势，将第一次、第二次人生起飞衔接起来。这方面例子太多了，李富荣、郎平都是其中的佼佼者。利用原有人脉和优势，不但专业技能上有基础，而且在职业环境方面有潜在资源可利用，实乃事半功倍的智慧之举。

另一方面同时也要有勇气将今天的自己与昨天的自己剥离，敢为人先也敢为己先，为人生开辟新的战场，投入新的打拼。人生道路的选择存在着许多偶然性和变数。少年时代选择体育，有许多被动因素，如身体的高度、速度、强度和选拔现场的表现，其实未必是你最喜欢、最适合、最应该从事的职业。退役给了你自主、自由选择的机会，千万不可错过。李宁开辟新赛场，下海取得重大成功；老女排的骨干曹慧英、梁艳、杨希也都改行搞房地产、搞传媒广告，当了老板，有的更成为"富婆"，都表现出一种在更宽阔的视野与格局中成就人生的勇气和智慧。改行并不是和原来的职业绝缘，其实隔行并不隔山，世上很多事，特别是精神品格和思维方法、工作方式是可以互通的，就看你横向挪移和跨行互通的能力如何了。

最后还要补充一点不能不补充的话，那就是还得要有一颗平常心。成功者值得我们敬佩、学习，但成功者总是少数，因而要有安于过平民生活的心理准备。只要健康快乐，平常日子，平常心情，那也是千金难买的幸福，也是人生的成功啊！只要你过得好，我就真诚地祝福你！

2008年8月22日，西安不散居

纽约来电：中国滋味嫽扎咧

一看题目，一定以为是个陕西人从纽约来电，不是。我有位大学同学旅居纽约三十年，十分爱国，也常回国内，前一段，竟然也为西方媒体在人权问题上对我们的丑化所困扰。他在信中有点伤心地说："我无法理解，我只能沉默。"最近，是他从纽约来电，用广东"鸟语"兴高采烈地说："我还记得前几年全班同学在西安聚会，你教我们说的一句西安话，'嫽扎咧！'真的真的，我们中国那真是嫽扎咧！"

这次来华参加北京奥运会的，五大洲二百多个国家和地区的运动员有一万多人，先后来华的各国首脑有上百人，政要有上千人，名流和大亨有上万人。最多的是记者，超过运动员一倍，整整三万人，几乎穷尽了世界各地的主要媒体。他们大约以百分之六七十的精力看赛事，其余的时间怎样度过？粗略梳理一下，有这么几项安排：

一是政要们忙于会见、谈判，不仅与中国领导人会见，相互之间还进行多边、多级谈判，协调各国和各利益集团的关系，表达自己的和平、发展的诉求和国家利益的诉求，也向世界和本国人民显示自己在全球政治舞台上的风采。

二是大亨们忙于做生意、签约，抓住我们由"中国制造"向"中国创造"转型、汶川地震灾后重建、拓展能源来路的战略部署等重大商机，让自己的股票升值，口袋里的钱生出更多的钱。

三是名流们忙于亮相、忙于在粉丝和镜头前展示，使自己在这个世界最大的平台上来一回凤凰展翅，增加自己在公众中看得见的魅力和在市场上看不见的价位。

四是记者们忙于找新闻、忙于"淘宝"、忙于"抓活鱼"。他们全是《水浒传》里的神行太保戴宗，全有以卫星电话、卫星转播、数字传输和各种长枪短炮武装起来的现代千里眼和科技顺风耳。他们的足迹远不止在赛场上，甚至主要不在赛场和奥运村里，他们神出鬼没于北京和其他城市的大街小巷，出没于中国城乡的旮旯拐角。他们带着探究的、揭秘的、赞许的、挑剔的、善意的、有时也未必那么善意的眼光，想给中国社会来一次全面的CT大检查。

五是主要来观战的平头老百姓（但至少也是能掏得起国际旅费和门票消费的白领、中产和小资），他们陶醉于生命极限一次又一次在赛事中突破，也陶醉于北京那东方风味的四合院、绿树宫墙和现代酒吧，让自己恣情地休闲娱乐。

六是各国运动员，在参赛前后的空闲时候，他们会满怀热情和好奇，多看看中国，多体验中国。有位运动员第一轮便被淘汰，丝毫没有沮丧，春风满面地对记者说，这下我轻松了，可以去胡同里好好看看北京了。接着便是她坐三轮游什刹海，在酒吧蹦迪唱歌的狂欢镜头。

他们在中国不只看到了我们的体育实力，也领略到了我们近年来在经济、社会、生态各方面的巨大成果，看到了中国文化的灿烂和中国人的诚意，看到了中国人崭新的精神状态。他们边看边想边感受，品味中国滋味。

这些朋友可不是一般人，那都是社会各方面的高端或准高端人士。他们眼里、心里的中国图像和中国印象，在相当程度上能够通过媒体、合同和协议，转化为全社会甚至全球的共识，转化为舆论行为、艺术行为、贸易行为或政府行为，而结出实实在在的果实来。

北京奥运是中国有史以来和世界一次最大最深入的交往，是有史以来中国面向世界举办的最大的经济社会文化展览厅，是有史以来中国举办的最大的国事访问会、商贸洽谈会，也是有史以来中国举办的最大的记者招待会。

它意味着"中国形象"长期地、被动地由别人塑造的那个时代正在过去，我们国家和民族主动而真实地在世界亮相的时代正在到来。

当代社会是一个被传播文化膜覆盖得密不透风的世界。百分之九十几的人，即所谓"沉默的大多数"，往往只能通过传媒获得对外部世界的认知。中国如果在全球性的传播网上不能上线，中国在这个世界就难以在场。全球民众如果不上线，对中国就只能是一片茫然。奥运会之难得之可贵，正在于它帮助人们用亲见、亲闻、亲知、亲感的方式，用这些真实信息的传播，冲决文化膜的遮蔽，改变了也正在改变着世界的中国观。

2008 年 8 月 23 日，西安不散居

祥云追日，永留主场

北京奥运开幕式已经过去几天了，尽管评价纷纭，而且各有道理，但我极为看好。这是一场需要细致品味其中文化内蕴的艺术精品，而不是一场只靠视觉冲击震慑你的艺术轰炸。最后李宁在天幕上追日点火的画面，更是久久久久地萦绕在我的心头，引燃了我极大的联想和共鸣。

李宁高举火炬，在祥云中奋力奔跑，在奋力奔跑着追逐太阳。他跑得不快，但动作清晰，节奏分明，神情执着，像是人类疾步于太空。前面，为他铺路的是云卷云舒；后面，他带领的是各种各样追逐奔跑的画面。哪里是李宁在跑，这是中国在跑，人类在跑，向着祥云，向着阳光，向着彼岸，向着一个无比瑰丽的目标！"追日点火"，是一个文化信息量极大的象征，是一个从古至今储藏在全人类各民族心中永不泯灭的寓言。

"追日点火"和此前的火炬在世界各国和中国各地的传递熔接为一个整体。它不是火炬传递的终点，而是火炬引燃人类精神井喷的极点，是火炬引导全人类加速前进的动力。我想到了法国巴黎传递时，以残弱之躯捍卫圣火的金晶，和在巴黎街头用人类大爱介绍西藏骚乱真相而获得西方人掌声的西安小伙李洹；我想到了四川灾区临危不惧、舍己救人的林浩小朋友，他从巨大的灾难中走出，走到了北京的鸟巢，走到姚明身旁。一个那么弱小，一个那么高大，都是同样的坚强，以坚定的步子跑向自己的目标。

我想到了我们在多难中兴邦的祖国，她在跑向每一阶段的目标时，都受到那么多阻遏。她曾经光荣地跑在世界的前列，后来又落到后面，受尽了压制和歧视，一度被那些高傲的西方人称为世界的"弃儿"。当她振奋起来，重新追赶历史，流入现代，许多人却担心她的崛起会引发这个已经以西方价值为主轴的世界秩序会混乱，已有的蛋糕份额会缩水，而以种种偏见、种种刁难迫使我们就范。中华民族却依然高举自己的火炬跑向前去。这种坚定，这种奋发，这种内力，凝结为李宁在祥云上追日的身影——终于博得了世界的喝彩。

7月4日，奥运圣火在西安传递的那天，我有幸作为嘉宾做客央视奥运频道，介绍陕西和西安的经济社会、文化历史情况。当最后一棒王立彬在万众欢呼中，高举火炬向大唐芙蓉园紫云楼缓缓跑去，主持人和我有一段对话。问：此时此刻，肖老师你有什么感想？不假思索地答：跑向盛世，这是一座城市、一个民族在跑向盛世。问：为什么会有这种感想？答：今天西安传递路线集中安排在从小雁塔经大雁塔到大唐芙蓉园一线，整个在唐文化区，别有深意。它有从唐代盛世跑向当代盛世的寓意。而且应主持人之约，现场拟了几句表达这点感想：

登紫云楼，读大唐赋，磨兴国志，歌盛世诗。

事后，央视五套要我用宣纸写出，在晚间节目展示后，代表奥运会收藏。

2008年8月10日

绿茵如云

足球绿化人类精神

　　我看足球属于狗看星星一类。对足球技术、各国明星都不太熟悉，说不出个子丑寅卯来，我就是喜欢世界杯营造的那个心理场，喜欢那个感觉。飞来飞去的足球，像到处乱窜的火星子，点燃了我对生命的、人生的、社会的、艺术和哲学的乃至人情世故的种种联想，哈，"味道好极了"。球赛充满了偶然性又终究逃不脱必然性，连环套似的意外造成迭起的高潮，眨眼间胜者狂欢败者颓丧的炎凉世态，由于执法者的随意或猫腻便无可挽回"终审"了你的命运……这哪里只是足球，无一不是人生啊。

　　足球让我想得最多的，是它正在给严重沙漠化的人类精神输氧、输钙、输血。在疾速的现代化中，人类愈来愈深地陷进膨化了的物欲泥淖，现代人心灵日益弱化，生命日益苍白，人类从来没有如此急切渴望生命的健力美，渴望与此相关的文化人格和心理承受力。世界杯是足球艺术的最高平台，它把人类的速度和强度，耐久力和爆发力，高精确度和高应变力，对胜利的殊死拼抢和对失败的健康承受，都发挥到了极致。

　　世界杯其实是现代生存的保健品，绿茵场上的斗士提供了现代生存强者的象征。看世界杯你道是看什么？是去看现代人应该怎么活，怎么活成强者啊，是去寻找现代人生的偶像啊。

杨晨那个门柱球不进也好

中国在第十七届世界杯的最后一场球，和土耳其交手那场，杨晨一脚射门，正好打在门柱外侧，被弹了出去，我们看见杨晨跪在地上，用手蒙住脸，似乎在流泪，在颤抖。全场一万多名中国球迷，也包括韩国球迷一片唏嘘，解说员已经把声音提到嗓门，又陡然下落，跌脚而叹，都在怨怼上天对中国队的不公。其实在中巴交手的第二场，肇俊哲也有一个门柱球被弹出，事后他对传媒说，我差一点改写了中国队的历史。这话当然也对。事实上，这两个球也成为一个得而复失的梦，给我们一种虚幻而又有点实在的满足，时常被国人谈起："要是那两球进了……"很有点阿Q忍不住爱说"我们先前……"一样。

昨天，和一位朋友在电话中又聊起这两个让国人又爱又疼又气又恨的门柱球，不料他脱口便说："这两个球不进也好！"这正是我想说而又不忍心说的观点，便你来我往讨论起来，末了我说，借你的版权用用，我把这个看法写出来如何？

进了是零的突破，足协定的"胜一场，进一球，得一分"，便超额完成了两项，当然好。但如若进了，也就掩盖了中国队实力的亏空，助长了国人、传媒、球队的妄自尊大，被一种未必反映实力的偶发性假象蒙蔽了理智。这次世界杯，中国队又会在一种"大步前进""上新平台"的辉煌感中过去，而没有了心头的剧痛。进了无异喝一口糖开水，不进则吃了一粒苦药。正是这种痛感，正是这服苦药，不但使一支球队，甚至使一个民族震撼、反思、自省，使我们的体温降下来，认真地、稍为苛刻地、当然又是科学地看待自己。

中国人常常好大喜功，凡事总认为直线上升最好，事情稍稍有点起伏，有点艰难，甚至有点下降，就不好，就怨天尤人。岂不知事物发展有起伏才正常，有艰难才立得稳，真实反映了下降的状态也是一种进步，或是退后半步为起跳，或者是承认现实不做非分之想，这才是好事啊。

审美世界杯

中国队出局之后，我看世界杯便少有了火气也消解了偏见，更多地取一种台下看客的姿态。由火急火燎关注自家的命运，转为兴趣盎然看邻居的故事，由儒的急切入世，转而为道的超然观世，少了一点现实竞争的功利，多了一点艺术鉴赏的兴味。

绿茵场是真正成了舞台了，世界上最大的舞台。看台上有比任何剧场都多的观众，当演员的球星，当导演的教练，那都是从世界各国精选出来的。每场比赛，每个回合，每次交手，都是一台绝妙好戏，一段绝妙好唱，一帧绝妙好画，都是人类生命在最佳状态下的表演，你能不如醉如痴？

一场球几乎具备了小说、戏剧、影视剧等叙事艺术和其他时空艺术的主要因素。

足球赛是有结构的，这个结构由"胜负"这个大悬念拉动着、控制着。足球赛的悬念比任何艺术悬念都牵魂动魄，而且大小相套，环环紧扣。全场胜负，大悬念；进球之后能否扳回，中悬念；一次攻门或一个传球、截球回合，小悬念。

也有故事情节。除了每个球队成长发展的故事、球员人生的故事不说，世界杯现场又有多少精彩的故事：有赛前抢着将别国球星国籍转入本国的；有恶战当头把一号主力队员开销回国的；有向新闻界透露本队内部矛盾的；有把飞上看台的球收藏起来，而后来使场内出现两个球的。跌宕起伏、意外转折，让你目不暇接。

也有生活和心理细节。丹麦被英格兰攻进一球，丹麦队员生气地把球砸在地上，结果被罚黄牌。中国队快攻到土耳其门前，争球中土方选手倒下，裁判吹哨罚黄牌，球迷以为罚中国队员，正想抗议，不料竟是判对方佯倒嫁祸于人，全场顿时为裁判的火眼金睛鼓起掌来。

也有最切肤、最熬人的感情展示和交流。我终生没有看到过葡萄牙选手败于韩国之后久久伏在绿茵上流泪不起的男子汉的哀恸；也终生没有看到过整个民族在看台上站起来的壮丽，而对韩国人的自尊自强有了刻骨铭心的记忆。

这里的每个瞬间，如若定格，都是一幅融汇了健康、力量、智慧、美丽的画面。快速奔跑中的前卫，腿如骏马扬蹄，发如雄狮飞鬃。凌空出脚前展身如弓以待弹射的身子，如猿飞树藤，豹腾莽原。争球如两兽争食，纠缠撕咬。守门员斜身飞起接球的瞬间，如鸥，如鹜，如金猴伸臂，如出水打跳的鱼。人体的各种美，溅着生命汁液，超动感地出现在赛场上，让你看到了人体骨骼与肌肉优美组合无穷无尽的可能性，丰富了对人体美的认识，也浓洌了对生命的热爱。

给这些画面配上乐，就是生命的歌；配上诗文，就是生命的礼赞和哲思。稍有遗憾是节奏总趋急促，少了一点舒缓徐慢的小夜曲，少了一点此时无声胜有声的休止符。那也不要紧，在精彩回放里，用慢镜头、消了音放出，好似月色迷离，好似梦幻依稀，好似隔着雨帘树影，激越的美丽在一点一点展示着，像如歌的行板，沁进心田。

看球迷有时比看球赛还有趣。演员是疯子，球迷也是疯子。他们直接用原始的即兴的呼号和歌舞表达着自己的感情，手臂摇曳如疾风掠过树林，国旗在看台上起伏如海浪滚动，鼓声、号声、吼声、器乐、声乐、打击乐，构成千人交响乐和万人大合唱都难以望其项背的宏伟组合。那是一种大气势造成的美的震撼，你的灵魂被吸入声浪的深处。

每个球迷脸上别出心裁的图案，可以催生一个新的民间艺术品种，叫"面画"或"球迷脸谱"。球迷服饰及其他足球外延文化，如广告，如宣传画，如旅游纪念品，早已经形成了一种世界范围的现代实用艺术。它们以超国别、超民族、超地域、超语言的功能，让人类拉起手来，交流心灵。

话扯远了，还是赶快去看比赛吧，只是别忘了也可以换一个角度享用世界杯。

2002年6月15日夜，西安不散居

英格兰绅士到骨子里了

人在世界杯赛绿茵场上的表现大都是极致的表现，极致的判断、应变、组合，极致的奔跑和技巧，这是人的各种生命信息密集到极致的时候。我们看球场上某人某队的表现，便可以给此人此队的肌体和气质号脉，有时还可以感觉到地区、民族强烈的脉跳。

争八强第一天两场比赛，英国和厄瓜多尔打得很绅士，荷兰和葡萄牙则打得极绿林。前一场绅士，因为两队的心理基线是"保"，保则谨慎。老牌绅士英格兰有光荣的过去，这回在家门口打，又是和南美一弹丸小国较量，输不起，丢不起这人。厄瓜多尔雪藏主力打德国，因为不在乎那场输，为的就是要这场赢。双方沉重的心理负担孕育出一场沉闷的球赛。小贝飞脚破门，虽然添了彩，却没有扭转整场的沉闷气氛。英队一味拖延时间，裁判两次打强心针（黄牌）也不见效。绅士到骨子里了。

后一场绿林到什么程度呢？绿林到以四张红牌十六张黄牌创造了世界杯凶狠指数的最高纪录。在那一次次旋风卷地的格杀中，我感觉到了凶狠已经上升为凶恶，人性的某些黑暗不受控制冒了出来，好像复现了葡、荷两国当年开辟全球殖民地时的海盗精神。我恍然明白了他们是怎样征服和统治比本土大很多倍的领地的。只要凶狠，蛇硬是吞掉了象。对他们来说，胜利从来是抢到手的，怎会是保出来的？

韩国队的出局引发了全民族的伤痛，甚至有人因此发病猝死，以身殉了一回球。还有人扬言要与瑞士重赛，要炸瑞士使馆。他们实在是过分严峻了。东方人群体意识强，喜欢宏大叙事，把什么都和国家民族的荣辱、功利联系到一起，赢则不择手段，输则无法承受。这种不分时空的、超级强烈的民族立场，遇到足球这项沟通人类、舒张生命且带点娱乐色彩的运动，格局多少有点促狭，显出了小家子气。

  对待足球赛，美国人的态度有点淡泊。他们似乎就是将其当成一种运动，赢了高兴，输了不难受，参与就挺好。足球是生命的宣泄，何苦将区区此球和国家实力、国家形象、民族荣辱这些宏大概念扯到一起呢。

  有的教练自始至终在场边亢奋地走动，激情地喊叫，握紧拳头骂人，最后却指挥了一场败仗。有的教练如坐酒吧如饮咖啡，羽扇纶巾，少开尊口，用自己的镇静驾驭全场走向胜利。世界杯赛头号组织者坐直升专机巡游各场地，放言要"一月踏尽世杯花"，比安南还联合国了一把。可怜了韩国学生球迷，买最廉价的票，住不掏钱的店，在火车站的地板上过夜，却人人手提垃圾袋，秩序井然，虽无钱却有格，倒是让你看到了一种素养和尊严……

  这出全球联合上演的三十集连台戏，已渐入高潮，还是赶快看球。

2006 年 6 月 27 日，西安不散居

黑哨猛于虎

中国队在十七届世界杯赛中悲凉出局，我写了《审美世界杯》，表示自此"由火急火燎关注自家的命运，转为兴趣盎然看邻居的故事"，"少了一点现实竞争的功利，多了一点艺术鉴赏的兴味"。本是不打算再写门外侃球一类的文字了，纯然惬意了心身，好好来享用一下看球的乐趣吧。但是看了这几天八强赛和四强赛的几场球，我不能不又拿起笔来。

在被几十亿球迷视为国家荣誉和民族力量的八强和四强争夺战中，韩国队春风得意马蹄疾，挥刀斩意大利、西班牙于马下。亚洲人的民族自强精神，东方人的巨大生命潜能，震悚了我，却也看出一些异象，闻见一点异味。神圣的世界杯有了蹊跷！这蹊跷被《西安晚报》前线特派记者点明，被全球媒体和网上看客点明，请看赫然在目的大小标题：《韩国的光荣与世界杯的耻辱》《谴责黑哨"劫杀"西班牙》《丑陋的世界杯八强》《裁判不顾一切为东道主让路》《足球成利益交换的牺牲品》。我相信这些报道，因为我首先相信自己的眼睛和感觉，这眼睛和感觉不能只属于亚洲，它首先属于人类，属于良知。在滋生于世界杯不健全体制并且目前还受其保护的黑哨面前，我们区区一介球迷能怎么样？只有苦笑、嘲笑、冷笑。难道足球给我敢哭敢笑敢作敢为的自立感觉，给我人格主体得到充分确认的感觉，却原来竟是一个梦？竟是暗中被什么力量拨弄着、愚弄着的一场戏中之戏？可怜如我的亿万真诚而狂热的球迷弟兄啊。

看每场比赛，我都会产生为各国球迷欢呼、鼓掌的强烈冲动，我甚至想好了要专门写写他们，题目都有了，叫作《绿茵培育新的看客》。大体意思是，恰好是八十年前的1922年，鲁迅在《呐喊》序言中写过，日军对一个中国人斩首示众，四周竟有许多中国同胞麻木围观，他们一个个体格强壮，却不去救助自己同胞于屠刀之下。这种冷漠让鲁迅不寒而栗，流泪的笔和滴血的心，促发他由学医改为习文，终生以疗救国人的心灵为己任。

接着我就想说，几十年过去了，几代人过去了，几次用铁血振奋民族的战争也过去了，我们这块土地、我们这片心田有了何等深刻的变化，但这类麻木或愚盲的看客，相类的看客心理，却并未死去，还活在现实中。不是有人失足落水，围观者没一个下水相救的么？不是有恶棍当街侮辱妇女，竟无人敢站出来制止，甚至连受害者拍门求助，冰冷的门后躲藏着一双双看客怯弱的眼睛，却没有一个开门的么？不是有小偷在公交车上作案，旁边的人急忙背过脸去么？不是有勇者挺身斗歹徒，围观者非但不帮一下，斗士血肉模糊倒下了也无人过问么？不是有许多人在兴味十足当了罪恶的看客之后，不但不举报，连出庭作证也不敢么？中国的看客呀，那冷漠和怯弱，真是到了无所不为的残酷地步了！

这种看客现象，这种看客心理，是中国社会进步缓慢，国民精神晦暗的一个重要原因。它不触动法律，因而可以逃避惩罚，它常是弱者所为，因而易被原宥，也就得以像暗角的苔藓悄悄存活和蔓延。对一个民族还有什么比这更可怕？

再下来，我就要以三百六十分热情为绿茵场上的看客唱赞歌了。同为看客，他们是截然不同的，他们太出色了。他们心里流动着明丽的阳光和澎湃的激情，不知冷漠、自私和怯弱为何物。他们反黑哨，反猫腻，反对一切不公平竞争，眼里揉不得沙子，用令人感动的赤诚呼唤胜利，反省失败。他们无私地赞赏对方的精彩，而对己方不应有的失误，爱之愈切，也斥之愈厉。他们除了赞扬勇者，对胜者和败者也有鞭辟入里的分析，有时还深思熟虑，提供许多科学层面的见解。他们已经转换了看客角色，成为绿茵场真正的主人，生活真正的主人。

但是这一切，现在都不能写也不想写了。如果半决赛真有蹊跷和猫腻，整个问题就翻了个过，不再是看客的冷，而是黑哨的黑。黑哨猛于虎，正在无情吞噬球迷的真诚和激情。这时候，每一句对看客的称道，都无异于对他们的麻醉，都无异于入伙了对他们的戏弄，都无异于诱使他们走向更深的黑洞。球迷弟兄们，不能再鼓动你们的激情了，倒是请千万吝惜一点你们的真诚，在世界杯最后的激战中，擦亮我们的眼睛，也沉淀一下自己的狂热。

2002 年 6 月 19 日夜，西安不散居

三杯酒贺国足班师

中国队从世界杯出局回国了，全国的球迷、准球迷、非球迷，含一腔热情满腹叹息，箪食壶浆以迎王师之归。这大约是一次倾国之迎。

古往今来，有过无数次欢迎凯旋之师的仪式。20世纪50年代末我还是大学生，去北京前门老火车站迎接中国人民志愿军从朝鲜凯旋，零距离接触了彭德怀、陈毅、贺龙几位元帅，兴奋地喊哑了嗓子。而倾国欢迎败兵之师就少了，也有，《三国演义》里的曹操，《水浒传》里的宋江，都亲自迎接过战败之将。记得美国南北战争时，开局不顺的林肯，曾经亲自赶往前线迎接过一支被南方农场主打败的军队。他说，我来欢迎你们，最关心的不是你们是不是失败了，而是你们对失败是不是甘心。甘于失败是最惨的失败，坚强地打下去，胜利会在最后一分钟出席我们的宴会！林肯说这话时，我想西天该是血色黄昏，很有点悲壮的吧。

中国队明知必败，依然慷慨赴死。第一场中哥交手，0∶2一个下马威，就尝到了世界杯的辛辣，却义无反顾，更加生龙活虎扑向巴西队。让这只铁老虎狠狠咬了四口，又背负着体能、实力、技艺、舆论和心理上的不可承受之重，再血战土耳其。屡战屡败，屡败屡战，愈战愈勇呀。不到最后一秒钟不放弃希望，到了已经没希望的第三场，仍然为希望昂奋战斗——这是为着今后的希望了。与其在国内沙场上渺小的活，何如去国际征战中伟大地死。一支新军弱旅，能打出国人的精神，那是虽败犹荣。桐树挨上一刀，反倒蹿得更高。比赛出了局，眼界和境界却出了线。

今天恰逢上海东方电视台来访，来，东部西部的球迷都把酒满上，为中国队干杯！我要借助《西安晚报》和东方台的屏幕，敬国足和国人三满杯酒，而且要重槌响鼓说上三句话。

第一杯酒，祝大家扫除失败主义情绪。中国队第一次参加世界杯，无论进球与否，胜负如何，都是零的突破。中国由此进入足球艺术的世界平台；在绝境中领略世界强队的风采，在血战中将自己的潜能发挥到极致；同时大胆推出了小将，使他们有幸提前几年站到了世界杯的起跑线上。收获多多，无须我们去说它了。失败是一种存在，而存在的那一刻，就只能说明过去了。失败主义则是对失败的一种不正确的反应，通常表现为情绪，有时会上升为"主义"，上升为观点或思路，像久雨不晴的阴霾，消磨着今后的国足和球迷。我们没有理由颓丧和失去信心。好在当下这种阴霾还不浓重，国足也好，球迷也好，都还能在失败中找到差距。请看一段一个叫"龙魂"的球迷的日记："我们精神上一点都不输给巴西队。但看到在强大的巴西队前，我们仅有的几脚射门和几如漏勺的后防线，真是倍感惭愧。我们太年轻了，年轻的只剩下力气。这场比赛我们终于褪尽了花哨，还回了原始的粗糙，是对我们的足球做一次深层反思和长远规划的时候了。"不但中国队在找差距，所有的球迷、所有的舆论，连我这类外行的看客，都看清了这个差距，知道差在体能，差在技术；差在不能深知自己，深知队友，深知对手，不善于从个人与全局的关系中给自己定位；更要紧的是，差在对足球艺术还没有非常到位的感觉。这种感觉是以对足球深刻理解为基础，积多年之经验，积八面来风的默契，临场时化为才华横溢却又娴熟自如到下意识的那种"神来之笔"。知耻而不耻，知耻而后勇，真好。在失败中汲取力量，将失败转化为财富，真好。

第二杯酒，祝大家强化危机意识，克服国人嗜圆满、好辉煌、缺乏忧患感的心理弱点。有人说中国人好大喜功，求大圆满，务要皆大欢喜，是个乐感文化过浓而没有悲剧感的民族，这倒未必。人类的悲剧意识是由暴露和弥合两个功能场构成的，西方悲剧意识偏于暴露困境，多忧患、多反思；中国悲剧意识则重弥合困境，多中庸、多保存而已。但当下特别需要强化忧患意识，把困境说足说透，从根子、从全局去刨根问底，去反思。面对困境，要彻底抛掉心存侥幸、得过且过、盲目乐观甚至自欺欺人那一套坏毛病。"中华民族到了最危险的时候"，中国国歌应该镌刻在每个中国人心头。"哀莫大于心死"，心里没有忧患感、危机感，是走不出失败的，是最最可怕的。世界杯把我们逼到了绝境，我们只能准备背水之战，而且要敢于取得哀兵之胜。

第三杯酒，祝国人克服"重道轻器"的弱点，将一切认识、体会、感觉，一切形上层面的东西都落实到形下实践中去，落实到卧薪尝胆、悬梁刺股的刻苦训练中去。认识了差距、有了危机感当然好，但光有"认识"和"感"，即精神的东西，远远不够。中国人历来好发高论，好务玄学，轻视器物之学、技艺之术。足球是一门技术，也是一门艺术，更是一门学问。球市还构成一种新的社会现象和经济行为，正在牵动、引发许多新的社会机制和观念心理。国足不能命悬一线，悬在一个仅仅靠混沌思维和经验感觉来工作的教练组身上，也不能仅仅靠送球队出国训练那类纯然经验积累的方法来提高。两者都重要，而最应该重视的，是应该有现代系统论的思维和方法，综揽与足球相关的各种技术科学、社会科学，也包括现代传播学和社会心理学在内的应用研究组织，通过系统地资料收集和经过实践验证的研究成果，将中国足球的提高真正纳入科学的轨道。

1947年，毛泽东在撤离延安时说，我们一定会回来的。果不其然，一年以后的春天，中国人民解放军重新回到延水河边，又一年，全国解放。所以最后，让我们再举一次杯，一、二、三，大吼一声"我们还会回来的"，大吼一声那个永不过时的口号：中国队必胜！

2002 年 6 月 13 日晚，中土大战之后

到场的和未到场的

第十八届世界杯使全球升温，国人也出现了罕有的足球厄尔尼诺现象。对中国来说，这是一场主角缺位的全民狂欢。观众出场到位了，中国队却没有出线，再踌躇满志也只能逡巡于场外。瑞士队根据小组赛三个对手的不同风格，安排了三场模拟赛来热身，以科特迪瓦模拟多哥，意大利模拟法国，中国模拟韩国，给当陪练，却不料前两场瑞士均告失败，却以4∶1大胜中国队，无异于拿国足给世界杯开幕祭了一回旗。说来真够悲壮的。

失落也罢尴尬也罢都很自然，这且不说。本想祭旗之辱会引发球迷这样那样的激愤，却似乎并没有，大家平和地接受了残酷的现实，依然热情不减地关注世界杯，为各足球大国的大罗、小罗、梅西、鲁尼、小贝们，为他们心中的旧爱与新欢呐喊，为自己在足球狂欢中能得到快乐高兴。这就对了。这说明在中国足球这个痛点、这个死结上，国人的心态开始变得健康起来。真的，这就对了。

一是终于敢于承认中国足球落后的现实，不以过高的期待值来压迫国足，苦恼自己，产生种种无端而又无谓的躁动。二是多少明白了足球能否上去，不能靠一时激情或传媒起哄，而要靠科学刻苦的基础训练，要靠世界平台的长期交流，要靠技术要体力要心理素质，用流行语来说，是一个复杂的系统工程，是要期之以时日的。三是大家可能体会到了，足球和国力固然有关系，却不是那种简单的对应关系。在中国和平发展举世瞩目的今天，不能要求各行各业、方方面面都必须同时同步崛起。足球到底和能源、交通、通讯、装备制造业不同，和科学、教育、国防不同，它不是国家强盛必需的基础，而是民族振兴许多象征中的一个。这些心态上的变化，我想是远不只对足球有意义的，从中你还能感到中国球迷内心的人类情怀。充当本国本地球队的铁杆"保皇派"本是人之常情，谁没有满腔的爱国爱乡情怀要喷发？但足球文化、足球技艺说到底是人类共有的财富。那些大师级球星和经典场面，是整个人类在这个领域里挑战生命极限的结晶，是全球的骄傲。它将"人能不能这样"的问号改写为"人肯定能这样"的惊叹号，把对人类生命潜能的认识提到一个新天地。记得以前有人写文章说足球起源于中国，它的源头便是产生于黄帝时代而被《水浒传》里高俅那厮"蹴鞠"（踢）出大名气来的气球。这种凡事"我们先前比你们好"的心态，在"国学热"中也有表现，那便是"西学中源"论，凡事他都能在国学中找到源头，实在令人啼笑皆非。

  比赛就是切磋，竞争也是交流。世界杯所引发的世界性参与，其实是一次世界性交流，对扩展我们的眼界和胸襟是极有好处的。

2006年6月5日，星期一，西安不散居

郎朗的"世界杯"

一声哨响，那颗亿众瞩目的足球将在德意志夏夜湛蓝的天空飞翔，也会在中国天才钢琴家郎朗的指间弹跳。报载：第十八届世界杯开幕式或第一场德国对哥斯达黎加比赛开始时，将由郎朗演奏钢琴。中国艺术家比中国足球队抢先一步登场世界杯，印证着中国人的骄傲。

去年秋天去沈阳看话剧《凌河影人》，恰逢郎朗国外巡演归来，回沈阳与家人团聚。话剧散场后当地朋友安排参加了一个有郎朗出场的文艺界小派对。他微胖，方脸浓眉大眼，年轻得稚气未脱，那天弹了一段《浏阳河》。因为这曲子我很熟，便目不转睛注意着他的手指。手指修长、灵活、富有弹性，刚柔相济且转换自如，像十个小精灵在键盘上舞蹈，用手指的动作阐释音符，宣泄心中情愫。大家反复称赞他，但他没有说话，只是演奏，只是给掌声一次次地鞠躬。因此，那十个舞蹈的手指给我的印象便极为深刻。

回到西安，找来辽宁作家刘元举写的长篇传记《天才郎朗》读，又看了随书赠送的光盘。光盘一开始便是郎朗手的特写，各个角度的舞动的手指、手背，渐渐推到掌心，在那五线谱般的手纹中响起了琴声……这双手真是国之瑰宝，它的细腻、敏感、灵悟似乎都具有罕见的高贵指数。20世纪钢琴伟人霍洛维茨最器重的门生、美国柯蒂斯音乐学院院长格拉夫曼说："如果不是我亲眼看到郎朗的演奏，不会相信这样成熟的演奏出自十五岁的孩子之手。他确实是个大艺术家。"当外国记者问华人钢琴大师殷承宗："像他这样（出色）的孩子中国还有几个？"殷脱口答道："什么几个，仅仅一个！"

郎朗走上世界顶级平台自然原因很多，最重要的恐怕是这句话：他对钢琴具有震撼性的态度！

震撼性的态度是一种超常的态度，极致的态度。超常的爱和忠诚，超常的勤奋，超常的灵悟，超常的执守，超常的意志和心理承受力，等等，一切都要超常到、极致到令人震撼才行。有次赛前，在异乡四十度高温中，郎朗脱得只剩三角裤头，连续在顶楼训练十几个小时。没有水桶，他母亲用纯净水瓶子一趟趟跑楼下汲水来浇濯儿子的身子，看见的人都震撼了，说"这哪里是练琴，这是游泳呀"！可不，只有震撼性的态度，才能产生震撼性的成果。米卢谈到国足时，特别强调"态度"一词，说态度决定一切，恐怕也是这意思吧。

郎朗给人的启示还有一点，便是悟性，是那种高居技巧之上的感觉、学习别人时会通的能力。他在毫无爱情体验的十三岁，弹奏肖邦F小调《第二钢琴协奏曲》这样一个爱情篇章，却能从母爱和亲情中移情会通，竟在强手如林的国际大赛中获得了一等奖。由技术而艺术是足球的一种提升。足球运动对群体协调、随机组合、即兴发挥那种特殊的要求，决定了瞬间爆发的感觉和会通能力克敌制胜的绝对重要性。在瞬息万变的赛场上，是用眼花缭乱的传球逼近还是千里走单骑的直插，是回头望月还是鹞子翻身，一般来不及做理性判断，只能靠技巧、经验基础上即兴迸发的感觉。多少经典进球便这样诞生了。

2006年6月6日下午6时，一个吉祥的时刻，西安不散居

球迷的高尚在哪里？

我对足球其实是外行，我看球属于"外行看热闹"，是球星鲜活的生命激发了我，是球场公平的竞争吸引了我。有时球踢得沉闷，我的眼睛便转到看台上去看球迷，看这些不踢球而为球疯狂的人，也很享受。不信你试试。

球迷是世上最真的一群人。踢好了就狂欢，踢臭了就猛批，瞧上谁了真想叫他爷，瞧不上谁给自己当孙子好像都不够格。真性真情真心真态，真诚待人真诚待己，真个是"仰不愧于天，俯不怍于人""独立不惭于影"。人嘛，活了个真实也便活了个快活自在，不是？

球迷是化干戈为玉帛的一群人。球场上死去活来地斗着，到了他们心里都变成了快乐。人家在那里真刀真枪地干呢，他们说那叫作球艺，是艺术，懂么？有时候也瞪眼，也冒火，也气得七窍生烟，过后一想，这不是来看比赛来会哥们来消夏的么，认的个什么真呀，世上哪有花钱买气受的傻瓜？这么一想，倒先自己把自己看低了一截，扑哧一笑，端起冰镇扎啤："哥们，干了！"

说了这么长两段话，其实远没有说到要害上。要问球迷最伟大最光荣最高尚最令人钦佩的品格是什么，我要大声告诉你：是他们能真挚热忱地关心别人、为别人操心，是他们能真挚热忱地为别人的才能和成绩鼓掌，为别人有能耐而高兴，也为别人的失误失败而扼腕叹息，为弱者和失败者挖空心思地支招。全球亿万球迷，放下自己手头的事，搭上时间、精力、智力、心力、财力，狂热地、忘我地、夜以继日地、晨昏倒错地去为别人的成果和别人的失败操心，这是什么精神？这是忘我的无私的精神，这是助人为乐的精神。他们使球场和看台，使夏夜中的这个星球，人人心里溢满了爱，透进一股清凉的和风。

我们领略过太多太多的嫉妒。对别人优点和成绩咬牙切齿，对别人缺点和失误弹冠相庆，那种以他人为地狱的阴暗心理，使多少人在痛苦中熬煎。由于像绿茵场上这类公开公平公正的自由竞争在中国社会来临得太晚，远在《史记》中就记载过因嫉妒而毙命的事。司马迁多难的命运，除因他个人的直言外，不也有嫉妒暗箭的因素吗？

人呀，大体有两种类型：一种是"球星"型，坚忍、勤奋、目不旁骛去攻克一个目标，如爱因斯坦、陈景润，他们可能无暇顾及他人，我们完全理解；一种是球迷型，他们虽不善踢球，却各有专长、各有自我，他们极愿意看到别人、看到更多的球星出成果，在别人的胜利中享受喜悦和幸福。在电视前看球的我们每个人，是不是都应该学一点球星的术业有专攻，又学一点球迷的待人如炽火呢？

让足球打破心与心的阻隔，让人人心头灿烂着阳光。

2006年6月15日，夜，西安不散居

球场"嫌贫爱富"论

按中国的说法，2006年6月16日是个吉利的日子，果不其然，开场正好六分钟时，阿根廷就以出色的速度、默契的配合和惊人的爆发力进了塞黑一球。此后更是一路所向披靡，以6∶0的大胜拿下对方。阿根廷射门只十来次，进球率却过半，创造了本次世界杯比分最悬殊、进球率最高两项纪录。我儿子是个"超迷"，赤膊观战，大喜过望，禁不住鼓腹而歌：真乃"高效足球"，比妙品还妙，可入神品也。

我哪国粉丝都不是，是一货真价实的看台"群盲"。但有时非足球因素倒会影响我的倾向。这回，恻隐之心便使我向塞黑倾斜，想着黑山国最近独立，"塞黑"已不存在，球队还能在世界杯上以"前塞黑"的名义代表两个民族、两个国家来参赛，而且在欧洲选拔赛中表现极佳，一路过关斩将只丢了一个球。这显示了足球超越政治的独立精神，显示了两个民族的和谐和人类之爱。我期盼塞黑队能有一次最后的灿烂，起码也能有一次出色的表现。

无独有偶，开赛之前作家炳煌来访，此人好务杂学，长篇小说写得好我知道，周易玩得是不是精就说不清了。他一口咬定塞黑会赢，言之凿凿是"卦象上说的"，你能不信？哄得我给他泡了一杯极品乌龙，喝完他便急着去给球迷们传播"卦象"。留下我心旷神怡地看球。

实力很快粉碎了一切预测和期望。世界杯不相信眼泪，怎会迁就好心和卦象呢？在阿根廷靓仔一次次飞足轰门中，我不服也得服啊。

我的生存境况不算弱势，心理上却是个弱者。同情弱者是我的心理定式，有时"定"到没道理的地步。阿根廷的出色让我兴奋，却抵消不了塞黑给予我的惆怅。到了后半场的后半段，当一切无可挽回，这惆怅不知怎的竟转化为对解说（注意，不是解说者）的不满。

你听听怎么解说的："这是一场不可思议的比赛，阿根廷打出了不可思议的比分。（这话还可以听，下面就傍大款了——）接下来的时间全属于阿根廷球迷，他们可以尽情去享受……塞黑队从未受过这样的羞辱……阿根廷所有的队员都可以打高分……原来这是一场战争，现在全成了享受。对手任由他们欺负宰割。……已经5：2了，屠杀没有结束。（正说着又进了——）阿根廷又一个完美的表演，塞黑队已经完全没有了斗志！"（一"完美"一"完全"，褒贬何其极端也）

第二天在央视又听到这样的解说："阿根廷的王者之风已经无可置疑露出了冠军相！"

有时，胜者或富人并未收买舆论，所有的舆论却总喜欢把谄笑送上门去。真的是成者为王败者为寇吗？真的是嫌贫爱富吗？真的是一个向强者倾斜的时代，一个赢者通吃的时代吗？就阿、塞这场球论，我这种弱者之叹也许违背了足球精神，支持者盖寡，若放在人生赛场上，我敢说赞同者就多了。

2006年6月17日，西安不散居

踢出沉闷也要本事

踢出精彩要本事，踢出沉闷也要本事吗？绝对要的。唱歌能把音唱准不容易，但能把每个音符都唱走调恐怕也不容易；把字写好固然难，但能把每笔都放不到位、每个字都写趴下，恐怕也难。谓予"不信"，请听我说日本对克罗地亚0∶0的这场球。别小看这场球，一不小心怕就进了足球史。

因为有亚洲队参赛，我很关注这一场；又因为是一支特殊的亚洲队，我的关注心情复杂。专门调整了时间表，辞了一顿好饭，谢了一位要客，独坐家中看日本和克罗地亚队练摊。

最后的收获真不小，边看边在小纸片上记，竟总结了创造一场超级沉闷球赛的10大要素。我有点得意，一个能把沉闷球赛写成文章发表的人，一个能把文章写得比沉闷球赛还要沉闷的人，没有相当水平能成吗？好，不贫嘴了，还是摆出"沉闷球赛10要素"吧。

1. 一个曾世界排名第三的队，如果有了十二次角球机会，绝不能有一次让它进到对方球门。

2. 若罚5米点球，不要瞄球门而瞄准守门员，飞起一脚，"正中下怀"，让守门员抱个正着。来而不往非礼也，另一方的前场任意球，也照此办理，一脚奉送到守门员怀里，这才叫好。

3. 如有孤胆英雄插入敌后，离门仅几米，全场欢呼雷动，你要狠狠一脚把球踢到九霄云外去。

4. 后卫突发匹夫之勇，李代桃僵，单刀赴会，进到对方禁区，回头一望，找不见一个自家人，球也让对方抢走。

5. 足球，专放"高球"（足球本乃高俅发明），千万不能把球控制在自己脚下，要让它像氢气球一样在天空飞翔，然后飘然落到对手脚下。

6. 队友好容易抢到球传给你时，你要里通外国马上传给对方，虽够不上乌龙水平，亦免可称泥鳅境界。

7. 倘若球已带到对方禁区，偏偏不射门，要来一个吃里爬外，反身踢给脊背后的队友。

8. 个人不要追求什么精彩动作，群体不要追求什么精彩配合，要用温吞水式的激情去扼杀足球的魅力。

9. 教练务要文质彬彬、举止优雅、不焦不躁，大热天西装革履领带一样不能少，一丝不可苟，且自始至终不可解开外套第二个扣子。

10. 裁判要拿橡皮尺子，执法大可随意。看到了就判，看漏了就不判，你们觉得严了，我就宽点，宽严相济，都由我说了算。

我当然知道，球星们在烈日下持续奔跑，我辈在空调房中指手画脚，已有不人道之嫌，此处只是记录非娱乐足球的一种形态，以供同好享用。最后，我真诚地向克罗地亚和日本队一躬到地。

2006年6月19日夜，西安不散居

足球伴侣：啤酒

　　世界杯的第一个符号，当然是那个由许多黑白六面体组合的足球，这是世界杯的本体符号。第二个符号，是那个人人日思夜想、拼命争夺的大力神杯，这是世界杯的象征符号。第三个符号是什么呢？是啤酒，尤其是德国啤酒！无以名之，姑将其命名为世界杯的伴生符号。

　　因了世界杯赛，足球与啤酒成为形影不离的伴侣，像超市中手拉手的情人，像褐色咖啡与它的白色伴侣。除了区区几万名现场观众，全球数以千万计的观众，大多是在电视前，边看球赛边喝凉啤，度过今年这几十个酷热的夏夜的。至于球迷中那些狂热者，那些金童玉女们，更是就着足球喝啤酒，在狂饮与不停碰杯的狂欢中消磨夏夜。德国啤酒走俏世界，世界啤酒供不应求。

　　人类给自己制造了许多欢乐之后，又在世界杯中找到了一个更为充足狂欢的理由。整个漫长的赛程成为人类最漫长的狂欢节，几乎已经超过中国的春节，而且全球性使它远远走出了族界、国界、洲界。足球与啤酒对人类精神的影响有很多相似之处，诱发狂欢便是一个。啤酒唤醒人的真性情，兴奋你，燃烧你，使你进入生命的极致状态，却不醉倒你，不让你人事不省、大煞风景。正是足球的酒精度数。

　　德国人以严谨著称。严谨的德国人素常总是节奏紧凑工作勤奋，是啤酒使他们尝味到闲适人生的那一份惬意。严谨的德国人往往把自己罩在理性的外套里，哪怕他们并不愿意这样，是啤酒使他们暂且离开自己的黑格尔和康德，得到一点儿心灵的松弛。这该便是啤酒以德国为故乡，而以慕尼黑为首都的原因了。啤酒使生命在德国式的严谨中得到适度而不是过度的放纵；足球与啤酒共谋，又让这种生命放纵升级为世界水平。

喝啤酒不像国人喝白酒，少有各种祝酒词和劝酒词，也不搞什么仪式和讲究，邂逅街头，随意坐于巷尾，举起杯来，友谊便在其中，交流便在其中。它的平民性与亲近感正和足球有一比，它的进入，又使坚硬的足球有了某种柔性。

啤酒是德国的国酒，啤酒是德国的骄傲。啤酒使世界杯德意志化，足球又使啤酒全球化。

德国，正在与世界干杯。

2006 年 6 月 21 日

足球宝贝不答应了

昨天我那篇《足球伴侣：啤酒》甫一见报，即收到六条短信加两个电话，皆为女球迷的声讨。说我把啤酒作为足球的伴生符号，是典型的男人立场、男性视角，有人怀疑我有"嗜啤症"，故而"见酒不见人"。她们质问：为什么不把"足球宝贝"作为世界杯的一个符号？为什么竟把成千上万的女球迷忘了呢？看看，女士们不答应了。

是呀，我狠狠地敲了一下有轻度记忆障碍的脑袋。我怎么回事？怎么把看台上、电视机前整个半边天忘了呢？祸可闯大了。因犯有轻度痛风，肖某非但没有"嗜啤症"，还是强迫性"禁啤者"，这是先要说明的。除此我简直无可解释。对呀，"宝贝"和足球完全应该是伴侣，尤其这一二十年，女球星、女球迷、女"球记"（如与米卢零距离接触的女记者李响），早已是亮丽的风景。在西方，离婚率因世界杯而升高，"足球寡妇"正流窜德国各地，与男球迷大抢风头呢。

四十年前我看过一台北京人艺演出的阿根廷象征主义话剧《中锋在黎明时死去》。一男一女两位主角，一是象征力的足球名将，一是象征美的舞蹈演员。他们各有事业成就，各有生命追求，但被象征资本的大老板以巨款买下，囚禁在一起，强行结为夫妻，为的是替资本"生产"出一个最精美的产品，世上最健康、最美丽、最有力量的孩子，以证明资本的力量和资本家的伟大。倘若除去金钱因素和特定的社会讽喻，这种极致之力与极致之美的搭配，说不准还真是人类生命光彩的大焕发呢。

比这早三十年，七十年前的鲁迅在谈到梅兰芳时，也说过一句近乎刻薄的话。他说，为什么梅氏的戏大家都爱看呢？因为他演女人所以男人爱，又因为他是男人演所以女人也爱。话说得刻薄，倒符合性别心理，也暗合了今天的足球宝贝们。

香港报纸日前在《上海女孩：世界杯另类球迷》的报道中，对女另类之另，做了开门见山的评断，叫做"球例一窍不通，沪女只睇靓仔"。说是她们并不懂球，为的是欣赏"男色"，或爱意大利小伙，或盯住巴西8号卡卡，当然最爱还是英国的小贝。一位有五年看球史的赵小姐，迄今能叫出名字的球星只有一个：贝克汉姆。

在心仪的球星不出场的日子里，她们也会把看球的中国男人、外国男人当风景来看。什么时候有那么多真性、真情、真心、真诚的男性，处在狂态、异态、失态、极致态的男性，展示于眼前呢？这真是世界杯的恩赐。世界杯将这些平素躲在角色面具背后的男人，一个个揪了出来裸晒于看台之上，增加了她们对有真男人的信心，也促使她们的男性审美观发生逆转。力量型、意志型的男性正在急剧走红，"小白脸"和文弱书生只怕是一路看跌了。

世界杯就是这样，以足球为雷管，引爆各式各样有理由和没有理由的喜悦和狂欢。

2006年6月22日，西安不散居

极致发力，韬晦用兵

那年，《光明日报》文艺记者、著名散文家韩小蕙，就是最早报道文学"陕军东征"的那位，嘱我写了四个大字："重剑无锋"，说是要悬于自家客厅。我在大字下面即兴补了一行小字，曰："人无锋刃易庸常，锋刃太过则易卷折，极致发力，韬晦用兵，乃人生大要也。"喜欢的人不少，一度成为我书法的保留节目。后来还被商家做成金箔画，批量生产，流入市场。这两天听许多人都在议论、揣测英格兰足球队未来的命运，我约略听出了一点门道，由不得为他们担忧，也便由不得想起了这幅字。

英格兰是世界一流球队，有什么可让我辈"为外人担忧"的呢？主要是个"过"字，具体说是三个"过早"：1. 主力欧文过早倒下，上场一分四十秒即因伤告别全部赛程；2. 另一主力鲁尼过早挑起将帅失和，他朝主教练埃里克森大发雷霆的镜头已经传遍世界，舆论说，这位英队锋线的唯一希望现在成了"定时炸弹"，不知何时爆炸；3. 实力派科尔过早暴露自己，小组赛便以一脚漂亮的远射破门，急不可耐地从鲁尼身后站到了台前，成为各国破解英阵的一把钥匙。英伦三岛本来多雾，将实力隐于浓雾之中该有多好，不知为什么一开始便这般阳光！也许正是这种无遗暴露，使英伦又一次无法战胜瑞典，造成了三十八年的"逢瑞必败"。英格兰、英格兰，我怕你要吃"过早""过热"的亏了。

而横跨赤道、终年阳光直射的厄瓜多尔，这回却玩了个"热带雪藏"，在和主场超级强队德国一战中，弃胜而择败，只保出线不争第一，雪藏五名主力为最后的胜利做伏兵。阳光下的厄队全线退隐于迷离的云雾之中，在暗处等待英队的到来，真够可怕的。

事物常常在轻重徐疾的互换中发展。埋在西安汉阳陵的汉景帝，信奉黄老之学，尚节制、讲调控、知进退，以宽和替代急峻，推行"文景之治"的改革，扭转了秦末汉初连年战乱对社会的过度消耗，积蓄了国力，为他的下一任汉武帝开疆拓土、建功立业、建树强盛的大汉帝国奠了基。拉美经济的起飞和紧跟而来的种种后遗症，中国在改革开放、和平发展中几度过热和政府反复调温，恐怕都有这方面的道理。所谓发展的科学性和可持续性，不就是既看重当前更看重长远，既把握部分更把握全局，既防止不力不到不火，又防止过早过热过度吗？

当然踢球不一样，球场竞赛追求的是极度激烈、极致发挥、极限生命，我想这恐怕主要是指临场的竞技状态而言，在战术上尤其是战略上，还是要讲智慧，万不可为一城一地得失竭泽而渔，一定要策划一场可持续的战斗，保存后发优势。

还是开始那句话："重剑无锋"，"极致发力，韬晦用兵"。真想去告诉英格兰队，只可惜一句英语都不会。

2006 年 6 月 23 日，西安不散居

马拉多纳自我解构

我反复揣摩着一张照片：看台上，前排的人表情平缓，隐在暗处的后排人也表情平缓，唯有中间这排的世界一号球王马拉多纳正在忘乎所以地扬臂狂呼。我想那是因为有球在心，而不能不目中无人。

我们这位"老马"好好可爱！他在绿茵场上解构了世界各地多少足球英雄，才登上球王的神坛，走下神坛之后竟毫不犹豫地解构自己，很快由亿万人追慕的球王复归为一介球迷，淹没在万千球迷之中。

他甘愿冒天下球迷大失所望之不韪，不出席全球瞩目的世界杯开幕仪式，不和贝利这些永载史册的足球群雄一道走进聚光灯的中心。他更愿意坐在场外观战。也不一定就非和阿根廷球迷坐一起，阿墨大战时，随兴所致一屁股便坐在了墨西哥人聚集区，尽管有墨人说了些不入耳的话，也并不在乎，或真或假听不见。

他领着心爱的女儿，向全世界宣示普通父亲那一份骄傲和温馨；

他穿着1986年为国夺冠时的球衣，不是显示自己（他还需要显示吗？），而是为了暗示阿队队员应该有怎样的目标；

脖子上戴着罗马教皇送的"开过光"的项链，必要时用来祈祷胜利；

大热天还围着一条白围巾，那是为了欢呼胜利，多少人用这种围巾欢呼过他的胜利，今天他要欢呼别人的（当然也是"我们"的）胜利，他确信一定用得上它；

…………

一切毫无王者气象，而是平民那一份小小的快乐。

果然这场阿墨大战险恶至极，熬人得很。先是输了，好不容易扳平，却很久不见动静，一直熬到加时赛时，罗德里格斯才又进一球，后来居上赢了这一场。

这期间，老马揪心狂喊过"我真痛苦"，扳成平局了他还痛苦，痛苦整整延续了九十分钟。他无助地拥抱女儿，双手合于项链下，和女儿一道祷告。阿队进了球，便扬起白围巾狂喊。最后终于赢了，却乐极而泣，哭得好伤心。一代大球王哭了，会哭的球王还是球王吗？不是，而成了球迷，成了和所有球迷一样的球迷了。

"马拉多纳"就这样变成了"老马"，他就这样快快活活地解构了自己！

其实说穿了吧，场上、场下，上场、下场，不过只是社会角色的区别，只是人生的不同段落。对不明白的人，转换起来何等艰难，而明白的人如老马，却把它处理成了一个曲线极其优美的三百六十度转体。

2006 年 6 月 25 日，夜，西安不散居

讲书堂

老字典埋着老日子

我自小在外公家长大，外公复姓欧阳，欧阳家就是我的老家，那里储存着我全部的儿时记忆。外公给我起名字，也和表弟妹们一道是儒字辈，云儒，京儒，宁儒，洪儒。20世纪80年代以来，我老家的亲戚不约而同收藏了两部《中华大字典》（上、下册），这大约是因了我的二外公欧阳溥存是这部字典的两位主编纂之一的缘故。二外公是外公的二哥，排行老二，我们称他"二公公"。这两部书，一部在广东珠海大表弟欧阳京儒家，一部在我的书架上。京儒那部铁灰色，书脊上下烫金镶红，是1993年的精品豪华版。我的是绛红色，中华书局根据1935年版本于1978年10月缩印重版，我1990年才买到。仅仅这一个重版本已经第六次印刷，累计印数达到四十六万余册。

据"重印说明"介绍，《中华大字典》编成于1914年，初版于1915年，在九十多年光阴的洗濯中，有些内容不免会过时，但"由于此书收单字肆万捌千多个，是我国字典中收单字最多的一种，解释字义比较简明，并校正了《康熙字典》的错误贰千多条，对我国古代历史、文学、哲学、语言学的教学、研究工作者，都有一定的参考价值"。我的这个版本，是根据初印本，删去题词、序和附录的《切韵指掌图》，缩印发行的。

二公公生于19世纪80年代，年轻时给清廷当差，官至甘肃武威道台，后来接受了新思想，辛亥革命前与外公欧阳瀚存同时去日本留学，他学文史，外公学经济，算是第一代留学生了。东瀛归来，因为沿海新经济活跃，外公去了沪宁一带当教授，他则留在北京北洋政府教育部当职，同时搞文字研究，译著有《经传译词》和《原始佛教思想论》（日本人木村泰贤著）。30年代末，北平沦陷，溥老坚辞伪职，挂印隐居，让学农的大儿子也一并回家，爷儿俩在宣武门外江西丰城会馆当起了寓公。卖文为生谈何容易，不满十年已经家徒四壁，落到上小学的大孙子每天午饭只能吃凉窝头就咸菜的地步。公公瀚老虽然留学东洋，其时又在江西中正大学教授现代经济学，却是诗礼传家极重孝悌的人。听说了乃兄在北平的窘迫，便决然将兄嫂接回南昌故郡颐养天年。那时南昌太史第前后三进的老房，让日寇飞机轰炸成废墟，又在原地盖了一幢两进六室一厅一廊的新房。外公将自己住的大房腾出，虚位以待。这大约是新中国成立头一两年的事。

北京来的火车这天晚上就要到了，已经忙了好几天的欧阳家，除了外婆在家镇守，和娘姨准备夜宵，祖孙三代二十多口人全体出动，十几辆黄包车前后拉开几十米，一路响着铃铛朝火车南站奔去，引得路人侧目。二公公下得车来，长袍马褂瓜皮小帽，戴一副石头圆镜，右手时不时捋着颔下的山羊胡须。公公平素是穿西装的洋教授，这天也是长袍马褂一厢侍候。只见瀚老趋步上前双手扶住溥老，老兄弟两个说了好一阵半文半白的客气话，大概是外公执弟子礼的一种不能省略的仪式，那是偏偏要在外人面前摆着谱说的。随后，这一溜黄包车队又穿长街走陋巷，直奔太史第而去。

回到家里，二老才有了祖父的慈祥。每人都有一份礼、几句慈爱的话。我得到了一盒八条八种颜色的墨碇，每碇墨上镶着金龙，色彩斑斓地装在一个小木盒中。母亲说这可能是宫里的东西，要我当宝贝好生秘藏起来。想不通的是，有这么多宝贝的二公公，怎么会活得那么拮据呢？现在想来，怕是应了那句话：瘦死的骆驼比马大。

下面说溥老与瀚老给我印象深刻的几件事。一是吃饭。瀚老吃长斋，一向是单独用餐，溥老来后，两人同吃小灶，时间略先于大灶，以示尊敬。每到炎夏，在素有火炉之称的南昌，吃饭无异于洗一次澡，浑身上下湿淋淋的。那时平民家电风扇还很少见，何谈空调？理发店在屋梁上挂一块褥子似的厚毯，学徒用绳子穿过滑轮不停拉动，厚毯来去摆动，满屋生风。但住家户很少用这个，硬是人手摇一把扇子从炎夏手里抢一点热风。吃饭时腾不出手，便由我和大我半岁的六舅站在二老身后"打扇"。那得双手举扇不停摇动二十分钟，对不满十岁的孩子，可想劳动量有多大，好在有报酬，便是最后可以吃到小灶剩下的"精品菜"，比如油焖冬笋、香菇薹菜、茭白藜蒿，虽无肉却可口。直至今天，我还爱吃这几个菜，爱吃剩菜。这点家人可以作证。二老吃饭文质彬彬，总是相互谦让，越谦让便越好过了我们两个。

二是送客。在礼数上二老可以说有点穷讲究，送客，不论长幼，一律送到大门口，而且半伸一只手做"请这边走"状，亲自侧身引路，那种长袍在步履中摆动的情景，至今还会在梦中浮现。老家的院子大而长，有三十多米吧，二老便这么半侧身半伸手，每天迎来送往走好几个来回。我们有时在身后吐舌头，笑老人穷讲究，后来才晓得这叫礼貌和素养，何况还有利健康呢。

三是捐献。从年龄看，二老可以归入清末遗老一族，情况却又不同。瀚老年轻两岁，又学的经济，思想好像开通些。新中国刚成立时还参加了新政权培训干部的"八一革命大学"学习，因是留洋教授分在研究班，比一般人高一档，像是现在读硕与读本，等级大不相同。瀚老因此很是高兴，兴致勃勃拿个小木凳排大队去听讲革命形势的大课。不料在操场遇上了他的大女儿欧阳明玺——因为我母亲当时已是女中校长，算高级知识分子吧，也分在研究班，这让为父的感到丢了面子，回来嘟囔："共产党好倒是好，就是两代人同班上学，这……"估计溥老比瀚老更守旧些，公家几次请他"出山"都被辞谢，只应下了江西文史馆馆员这个空头衔。但二位老人的爱国之心却不分轩轾，1952年抗美援朝战争正酣，全国人民为前线捐资买飞机大炮，多者如艺人常香玉，捐了一架"香玉号"飞机，少者如我们这些高小学生，也一人捐了五千元（当时一万元等于后来一元）。而瀚老捐了一笔商务印书馆的稿费大约三千万元，溥老捐了文史馆几个月的补贴。还都用毛笔工工整整给中国人民志愿军写了慰问信，叫我送往邮局的。两个直行信封，一个落款"六八叟某某敬上",一个落款"六六老人某某敬上"。

说来也巧,星移斗转正好一个甲子,我今年也成了"六六老人",也是省文史馆的一名馆员。冥冥之中真有命运这东西吗?真温馨,也真惭愧。

20世纪50、60、70年代,欧阳家族祖一辈先后辞世,父一辈上学、工作各奔东西,我的表弟妹们虽在南昌,家族的离散、时代的动乱,覆巢之下安有完卵?《中华大字典》便成了传说中的书,谁都惦记着,谁都见不到了。20世纪80年代,有个文摘报介绍我国著名辞书,重点介绍了这部《中华大字典》及作者,我曾剪下存作资料,书却始终没有见到。到了1990年春夏之交,西安南门外当时的省体育馆举办了一次大型书市。我与老伴在其中徜徉了大半天,无意中发现了"文革"后新版的这部字典,立即买下,并电告表弟妹们,让他们赶快购回。不料南昌、珠海此书早已脱销。这一错过,又是好几年,京儒终于买到了更新的版本。

想不到的是,《中华大字典》的故事,最后还有个"豹尾"。1949年夏天,在江西抚州随我母亲上中学的三舅欧阳箕玺,参加蒋经国的青年军去了台湾。一去五六十年,海峡那边的他没有见过二公公,对这部书也不甚了了。2004年三舅回大陆,走的是香港、北京、西安、南昌路线,以便见一下几个主要的亲戚。他第一次到西安,因年迈体衰,参观游览的兴趣不大,就想和我聊聊欧阳家的陈年旧事——也许因为我是这一辈的老大,儿时和他在一起的日子也长些,他最后又是从我母亲这里走的。记得有年春节电话拜年,他特高兴:"太巧了,正在想,离开大陆最后见的人就是大姐和你,你就来电话了。"

在我家里坐下,三舅先骂了一通台独,"他们要独了,我不成了外国人?我欧阳怎么不是中国人了?可笑!混账!"后来转入正题,他说,你是搞文艺的,可能收集了一些资料,对老家的事记得多些。我说有一点吧,便拿出了三厚册欧阳家的老照片和这部《中华大字典》,又给他放老照片的自制光盘。

他手里翻着字典，边听我讲边看电视，当二公公、公公、母亲和老欧阳家的亲人，在音乐的伴奏下一个个从发黄的照片走上屏幕时，想不到这位七十多岁的老人一下扑上去，在电视机前跪了下来，抽泣地喊："爸爸，大姐，我叫你们操碎心了，我不孝啊！"我赶紧上前陪舅父跪下，劝他节哀，扶他起来。这才看到，他怀里还紧紧抱着那本翻开的字典！

三舅回台湾给我来了一封长信，附了两首诗，信和诗里有无法排解的乡愁和生命慨叹，浸渍着浓得化不开的忧郁。一首曰：来日无多起惊心，夕映西山落阳近。汲汲营得都将去，南柯觉醒悔不尽。再一首曰：犹记儿时庭前戏，倏忽已是白头翁。历历往事幻梦搅，阒将无息悄然终。读后唏嘘良久，用四尺宣纸写出，并长信一封，返寄台湾……

每一本书都秘藏着人生的种种信息，而每个人的生命不都是一本打开的书吗？

2006年6月18日，周日，40℃高温中的西安不散居

六十年前初版《鲁迅三十年集》

我当然不是收藏家，不过却有两件秘藏之物，自认是稀世珍宝，很少炫示于人，总是悄悄拿出来独自品鉴，自鸣得意一番。窃想自己那样子，一定很像法国大作家巴尔扎克笔下的老财迷葛朗台，此人每晚都把自己反锁起来，凑着烛光数钱，在金法郎音乐般的碰撞和太阳般的光泽中迷醉，然后发出暗暗嘎嘎的怪笑。

我宝贝的两件物事，一是一块完整的秦砖，五十年前我在还未修葺的西安老城墙乱砖里拣的。当时是想断开用糯米汁沸煮，做一方砚台。幸亏拖了几年没动手，有次参观临潼博物馆，那馆藏秦砖竟然没有我的完整，方知其珍贵，便作为镇家之宝藏于书架上。不料某年某月，家里的波斯猫在书架上表演高空杂技，一爪将秦砖打落于地摔成两截，弄得我险些得心脏病。这老祖宗两千六百多年都安然无恙，怎么就毁在我手里！罪孽真可以遗留百世了。后来便用502胶黏合着，那条长长的缝，带着永远弥合不了的遗憾。可不，瞬间的失误，遗憾何止千年！

便加倍而又加倍去珍爱另一件宝贝。那是一套六十年前（1947年）出版的《鲁迅三十年集》，共三十册。这套书的出版曲曲折折历经了整整十余年。鲁迅生前即1936年便打算编印，亲自拟定了三十册的书目，收录了1906年到1936年间的全部著作。据书后许广平写的《印行经过》云，后来先生"不幸既病且死，未及亲视其成"。此书便拖下来，蔡元培于两年后的1938年才作序，许广平的《印行经过》竟写于六年后的1942年。可见其间多次想出版而未成。《印行经过》写好又过了五年，直到1947年才正式出版。出版一部书，坎坷十年路，其中有多少斗争、多少故事。这套书名为《鲁迅三十年集》，实际上是第一部鲁迅自己编定的"鲁迅全集"，你说多有价值吧！

20世纪70年代，发现绍兴鲁迅博物馆也藏有这套书，但少了几册，是个残本。益发知道了家中这套的价值，遂退出现役，秘藏起来，轻易不动它。我读书有眉批、画线、标重点的不良嗜好，一笔下去，岂不毁了它的原生态？于是另购一套新版《鲁迅选集》，供日常使用。

说起如何购得这套书，更有一段故事。那还是1960年夏，我在北京上大学，每个礼拜天要上街干三件事，一是听中央乐团的星期音乐会，一是去东四隆福寺电影院看复映片（票价减半，又多系文学名著改编），一是去东安市场旧书市淘书。——当时这是仅次于琉璃厂的大书市，我在这里遇见过何其芳、林庚、李泽厚诸位名士旁若无人埋首书海，或提上一捆书欣然而悦然地走过。

《鲁迅三十年集》是我爬上小梯子，灰头土脸地从书架顶和天花板的空隙中拿下来的，竟要价十五元，是我这个大学生整整两个月的伙食费。但这是最早最全的鲁迅著作汇编呀，一律采用了单行本初版原有的封面，这些封面大多由鲁迅自己设计，有的还是先生亲自题签和作画，每册书后还贴有"鲁迅"的印章，教人如何放得下？当时没有讨价还价一说，便打肿脸充胖子买下。另有一册瞿秋白作序的暗红封面的《鲁迅杂感集》，是名家巴人的签名藏本，我与其侄王绍猷恰好同班，且是上下铺，常常谈起巴人，当然很想买下，翻遍口袋却已身无分文。踯躅再三，红着脸向营业员说明原委，希望能将此书"饶"给我，对方笑了笑，竟然答应！爱书人总能遇到知音。

这套书是我心头一份挂念，时不时会去专程拜望一次，与鲁迅先生隔时空独对。夜深人静时分，正襟危坐于案头，一如于青灯之下展读黄卷的出家人，在静静的翻读中入定。眼睛，还有心，从鲁迅的文章、鲁迅的印章、鲁迅自己设计和用各种字体、画风创作的封面中缓缓流过，那在黑块中透出血色的《呐喊》，那在昏黄光线下无奈的《彷徨》，那绿草地上黑色和灰色的《坟》，还有那在铅色天地间冒出来的绿色《野草》，都是鲁迅在对我说话。你会进入一种气场，气场中有热力和脉搏的传递，有生命的感应和思想的陶冶。

书是要静下心一页一页读的。有些书光读还不行，还要用生命去感觉、感受。这已不只是读书了，是心灵在日光中沐浴吧。

2005年6月18日，星期六，西安不散居

巴人藏《鲁迅杂感集》

最近，在北京开中国文联全委会，看了刚刚完成的电影《鲁迅》，丁荫楠导演、濮存昕主演。看着便想起了一本书：《鲁迅杂感集》。我在"讲书堂"曾谈到过，四十多年前，去北京东安市场旧书店淘原版《鲁迅三十年集》，因钱不够，求书店老板"饶"我一本心仪已久的书，就是这本《鲁迅杂感集》。

这本书，殷红书皮，黑字，与鲁迅自己设计的初版《呐喊》风格相近。这个封面能令人感觉到一种色彩的暗示：热血的土地、热血的民族，与横眉冷对的铁笔文字。这样的象征和寓意，立即让你心头感到了沉甸甸的分量，那是鲁迅才有的分量。电影《鲁迅》集中反映了鲁迅生命最后几年在上海的情况，用了很主要的篇幅来表现鲁迅和瞿秋白深挚的战斗友谊。鲁迅在瞿秋白被捕后的全力营救，牺牲后的哀恸，和抱病编印瞿秋白的遗稿《海上述林》的情景，很动人。而《鲁迅杂感集》则由瞿秋白编辑并专门作序。

在鲁迅著作的各种版本中，这本书创造了好几个第一：第一次将鲁迅最具战斗力的杂文精选成书，向社会集中展示了鲁迅精神；第一次由瞿秋白这样与鲁迅齐名而又相交甚笃的朋友写序；瞿秋白在序中第一次以历史唯物主义观点方法对鲁迅杂文、鲁迅精神、鲁迅风格做了科学的分析表述。其中许多著名的论断都是这篇文章第一次提出来，而后广泛流布开来的。比如对鲁迅道路的概括，"从进化论进到阶级论，从绅士阶级的逆子贰臣进到无产阶级和劳动群众的真正的友人，以至于战士"，早已是大家耳熟能详的、评价鲁迅的核心观点。这篇序最早、最集中、最深刻表达了我们民族对思想家和战士的鲁迅的认识。

这部书以及这个版本的价值由此可见一斑了。

书的扉页上有"巴人"的藏书签名。巴人非等闲之辈，老作家、老学者、老革命亦是老"反革命"也。原名王任叔，浙江奉化人，距蒋介石的家乡只一箭之地。浙东出过鲁迅、茅盾、夏衍这样的大家。王任叔 20 世纪廿年代参加革命、入党，前期写小说如《疲惫者》《莽秀才造反记》，卅年代写杂文评论，《文学读本》是现代文学史上较早的文艺理论专著，40 年代后去印度尼西亚苏门答腊从事地下活动。新中国成立后，被任命为中国驻印尼首任特命全权大使，终因到底是文人，走不出真性情的天地而归国从文，任人民文学出版社社长兼总编。

1957 年前后，王任叔因《论人情》一文被诬为主张人性论而遭批判。记得我们人大新闻系内部曾印发过白皮小册子《批判巴人的资产阶级人性论》。当时人大还没有中文系，以何洛、冯其庸为首的文学教研室和以唐弢为首的文学研究班都设在新闻系。系里便让文学研究班写批判文章。研究班当时有一个名满天下的集体笔名叫"马文兵"，取"马列主义文艺兵"之意，写过很多批判、讨伐的文章。这次批判巴人的文章好像也是让马文兵来写的。因受批判而去职的巴人，从此埋头写他的《印尼史稿》。"文革"中被遣返回乡，不久病逝。"文革"后平反，恢复名誉。

巴人坎坷而带传奇性的生涯，是我在东安市场一见这本书便想弄到手的原因。但最主要的、使我对这本书无法释怀的，是一个更重要的人。这个人叫王绍猷，是巴人的亲侄子，我大学的同班同学，同窗四年几度上下铺，好得让同学在背后议论。他个子不小，方脸大耳，却腼腆害羞，加之总是慢慢悠悠说一口吴侬软语，总显出一点女人味来。那时正值苏联芭蕾舞团来京演出，大伙儿便给他起了个女性外号："芭蕾姑娘"。"芭蕾姑娘"大约得了乃叔家传，学习极好，美学尤专。对我更好得有点特别，记得我有次去北京第六人民医院开刀割鸡眼，本是小病，他却硬要彻夜看护，让人心生感动。见我淘到了叔父的藏书，王绍猷甭提多高兴了，缠住要留下，我实在舍不得，生硬地拒绝了他。这甚至一度影响了我们的友谊。

"芭蕾姑娘"归"芭蕾姑娘",王其实是个十分有主见、有担当、有目标感的人,这可能也得了杂文家巴人的真传吧。

问题终于出在学校组织批判《南斯拉夫共产主义联盟纲领》上。他认真读完这个"反面教材"后,竟拒绝批判。公开在讨论会上说,南共纲领没有错,苏共以势压人,我们为什么要跟他们跑?

这算是闯下大祸了。逐级汇报上去,惊动了校党委(也许还惊动了更高层,我们不得而知罢了)。一时,不但系一级班一级的"组织上"十分紧张,连我们这些做同学做朋友的也为他捏一把汗。

围绕他,没完没了地开会。提法不断升级,由交心,到沟通,到辩论,到批判,最后到了批斗;由好心的东郭先生,到认识模糊,到觉悟不高,到思想错误,再到立场问题,最后到政治上动摇,直至扣上了反动学生的帽子。

记得在批判中,由于我与他关系好,又是团支部委员,"组织上"让我跟他谈心,做工作。但没有作用,他对我说,各人有各人的看法,不能强迫一个人改变自己的看法。还是那一口慢慢悠悠的吴侬软语,却执着到执拗。

更想不到的还在后面。在反复的批判中王绍猷沉默了,大半年中,基本是独来独往,与我也很少说话。忽一日,他找到我,要我给团支部转交一份材料,一看吓人一跳,是要求退出共青团的申请!我劝他、求他不要递,他不听。我说我不能代转,不能用我的手葬送他,他便将材料从我手里拿回去,很快交给了党支委员兼团支部书记章壮沂。一步迈出去,再也无法挽回!

毕业分配,他分在黑龙江日报社驻齐齐哈尔记者站。档案里肯定记载了什么,但又似乎看不出来。我们开始通信。记得他对齐齐哈尔印象挺好,说"虽然不是省会,显得比西安还洋气、繁华"。我还问过他收到百花文艺出版社出的《笔谈散文》没有,因为我俩都在《人民日报》的这个栏目中发表过文章。我写的那篇就是后来流传开来的《形散神不散》。

从"文化大革命"开始，王绍猷便杳如黄鹤，失去了一切联系。我也离开了西安，下放到陕南山区。

大约一两年后，陕西日报社党委给我来函（电话无法通到陕南农村），说黑龙江日报社来人到西安找我，外调王绍猷在学校的表现，因我下放外地，改为函调，我若有什么情况，可给他们写信。肯定凶多吉少了。但我揣摩，外调人员并未当面见到我，事后亦未与我直接联系，陕报的语气又是那种例行公事的转达，便拖着没写。此事后来不了了之。

三中全会之后，大学老同学纷纷浮出水面，人到中年的我们这群人，阅世既深，便更珍惜恰同学少年时那种无邪的友谊。去北京和各地开会，同学必有小聚，却从未见到王绍猷。多方打听，方才大致描出了他后来的遭遇：原来"文革"一爆发他便被揪出，定为修正主义分子。无休止的批斗和交代从此将他缠住。一二百天过去，神经无法承受，便出逃了。黑龙江东、北、西三面与"苏修"临界，没跑多远便在国境附近被抓。这可成了"反革命偷越国境投靠苏修"的铁证，重判廿年！他是同学中遭遇最惨的了。

当然，三中全会提前整整十一年从狱中解救出他，于是平反，复职，补薪。但这一切于他已无意义。不知是心灰意冷还是真得了忧郁症，王绍猷拒绝了复职补薪，追随乃叔巴人之魂，甩手回了奉化老家，从此闭门不出。黑龙江日报社只好请他的老姐姐做监护人，将工资按月寄给她。

我们曾委托在浙江日报社当记者的一位同学专程去乡下看望他，转达同学们的关切。他依然闭门不出，只是隔着门说了几句话，说他还记得铁狮子胡同人大新闻系的同学，只是不见面也罢……

大家也许明白了我如此珍惜《鲁迅杂感集》的原因。我一直后悔当时没有将这本书送给王绍猷，他是那么想保存叔父的藏书；有时我又庆幸没有给他，要不然，有了鲁迅精神的助燃，还不知会引发出他怎样更为过激的言行来！

绍猷，我的好朋友，这篇文章如能发表，我定会寄到奉化，你还能看到吗？你看到了会给我一个回音吗？

2006 年 4 月 1 日，京西宾馆 802 房间

暮年绿光暗淡

这本书，不记得了书名，好像是《绿光》或者是《绿眼》《绿水》？目光如水波是常见的比喻，如朱德润《对镜写真》"两面秋波随彩笔，一奁冰影对钿花"，而水波如媚眼的佳句也古已有之，白居易《筝》"双眸剪秋水，十指剥春葱"，眼波与水光极容易记混。也不记得书中主人公的名字，俄国人的姓名前还要加父称，长得像绕口令，很难记，更别说一记几十年了。能够肯定的是，书的主人公是位苏联海军舰队司令，即将退役的将军。至于情节更是记不清了，当然有军校生活，家庭轶事，将领风采，更多的肯定是连绵战火。但是，有一个细节我记住了，记了几十年，在许多讲座中都引为例子。

那是最后一次远航归来，军舰泊进港湾，马上就要退役的将军正在舱里收拾东西，边收拾边被一些旧物触动，回想人生几十年的事情。

突然，他发现在小皮箱最底层的角落里，无数勋章和奖状的下面，压着一块又小又旧脏兮兮皱巴巴的手绢。手绢太熟悉了，又一点想不起来怎么回事。它有着怎样的故事？又怎样在这个小箱子里藏下来的？

失去宁静的将军踱出舱门，来到舰桥上，夕阳下的海面，晚潮如往事在涌动。五六十年的光阴，对一个人的记忆来说实在不堪重负。他听到涛声里飞出悠悠的萨克斯旋律，船尾有位水手在孤独地吹着，专注而神往。将军蓦然想起自己入伍时，和他的女友（叫喀秋莎还是玛莎？）告别的场面：第二天舰队就要远航，他俩在军港片刻不离地散步。入夜，姑娘一次次用热泪、拥抱、烫耳的情话轰炸他，小伙子的心炸成了蜂窝。回舰就寝时，他胸口便有了这泪迹斑斑的手绢。

接踵而来的是战火，除了战火还是战火。不久邮路断了，从此杳如黄鹤。身边只剩下手绢这唯一的信物。无穷无尽的战争，无穷无尽的训练，无穷无尽的征兵。动员又动员，远航又远航，会议加会议。青年时代的浪漫愈拉愈远。再不久，他结婚了，于是营区和战场、后方和前方，又加上了妻子、孩子，后来更有孙子。光阴将疲惫不堪的他押送到中年。而在繁乱生活的营养下，皱纹是长得格外快，白发也提前爬出来。苍老有如强大的军事力量对生命实施了强行占领，感情被漫长的浸透污血的经历一层一层深埋于心田，终于完全死去。这个身上能闻得见五大洲四大洋咸风恶浪的将领，心里磨出了厚厚的茧子。青春时代已经被毛玻璃隔开，早成了别人的风景，自己的青春则完全关上了窗子，在记忆里成为黑洞。

　　老将军在四十年后的舰桥上吃力地回忆着，她叫什么来着？喀秋莎还是玛莎？婕沃什卡？柳芭？他们离别在哪个港口？黑海？波罗的海？那天是傍晚还是黎明？除了浪涛的暗泣，她耳语了些什么？他又说了些什么？手绢是怎么到他手里的？她送的还是他要的？唉咳，一切是全忘了，忘得光光的了！将军记忆中沉淀的全是战争，全是国家民族、舰艇和海的尊严，生命之中已经没有个人的、那种仅仅属于他自己的一丝微风、一片月色！绿光，绿色的生命之光，已经被各种尘世遮蔽得黯然失色。

　　他的心，当时为什么会为这渍满了泪迹的小手绢，这皱巴巴的小手绢，伤感、绞痛？老军人吃力地想去理解，但已经不能理解。他苦笑，心头泛起一点久违的苦涩。这时，军号响了，将军像列兵一样本能地站起来，立正、敬礼，向着舰旗。也就在这个刹那，一块小手绢被随手扔进了海里。

　　我们都纯真过，我们也都不再纯真。岁月是这么深刻地改变着人生。光阴像阳光中那些可见的微尘，一点一点覆盖在了心头。原先泉水般纯净的血液，在流经岁月漫长的路上，如同河流带上了泥沙，一公里一公里变得混浊起来。原先爱过的人淡忘了；原先好得死去活来的，也许为一点利益而形同陌路，相见而不相识；有人甚至会对自己过去的纯洁感到不解，像这位舰队司令一样；更有人为过去的纯洁而悔恨，嫌自己纯真得太久而觉悟得太晚。

绿光就这样警醒自己于永久，永久。

2006 年 4 月 30 日，西安不散居

"世"之"界"，在哪里？

职业和爱好，使我的藏书几乎全是文史哲方面的，但在六号书架的最下层，还是有我多次舍不得清理的十几本科普书籍，像《自然科学史讲话》《从自然科学中学哲学》《微观世界的奥秘》《微生物猎人传》《时间简史》等等。其中，给过我震撼的一本书，则是新华出版社1982年出版的《众神之车》。此书副题是"上帝是个宇航员吗？"作者是瑞士的埃里奇·冯·达尼肯。

这位达尼肯先生，费时数年，涉足世界各地，收集了大量材料，以许多无法解释的史前现象和宗教传说来证明，宇宙极可能存在着比人类更为先进的外星人，而且外星人来过地球，不但留下了他们的文明，甚至留下了他们的基因。够刺激的。

这本书主要由例证和发问链接而成，写得深入浅出、引人入胜。例证有铁板钉钉的力量，疑问又给你醍醐灌顶的启发，读下来，一连串的"！"号和一连串的"？"号组成冲击波，使你处在高度活跃状态中。作者避免深奥的理论阐述，却又通过实例广泛涉猎了考古学、历史学、社会学、人类学、地理学、测绘学、物理学、建筑学、艺术、宗教、医学，还有相对论、宇航学、未来学、宇宙生物学、射电天文学、人体科学和飞碟研究等广博而又丰富的科学知识。

不妨举出几个例子与各位共享：

18世纪初叶，从海军上将比利·雷斯在伊斯坦布尔的书库里发现一幅复制的地图，图上竟然画出了湮没于冰雪之下的南极洲大陆的地形。这幅地图上的南极陆地，和当代美国空军在高空用等距投影法拍摄的世界地图照片，和"阿波罗8号"宇宙飞船拍摄的地球照片，十分相似，有的还很精确。南极大陆的山脉及其走向是1952年才发现的，而在二百年前发现（地图远比二百年长）的这幅复制地图上，竟然也透过冰雪的覆盖画出来了！这种只有高空才能观察到的图像，对当时既没有飞机也没有飞船的地球人来说，怎么拍出来的呢？绘图者必定会飞翔，有高精度的高空拍照技术和设备，除了在外星人的飞行器上，几乎没有旁的解释！

在原始神殿的壁画上，为什么会出现酷似现代宇航员和火焰推进器的图像呢？在公元前三千年、公元前一千年、公元前七百年的三块出土的亚述泥板上，又为什么刻着处在星光中的头戴奇异头盔的人像和乘着喷火天车的宇航员图像呢？

在南非、意大利和撒哈拉沙漠的岩画上，为什么又会不约而同出现穿着近代服装（如短袖衫衣、马裤、吊袜带、手套与便鞋）和宇航头盔、太空服装的人呢？

公元前两千多年（距今四千多年）就开始记载自己历史的苏美尔人，在观象台上对地球自转的计算，与今天的推演结果相差不过零点四秒！他们留下的一道计算题，其结果竟是一个十五位数的数字！而于两千五百年后出现的希腊文明鼎盛期，数字表述却从未超过五位数，凡大于万以上的数字，只能用"无穷大"表示。这是不是说明曾经有另一种更先进的文明降临过地球，并在苏美尔地区传播？

在西方和东方的宗教故事和古代传说中，不约而同地都有对天上飞车、火轮、不可对视之放射性强光，以及"上天的儿子"的记叙。这些记叙是那么类似。近年来在死海发现的《库兰古卷》大大扩充了《圣经》中《创世纪》的内容，描绘了天上儿子、天上飞车、飞行怪物喷射的烟雾。在《摩西启示录》第三十三章中，夏娃仰望天空，只见一架光车划破长空飞驰而过，光车由四个金光闪闪的天使牵引，壮丽辉煌，远非人间景象可比。

苏美尔人、亚述人、巴比伦人和埃及人的楔形铭文多次描述了这样一个相同的画面："众神"乘大船或火艇飞越太空，往返于星月之间，且拥有令人望而生畏的武器。蒂亚瓦纳科的英雄传奇和"太阳门"的铭文则记载了宇宙飞船送"伟大的母亲"到地球生儿育女的事。

印度梵语史诗《罗摩衍那》描述了一个叫比摩的人驾驶飞行器"维摩那"，借助水银和强大的推动气流高空航行的情景。维摩那"往下迸射出耀眼的光芒，发出暴风雨的雷鸣声"，它可以长距离飞越整个大陆，可以向上向下自如翱翔。另一部梵语史诗《摩诃婆罗多》更精确地描述了帝释天乘喷气天车的情况。第八卷甚至记载了核爆炸的景象：一架维摩那扔下了一枚射弹，"炽热的烟雾腾空而起，迸发出比太阳强一千倍的光芒，世间瞬间化为灰烬"。与美军在比基尼岛的核弹试验何其相像！

中国西藏的古书《檀传》与《宽传》也提及史前的飞行器，称之为"天上的珍珠"。在《挚摩禳噶衲·觫札达拉》一卷中，整章描写的都是尾部喷火和水银的飞船。中国古典小说《封神演义》中，也写了脚踏风火轮、手提紫焰枪漫天飞行的哪吒。他与燃灯道人打斗，道人祭起玲珑塔，只见万道亮光穿透九重天，把哪吒罩在中间，光柱内喷发火焰，却一点不灼烫。这是什么？是不是宇宙飞行和冷光辐射？

……令人神往的资料太多太多，各位还是看书吧。

读这本书时我已经四十二岁，生命已开始走向沉稳务实，这本书像一根划着的火柴扔到酒精里，早已逝去的冥想岁月和童话年代瞬间点燃，各种拓展性和伸延性联想噼噼啪啪地在心中烧成一片火海。忽一下让我拐回到活跃而浪漫的青春年华。合上书，好几个晚上我一人站在楼顶上，长久长久地注视着夏夜墨玉般的天穹，良久无语。

深不可测的天穹上，无数的星星在向我眨眼，引诱我去想象那个比已知的地球开阔亿万倍的未知世界，想象他们那里发生过的、正在发生的故事。他们真的存在吗？他们真的知道我们也存在吗？他们真的一直想来而且坐飞船来过而且在约定的某一天还要来吗？他们的时间空间观念和时空计量单位肯定不一样了，那又是怎样的呢？我们五百年等于他们一年？太平洋、大西洋只不过是个小水洼？宏大的宇宙时空坐标又怎样展示了他们的思维观念、思想方式和工作方法？社会结构和组织管理有哪些新的路数值得我们借鉴？文化心理和人格模板又是怎样的？价值观念、审美观念、爱情婚姻、家庭状况与我们有哪些不同？外星人几度显示出要改良人类生命品质和文化科技品质的意向，他们的科技、经济、社会发展到底到了怎样的程度？这一切，都已经远远超出了目前人类智力的想象范围。唯其未知、唯其没有答案，才更具有思考、想象的价值。不是吗？

对我来说，《众神之车》远远超出了科学普及和知识传播的意义，它不只给我提供了许多有趣的知识，更给我提供了一个新的审视人类社会的坐标，即宇宙坐标。这个新视角提出了对原有坐标上种种结论的无数怀疑，也提供了对新建坐标上种种探索的无数可能。它隐藏着极大的潜价值：启发人类从一个崭新的角度，调整和构建自己的宇宙观、科技观、社会观、伦理观和致思方式。

世界，"世"之"界"到底在哪里？只在文字可记录的范围内吗？只在语言可表述的范围内吗？只在目光所及、镜头所及的范围内吗？只在人类所处的时空范围内吗？只在历时态和共时态的地球范围内吗？远不止啊。世界由人类的生活组成，更由草木鸟兽和天地运行活动组成。世界的主角是地球，而地球只是宇宙中一个小小的承载了生命的星球。科学家曾设想，在宇宙中，具有生命先决条件的星球应当有 10^{11} 之多，那足足是一千亿个星球啊。

中国儒家哲学中的自我可以分为四个层次，即欲望我、知识我、德行我和宇宙我，这本书似乎一下子将欲望之我、知识之我提升到了德行之我和宇宙之我的境界。知识主要与能力相关，德行主要与人品相关，而境界则是与生命的形而上格局相关。宇宙坐标可以将人从身边的环境急速提升到宇宙大境界之中，使人这个小宇宙的微弱荧光汇入大宇宙的无限光彩之中。一个人，必须尽快由欲望我、知识我一步步融入德行我，进而融入宇宙我的博大境界之中，那才是具有大气象的人，具有圣贤气象的人。

好一阵子，我都被这种创造性的怀疑、探索性的想象撩拨着激动着，思维从未有过的活跃，生命也重又青春。我笃信，一切可能都从不可能起步，一切有都从无开始。我也因而笃信，稚童般的好奇是创造精神的驱动力，对已知的怀疑是征服未知的后坐力，而想象甚至幻想，是创造性活动的加速器。

如果你珍惜青春，珍惜创造生命，我劝你加倍珍惜和保持、扬励自己身上的这些精神因子。

2006年4月15日，星期六，西安不散居，倒春寒气温猛降二十摄氏度

林昭与"内部资料"

这辈子我搬家少说也有七八次,书架换了七八代,架上的书不停地流动,越换越现代,装帧也越来越高档。但有一套叫作"批判资产阶级新闻观点"的"内部资料"书,却始终占据着书架的一角,岿然不为时尚所动。

这套书共六本,书脊破损不堪,内文黑不溜秋,其中有约斯特的《新闻理论》、斯拉姆的《报刊的四种理论》、王中的《新闻学原理(大纲)》等等。这些书改革开放以后都多次公开出版了,并不稀奇,当时,却是绝对禁止外传的大毒草。记得我们拿到手时,一则有揭秘探胜的窃喜,一则又有害怕中毒的恐惧。

这套书印制于 1960 年那个特定的年代,苏联撤销援助,"帝修反"联手卡我们,加上天灾(干旱)人祸(狂热的"大跃进"),国家穷,老百姓也惊惶。但"反修"斗争依然搞得如火如荼。我当时求学的中国人民大学新闻系,加班编印的这套内部书,就是专供新闻系学生反帝反修用的"反面教材"。书不厚,六本加起来也就新版《汉语大辞典》那么厚薄吧,尺寸比小三十二开似乎还小一点,放在哪里都矮人一头。书皮用的是近乎马粪纸的劣质绿纸,绿得很不正常,绿中泛灰,正所谓"面有菜色",暗寓着那个年代的饥肠辘辘。

整个一个"灰姑娘",我却舍不得她,看重她。确切说,是十分尊重她。所以尊重,主要是两点:

一是因为书的内容。她在我这个求知欲极强而又极喜新论新思的年轻人心里打开了一扇窗子:原来新闻理论竟可以是这样的!原来在列宁的党报理论之前或之后,还有这么些叫人不敢听又忍不住要听的见解!我最早知道了新闻的传播学本质,知道了可以不仅从政治学坐标,还可以从文化学、心理学、社会学、接受学、市场营销和企业管理等无比宏阔的背景上来理解新闻理论、新闻写作、新闻事业。六本书还未读完,便有一种醍醐灌顶的感觉。

这还次要,更主要的是这套其貌不扬的书,储存着我的青年时代,我的大学生活。像一个封存已久的记忆库,一打开,许多人许多事便活起来,发出一种醇酒的香味,激活着我的生命。要说清那些人和事,得写厚厚一本书,且按下不表,今天只说参与编选的三个人。

一个是王前,教报刊史的老师。大家所以对她格外关注,始于听说她曾是刘少奇的妻子。她个子不高,平易近人,热情忙碌,与别的女教师并无多大差异,但她把一个宏大时代、一个领袖人物,很个性也很人性地拉到了我们面前,青年人便总忍不住好奇地打量她、揣度她,总想在她身上多少捕捉一些党史和领袖圈内的信息。为了她,我们还常常当然地会流露出一点不平和悲悯。

还有一个就是林昭,她比我高三年,是由北大新闻专业合并到人大的,来时已戴上了右派帽子,加之有病,所以并不上课,在系资料室帮忙。这是个张志新式的人物。1954年以江苏最高考分考入北大,才华横溢,思想敏锐,经常反思社会主义运动。打成右派后非但不认罪,后来又公开为彭德怀喊冤,书面建议中央学习南斯拉夫,终以反革命罪判刑二十年。在苏州狱中,她惨遭折磨仍坚守自己的信念和观点,被秘密处决,父母因此亦先后自戕。二十多年后,北大为林昭平反,追悼会上有一挽联,上联一个大"?"号,下联一个大"!"号,说什么呢?一切皆在不言之中。

又一个二十年过去,到了最近这五六年,林昭的事被一位叫胡杰的青年制片人知道了,他用整整五年时间,自费跑了上万里路,执着采访了八十多位知情人,以感情融解结冰的心,用责任撬开上锁的嘴。林昭坚贞不屈的悲惨遭遇才逐渐被发掘传播开来,在社会上、在网络上,特别是青年人中间,引起了很大的震动。胡杰为此倾家荡产。

林昭和张志新都出在母校中国人民大学，可以说是我们民族正义和良知的代表。极左浪潮最喧嚣的时候，她俩挺立如中流砥柱，用生命合奏了一曲"正气歌"。她们都是女性，在国家最危急的时刻，是她们用柔弱之肩担起了民族道义，而号称铮铮铁骨的须眉男子如我辈，都哪里去了呢？每思及此，愧疚便油然而生。

这些都是后事了，在学校时我并不知道，只感到这个林昭有点神秘。她跟着王前老师编"内部资料"，见人不太搭腔。她住在人大铁狮子胡同校区一幢两层楼中，那里曾是北洋军阀时代段祺瑞的执政府。她没有资格和我们一起住宽敞亮堂的学生宿舍，她是另类，只能住在楼梯下面转不开身的斜坡小暗室里，那本是放扫帚拖把的地方。但我发现过她和一位男同学的爱情，我每晚熄灯前由图书馆匆匆赶回宿舍，总能碰见林昭和一位男生在"铁一号"的林荫环道上散步。那个男生我认识。他们总是谈得很热烈，这才知道他俩内心并没有沉默。

此人便是与"内部资料"有关的第三个人，甘粹。甘粹也是高我几年的同学，也被打成右派，也在系资料室帮忙，也跟着王前老师编这套"内部资料"。他和林昭观点、志趣相同，加之朝夕相处，发生感情应在情理之中。有点幽默的倒是，批判资产阶级新闻观点的资料，却仰仗两个资产阶级右派分子来编，以供无产阶级们使用。好在那个时代这样的幽默俯拾即是，也便见怪不怪了。

三个人中，我最了解甘粹了。记得一年级刚入学，便将我们和三、四年级的同学混编成几个大班，在一起反击右派。因为我们这些1957级的学生，春夏两季都在中学备战高考，基本没有参加反右斗争，这样编班带有补课和再教育性质。我们和高年级一起学文件，一起以人大和北大两位全国著名的学生右派林希翎和谭天荣为典型个案，分析他们的"反动"实质，还参加了林希翎的批判大会。接下来，便抛出了甘粹。要大家根据他在运动中的言行，讨论"是否"应该划为右派。

我那时刚满十七岁，是新闻系年龄最小的一个，连人情世故都不太懂，遑论政治斗争了。我不懂得这个"是否应该划"的"是否"，其实只有一个答案，那便是内部早已定下了的"是"。甘粹必须是右派，别无选择。如果你主张"否"，实际就否定了系党总支的决定。不幸的是，一年级有两位同学，即从部队转业的赵全章和我，却傻乎乎地认真准备了大会发言，为甘粹据理力争，认为不应该划，不划为好，并同另一种意见展开了辩论。结果可想而知，甘粹不但划为右派，而且划为极右。赵全章是党员，受到党内严厉批评；我因是胁从，年龄又小，幸免于难。由于这个缘分，我和赵全章终生都是好友。

林昭和甘粹的爱情，因为林的入狱戛然而止。甘粹被分配到了新疆，直到三中全会平反后才调回京城，安排在中国社会科学院，还是搞资料。我不知道他是否保存着这套"内部资料"，不知道他是否时常翻阅。当林昭的事在全国传开，甘粹学兄，你在哪里？……

你看，关于这套书仅仅说了三个相关的人，而且如此简约，文章的篇幅就亮起了红灯，我得赶快刹住自己的秃笔。我想说，因了以上点滴的回忆，这套"内部资料"内涵是大大拓展了。由几本书，变成了几个人的命运，变成了整整一个时代的弯道。她不只储存着我的青春记忆，也不只属于我个人，她记载的是我们民族一段应该千古警示的历史。

我和我的书架，不过只是代为保存罢了。

2006年3月12日，西安不散居，毛乌素沙尘暴抵达长安

油印歌谣文学史

面对着文化上西风日盛，近两年国学与经典文化重新被看重，不少地方建立了国学馆、孔子学院，娃娃们的读经活动也时有所闻。在少儿诵文吟诗清脆的童子声里，我想起了一本书，一本油印的歌谣体的中国文学史。不妨先引上几句，让诸位领略一下：

> 中国文学几千年，光辉灿烂遗名篇。西周初、春秋中，集国风，成《诗经》。左丘明，修《左传》，《战国策》，蒯通撰。孔丘墨翟和老聃，诸子百家不一般。屈子行吟汨罗岸，《离骚》、《九歌》最浪漫。

这里引的十句歌谣体七言诗，摘自我珍藏的这本《中国文学简史》。说它是《中国文学简史》，似乎有点过于隆重，帽子也有点大。其实这只是二十多页的一个小册子，上面这十句，不是哪一章的引子，不，它就是整个第一章"先秦文学"的全部内容！第六章"元代文学"更短，只有六句加两个注，却主脉清晰，易学易记：

> "关马白郑"紧相连，杂剧进入新阶段。关汉卿写《窦娥冤》，王《西厢》胜从前，《汉宫秋》是马致远，"荆刘拜杀"招招鲜。

两个注是："关马白郑"指元代四大戏剧家关汉卿、马致远、白朴、郑光祖；"荆刘拜杀"指元末四大名剧《荆钗记》《刘知远白兔记》《拜月亭记》《杀狗记》。

唐代文学最是丰富而辉煌的了，而第四章"隋唐五代文学"也只用了七言三十八行，再加几条注解，就全部交代清楚了，真是了得。

这本"文学史"，封面是用蜡版刻出的镂空字"中国文学简史"，内文用20世纪五六十年代以前才有的那种老式打字机打出，手工油印，纸是沾满黄斑油迹的有光纸。墨迹淡而现栗色，墨色不匀，重处洇成疙瘩，轻则掉笔漏画。最有趣的是标点符号，人名下面加一直线，书名则加一波浪线，这曾是直行书写时代的人名号和书名号。

所以，说它是本《中国文学简史》，实在有点举轻若重。但它能将煌煌两三千年的中国文学用如此少的篇幅、如此通俗易懂的歌谣体表达出来，又的确不能不说是举重若轻。

说起这本书的来历，要回到一个时代，提到一个人。那是四十年前的20世纪60年代末，"文化大革命"爆发不久，我随陕西日报社几十名编辑记者下放到汉中西乡县农村。当时我未成家，单身去农村不想带太多的东西，便将一些书籍杂志托同宿舍的张兴轩兄保管。

兴轩兄是从永寿县调到省报社的文字记者。中等师范毕业后在乡镇教小学、当校长，课余搞文学创作，还打算考大学，一直在系统准备高考，学习大学文科课程。这部油印《中国文学简史》就是他自学中国文学史时自编自印的。有了这个歌谣体索引，中国文学几千年重要的作家作品及其特点，无不尽入囊中。由于工作出色，又能写，他被调到县委通讯组，不久又被陕报发现，作为人才调进省报。

在报社，我和兴轩合住一间单身宿舍。每天早晨我还在睡懒觉，他便起来打水扫地，开窗透气，晚上则在办公室看书写稿至深夜。不久，他与老记者王崟昆合作采写的长篇典型人物通讯，在报上两个整版刊出，《延河》杂志全文转载，全省轰动，他却谦恭依旧。兴轩业务强，勤奋好学，人又极为忠厚，身上有许多值得我这个"三门干部"学习的东西。我内心很敬重他。

下放西乡不到一年，我被调到汉中日报社。不久成家，家安在关中三原。也是缘分吧，这时兴轩因要解决家属农转非，恰好刚调到位居三原的红原航空锻铸厂工作，我表示了调到他那里去的意愿。记得当时他处境并不好，因为一篇发表在咸阳某刊的散文，遭遇公开点名批判，但还是和厂办主任惠世武兄一道，尽心尽力帮我办成了调动。惠、张、肖，一时被称为"红原三秀才"。

在厂里安家的时候，兴轩将他保存的书刊悉数归还。我发现一些书里有红铅笔画的各种符号，那是认真读过、认真想过的印记。在"文革"的混乱中，有几人能像他那样沉下心去学习呢？同时，也发现了这本油印的歌谣体文学史，它无意中被夹在中国社科院编的三卷本蓝皮《中国文学史》中。也许是兴轩忘了，我却不想还给他。我要留个纪念。每当看到这个油印小本子，一个帮助过我的人，一个勤奋努力的人，一个我所敬重的人，就会浮现眼前。

几十年过去了，兴轩兄在红原厂一直干到厂党委书记退休，现在爱上了书法。而惠世武兄，在调离红原厂后，经由省国防工办到省政协担任了秘书长。我们仨至今仍是好友，断不了作皓首之聚。

我想，在初中、小学、学前的孩子们中，或是在农村、工矿、部队中，用这种简明如索引、易记如歌谣的形式来传播文史、技艺、科普知识，应该是较有成效、可资推广的。它对新农村文化建设，对青少年乃至整个社会文明水平的提升，或许能起到小小的一点作用吧。

2006年3月12日，西安不散居，春寒忽至

音乐是灵魂的叹息

有的书很厚，装帧很精致，但不经看，翻上几分钟，序跋一扫，中间挑上几段，便略知了底细。值不值得看，值不值得细看，值不值得保存，都已八九不离十。这是那种稀释的书。

还有一种书就不一样了，信息量大，像电子信箱里压缩打包的邮件，值得反复读，反复玩味，将自己的生命和文化激情融进去。这就是那种信息上、内涵上都堪称高密度、高浓度的好书了。

最近西安音乐台要为它的乐评人林声举办纪念活动。林声坚持十年在社会上举办音乐讲座，对古城音乐文化的提升功莫大焉。他们要我题词，我写的是："音乐是灵魂的叹息。"完全不是那种祝贺性的话，而是我自己青春时代的体验。由此我想到一套书，这套书不但一直保存，而且在不幸丢失之后，又再一再二把它寻找了回来。这就是人民音乐出版社的《外国歌曲》三集。

对这套书情有独钟，得从五十多年前我的少年时代谈起。1955 年我十五岁时升入高一，不知怎的，生命蓦然就提升了一格，由混沌小崽子一变而为爱面子爱美爱艺术文学的翩翩少年。记得我曾躲在老家的后院，朗诵普希金的诗，那首诗歌吟了夹在书中一朵枯萎的花，自己被自己感动得潸然泪下。

同时爱上了唱歌，随时随地嘴里都在哼着不成调的旋律，少年人勃发的生命，总在寻找倾诉的渠道。那段时间，我速成学会了识简谱，开始是跟着谱子可以哼唱，不久则拿起一个新歌便能唱谱子，直到后来拿起一首新歌竟能直接唱出词来。水平真不算低了。

当时有四个人自认识谱达到了顶级水平，自然地形成一个四声部组合，没事就凑在一起唱。

一个叫朱甫晓,女高音。用朱姓的谐音起了个外号,叫"朱崽子",教授女儿,后上北大西语系学德语,一辈子和德国人打交道。退休后下海,成就斐然,我想着她该把音乐忘了吧,不料前几天突然给我寄来她翻译的一本书,竟然还是音乐书:三联书店出版、德国人写的《歌唱的哲学家——迪特希里·菲舍·迪斯考印象》。我立即去电话说:你真是劣根性难改呀。

一个叫辛绍平,男高音。用他名字的谐音,起了个外号叫"烧饼"。出身音乐世家,其姐辛沪光,也求学于我们这所中学,20世纪50年代末毕业于中央音乐学院作曲系,毕业作品是后来成为经典的《嘎达梅林交响诗》。她不但将艺术、也将爱情献给了内蒙古,远嫁草原上的包姓蒙古族音乐家。四个孩子几乎全搞音乐,其中最有名的是老三,三宝,写《不见不散》的那个。辛绍平自己也终生与音乐结缘。在清华大学学电机,终生在西北电网搞技术,大学时在清华交响乐队吹拉管。以后一直是发烧友,音乐文化水准极高,退休后竟然在陕西音乐广播频道当起了乐评人,有滋有味地给听众上音乐课。

第三个叫李志兰,女低音。华中师大毕业后终生任教中学,至今对我们少年时代的四重唱念念不忘。第四个就是我,不幸权充了男低音。

恰好两男两女,又恰好可以分成男高男低、女高女低四个声部。而能够满足我们过四声部瘾的,当时唯有外国歌曲。我们一人买了一本六十四开的《外国名歌200首》放在口袋里,有空便唱起来。有次周六约好不回家,在教室整整唱了一晚上,从第一首唱到最后一首。口唱干了,人唱疯了。恐怕很多人都有体会,是那种青春之火被音乐点燃,一时半刻扑不灭,快要烧成灰烬的感觉。我们这个四声部合唱小组,很是被班上同学羡慕呢。

这歌本上大学我带到北京。一、二年级遭遇"大跃进"、三面红旗运动,不仅文艺提倡革命现实主义和革命浪漫主义相结合,整个民族也提倡敢说敢想敢干,立下了"超英赶美"的伟大志向,"如今世界上究竟谁怕谁"的斗争目标。

故而那时候空气还算活跃。爱音乐的我成了人民大学管弦乐团一名单簧管乐手，有两年，五一、十一的节日之夜，还滥竽充数在天安门广场前为舞会伴奏，当然只是个南郭先生。这时革命歌曲渐多（我学单簧管头两首曲子便是《社会主义好》和《人民公社就是好》），但对外国歌曲仍上瘾，是心中的至爱。

为了过足这个瘾，大学班里组织了一个不伦不类的室内乐小乐队，只四个人，一把小提琴，一架手风琴，一把口琴（狗肉也上席面了！），主打保留曲目便是这本《外国歌曲200首》里的曲子。

有几次还产生了去北大、清华把朱甫晓、辛绍平叫过来重温旧梦的冲动，但"大跃进"时代，功课不忙运动忙，大炼钢铁劳动忙。况且都长大了，各人有了自己新的梦，终未遂愿而成憾事。

大学毕业，这歌本又被我带到了西安，只是很少唱了。那时对西方一切文化抱着戒备与成见，稍一不慎就被视为资产阶级思想情调。而且与苏联也已交恶，弄不好还会扣上修正主义的帽子。记得我因为在《陕西日报》搞文艺报道，近水楼台从电影公司弄了几张电影演员（记得其中有谢芳和王心刚，那时还不叫"影后影帝""天王天后"）的大照片贴在单身宿舍的墙上，团支部就批判我的小资情调。比起资产阶级和修正主义思想来，"小资"当然算是高抬贵手了。

这歌本从此灰头土脸地躺在角落里，其实，心里却从未放下过它。"文革"搞得最厉害的那些日子，在那段最压抑的日子里，编辑记者被认为是异己群体下放汉中农村，我只带了几本书，除了《毛泽东选集》和《毛主席语录》，还有它。想着在最孤独无助的时候，这些歌或许能给我一点美好的回忆，使我回到阳光明媚的青春时代。

带到大巴山深处海拔一千五百米的五里坝乡，又带到了修建横贯汉江盆地阳安铁路的民兵工地。我在那里担任了民兵团的宣传干事，虽有组织大家文艺活动的任务，但那都是些革命文化的宣传鼓动节目，哪里敢把这二百首拿出来。"文革"沉重的政治气氛，工地繁重的战斗任务，基层浓重的宣传色彩，使我从未尽情唱过一次歌。

在多雨的陕南，歌本已经开始发霉，我还是不离身地带着它。

这天铁路工地因雨歇工，民工无事，聚在大工棚的通铺上拉开了歌，先是《毛主席语录歌》、流行革命歌，后来，点燃的青春之火越蹿越高，老歌、民歌甚至带点颜色的情歌，都如数家珍地唱将起来。我意识到，作为"干部"应该出面制止，我却没吭气。我听迷了，在那个高压的时代，我不想惊动这些难得松弛一回、张扬一回的年轻人，也不想给压抑的自己再加压抑。

不可思议的事情就么在一瞬间发生了，我突然三下两下取出了《外国歌曲200首》，飞快地朝无人的工地跑去，像怕有人追踪，更怕自己改变决心。在一个混凝土搅拌机旁站定，翻开歌本，对着大山猛唱起来。

已经不记得我都唱了哪些歌，但清楚地记得当时的心情。嗓门大到失了声，像是故意吼着和谁较劲："我偏唱！""唱了怎么着？""要杀要剐随便！"

我唱得像哭。在与看不见的对手较劲中，生命既有快感、有喜悦，又有一丝傲然和藐视，还有嘲弄，有调侃，有报复，麻木已久的痛苦被唤醒，不知为什么竟转化为一种胜利的快感。

一种压抑许久的东西爆发了。远不只是对文坛艺苑百花凋零的逆反，对生活单调的不堪忍受。更多的是对极左政治的阴霾扼杀人性、窒息感情、堵塞情绪释放渠道的抗争。那是一种多么无助的挣扎。

我唱得要哭出来，直到一滴又一滴眼泪真切地落到嘴角，才戛然停止。

那并不是泪珠，是雨水。雨从破漏的棚顶飘下，身子被打得精湿。头发梢上滴下的雨水满脸乱跑。

我抹一把脸，发现有四只大眼睛正看着我。那是两个穿蓑衣挎篮子的孩子，他们可能是打猪草路过，对这位在雨中发神经的大人，目光中满是好奇和不解。

我一言不发地回去了。有点不好意思，有点冷，哆嗦着。我无法和孩子说清那个时代和处于那个时代的自己。只希望他们能过与此截然不同的日子，永远纯真，永远阳光，永远不再遭遇我们遭遇过的。

歌本差点成了生命关不住的闸门，一旦决口将失去控制，它便成了祸害。

但在由汉中搬往关中工厂的辗转中，这绝版多年的歌本竟掉了，无影无踪离我而去。我像丢了魂，在旧书摊到处寻找，希望再弄到一本二手货，每次都空手而归。

大约又过去了五六年，1979年，那个压抑的时代终于结束了。不久我便在报上看到一条两行字的小消息，说这《外国歌曲200首》重新修订，增加了一百首，分三册重版。我当然在第一时间买到了它，便是手边这本《外国歌曲》，一册蓝，一册绿，一册褐。

1984年的夏天，我去新疆伊犁开第一次西部文艺研讨会，顺手将它塞进包里上了飞机。这个会我是发起者之一，又要作主题学术报告《关于中国西部文艺的若干问题》（两年后，发展为专著《中国西部文学论》出版），忙乱之中几乎把它忘了。

会议休息一天，组织去伊犁河对岸的察布查尔锡伯自治县参观，"文革"前演过《天山牧歌》的电影演员萨玛丽珂邀几位四五十岁的同人去伊犁河边的白桦林中走走。灰绿色的河水，丰润无比涌到脚下又漫向天边。白桦林将弯弯的河隔成一段段风景线，丰沛润泽中又显出一些巧妙的变化。

突然响起了高亢的女声，似乎从林子深处飞起来，灌进耳中。而其实就在身边，是萨玛丽珂！她唱的是我们这个年龄段的人所熟悉的俄罗斯民歌《在贝加尔湖的草原》："在贝加尔湖荒凉的草原，在群山里埋藏着黄金，流浪汉背着粮袋慢慢走，他诅咒那命运不幸……"

几个男声很快参加进来，我几乎毫不犹豫地、下意识地便走向了低音部。歌声由于有了低音的铺垫和声部的交响，在俄罗斯民歌惯有的忧郁中飞扬起辽阔和浑厚。那种十分地道的俄罗斯气派，和谐地融进了有着中亚气息的伊犁河风景之中。

　　一定的歌曲常常流淌着一定时代的情绪诉求和一定人群的归属认同，这群中年人的心灵在歌曲中找到了家园。他们迷了，他们醉了，他们疯了。在疏林和丰水之间，翻着我那本《外国歌曲》，一直唱到夕阳西下。我们早掉了队，会议的专车已无影无踪，只好步行到公路上去挡车。待三三两两坐上了牧民运草车的后斗，这群中年人还在唱。

　　打那以后，我很少再有机会与我的《外国歌曲》有心灵之会。卡拉OK早已经风行城乡的每个角落，不少外国歌曲都进了卡拉OK的节目库，随时随处都可以唱了。只是好歌绝不是可以随便拿起麦克风就唱的，尤其不可以在酒足饭饱之后用来消遣。它需要环境，需要心情，需要生命的投入。当这一切都没有了，只剩下文不对题的音配画和灯红酒绿的俗艳之气，又何必硬唱而去亵渎音乐呢？听不到生命的叹息，音乐也就没有了生命。

　　三册《外国歌曲》从此久居书架的底层（那是我放非常用书的所在），被愈演愈烈的时尚尘封起来，就像渐入老境的我，只能在岁月无声的回忆中，守望住音乐的真生命，心灵的真生命。

　　哪一天，只要它重被打开，飞扬出来的必定还是生命鲜活的搏动。

2006年3月16日，京西宾馆802房间

流连在美的历史长廊中

  我想着这次要给各位谈一本理论方面的书，脑海里第一个冒出来的便是李泽厚先生的《美的历程》。这原在预料之中。我在大二（1958年）时爱上了哲学和美学，那起因便是被《光明日报》和《新建设》等报刊上朱光潜、蔡仪、李泽厚、洪毅然、蒋孔阳、马奇、杨辛、叶秀山、姚文元等人眼花缭乱的美学争论所吸引。这场论争规模之大、影响之深都是罕见的，整整三年，我一字不落地追踪着它。

  论争中大体推出了朱光潜、李泽厚、蔡仪、姚文元四个代表性人物。我不大爱读蔡仪、姚文元的文章，两人虽号称坚守和维护唯物主义立场，但似乎并不能圆满而精到地说清审美现象的复杂和微妙。蔡仪论说问题略显拘谨和板滞，姚文元又常常透出"唯我独革"的霸气，这都使人在阅读和接受时产生心理障碍。

  我比较倾向于朱光潜和李泽厚。他们的论述更贴近自己在各类审美活动中的真实体验，理论上也更能厘清审美这种非理性精神现象的微妙和复杂。但朱光潜先生当时被扣上了唯心主义的帽子无法脱身，加之他的文章多在理论层面推演，文字又较西化，读来有点吃力。李泽厚的文章则充溢着一种对审美和艺术接受活动的人性化的、美学化的本体性理解，字里行间流动着灵气，蒸腾出生命感和青春感，十分贴近那一代大学生，很快便迷倒了我和一大批我这样年轻的美学、文化学和艺术的爱好者。其实，李泽厚只不过长我十岁，1954年从北大哲学系毕业。也就是说，他大学毕业后三四年便名满天下，成为中国美学界一个开宗立派的人物了！

  1981年文物出版社出版了李泽厚的专著《美的历程》，我在第一时间抢到手，如获至宝细细品味。在作者对中国数千年艺术文学自如的宏观梳理和深湛的美学把握中，我经由漫长的历史走廊，进入了中华民族美学精神的深处，一时简直目不暇接、流连忘返。远古原始艺术的"龙飞凤舞"，殷周青铜艺术"狞厉的美"，先秦理性精神的"儒道互补"，楚汉文艺的"浪漫主义"，魏晋风度、盛唐之音的生命创造和"人的觉醒"，六朝、唐、宋佛像雕塑，宋之山水绘画以及宋词、元曲各具特色的审美品类，明清小说由浪漫而感伤而现实之变迁，等等，许多发前人之所未发的观点，在我心中一次又一次曝光。

这本书我通读过四遍，页中夹了许多备忘的条子，行间画了许多记号。记得第一次阅读是1981年夏天，我整整花了三个月的时间。那时还下放在山沟里的一个国防工厂，上班抓"工业学大庆"，下班便赶紧夹上书，带着小凳子，躲到无人的土塬下，利用最后两小时的天光，沉醉在作者智慧的思辨和美妙的文笔之中。在"文革"刚刚结束的那个精神饥渴的年代，我像一只荒年的老鼠钻进了粮仓，昼夜饕餮不止。遇到精彩的段落，忍不住大声诵读，思想之光借朗朗的美文在山野间回荡。现在想起来，仍为这幅荒野读书图而自我欣赏、自我感动。

那以后，我把《美的历程》当作中国文化史和中国美学史的字典，随时查阅、翻读，随时用作者的创造性观点点燃自己的再创造思维，也随时用自己的思索去延伸、丰富他人的论述。一个思想者，最好的状态是能够像李泽厚这样发人之所未发，独辟蹊径登上顶峰，那是有大创造的人；如果意识到自己没有这个能力，比较好的办法便是先沿着已有的路径拾级而上，待达到已经到达的高度，再尽量朝前延展。吃透精品，吃透一两本真正的好书，不仅化书中的观点为自己的营养，还要悟透作者寄寓在书中的人格力量、思维方法和情操襟怀，使之成为自己的血肉。这可谓是读书的一个好方法。

那本《美的历程》我一直用了二十年，到了2001年，我去看一位久未联系的朋友，不料他已是书店老板，硬要从店里挑一套最贵重的书送我。正推让间，一眼扫到了广西师范大学出版社新出的李泽厚"美学三书"：装帧精致的插图珍藏本《华夏美学》《美学四讲》和《美的历程》，便马上改口，说那就送这一套吧。心里想着，实在该让那本服务二十年的老版书颐养天年了。不想回家后却怎么也不忍心拆开"美学三书"华美的塑封，故而直至现在还在用老版《美的历程》。

怪不得朋友说，我是个过于恋旧的人。

2005年7月3日，星期日，西安不散居，酷暑偷得半日凉

《怎么办？》带一身阳光！

俄国的"三个斯基"，即车尔尼雪夫斯基、别林斯基、斯坦尼斯拉夫斯基，再加上杜勃罗留波夫，可以说是我年轻时代对俄罗斯文化思想一见倾心的重要原因。"三个斯基"都是"大斯基"，很大很大，又各有不同。斯坦尼斯拉夫斯基是话剧导演和戏剧理论家，以一部《演员的自我修养》奠定了再现现实的戏剧理论基石，和德国布莱希特、中国梅兰芳并称世界三大戏剧观代表人物。别林斯基和杜勃罗留波夫是文艺评论家，但领域更大，不但给文艺创作提供理性烛照，而且是那个时代哲学、文化和社会思潮的领头雁。车尔尼雪夫斯基更进一步，岂止是作家、评论家，更是俄国社会民主主义革命的先驱，有一整套社会改革理论，而且终身躬行实践，因此被监禁、流放了整整二十年。

车尔尼雪夫斯基的代表作，是在监狱写的长篇小说《怎么办？》，这部有强烈政论色彩的作品，副题叫"新人的故事"，他用积极推动社会改革的"新人"形象取代了当时俄国文学中的"多余人"形象，是一份发自监狱的革命号召书。小说的中心人物拉赫美托夫，在"新人"群像中更是一个"特别的人"。他背叛自己的阶级，走进底层生活，砍柴，凿石，做木活，沿伏尔加河拉纤，什么都干，抛却一切欲望、享受甚至爱情，献身革命事业。文学作品是"生活的教科书"这句话，最早就是指这部小说。

有个细节像刀刃剜在我记忆中。拉赫美托夫为了锤炼意志，竟睡在钉子床上，满身血迹而志存高远！我读这部书是高二暑假，我哭了，灵魂大恸而涕泪横流，因了痛惜因了感动也因了崇敬。当即便将家里的烧柴（那时家里没有煤，更没有气）在阳台上摊开，脱成赤膊躺在上面，心里默诵着才学不久的古文《孟子·告子下》："天将降大任于斯人也，必先苦其心志，劳其筋骨，饿其体肤，空乏其身，行拂乱其所为，所以动心忍性，增益其所不能。"很有一种耶稣受难的神圣感。可怜的外婆吓坏了，连骂带劝毫无效果，一双小脚紧张地捣动，急得团团转，以为我走火入魔中了邪，嚷着要给"小祖宗"动香火叫魂。老太太哪里知道，她的外孙是要像俄国革命者那样锤炼自己，是要陪着心中的英雄拉赫美托夫一同殉道啊！

　　拉赫美托夫从此成为我心中一种病、一种情结、一种意义特指和价值坐标。两年后，"拉赫美托夫病象"再次发作。大学一年级暑假，只是因为我离京时给同学们一个浪漫的许诺："开学时，我会把南方的阳光带回来。"整个暑假的上午10—11时，我都穿着游泳裤躺在阳台上晒日光浴，晒了肚子晒脊背，引得大家围观而啧啧称奇。只有我心里明白，这不是作秀而是"拉赫美托夫"式的性格锤炼。锤炼坚忍，也锤炼"一诺千金"的执着。母亲也不认为这是荒唐，她从不阻止我，用无言宣示对儿子的理解。默默准备好墨镜和饮水，11点钟便会爬上阳台叫我下去。秋天回到北京，同学们见了，个个一声惊叫："小肖整个儿成黑人了！"我不无得意地说："不是答应给你们捎回南方的阳光吗？"

　　人的一生应该怎么办？读了《怎么办？》，我开始认真思考。

　　　　2005年6月20日，星期一，酷热39℃，赤地千里，西安不散居

《教育诗》与第一次人生决策

小学四五年级开始看小说，一脚便踏进了武侠殿堂。那是20世纪50年代初，编印武侠小说最著名的是广益书局，一律不标点，不分段，挤满密密实实的繁体字。我就专看他们的书。小学生买不起，是去巷口赁书铺租看，交五角钱（当时叫五万）押金，一本看三天，五分钱。满天下的侠骨柔肠、武术剑道，把十来岁的我搞得神魂颠倒，以致考初中差点落榜，只是"备取（即候补）第三名"。所幸后来扩招了一个班才化险为夷，不然我的学历可能至今只是高小毕业。

有了这次惨痛的教训，可怜的寡母在痛打爱子一顿又与爱子抱头痛哭之后，注意引导我的课外阅读，譬如推荐《爱的教育》《我的大学》和苏联作家马卡连柯、盖达尔们的作品。这成为我初中阶段主要的文化营养。不料我又掉进马卡连柯的世界不能自拔！马卡连柯是苏联著名的教育家和教育小说家，尤以教育、改造流浪儿童、失足少年遐迩闻名。他的长篇《塔上旗》《教育诗》（亦译《教育诗篇》）成了我形影不离的好朋友，不知读了多少遍，传了多少人，直读得四角翻卷、书页揉皱，这位惨不忍睹的朋友还装在我书包里。

初中是一个人精神断乳、初建人生价值的时期，马卡连柯使我萌发了对社会最早的人道关怀。我认定流浪儿是世上最悲苦的生命，少儿教育是世上最神圣的事业，马卡连柯是世上最高尚的人。初中毕业，已经填报了升高中的志愿，我却策动了一次哗变，用《教育诗》的精神和三寸不烂之舌，说动了最要好的同学万嘉勋，上书招生委员会，表明立志少儿教育，坚决要求改报中等师范或幼儿师范。这是我第一次独立做出的人生决策，事后才很男子汉地"照会"了家里。家里炸了锅,要我改回来,我则正气凛然地拒绝和这个"落后"家庭妥协。

不料发榜时竟是万嘉勋去了师范,我却上了高中。时间是1954年夏。我十分愧疚,认定母亲和大舅背后做了文章,和他们争吵,并萌生了像《家》中的觉慧那样,离开这些"高老太爷"们的想法。自然,前后两次革命行动都流产了。三年后,1957年暑假,我由高中考入京城的大学,有了新的天地。不久收到万嘉勋来自莲塘镇小学的信,他已是一名小学教师。熟悉的字体传递着少年时代的友情,一种惆怅在心里漫开。回信畅叙了怀念,最后却在十竹斋信笺上写了一句令自己终生悔恨的话:"这信笺是在荣宝斋买的,我很以为高雅,你以为若何?"这不是笔误,是某种可憎的潜意识在起作用——隐隐的优越感和幼稚的附庸风雅,暗示了之间的距离。为这句话,我在漫长的岁月中背上了心债。

喧闹的50年代末,严峻的60年代初,接着是"文化大革命"的动乱,又进入改革开放的繁忙,我们渐渐失去联系。由而立而不惑,由知天命而花甲,到了满头银丝时却童心大发。2002年,借南昌一中百年校庆,初中老同学要在母校作"一网打尽"的大团聚,我特意用奢华的礼仪电报先期驰贺:"独在异乡为异客,偕友同揖贺同窗。"随后又带上用宣纸书写的几句诗,"秋色悄悄来到了我们脸上,春天藏在了心里。把雨淋风吹的日子翻晒几遍,带回去阳光的亮丽。——揖别于阳春之序日,重逢已是金秋暮色,无以纪感,书奉老同学。肖云儒壬午年于长安不散居",踏上回母校的归途。

这回我要去了却一段心债。老头老太太们无一例外爆发了少年之狂。我们走遍有着少年足迹的角角落落,倒尽肚子里攒了几十年的话,只是再多的合影也追不回那逝去了的岁月!已经桃李满天下的万嘉勋悄声对我说了他在给我的信中写的那段话:"五十岁以后,马太效应在我身上发生了,头年评为省优秀班主任,转年又是全国优秀教师。"他的声音旋律般响着,我应该释然了，又似乎陷进了更深的歉疚，不是为那件事本身，而是为人生境界的高下。

唉，不总是这样吗？好书点燃你的理想和勇气，而岁月却磨炼着你的执着和稳健啊。

2005 年 6 月 18 日，星期六，酷热 37℃，西安不散居

关键时刻，杰克·伦敦救我

大二时，一度十分迷醉杰克·伦敦。那正是血气方刚的年纪，脉搏跳得像心脏一样强劲，满脑子是"天下兴亡，匹夫有责""社稷担当，舍我其谁？"的豪情，生命在青春期的蓬勃，恰好在美国作家的书里找到了虚拟的实现。

杰克·伦敦写北极圈附近那些淘金者充满昂奋生命力的小说，如《野性的呼唤》《白牙》，以及"北方故事"系列；写那些出没于大洋深处惊涛骇浪中的具有正义感和道德感的海盗，如《海狼》；写那些带着乌托邦色彩的、有着激进社会行为的革命者，如《马丁·伊登》《铁蹄》；还有《杰克·伦敦传》所写的作家自己传奇的一生，无不迸发出男子汉强韧的人格力量，流贯着对现实犀利到偏激的批判和对理想热切到过激的向往。

尤其是以狗拟人的姊妹篇《野性的呼唤》和《白牙》这两部小说，更令我久久陶醉。前者写狗变狼。一只狗适应不了雪橇狗队不自由的生活，看不惯狗群里尔虞我诈、互相撕咬的狗模狗态，终于在狼群的呼唤下，挣脱缰绳，奔向雪原深处，过起了自由生活。后者则写狼变狗。一只狼被主人救活，在体贴照顾和严格训练下，甘愿抛弃狼性去做忠实的狗。小说对极地雪原生活的传奇性描绘，对人与自然关系的深思，特别是对追求生命自由的暗示，都给我以青春的启动力。

杰克·伦敦作品中的这一切，对我这个还未踏进社会，或者说正趴在学校的窗口窥视社会的二十岁上下的小男生，产生的精神吸引和心灵震撼是可以想见的。它影响我的人生目标，使我神往于追寻那种富有浪漫的、奋斗的人生；它影响我的人生气质，使我强烈意识到自己的文弱，从而锻打强韧，培育自己初衷不改、奋争不息、临危不惧、遇压不屈的人格质地。尽管我永远达不到，却一生心向往之。

想不到三十八年后的一个夏天，在天山巴伦台，我竟经历了一次杰克·伦敦在《热爱生命》写到过的遭遇——大约是上苍要测试这位作家在我心中的位置。那是去伊犁参加一个会，会后由天山南麓经巩乃斯草原、博斯腾湖返回。天黑尽时，大客车爬上三千多米的巴伦台，气温由三十几度降到零下，夏天出门无衣可加，又冷又饿，公路永无尽头，晚饭也永无尽头。一会儿，司机发话："方便。"大家便以车厢为屏风，"男左女右"方便起来。我最后下来，骆驼刺后都有了人，便往远走，多费了一点时间。不料事没办完，车已经启动。

大喊，声音被旷野吸走；追赶，哪能追得上？眼睁睁看着一车的朋友一车的温馨一车的明亮消失了。整个社会、整个生命刹那间抛弃了我。这时我突然想起了《热爱生命》。想起那个淘金者在狼的追赶下，竭尽全力向海面上的白轮船呼救，但白轮船听不见，带着欢声笑语消失在远海。

黑暗，寒冷，孤独，无边的恐惧浸漫到灵魂的角角落落。必死无疑了，这个鬼地方，这个鬼时间，想再遇上过路车，几乎不可能。漫漫长夜，不是饿死冻死，就是当野物的夜宵。想到这些，我颓然蹲在路边。山岩、石块、骆驼刺，像恶鬼在狰狞舞蹈。风是死神得意的呼哨，静是野兽下嘴前屏住气息的逼近。

我执拗地想着《热爱生命》，想着小说描绘的北美极地那场生命抗争：一个淘金者和一条狼在千里雪原上都饿得奄奄一息，都想扑倒对方，以对方的热血复活自己，但都没有了这最后一搏的气力。两个生命便这样无力而倔强地对峙着，等待着对方死亡。于是我站起来原地跑步，拾一堆碎石作搏斗的武器。为了给自己打气，还大声吼着、唱着。我不能坐以待毙。我要全力迎战死神，直至最后一息。

当我这样执拗地想着、跳着、喊着的时候，奇迹出现了，《热爱生命》的场景竟然真的变成了现实：像北冰洋驶过来的那艘阳光下的白轮船一样，一辆大客车灯光辉煌地在拐弯处出现了！我不敢相信这是真的，怔着，鼻子发酸。顷刻便冲进车灯的光明中，跳脚扬手，哑嗓子喊。兴奋和焦灼使我的声音变得那么陌生。

大客车在我面前停下，车门呼地打开，拥下好多人。原来这就是甩下我的那辆车！他们竟大意到半小时后才发现少了一个人，又急忙转回头从死神嘴里抢救我。

几十年中只这么体验了一下杰克·伦敦，如此短暂，如此浅尝辄止，这辈子也真是够平庸的了。

2005 年 6 月 19 日，星期天，西安不散居

心有"二夫"

"你呀，可以得两个冠军，干活冠军，干起来不要命，拉都拉不住；睡觉冠军，懒起来世上少有，打雷都醒不来。"有次老伴这样唠叨我。余笑答："然也，此乃肖氏心有'二夫'之故。"幸亏说的是"二夫"而不是"二妻"，夫人不致误解，只是苦笑，做无奈状。

我心中的"二夫"都是 19 世纪末 20 世纪初的俄罗斯人，一个叫拉赫美托夫，一个叫奥勃洛莫夫。都是小说里的人物，不是真的却比真的还真，比当时许多真人的知名度和影响还大。拉赫美托夫是车尔尼雪夫斯基长篇小说《怎么办？》的主人公，他的热血沸腾，对理想的追寻，对事业的投入，对自己的严格，我一生都在效仿，可以说浸入骨髓。在一篇专门谈《怎么办？》的文章中，我曾说"拉赫美托夫"是我心中一种病、一种情结、一种意义特指和价值坐标。"拉赫美托夫病象"常会在我身上发作。此处不再赘述。

奥勃洛莫夫是俄国作家冈察洛夫同名长篇小说的主人公。作为一位破落的有知识的农奴主，祖上没有给他留下多少土地和财产，倒留下了一笔丰厚的坐享其成、坐而论道的能耐以及种种寄生的恶习。他心地善良，最大的嗜好是躺在沙发或床上，在昏昏欲睡中冥想或在冥想中昏昏欲睡，从不打算也从无能力付诸行动。小说一开始他便是这个姿势，脑子里活跃着种种计划、想法，从八点到午后，从第一部到第二部，近一百页过去，还两只脚穿着不一样的袜子，坐在床上！那年冬季，一位充满活力的新派女士奥尔迦想用爱情来拯救他，他也动了真情，女士每次有意把约会定在户外，想用严寒和运动改变他的积习，结果在爱情和慵懒二者中，他依然选择了后者，眼睁睁看着心中的爱被俄罗斯寒冷的风雪扑灭，被自己的积习扑灭！

我非常喜欢冈察洛夫那种细腻生动而毫不烦冗、沉滞的描写，字里行间流溢着居高临下的智慧与幽默，幽默中有着犀利的反思。他写奥勃洛莫夫的梦境，整个是乌托邦冥想，对主人公的性格、对俄罗斯社会和当时的改革力量，都有深湛的寓意和审视。写午睡更绝了，对每天午饭后弥漫在整个俄罗斯大地上浓浓的鼾声和睡意，那传神而又略带夸张的描写，把隐匿于其中的农奴制的衰败和民族心理的疲惫，从非常深刻的艺术层面传达出来。作家在日常生活中洞烛幽微的能力，使你感受到一种审美震撼。

才华横溢的评论家杜勃罗留波夫对《奥勃洛莫夫》发表了透辟的见解。他说，奥勃洛莫夫形象标志着俄国19世纪"多余人"蜕化的极限。他的慵懒和无能，不只是个人禀赋，是整个农奴主和他们所依附的制度的腐朽和无能。他精神上的死亡过程，也就是他的阶级和他的制度的死亡过程。因而人们在小说深处听到了历史的声音，这便是强烈的反农奴制情绪和社会变革的愿望。这些见解有着炫目的思考光芒，对我后来选择搞文化评论起了重要影响。

列宁也曾以奥勃洛莫夫为鉴谈到十月革命后苏联的社会问题。他说："俄国仍然存在着许多奥勃洛莫夫。只要看看我们如何开会，如何在各个委员会里工作，就可以说老奥勃洛莫夫依然存在。"这个形象对俄罗斯民族精神的影响，完全可以与中国的阿Q媲美。

如果说对于年轻时代的我，这个形象主要启迪了对农奴制俄国和农奴主精神的批判性了解，到了晚年，将社会视角转换为生命视角之后，对奥勃洛莫夫则多了一份理解。"二夫"往往成为我主张生命要有张弛、有节奏的代词，主张在入世和出世中游弋的代词。从本质上看，我几乎没有英雄气质可言，是个在儒与道之间彷徨的人，是个随遇而安的性情人。生命既然必定要由蓬勃年华进入深秋暮色，不论愿意不愿意，每个人的人生姿态终归都要逐步由"拉赫美托夫"向"奥勃洛莫夫"转化，由奔腾激荡而尘埃落定，这几乎是由不得人的事。因而我虽然钦佩那些老当益壮的人，那些为既定目标终生奋斗的人，却并不责难自己的慵懒。难怪夫人要唠叨我了。

2005 年 6 月 27 日，星期一，酷热 37℃，西安不散居

彭加木，你在哪里？

最近，在著名科学家彭加木二十六年前失踪的荒漠中，发现了一具干尸，这是否有可能是一直无法找到的彭加木的遗体，引起了社会各方热切的关注。经由好事的传媒一番热炒，二十六年前那个充满诡秘和悬疑的事件，再度引发了街谈巷议。这具干尸目前正由科研机构检验，任何设想都只是猜测，我们只能静候科学结论。

这使我想起了一本书：《结缘大师》，人民日报出版社2004年10月版。作者赵全章，曾任新华社新疆分社的记者多年，是当年在全国第一个报道彭加木失踪的人。他的那篇以1980年6月23日新华社电头条发出的七百字的新闻，在业内那是无人不晓。我曾当面调侃，全章，你一生有这七百字就够了，将与彭加木一道永垂不朽。其实他在当时和其后，关于彭加木的新闻报道和报告文学，写了很多，现场发出的公开报道和内参就有几十篇，后来又有《彭加木》《生命》两部十几万字的长篇报告文学。加上收在这本书中的两篇文字，其中《救援彭加木》记叙了报道彭加木罹难前前后后的情况，约三万五千字；《生命光华》记叙了这位科学家的人生之路，约五万六千字。

关于中国科学院上海分院研究员、新疆分院副院长彭加木失事与寻找的过程，在《救援彭加木》中是这样描写的：

1980年6月17日，率科学考察队进入塔克拉玛干沙漠东沿罗布泊附近的彭加木，离队找水，神秘失踪。

18日凌晨，地处那一带的马兰核试验基地报务员收到科考队电报，报告队长失踪，请求寻找。当日下午6时，中科院新疆分院得知失踪消息，晚11时上报北京中科院，晚12时由一位副院长带救援组急赴出事地点，会同核基地部队部署救援。

19日凌晨，救援组赶到出事地点，组织小规模寻找营救，未果。

20日上午11时，赵全章在机场送友人时，无意中得知此消息，不及回单位即赴新疆分院采访，未带笔记本，随手操起铅笔在旧信纸上记录。下午3时写成内参稿，5时电话传新华总社，6时内参送中央领导和中办、国办。晚8时总社穆青社长批示要公开报道，他又立即补充采写，晚12时完成发往北京。子夜过后，中科院新疆分院来电表示因家属尚不知情，公开报道要慎重。于是先压下消息，让中科院上海分院和新华社上海分社做好家属工作。这一等等了两天。

22日上午，赵将头天晚上采访到的前方救援组要求空军增加十五架次飞机寻找一事，写成新华社673号内参清样，被直送当时主持中央工作的华国锋同志案头，华批示中科院领导方毅、李昌，要求会同总参、空军、新疆解决。同时，家属的安抚工作也已做好。

23日零时，中央人民广播电台播发了新华社关于彭加木失踪的第一条公开消息，全国几乎所有媒体随即登载了赵写的这条七百字电稿及背景资料稿。世界各大通讯社纷纷转发，掀起了全球性议论。

24日，新华社又公开播发了华国锋关注救援彭加木和军队地方大力搜寻的消息。不久，搜寻现场传来，发现了彭的足迹和他扔下的青岛产的椰子糖纸，大家为之一振，随后却没有了任何消息。

接着，赵全章受命奔赴罗布泊，他现场跟踪报道了国家组织的三次大的救援工作，和彭加木的妻子夏淑芳、儿子彭海、女儿彭荔，和后期赶来的著名作家叶永烈，和部队的、地方的、科学院的救援人员在一起，度过了极为惊险、极为紧张、极为艰苦的一段日子——

"六月的沙原，热浪炙人，气温超过50℃，喉咙像着了火，两颊发烫，胡子上满是细沙，要不是眼睛还闪光，一定会被当作古代的干尸。""正热着，又下起了冰雹，打得人无处躲藏。一阵冰雹过去，又下起雪粒，雪粒落下即无踪迹，被沙原吸光，大地干裂如故。""入夜，又铺天盖地响起了鬼魅凄厉的哭号，像是天地皆在为彭加木哀伤。那是沙响，沙粒滑动造成的共鸣。""有时一天车队在流沙里陷三四十次，哪里有木头和石块？只好拿衣被垫在轮子下面。"

最难的是辨别方向，翻不尽的沙梁、沙浪，没有参照坐标，车队常常迷路。有次他和叶永烈自告奋勇探路，爬上一个沙包便扬起红手绢召唤后面的车队。遇到拐弯或沙梁挡住了视线，则每隔几米撂下一块饼干做标识，晚餐时他们只好借别人的干粮果腹。在二百多公里的疏勒河故道，救援组只发现了一处可饮用的淡水泉，被命名为"寻彭井"以作纪念……

在近一个月的寻找中，赵全章出色地完成了各项报道任务，也留下了永远的遗憾：彭加木始终活不见人死不见尸，到底怎么回事？许多读者给他来信，提出各种疑问甚至责难，作为国家通讯社记者，他不能回答也不好回答，只能在心里感谢大家对彭加木的爱心和对自己工作的关心。其实他心中也有类似的疑问。

现在看来，彭的罹难和救援失误，归纳起来主要有三点：第一，彭加木自己有些过分焦急。当时科考队虽缺油少水，但并未到弹尽粮绝的地步。基地已回应第二天送水接济，完全可以坚持一天再采取行动。结果彭在和大家争论后，未听劝阻，贸然单独行动。

第二，科考队向马兰基地报告彭的失踪晚了16小时。在刊于《半月谈》的《彭加木，你在哪里》一文中，赵记叙，他向科考队副队长当面提出过这个问题，对方回答：大家始终抱着一种侥幸心理，认为彭有沙漠生存经验，自己能找回来。后来队上的人出发寻找，也认为在附近就能找到他，不愿认定这是"事故"，叫上面对科考队有看法，便延误了上报。

第三，正式救援队第二天上午10时才到达出事地点，离收到求救电讯已32小时，应该说救援实际很难奏效。其间原因不详，似乎与马兰核爆基地当时归属中央军委垂直领导，决策与协调过程较为复杂，而其高度的机密性又使之与地方的沟通不很方便等有关联。

这一切，生活在开放的、信息便捷的、以人为本时代的年轻人，可能很难接受，但在二十六年前，应该说虽然无奈却很真实，并且有着某种必然性。因而彭加木的牺牲，除了一些具体的原因，恐怕和改革开放初始阶段，"左"的流毒还未肃清造成的时代局限有某种深层关联。这也从一个角度证明了以改革开放促进社会进步是何等必要了。

在这本书中，赵全章还以记者维护事实真相的责任感，廓清了当时一些离奇的传闻。他写道："然而，节外偏生新枝。香港《中报》无端编造了一个叫周光磊的人，从美国寄给周培源先生一封信，说在华盛顿遇见了彭加木，甚至说同彭加木、邓质方还在一块吃过饭。我不得不为此同总社一起分别向中国驻美大使馆、周培源、邓质方以及彭夫人求证，发了两次辟谣的报道。此前，'美国之音'也广播，说彭加木被劫持到苏联了。我既感到可笑，谣言太拙劣，又愤怒，借如此不幸的事件来滋生事端，难道也是应有的新闻道德吗？"

赵全章是我在人民大学新闻系时的同班同学，学生时代就思想活跃、急公好义，到新疆当记者的二十几年里，经常深入少数民族和西部边陲地区，有着各种奇特的采访遭遇。他与"西部歌王"王洛宾是莫逆之交。1981年，他最早通过新华社内参反映了这位天才音乐家在极左迫害下身陷囹圄的不幸遭遇，疏通各种渠道为老人奔走呼号，引起中央领导和有关部门的重视，促成了冤案的平反，使王洛宾的生命出现了又一个春天。老人复出后第一次出国讲学、演出前夕，曾亲笔致信赵，说："我的重新复出并且将远行澳美，能把中华民族的优秀歌曲带到遥远的国度，继续音乐生涯，实际上是你作为新华社记者所给予的救助……"

全章在另一本书《与历史同行》中，还记叙过1962年4月在境外势力策动下，新疆伊犁、塔城、阿勒泰、博尔塔拉四个地区二十几个县，少数民族同胞冲击边防、大量出境的"伊塔事件"。记叙了1981年10月底，他作为新华社记者，在第一线跟踪报道平息南疆喀什骚乱的详细情况，最早目击并反映了"东突"恐怖势力的罪恶活动。这些都是极为难得的历史镜头，具有重大史料价值，篇幅所限，恕我另文介绍吧。

80年代中期，全章调西安晚报社工作，后又调西北大学任教，参与该校新闻专业的创建。退休后，他风尘仆仆帮助民办大学创建新闻专业，最近几年在西安思源学院主持新闻系。四十年过去，这位年近古稀的老同学虽已满头斑白，犹有老骥伏枥之心。今年五一节期间，全章老两口来我家，满腔热情给我介绍了他在思源学院开创"感恩教育"的情况，并留下他关于《感恩父母，感恩社会，感恩学校》的长篇讲稿和《倡导感恩，铸造人格魅力，开展亲情活动的倡议》，他已在思源学子中演讲十余次，反响热烈。我一口气读完，果然思路独特，针对性强，在校园精神文明建设中是带有创造性的活动。

事后我们去文豪杂粮食府吃饭，埋单时竟中了一百元纳税奖，我高兴得连连说："老天还是公正，这是奖励你这个下过苦的人呀。"

赵全章就是这么个人，简直没法叫他不燃烧。你看着吧，一有机会他绝对还会冲上去，大丈夫一生嘛，驰马挥戈赴楼兰，何惧马革裹尸还？

2006年5月5日，星期五，五一黄金周，西安不散居

芒景布朗的传世书

春天的中国，似乎隐藏着一个未被定名的节日，这便是新茶节。未名倒好，少了各种华而不实的烦冗仪式，多的是真情实感的传递。你看春夏之交吧，采茶制茶送茶买茶论茶蔚成风气，我们这个东方古国处处茶香醉人，别是一种情调在心头。

这不，又到了新茶上市的季节，陕南的朋友送来了午子茶、紫阳茶、龙泉茶，江西的亲人捎来了婺源绿茶和庐山云雾茶，杭州中国茶叶研究院一位专家朋友每年两盒龙井，也如期寄来了。但我还在企盼、等待，想得到来自彩云之南的一点茶消息。去年春末，我被邀去澜沧江畔的芒景，参加布朗族接续了千年的山康茶祖节，而后又去思茅、普洱，参加了"茶马古道，瑞贡京城"活动的出发仪式。打那时起，后发酵的普洱茶便一直在我心里发酵，绵延着漫长而又漫长的回忆。

这回忆是从一本书开始的。这本书是布朗文，用金粉手抄在土纸上，从未印刷出版。土纸粗糙厚朴，布满云纹似的纤维。开本也不规范，介乎四开和八开之间，像《参考消息》裁了一刀，窄如经卷。这是芒景布朗族的传世史诗，绝版孤本，当然不会在我手里。只是在我保存的由苏国文编写的内部铅印《芒景布朗族传说简史》中对其有简单的介绍，说："相传芒景布朗族有一部用傣文手抄的传世史诗，流落民间，迄今未能找到。"传说简史写于1995年，作者苏国文是当地的中学教师，芒景布朗族最后一位头人苏里亚的儿子。20世纪50年代初，苏里亚曾代表布朗人去北京参加国庆观礼，受到毛泽东、刘少奇、周恩来、朱德的接见，总理还送了他一套中山装。

苏里亚为了找到这部散失了的民族史诗，奔波半生无所着落，只好将这个遗憾留给了儿子苏国文。苏国文又经过好几年的调查，才确定这本书流落在国界那边的缅甸布朗兄弟手中。他历尽艰险七次出境，跑遍缅地28个布朗寨子，终于以友谊、诚恳和善心化解了怀疑、误解甚至敌意，用血脉相承的族缘取得了对方的信任。整整找了十年，这部神奇的书终于回了家，回到了芒景布朗人自己手里。

山康茶祖节有近万人聚集，敲象脚鼓，跳布朗舞，祭茶祖，做佛事，花团锦簇，好不热闹！许多布朗老人"散食聚福"，挨个请大家吃自家的甜粑粑，你吃了，他高兴得双手合十连连作揖。

想不到茶祖节最核心的仪式却是由苏国文朗读传世史诗。

从来没有见过读书如此神圣，从来没有见过书有如此的凝聚力。当司仪宣布朗读布朗史诗时，鞭炮齐鸣、彩带腾空，象脚鼓缘于每个人的心跳，咚咚咚咚，响成一个节奏。身着民族服装的苏国文缓步上台，庄重地打开一个烫金盒子，取出用黄缎子包着的土纸手抄书，戴上老花镜，用比他平时说话整整低了八度的沉着声音，领读一句，全场民众复读一句。他读得极慢，一个音节一顿，声音和手指都在战栗。场上有的老人读着读着跪下了，许多人眼里闪着泪光，有的妇女哭出了声。我听不懂布朗语，事后了解到，其实读的那几段并没有讲述什么民族悲剧，只是平静地叙述布朗人零散的分布和上百次迁徙。但这个民族的每一分子都从中领受到了一种神圣感、一种苦难感。许多人甚至并没有听懂书中说了什么，仅仅由于本族群世代共有的天籁般的语音符号和图腾般的文字符号，还有会场里阳光所凝聚起来的专注，春风暗传着的沟通，已经足以使每一个人找到了认同，感受到个体归属于群体后的强大，于是有了自信，有了敬畏。

这部史诗称，芒景布朗族古称"濮人"，最著名的民族英雄是茶祖"帕哎冷"。"帕"是傣王封的一种官职，"哎冷"是老大。濮人强悍善战、坚强不屈，常被南诏国王驱上战场。古籍《蛮书》卷四记载，唐朝军队"生擒得扑子蛮，拷问之不语，截其腕亦不声"。帕哎冷高大魁梧、有勇有谋，很得傣王赏识，招为七驸马，有意将王位传给他，但他情愿回到家乡布朗山，领着乡亲发展壮大自己的部落。帕哎冷去世后，在天上显灵，给子孙留下遗嘱说："天下发生战争，我会保佑你们平安无事，只让你们听见枪炮声，不让战火烧到村寨来。""我要给你们留下牛马，怕遇到灾难死掉；要给你们留下金银财宝，也怕你们吃光用完；所以只给你们留下茶树，让子孙后代取用不尽。"从此芒景布朗山便长出层层叠叠的茶林，这便是一直绿到现在的万亩原生古茶林，茶叶便是独特的具有后发酵功能的普洱茶。芒景布朗山每年一度的山康茶祖节，既是祭祖，也是祭茶，祈祷和平安宁和祈祷劳动致富。在这里，茶的精神和民族精神交融一体，给人以极深的印象。

记得这次茶祖节上还朗读了我的一篇祭文，就融进了这样的感受。

祭文前有一小序，约略记录了当时的情景：

> 乙酉年初夏，偕挚友黄庆、贾四贵参加"茶马古道，瑞贡京城"活动，遂有澜沧江之行。适逢布朗族山康茶祖节，有长联高悬，曰：景迈芒景景上景独好胜景，茶祖古茶茶中茶绝妙嘉茶。在象脚鼓的节奏中，与布朗族兄弟姐妹一道舞之蹈之歌之咏之，贡祭茶祖帕哎冷，遥呼茶魂山之巅。情不能自已，乃乘兴草成此《千年茶祖祭》，以纪缅怀之情。

这里要解释几句，所谓"遥呼茶魂山之巅"，是指茶祖节的最后一个仪式"喊茶魂"，布朗乡亲们在苏国文的带领下，步行十里来到布朗山巅，齐声高呼"帕哎冷，回来啊——帕哎冷，回来啊——"悠长的呼喊在长天流云、千山万壑回荡，有一种无以言说的沧桑感和悲怆情怀。是呼唤茶祖，也是呼唤先祖；是呼唤茶魂，也是呼唤民族魂。将茶精神和民族精神如此确定地融为一体，融进同一人格形象之中，我还是第一次亲历。我是真正感动了。

两个月之后，从普洱和云南各地出发瑞贡京城的百来十个驮子组成的马帮，由各路马帮头带到昆明聚齐，列队向着北京出发。四个月后，这个马帮越过云贵高原、川西平原和秦巴山地的千山万水，疲惫而又昂奋地走进古长安的大雁塔广场，和万里取经归来的唐代僧人玄奘法师有一次历史性的会见。这被全国各媒体记载，并摄入电视镜头。而后，他们又义无反顾地向着北方，过渭河、过黄河、过汾河、过永定河，把彩云之南的茶香茶魂一路驮到了北京。

2006年6月3日，星期六，西安不散居，时值大雨滂沱

张守仁：《爱是一种伤害》

八次文代会、七次作代会在人民大会堂开幕，想不到迎面遇上了大学同班同学张守仁，他是北京代表团的。我们相约，会后老同学一定聚聚，便各自消失在人群中。回头看他的背影，步履并不蹒跚，抬腿放脚却明显有了几分小心。唉，我和我的这些老同学呐，是一个个进入老境了。

我想起了守仁的散文集《爱是一种伤害》。那该已是他的第N本书了吧。他在大学一二年级就出版了一本译著，是他翻译的一部俄文小说集。他是所谓"调干生"，即从干部岗位上考入大学的，原来是部队的翻译，精通俄语。学生时期就能出版厚厚一本书，把我这个十八九岁的小青年佩服得五体投地。

这本书第一篇，便是用作书名的散文《爱是一种伤害》。它用一个门后的角落，一个细节，写出了守仁自己以及如他那样善良而又纯净的人。那准确的程度，只有我们这些熟知守仁的人才能体会到。文章这样开始："那个角落，那个被门屏蔽的角落里的感受，像火一样烙印在心间，永难忘怀。许多日月已经流逝，那一切却愈加鲜明……"在那个角落里发生了什么事情呢？原来两个因文学而结缘的人，"我"和"她"，在一个人人都会拥有的傍晚，融洽而快乐地谈起了文学。相同的气质和情调，使空气里流动着温馨。他们在文学这条绿色通道中邂逅、并肩散步，由相知而有了亲近感。临别时走到门后的角落，她提出"可以吻你一下吗"，他尴尬而又迟疑地点点头。吻过，她的黑眸子里闪出欣喜的光泽，而他感动地说谢谢。然后他送她下楼，继续谈论着关于爱情和婚姻种种问题。他对她说自己的感情可能会溅起浪花，却难以泛滥到河堤之外。她收敛笑容,走了。后来离开了这座城市。从此这个门后的角落,成为他"被爱情铭记的角落"……普通不过的一个角落,因为这平淡的一吻和波澜不惊的结局,显示出了奇特的魅力。

这的确是守仁、只能就是守仁。他是个以激情、单纯而著名的人物,在我们班上的"小资"排行榜上,那是铁板钉钉的第一号。记得1958年让大学生"向党交心",我们都以一腔热血当众"交"出了种种"私心杂念"。比如我说"新闻无学",想新闻系毕业再上哲学系。他则检查自己的个人奋斗思想。说考上人民大学后,去京城报到之前来到上海国际饭店18层,面对珠光宝气的上海滩,想着自己这个从崇明岛走出来的青年就要去京城上大学,心潮澎湃,不由得朗诵起公刘的诗:"上海关／钟楼／时针和分针／像一把巨剪一圈／又一圈／铰碎了白天!"公刘是当时很有名的诗人,这是当时很有名的诗,我们都曾是他的粉丝。守仁说,自己有一种《高老头》中拉斯蒂涅初到巴黎想占领这座大城市的冲动,"大上海啊,我要拥抱你!"他本想检查自己,不料却陶醉其中。他的布尔乔亚情调遭到了重点批判。

直到今天,七十岁的守仁依然性格如初。每次同学聚会,他往往成为话题中心和激情原点。有次谈到同学之间的爱情,他又激动了,坦白了自己在某个初春,某夜,一段朦胧的记忆。大家起哄,穷追猛打要他承认爱过哪些女同学,他被逼无奈,屈打成招,对着几位早当了奶奶的女生说,好好好,我承认对班上每位女同学都有过那么一点非分之想,行不?逗得大家前俯后仰。

说起来我俩还合作过一篇万字长文。20世纪80年代,作为鼎鼎大名的《十月》杂志的副主编,守仁组织编辑的许多作品,纷纷获得全国文艺大奖,像黄宗英的报告文学《大雁情》,李存葆的小说《高山下的花环》,他因此而被评为北京市劳动模范。记得《当代文艺思潮》托他组写一篇《高山下的花环》的评论，他极望与我合作。那时冬天家里还用煤炉取暖，一向怯寒的我，下了班吃完晚饭，便坐进被窝里动笔。直到二十多年后，我才在《美文》杂志读到守仁一篇散文称，谢晋导演对这篇评论很是赞赏，给《高山下的花环》摄制组人手一份，让大家从中领会原著，拍好电影。

守仁退休之后，写作尤勤，不时在全国各地报刊读到他的散文，不多却有分量。晚近的散文，有如暑天过后高远的秋日，文字质朴而有表现力。像《夜车穿越武汉》《我日记中的紫罗兰》和怀念苇子等文友的文章。年轻时的激情已经泯静为人生难得有的沉着与温馨，读来每每有一种陈年老酒的味道，给你一种年轮压着年轮的感觉。

爱不见得是一种伤害。爱滋养人的心灵，激活人的生命。有爱的人是有福的。有时，爱会转化为一种伤害，而温柔的伤害也依然滋养和激活我们。而友谊，恐怕只有友谊，才会总是醇酒似的愈藏愈香。

2006年12月6日，从冬天乍入春天，西安至昆明旅次

酒 的 品 位

我说的是酒的品位，而不是酒的价位。也不是要说酒的质量品位，因为质量品位说到底还是和价位联系到一起来了。我是想谈酒的精神品位，更确切地说是想谈喝酒的精神品位。

事情还得从书谈起。前些日子集中读了匡亚明主编、南京大学出版社出版的"中国思想家丛书"中的几本书，如《嵇康评传》《徐渭评传》《龚自珍评传》，联系《世说新语》中的一些记叙，发现中国文化人中的酒徒，大抵是两种情况：一种是创新诉求、求异思维特强，凡事新见迭出、与众不同，而又不乡愿不流俗不随波逐浪者；一种是生命意识、艺术气质特浓，凡事以追求生命的"快意适己"为第一，因而也常常不乡愿不流俗不随波逐浪。这两类人都是人中的大觉悟者和大智慧者。

要"快意适己"，那是非和酒结缘不可的，无论真醉、佯醉、文醉、武醉乃至癫狂之醉，种种的狂狷不群，究其实际都是一种文化的和人生的态度。

从汉末到魏晋六朝，可以算作中国历史上的一个乱世，朝代更迭、政治纷争、生存艰困，文化人心中的苦难感觉和以放浪形骸宣泄生命苦难、追求生命自由的愿望，格外强烈。他们追求特立异思、独行异节，有时甚至在狂饮中蓬发乱鬓、啸傲纵逸，引发社会的关注。

《三国演义》曾描写过"孔融让梨"的佳话，这个古代的"小雷锋"，著名的好孩子、乖孩子，后来却成为著名的狂士。他辞官赋闲，聚众狂饮，满足地感叹道："座上客常满，樽中酒不空，吾无忧矣。"他给曹操写信，以狂言极赞酒之功德，从尧帝开始，一连举了十个例子证明酒之功德，什么尧帝不喝千盅，无以建太平；孔子不饮百觚，无以称圣人；樊哙所以能在鸿门宴上解救危厄于一时，是酒给他奋志壮胆；甚至说被称为"高阳酒徒"的郦生照样可以大有功于汉，而不嗜酒的屈原，却因了太清醒被困于楚！

和孔融这段文字交相辉映的，还有魏晋名士"竹林七贤"刘伶写的《酒德颂》："行无辙迹，居无室庐，幕天席地……唯酒是务"，"无思无虑，其乐陶陶。兀然而醉，豁尔而醒"。自从归隐，终日与酒亲近。每端起酒杯便神思飞扬，自我扩张，感到天地狭小，有时干脆脱衣裸身豪饮。遇有客至家，窥见其状，他便笑道："我以天地为房屋,房屋为裤子,你怎么钻到我裤子里来了？"

他常常提一壶浊酒坐一辆鹿车，让人荷锄随于后，叮咛道，喝死了便就地把我埋了！刘伶成天醉醺醺，心里却很清醒，友人称他"虽陶兀昏放，而机应不差"。有次喝醉了和一个市井之徒起了争端，对方要打他，他笑着说"鸡肋不足以安尊拳"，我这几根鸡肋似的瘦骨头，受不了你尊贵的拳头呀。对方只好一笑了之。刘伶似醉非醉，以酒情狂态逃避世俗社会，追求心灵自由，也保护着自我。

刘伶是酒中狂者，阮籍则是酒中隐士。一个清醒过人的人不能不借酒佯狂，是那个时代压抑自由人格的悲剧。他嗜酒善弹，尤好老庄。或闭户读书累月不出，或临山涉水经日忘归，得意时更是忘其形骸。阮籍不仅以酒浇愁，更借酒挑战虚伪的礼教。他本是个孝子，但在母亲下葬那天，故意违拗礼教喝了两斗酒，吃了一只蒸乳猪，而后在母亲灵前一声长嚎，吐血几升，旋即神萎形销。他以此证明酒肉与孝道、感情并无直接关系，传统礼教有着很大的虚伪性。阮籍更借酒来掩护自己，有了为难的事便借酒糊弄。司马昭以万乘之躯屈尊为自己的儿子向阮的女儿求婚，这本是向上爬的好机会，他却不愿意，当面不好拒绝，每次司马家来人提亲，他有意喝得人事不省，一连醉了六十天！司马昭只好放弃。阮籍真是个酒中的大隐士。

魏晋时这种嗜酒风气，甚至影响了统治阶层。曹操作为汉末枭雄，曾高歌"烈士暮年，壮心不已"，而作为建安文人，也由不得发出"对酒当歌，人生几何？

譬如朝露,去日苦多"的叹息。晋孝武帝司马曜,贵为帝王,一沾酒也是真性情尽出。有次夜宴见天际出现了彗星,这是国破君亡的不吉征兆,司马曜虽有不悦,却潇洒地向彗星举杯:"劝尔一杯酒吧,自古何时有万岁的天子呢?"

上面谈到的这些酒事酒人,一直是中国人形而上平台的重要元素,是中国历史精神舞台、文化舞台、文人舞台的重要角色。酒是品赏是审美是释放是减压。酒是不矫情,不逆性,不昧心,不抑志。酒放飞真性和自由,酒支撑傲骨和抗争,酒也是退避韬晦,是在不为之中有所为,在退却中图进击的大智慧。

当然历朝历代的中国也一直有形而下层面的酒现象,有淫酒以为乐的酒徒,有功利欲望联结起来的酒肉朋友。酒中的醉生梦死,酒中的攀龙附凤,还有"朱门酒肉臭,路有冻死骨"的社会不公。酒中丑态,那真是应有尽有。

斗转星移到了今天,国人酒风酒德的传承似乎有了很大的倾斜,"酒现象"日盛一日如日中天,"酒文化"则一步步在衰微变质之中。"来几杯"已经成当下办一切事情的序曲,一切都在酒桌上搞定。琼浆玉液成为驶向功利目的和欲望高地的润滑剂甚至能源。"酒文化"倒是花样翻新,传媒、广告、论坛,喊得震天动地,到底有多少人承传了古人的酒精神呢?当利润成为各种各样"酒文化"的真实目的时,"文化"早就在功利面前失身了。

酒是最好不喝,万不得已少喝。要喝就喝出点品位,喝出点情调情趣,让生活在酒香中更浪漫更艺术一点,精神在酒香中更自由自适更理想化一点,这才好啊。

2006年12月10日,彩云之南,大理至西双版纳旅次

美男子嵇康

古今中外美男子多矣,为什么独独要写近两千年前魏晋时期遥远的嵇康?我建议你稍稍翻阅一下《晋书》和《世说新语》中的有关章节,就会大致明白。

"美男子"自古以来就容易给人以"奶油小生"的印象,如宋玉,如潘安,如惹得东京名妓李师师心旌摇荡的浪子燕青,如在大观园里总是处于女性眼球焦点的贾宝玉。他们美美相异,却又美美与共。各有各的个性,有一点又总是相同,这就是"面如敷粉",也就是那类脸皮白皙的"奶油小生"族群。嵇康所处的魏晋时代也有"奶油小生",如玄学家何晏极为漂亮,皮肤白皙,在世人的赞美下,他粉帛常不离手,行步顾影自怜。卫玠以病态的漂亮博得了一个女性化的美称:"珠玉",他身体羸弱至极,出门到外地,竟被如潮的围观者"看杀"。是不是真死了不得而知,起码是昏倒了。

到了现代,"奶油小生"更是"奶油"得无以复加,像《上海宝贝》里那位靠外汇寄生于网络和情场之上的小男生,苍白已经由脸皮一直浸漫到心灵,成了彻头彻尾的一根"豆芽菜"。生活中,更多的男生正在悄然鱼龙变化,向女生靠拢,讲究打扮,往脸上抹各种涂料,往手指上手腕上甚至耳垂上戴各种饰物,说话也嗲声嗲气,走路也扭扭捏捏。于是——我好像记得,正是上海滩最先有了小男人、小女人散文。小女人散文从来就有,小男人散文则怕是那群"面如敷粉"的奶油小生们的首创和需要吧。

嵇康之美完全不输于此类"面如敷粉"者,却完全是另一种风格,有着另一种追求。据《嵇康别传》对此人的描绘,龙章凤姿,天质自然,在群形之中，乃非常之器，令当时许多名士倾倒。请看《世说新语·容止》的记载："嵇叔夜之为人也，岩岩若孤松之独立；其醉也，傀俄若玉山之将崩。"时人认为乃神仙中人，活活是神品一个。有次入山采药，遇一樵夫，那人被他的风采震慑，竟以为遇上了神仙。

嵇康的美是一种男性美、一种气质美、一种文化美。他修长伟岸而具有阳刚之气，又潇洒飘逸而具有名士风度，更以对音乐和诸科文化的领悟和精通而具有过人的艺术才情。仅音乐修养便可大书一笔。他擅长操琴，创作了《风入松》《嵇氏四弄》《琴赞》《琴赋》和闻名千古的《广陵散》，写了进入中国音乐史的论著《声无哀乐论》。他认为音乐可以导气养神、宣和志情，使人达到适心悦己的自由境界，因而"琴德"和"人德"相通，"琴心"和"人心"暗合。他把音乐、文章、酒和日常言行都融进旷达的生命追求和自由的人格境界。

他诗文、琴乐、美食、养生无所不能，却又不是为了身外的功利只是为了涵养自身，使自己有一个诗化的人生。嵇康的仪容美与他崇尚自然、固守真性的精神境界，独立不羁、追求自由的人格力量交相辉映，达到了生命形质之美圆融地结合。

更叫人感佩的是，他还将美好的仪容、气质、性情、人格，和自己狂狷的生命追求和独立的社会人生理想熔铸一体，使生命之美在各个方面都迸发出了耀目的华彩。嵇康的狂，表现在非圣蔑礼、桀骜不驯；嵇康的狷，则表现在绝世独立、洁身自爱。他将自己的理想人格建立在"非汤武而薄周孔"和"越名教而任自然"的基础上。前者是要批判汤武周孔所代表的虚伪的儒家人格，后者则要建立一种超越一切虚伪的封建社会人伦秩序，而以庄子哲学的任性适己为主要营养，逐步建立起追求个体自由的新型人格思想。请看下面这段话："六经以抑引为主，人性以从欲为欢。抑引则违其愿，从欲则得自然。"顺从人性的欲求才是自然的道德的,而不能以经典或传统来压抑人性。这可以说是嵇康狂狷人格的宣言。

嵇康狂狷的离经叛道主张触动了封建王朝的礼教基础,很难为当时的社会所容。鲁迅在《魏晋风度及文章与药及酒之关系》一文中说得好:汤武是以武定天下的,周公是忠心辅佐成王而自己不篡位的,孔子是言必称尧舜的,尧舜呢,是禅让天下于贤人而不搞家天下的,你嵇康却说汤武周孔没有一个是好的,我司马氏要篡位,怎么办才好呢?嵇康妨碍了司马夺权篡位,就非死不可了。到底是鲁迅,几句话便一剑封喉!

但嵇康绝不妥协,向反对他的人宣战,也和劝他乡愿的人绝交。他写的两封绝交书,一封《与吕长悌绝交书》,一封《与山巨源绝交书》,是嵇康狂狷刚烈人格的咏叹调。他毫不讳言地谴责了吕长悌奸污弟媳,陷害弟兄的卑劣和伪善。山巨源本是"竹林七贤"里嵇康的老友,因处世圆滑而官运亨通,多次举荐、劝导嵇康入仕。嵇康认为山巨源不了解自己的志向,要他当官是逼他发疯,因而宣布绝交。

在钟会的诬陷下,司马昭的刀终于架到了嵇康脖子上。他在死狱之中写下了《幽愤诗》,在这首绝笔诗中声称自己耻于向伪善者、当权者乞求,"与世无营,神气晏如""穷达有命,亦又何求"。消息传开,京师震动,数千名太学生联名上书请求赦免,并希望能拜嵇康为师。司马昭不予理会,他要以斩杀嵇康威慑天下那些爱多嘴的文人名士。

生命的最后一刻,嵇康亲自操琴,奏响了自己创作的《广陵散》,在高山流水般的琴声中结束了美丽的生命。

嵇康的出现是有各种条件的。有魏晋时代的历史社会条件和他自身各方面的条件。我并不主张今天大家都去学嵇康,我只是希望大家从这个历史人物身上受到启发。个人的容貌纵然不能选择,但个人的气质、风度、才情、人格境界和理想追求，却完全可以培养熏陶。只要不息追求，造化给予我们的这几十年生命，完全可以变得更有意味、更加美丽。

2006 年 12 月 12 日，西双版纳旅次

徐青藤，蚌病反生珠

明万历二十五年（1597），主张革新的公安派文学大家袁宏道游于绍兴，在好友陶望龄的书架上看到一册印制粗劣、没有署名的诗集，取出随手翻翻，马上被吸引了，讶异地大喊，作者是什么人，是古人还是今人？朋友告诉他是同乡徐渭写的。于是两人在灯下击节而诵，情不自禁地读着喊着，喊着读着，为诗人的才华和诗风的奇崛而倾倒。

这位徐渭，字文长，号青藤山人，是晚明一位艺术才华光芒四射的奇人。他六岁过目成诵，八岁每晨能写一文，十六岁所作《释毁》更是轰动一时，被乡里视为神童，称道他"关起城门，只有这一个"。尤以丹青著称于后世的徐渭，却说自己是书法第一、诗第二、文第三、画第四。其实他戏曲也很了得，所作《四声猿》在中国戏曲史上是留有一笔的。这位在文学艺术各领域都成就卓著的文化奇人，命运却出奇的不幸，一生几乎没有走出过苦难，可谓是罕有的文化"畸人"，晚年自撰年谱，也命名为《畸谱》。这个"畸"字，实在是对他的性格、遭遇和说不完道不尽的苦难最好的浓缩。

何谓畸人？在我看来，乃畸命也，乃畸心也，乃畸态也，乃畸行也。整个儿是一畸形生命的五重奏。

畸命：徐渭母亲是徐家继室苗氏的一个婢妾，徐渭作为奴婢的庶出，本来就没有地位，不料雪上加霜，出生百日之后父亲又撒手人寰。从此家庭急剧败落，家族矛盾加剧。十岁那年，家道中落的徐家大量遣散奴仆，徐的亲生母竟然被卖到他乡，骨肉离散之后不久，一直呵护他的苗氏又病故。失去童年唯一的依靠后，在比自己大二十多岁的异母长兄的歧视下生活。对这一段日子，他在给友人信中曾有"骨肉煎逼，萁豆相燃，日夜旋顾，唯身与影"

的慨叹。

无力娶妻，二十岁时去潘家作了倒插门女婿，依然寄人篱下。所幸与妻子感情尚好。但没过几天安心日子，潘氏却得产后病死去。后与再婚的胡氏不和，因休妻引起漫长的讼诉。徐渭一生四次婚姻都连连遭挫，最后落个孑然一身，孤苦伶仃。由于他入赘了外姓，不能继承徐家遗产，应得家产被外姓人占有。失去妻子和财产的徐渭，不便再寄居岳父家中，便租屋另住，设馆教学。和当时所有的文人一样，他一直想通过科举考试改变命运，但从二十岁参加乡试始，三年一次，一连八次，整整二十四年均是落第而归！

自幼丧父失母、童年孤苦，青年丧妻、婚姻不幸，科场失意、屡遭挫折，他的人生就是承受一次接一次的打击，命运如此畸零，实在古今罕有。

畸心：畸零之命铸造了徐渭的畸零之心。徐渭的畸心有两个根源：一源于命运多舛，命运每一次打击都给徐渭的心灵留下深深的创伤。二源于感情矛盾与精神痛苦，这种创伤就更为深刻了。徐渭一生持正不阿，对当朝奸相严嵩的种种倒行逆施十分痛恨，他所钦佩的同乡沈炼上本弹劾严嵩惨遭杀害更加剧了这种仇恨。但严嵩的亲信东南总督胡宗宪却又一直赏识他、优遇他。胡常请他代写吹捧严嵩的文章，知遇之恩使他无法拒绝，这种自欺欺人的违心写作不能不给心灵造成极大的伤害。对文人来说，最大的痛苦是心智的痛苦，违心而不被别人理解也不被自己原谅的痛苦，更无异于一种心灵凌迟，一种慢性自杀。

大量的心灵创伤，便这样日复一日积存于徐渭心中，埋下了精神分裂症（即所谓的"心疾"与"脑疯"）的种。可怜这位天才，带着一颗千疮百孔的心，在凄风苦雨的岁月中踉跄迈步，颠簸前行。

畸行：严嵩奸党的倒台、胡宗宪的被捕被杀，终于导致徐渭精神分裂症的大发作，引发了他一系列"狂疾"症状和癫狂行为。徐渭与胡的关系尽人皆知，而徐渭内心对严嵩奸党的仇视却少为人知。审理胡宗宪时，徐渭成天被恐惧、忧郁所折磨，担心被株连。加之另一位要员、同样赏识他的内阁大学士李春芳又几次要他入京为自己执掌文案，徐渭固辞不受，遭到这位显贵的"声怖"（即威胁），安全感的严重缺失终于导致迫害狂病症的爆发。

他固执地认为有人要害死他，又固执地认为让人害死不如自己一死百了。他为自己准备好了棺木，写了《自为墓志铭》，拔下墙上的大铁钉刺入耳中，血流如注却没死。再用大铁锥击碎睾丸，还未死。以后又多次自杀均未成功，看来畸人是命不当诛。《自为墓志铭》写得痛彻而又消沉，说自己学文慕道两不得，追求一生无所获，玩世傲世又受到众人的诟病，对生活已完全丧失信念。

精神分裂症还导致了徐渭的杀妻悲剧。据清《白茅堂集》卷四十三记，他第三任妻子张氏很是美貌，那年冬天大雪，有个家僮蹲在灶前取暖，张氏给他添了件衣服，徐渭当时正用铁锥取冰，见了顿生猜忌，出口便骂，妇亦还嘴，一怒之下飞锥掷妇，误中而亡。他以杀人罪被打入死囚，在狱中满身虮虱，衣不蔽体，食不果腹。经友人张元忭父子说情营救，案情稍有减轻，可以读书作文。他在狱中研究养生术，完成了《周易参同契》的注释，病也稍有好转。坐了七年牢，明神宗继位大赦天下才获得自由。

畸态：徐渭出狱后虽然晚景凄凉，却始终坚守自己蔑视权贵、反抗社会的人生态度和文化立场，这是一种狂狷文人的孤愤心态。救其出狱的张元忭邀他进京打理文案，他因感恩而慨然应允。但当张元忭居官自傲，处处以礼法限制他时，他却不能接受，说我杀人当死，只是脖子上挨一刀，现在这样是一刀一刀剐他的肉，比死还难受。狂疾复又发作，弃职大骂而归。晚年闭门不出，拒与礼法之士交往，若有此类人来，他在里面将门抵住，大呼"徐某不在！"诗侣酒友、屠贩田翁和合得来的朋友来了，则饮酒狂欢。鸟儿飞下来，豕猪走过来，被邀同饮。乡里直呼其名，要字要画，随手便给。

徐渭狂狷、孤愤的心态，淋漓尽致地表现在他的艺术创作中。他的诗歌诡奇怪诞，被人评为"句句鬼语，李长吉（李贺）之流也"。他的书画不师古人不拘成法，具有明显的反传统倾向。书法线条在枯涩中艰难行进，如虬龙盘木、狂蛇乱舞，有一股不平之气。他喜用泼墨渲染山水花卉在凄风苦雨、雪压冰冻中顽强挣扎的图景。在泼墨牡丹上题诗曰："从来国色无装点，空染胭脂媚俗人。"在人物画《掏耳图》上题诗曰："做哑装聋若未能，关心都犯痒和疼。仙人何用闲掏耳，事事人间不耐听。"在水墨葡萄上题诗曰："半生落魄已成翁，独当书斋啸晚风。笔底明珠无处卖，闲抛闲掷野藤中。"处处借书画自况，表现自己独立不羁的傲骨。

盛世书画多的是丰腴之美、匀和之美、流畅之美，坎坷人生造就的却往往是尖锐之美、变态之美、枯涩之美，这种美给人的不是满足和享受，而是追索和愤懑。文似看山不喜平，因而文章憎命达。作文习艺的人命运过于畅达，就难有对人生对感情深沉而极致的体验，也很难震撼别人。蚌因病而孕珍珠，牛因病而生牛黄，金属的腐锈、植物的腐败，在波特莱尔和闻一多笔下能变成异态的诱人风景，恐怕就是这个理儿了。

徐渭也是这样的人，像耶稣那样，以自身对生命苦难超量的承载（畸命），以自己对生命苦难的病态性的审美转化（畸心），创造了畸态的、却有深刻生命信息的艺术精品，为人类保存了各种独特、奇诡、瑰丽的生命现象、心理经验和审美图像。这种人其实是很崇高的，是另一种意义上牺牲自我而奉献社会的人，只是生前死后都难被理解。

2007年2月12日，农历腊月二十五日，西安不散居

砸不烂的"钢豌豆"李贽

说自己是什么什么"豌豆"的,其实不是李贽而是关汉卿。关老夫子一生不畏权贵,曾把自己比作"蒸不烂、煮不熟、捶不扁、炒不爆、响当当一粒铜豌豆"。而李贽之硬,比之关汉卿更胜一筹,因此我称他为"钢豌豆",咬不碎、砸不烂的钢豌豆。他编著的《藏书》《焚书》《续焚书》就是立于青史几百年的无言的证人。

晚明大学问家李贽,号卓吾,福建泉州人。古代泉州异质文化的味道很浓,一是因为此地系通商异域的口岸,郑和下西洋就从这里出发,是中国海洋文化肇始之地,李卓吾祖上就是商贾世家;二是因为此地聚居着回族等其他一些民族的人,当地有不少人与西亚伊斯兰教徒通婚,李的祖上也有色目人血缘。这都与汉族内封性的土地文化相异。也许正是这两点,决定了李卓吾的异端和对异端的执守,也命定了他苦难的一生。他不屑为乡宦,自命为"流寓客子"。"流寓",精神上居无定所,只能流徙终生也;"客子",文化上不是这块土地的嫡传,而是不被认同的客地之子也。这样一个人怎能畅达,又何谈幸福?

李卓吾在《续焚书》中说,他自六七岁丧母便能自立,这不只是指生活上的自立,更指思想精神上的自立,凡事与人相异,只肯特立独行。所以要表述李卓吾,最恰当的句式不是他"是谁""做了什么",而是"他不是谁""不做什么"。在我看来,此人起码有"六不为"。此"六不为"最为我所钦佩,也是自己难以做到的。

第一,不想考官。隋唐以来,中国文人的晋身之阶几乎系于科举一途,而李卓吾不考科举。明代为了维护中央集权,规定士子要代圣贤立言,因而只考朱熹传注的"四书五经"。他反对这种窒息创新思想的做法,拒绝参与。

他曾"恶搞"过一次考科,考前背熟几篇经文,上场剽窃抄袭,竟中了举人!可见考官对孔孟朱熹也未必懂多少。中了举人,却放弃了再考进士的机会。

第二,不愿做官。李卓吾喜欢无拘无束,当官则很不自由。为了生计,他也当过官,却由着性情,动辄挂印辞归。为官却喜去寺院讲经,有时干脆把寺院当衙门的公堂,一边办案一边论学,引起非议。在云南姚安当知府,体察民情,廉洁奉公,政声较好,要提拔他,他却弃印封库、辞职而归,不当这个官了。他在《焚书》中说得好:不是那块料而去当那个官,是旷官;不当到最后不放这个位子,是贪荣;一定要把官当到名声满朝,是钓名。对这些,他表示"费不能也""费不为也"。辞官归田时,行囊里除图书与俸禄别无他物,多的倒是拥车相送的众百姓。

第三,不说假话。被世人视为异类的狂狷者,其实不过是执守童心真性,而不肯被各种后天的游戏规则改造、随俗附庸的真人而已。李卓吾《童心说》云,童心是人的最初一念之本,失却童心便失却真心,失却真人。人而非真,全不复有初矣。不说假话,便需肯定人追求个性、私欲和个人利益的合理性,他反对儒教"发乎情止乎礼仪"、以礼遏情的桎梏,主张天性和礼仪自然的统一。《焚书》说,自然既发乎性情,则也应止乎礼仪,在性情之外没有外加的礼仪可言。在朱明政权和程朱理学存理灭欲的浓重阴影下,这其实是一种具有历史进步性的个性自由和个人发展论。它是晚明思想解放和新人格诞生的理论旗帜。

第四,不随便附和别人。坚持自己认为正确的见解和言行,不赶时尚,不趋潮流,不人云亦云,不附和逢迎人,不说空话套话假话,是李卓吾的第四"不"。这集中表现在他蔑圣儒、非孔孟上。他在自家佛堂挂上孔子像,写了一篇不无调侃的题词:大家都说孔子是大圣,老、佛为异端,但并不真正知道孔子神圣在哪里,老、佛又异端在哪里,是听父亲、老师说的,父亲、老师也不真正知道,是听历代儒家说的,历代儒家呢,其实都是听孔子自己说的啊。孔子明示过要"攻乎异端",不容许不同意见;当然也说过"圣则吾不能"，那是在故作谦虚、此地无银三百两呀。李卓吾在《续焚书》中把儒家说得一无是处："鄙儒无识，俗儒无实，迂儒未死而臭，名儒死节殉名。"他认为，老天生一个人有一个人的作用，不必在儒教面前没有了自己，人人都以孔子的是非为是非，社会上还有什么是非呢？一个人，只要不逆心、不昧心、不抑志、不矫情，都可以为杰为圣为佛的。

第五，不愿陷在各种俗务中。简约、自由而形而上地活着是李卓吾的追求，他烦当官也烦各种家务和迎来送往的俗事。祖父去世那年正值饥荒，因经济拮据，流徙外乡的他只身回家奔丧。妻女哭着要一齐走被拒绝，留下一半钱让她们自耕自食。为了尽孝，他将祖先三代移葬一起，多耽误了时日，回来时两个女儿已经饿死，悲痛中对家族礼仪便有了看法。在《感慨平生》中写道，平生不爱受人管，却一生下来便属人管了。幼时受训于蒙师，长大了要受老师、父亲的管教。当了官，受官管。弃官回家，又属本府本县父母官管。来而迎去而送，请吃送礼贺寿，稍不周到便有祸患，一直管到了人死入土才安宁。所以为了生命的自由，他宁可抛弃一切，或漂流四外，或削发为僧，总之不归返家园，以"流寓客子"的身份躲避各种杂事俗务。

第六，不僧不儒，非礼非制。李卓吾把世下的礼制规则一点不放在眼里，言行穿着十分异端。出了家却不受戒、不拜师、不戒酒肉，光头却留长须，有时还在僧头上裹个儒帽，不僧不儒地游戏市井，引来好事者的围观。有位寡妇遭人议论，他偏毫无顾忌登门造访，接受她的供奉。还和巡抚寡女梅澹然尺牍往来，切磋佛理，并将书信结集为《观音问》。种种离经叛道的行为激怒了道学家们，他们骂他"宣淫败俗，左道惑众"，恐吓他，雇流氓围攻他，地方官也动用法治驱逐他。李卓吾本有外出访友的打算，如此反倒不走了，说"我可杀不可去，我头可断而身不可辱"，"若告饶，即不成李卓老矣！"

第七，不肯同流合污的过度的洁癖。据袁中道描述，他在麻城削发为僧后，闭门谢客，以读书为乐事。唯性爱扫地，数人缚帚不给；浣洗衿裙，极其鲜洁；拭面洗濯，犹如水淫。客人却令远坐，嫌其臭秽也。对清洁如此较真而不厌其烦，生命真到了如月如水如气的境界。持身之皎洁，不正是精神上嗜洁成癖的一种表现吗？

后来怎么样呢？大家可能要问结局。这样一个狂狷不群之士，内心的种种矛盾冲突，真与伪、游与守、洁与浊、圣与异、雅与俗，有如搅拌机一样，使心灵和生命始终陷于激越翻滚的旋涡湍流之中，哪里有安宁？他对自由生命和人格的追求是清醒的，符合历史进步要求，但在那个时代很难实现，个人的践行又无法被理解。当历史还没有孕育出解决这些矛盾的理想构建和方式时，他那样的早醒者，便只能孤身一人与封建政权所支持的礼教做无望的抗争，永远处在高度的孤独和痛苦之中。如他的自况诗所云："独雁虽无依，群飞尚有伴。可怜何处翁，兀坐生忧患。"

对此李卓吾早有不祥的预感，他说"吾将死于不知己者而泄怒也"。他的异端言行终于惊动了朝廷，万历皇帝传旨以离经乱道、惑世诬名两条罪过严拿治罪，"其书籍已刊未刊者令所在官司尽行烧毁，不许存留"。入狱后，乘狱吏为他剃头之机，李卓吾夺过剃刀自刎，血溅满地。狱吏问还没有断气的李卓吾：痛不？他已不能出声，在狱吏手中写道：不痛。狱吏又问：何以不痛？写道：七十老翁何所求！

两天之后，七十六岁的李卓吾气绝而亡。他别无选择，果然走了这条彻底闭上眼睛、闭上嘴巴的路。也许还不甘心，那便依然得不到解脱。

2007年3月3日，丁亥上元节，西安不散居

才子从来命多舛

今年央视春节晚会，宋丹丹在小品《策划》中，一再夸赵本山的那句台词"你真有才"已经成为网络流行语，这倒让我想起一个真才子来，就是那位批点、评论过《水浒》《三国》的金圣叹。

金圣叹的生日恰好与文昌帝君即文曲星同一天，生他时母亲又恰好梦见穿紫衣的文昌帝君抱个小孩往她怀里放，大家便都说他是文曲星下凡。从此在金圣叹的心里埋下了"才子情结"，也种下了不幸的种子。他本名金采，后读《论语·先进》所载孔子称叹弟子曾皙（"夫子喟然叹曰：'吾与点也。'"），这是圣人之叹了，便改名为圣叹，以孔圣人高足自居。他把自己选批的六部书，《庄子》《离骚》《史记》《杜诗》《水浒》《西厢》，称为"六才子书"，把自己选的唐诗称为"唐才子诗"，把自己从历代文章中选出的篇什称为"天下才子必读书"。可见在他心中，自己和屈原、司马迁、杜甫、施耐庵、王实甫一样，也属于"天下才子"之列。不幸，他的一生也便沿着《红楼梦》描绘贾探春的两句诗"才自精明志自高，生于末世运偏消"一路走将下去了。

儿时的金圣叹有出奇的悟性。七岁想给井里扔瓦片，但想着这瓦片扔下去永远见不了天日，会难受的，便住了手。转念一想，瓦片没有生命，怎么能有想法？又想扔。沉吟许久瓦片才扔出了手，回家还哭了一场。小小年纪如此多愁善感，真是个小人精了。

金圣叹读书范围很广，典籍野史无所不览，儒道释侠兼容并蓄。读书之勤奋和投入，几乎无人可及。总角之时读《西厢记》，被张生"今夜凄凉有四星，他不瞅人待怎生"一句唱勾魂摄魄，竟然"废书而卧者三四日，不茶不饭，不言不语"，真是"活人于此可死，死人于此可活，悟人于此又迷，迷人于此又悟者也"。他先生叹道，这孩子才是世上真正的读书人。他一生读书、批书、与书相伴，始终那么投入。晚年批点唐诗，对王维《春日同裴迪过新昌里访吕逸人不遇》中的两句"桃源面面绝风尘，柳市南头访隐沦"吃不透，便写在墙上，面壁坐卧十天终于搞懂了。

这个读书的种子，也是个情种。两颗种子在金圣叹心里缠绕着一道发芽。他对书对爱的痴情和真性也远非常人可比，早年便宣称，"学道人须是世间第一情种始得"。读到张生与莺莺幽会，批点时忍不住把自己的情诗摘引上去，将早年的爱情故事编织到欣赏的再创造中去。读《水浒》呼延灼爱马那一段，想起儿时老仆侍候自己，风晨月夕同行同住，感情至深，"不觉垂泪浩叹"，大发议论："天下之感，莫深于同患难；而人生之情，莫重于周旋久。盖同患难，则曾有生死一处之许；而周旋久，则真有性情如一之谊也。"这种借书中人说自己的事、自己的心，他称之为"寄辩"之法。通过批点时的"寄辩"，将真切而丰富的感情和人生经验融入书本，在阅读中向人物倾诉、和作者交流、与世间对话，同写书的人、书中的人共哭笑、共祸福、共生死。这才读出了别人读不出的名堂，写出别人写不出的点评来。

点评、眉批，是中国文学批评的独特方式，它简约、精到、自由，要求批评家有极深厚的底蕴。金圣叹将民族美学的这种批评方式发展到了极致，是奠基性的人物。他以儒家学说为基石，将庄禅思想的大框架、八股章法的小砖瓦，组接到自己的文艺批评大厦。但他思想上、艺术上从来都不拘一格，不受约束。苦读的功底，才子的无羁和倨傲，使他敢于质疑前贤，独立思考，表达异见。十岁入乡塾读书，内容多为考科举所要求的经学，他领会极快却不感兴趣，问父亲读这些书有什么用处。有次先生顺着孔子"思无邪"的观点讲《诗经·国风》的"好色而不淫"，他怀疑先生讲得不对，后来在《第六才子书西厢记》的序中，用了上千字批驳，以六七个设问句，从六七个方面，论述了好色很难不淫，"吾得因论《西厢》之次而欲一问之：夫好色与淫相去则真有几何也耶？"痛快淋漓极了。

才子金圣叹历来自视甚高，不安分、不蹈矩，喜欢标新立异、追求自我表现。他不修边幅，谈禅说道，可以连续饮酒三四天不醉。他自认凭自己的才学考科举功名有如探囊取物，竟以儿戏待之。有次岁考，题目是《如此则动心否》，才思敏捷的金才子很快做完了，见时间还多，便在卷末加了一段话："空山穷谷之中，黄金万两；露白葭苍而外，有美一人，试问夫子动心否？曰：动、动、动……"连写三十九个"动"字。考官奇怪，问三十九个"动"何意？才子答道，孔圣人说"四十而不惑"，此谓"四十而不动心也"。弄得考官瞠目结舌。

第二年又考，题目是《孟子将朝王》，金才子在考卷的四角写了四个"吁"字即交卷。考官不明白，他说《孟子》里提到孟子有四五十处，"朝王"二字也出现过很多，都不必再叙了。只有这个"将"字还可作。戏台上，将帅出场之前，先有四个侍官喊着"吁——"出场，站在四角，然后将帅出场。现四角已有"吁"，"将"马上就出来了。考官怒不可遏，当下革掉他博士子弟员资格，赶了出去。他反倒高兴地说："今日还我自由身矣！"有人戏问"自由身"三字出自何处，他脱口秀般，好一顿自我表现："'酒边多见自由身'，这是张籍的诗；'世间难得自由身'，这是寇准的诗；'三山虽好，惜取自由身'，这是朱子的诗。"众人惊得目瞪口呆。

如此有才，又如此好出风头好表现，表现得又是如此的出奇出格，还有他的好果子吃吗？在中国封建社会，皇权文化搞的是"一人为主，天下皆奴"，用一整套制衡机制来维护皇权的集中，谁有才谁就构成对权力的威胁。小农经济又是不患寡而患不均，宁可众人一般低，容不得别个高半头。人性中的嫉妒，在整个社会对天才的警惕与压抑中恶性膨胀。才华横溢的金圣叹自鸣得意地闯进这样一个权力文化和社会心理场，恰如一只爱对着虎狼咩咩叫的羊，命运早已注定。

终生强烈追求的科场功名，理所当然让他吃了闭门羹；大明王朝的覆灭，粉碎了他"立德""立功"的最后梦想；改朝换代的离乱岁月加于他的亡国之痛，更使他心灰意懒。金圣叹于是借批点古籍寄寓自己的伤痛和才情，希图借此走上一条"立言"之路。

但"哭庙事件"，一次文人出于正直和义愤的为民请命活动，有如飞来横祸，最后葬送了这位旷世才子。清顺治十八年（1661），吴县知县任维初狠暴贪婪的斑斑恶迹，引发了吴县千余民众（其中有许多文士生员）驱逐贪官的集会请愿。由于这次聚众请愿是借为顺治服丧哭灵的由头组织的，被当局定性为政治行动，戴上了抗纳兵饷、聚众闹事、震惊帝灵的大帽子，清廷下令严办。金圣叹积极参与了此事，以他生员加畸才的身份，当然在劫难逃。收监后和其他七人一道问斩，妻子家产被官府悉数抄没。

金圣叹在死前的《绝命词》中写道："鼠肝虫臂久萧疏，只惜胸前几本书。虽喜唐诗略分解，庄骚马杜待何如？"至死还在遗憾他没有完成"六才子书"。据王应奎的《柳南随笔》载，听说处斩，他竟惊叹道：断头，至痛也；抄家，至惨也。我不经意之间都得到了，真是天大的奇事。——老天，这样的书痴，你杀他做甚？！

以此之故，每当我听见朋友们好心地称誉另一位朋友为"才子"，心中便常会有一种不祥的预兆：这位荣获"才子"封号的人，大约已经付出或者将要付出很大的代价。"才子"，在我们中国是一个多么闹心、多么沉重、多么痛苦的褒扬性封号，它只能荣耀于表面，荣耀于一时，而后，便可能漫长又漫长地为它受难，甚至为它殉难。君若不信，无妨亲身体验一回，如何？

2007年3月5日，西安不散居

背上字典去邮局

我有过一次背着字典去取款的奇特经历。说来话长,竟然与我姓甚名谁有关。

我叫肖云儒,还算个问题吗?其实大不然,不仅"肖"姓,"云""儒"二字也都经不起较真地推敲。个中深埋着长达半世纪的一段冤假错案,谬种流传、屈打成招、酸甜苦辣那真是一言难尽,得说好一阵子。老夫今年恰逢六六大顺之年,在世上混了一个甲子还出头,许多人已经以"肖老"相称,姓名的真伪问题却并没有解决,或者说,理论上解决了实践中并没有解决。一辈子下来,连姓带名都是赝品,想来真是够凄凉的。所以没有解决,与书有关,与中国词典有关,与汉字罕有其匹的复杂有关。

其实我这个"肖"本应是"萧"。外国的钢琴家肖邦和作家萧伯纳是音译,中国的诗人萧三、作家萧军、萧红是笔名,不敢胡乱攀附,而西汉开国名相萧何、新中国开国名将萧劲光,则地地道道是我的本家。萧姓的渊源和中国历史一样长,据山西临汾尧帝庙"中国姓氏溯源"查证,能上溯到古三代夏商周。古往今来可以入史而荣耀萧氏家族的人,也像秦兵马俑军阵那样能摆出一河滩。

言归正传,我不姓"肖",名字也不叫"云儒",而应该叫"萧雳孺"。小学时代,那个拥有既繁且怪姓名的小皮孩,让所有老师同学一点名就头痛的小皮孩,就是在下我了。外祖父命名的缘由是,姓萧,孺字辈,在江西雩都县(即现在简写为"于都"的长征第一县)出生。大约还有希望我小时"孺子可教",长大能成为社会的"孺子牛"的意思吧。姓名笔画多到近五十画,每次写这劳什子姓名,有如蜀道之难难于上青天,不知哭过多少次,挨过多少回打手心。

解放军南下，解放了江南沃土，也解放了我的姓名。最先解放的是"雺"字。离开赣南后，外地小学的班主任老师不认识这个字，每次点名到我这里都要结巴一下，一卡壳小朋友就笑，常常闹个脸红。有次她一进教堂便斩钉截铁宣布，"萧云孺，你以后就叫这个'云'孺，不准再叫那个什么（指'雺'）孺了。现在上课！"这节课她不再看我一眼，显然痛下决心，而且蓄谋已久。

接下来轮到"孺"字，轻而易举、水到渠成地就被解放了。这次的解放者是语文老师，他咬文嚼字地说，"既然雺已成云，不如孺亦变儒。孺子入云端岂有好结果？云儒倒应该是你的追求。"解放之初好像没有户口本什么的，不用上派出所去申报改姓名，"天地君亲师"，师长如父，你说怎样便怎样吧。第二学期注册报到，我见油印册上已经改了过来，我的姓名由四十四画减少到二十七画，大家都如释重负，总算从烦琐中抢救了一点生命，便这样弄假成真写下来，写到了今天。

"萧"和"肖"本不是一个字的繁简两体，压根儿是两个字。但在20世纪50年代中期第一次文字改革时，不知是确有规定还是误跟风尚，大家（包括报刊出版物）都把"萧"字写为"肖"字。不久有了户口本，在大学的集体户口上我已姓"肖"，我已经不是原先的那个我了。工作了，成家了，那个不是我的我在户口本的几次变迁中便一直沿用下来。不和你商量，也由不得你，便这样完全彻底地、全心全意地、无条件地由"萧雺孺"变成了"肖云儒"。

只是事情并没有完，这以后社会的变化、自身的变化，继续将我姓名的个案搅缠进去。第二批文字改革方案之后，对一些改过了头、社会难以认可的字做了纠正，其中似乎就有关涉我的一条：在姓氏中，繁体萧字可留用。"文革"前后，许多人又改回来，譬如萧劲光、萧华、萧三、萧军们，都先后恢复了本来面目。达官贵人改起来可能不太费事，轮到我可麻烦死人了。

先要改档案，要改档案，得先向"组织上"汇报。记得那是"文革"后一两年，我找到"组织上"，"组织上"是位好心的老同志。"要改档案？哎呀！"他好像牙疼，直龇冷气，犯了难。有顷，很热情很认真也很负责任地说，那可是麻烦得不得了不得了的事，你先要打报告，"组织上"研究同意了，还不算数，还要报高一级"组织上"审批，如果顺当，这起码得一半年。然后就苦死我们这些搞具体工作的了，要把你档案中所有的原始材料，一件一件更正改过来，每改一处要盖章、说明，每个改的地方要报上级备案，这在三五年内，也就是我退休前，不知能否给你老弟完成。何况，你的档案改得一塌糊涂，说得清吗？要说清得费多少时日，多少人工，多少口舌？……

他没说完，我已经灰心丧气了。那时还没身份证，按现在的规定，还得加上到公安部门重换身份证。光这种种程序便把你淹没、窒息了，罢、罢、罢，只好打退堂鼓。名字是个啥？不就是个符号吗？算了！但是且慢，你想算了就能算了？没门！根本无法算了。书法作品姓氏如果简写，那不是让业内人士笑掉大牙？怎么办，还只能写繁体。可用了繁体，文章与书法的署名，两个姓不一致怎么办？虚拟世界中有两个我也倒罢了，现实生活中特别是没有经历那个简繁体字转换时代的年轻人都真的把你当成两个人又怎么办？还有，机票、邮件、汇兑只承认身份证上的"肖"而不承认"萧"，上不了飞机、取不出汇款，怎么办？万一有不知情的人揭发有一个姓"肖"的我，抄袭剽窃了另一个姓"萧"的我的文稿或书法作品，被诉侵权又怎么办？稍不留意便酿成事端啊。不敢往下想了，想得人一身冷汗。

有次和一位书法家有急事去京，他代买的机票，约好机场见面给票。事先忘了在姓氏问题上特别叮咛，到了机场打开机票，糟了，写的是"萧云儒"而不是身份证上的"肖云儒"，无法办登机手续。书法家还和机场力争，引经据典说此萧即彼肖，此萧比彼肖更正确，机场同志只是微笑，仰头叫"下一个"。后面排队的旅客们，礼貌者侧目笑话这位书呆子，性急的则嚷起来，

"你们别耽误大家！"好在不是周日，让单位给机场传真过来一份证明（注意，必须是人事部门盖了骑缝章的正式证明），才补办了手续。飞机为此晚点二十分钟。待我俩千恩万谢登了机，遭到大型空客三百名守法旅客的白眼注目礼，长达好几分钟，那一刻才懂得了什么叫"不齿于人类的狗屎堆"。

取款就更难办了。有次，邮局女孩以计算机为金科玉律，不承认"萧"即是"肖"，我说你看我和身份证照片是不是一个人？她说因为姓不对也不能承认。眼前这个有鼻子有眼的活人，竟不如虚拟的文字符号可信吗？我像祥林嫂那样一个一个向排队取款的人诉苦，请他们证明这个"萧"即是那个"肖"，而我就是那个真正的"肖"，连问几人，竟无一人认识此"萧"即彼"肖"。呜呼哀哉！想着不过几十年，许多繁体字已形同外文而不被国人认可，孤立无助的我不禁悲从中来。有理说不清，气得大吵起来。从条例规定出发，邮局小姑娘占着理，她无辜承受了我的"无理取闹"，不知有多委屈呢，我向她真诚道歉。吵当然解决不了问题，吵完了，只能嘟囔着，在众人的目光中悻悻而去。那目光大约把我当成骗领汇款的瞎瞎老头，至少是一个可笑可气又可怜的落了伍的小老头。

去机关开证明时气没消，有意用繁体字写信封信纸，并且引用了《现代汉语词典》1262页关于"肖"是"萧"的俗写的解释，以证明自己的身份。就这样还怕节外生枝，干脆背上词典去邮局。幸好邮局同意可以不留证明原件，我复印了很多张，留待后用。

去年广州部队文工团请我去看他们的新戏《天籁》，不料简繁汉字的故事又出新篇。这个戏是表现长征中红军文工队生活的，为了再现七十年前的时代气氛，文工队所演节目的唱词一律通过计算机处理为繁体字，结果笑话百出，"长征"繁写成"長征"，"公里"为"公裏"，"于都"繁写为"於都"，让全场瞠目结舌。真是到了一个相信技术胜于相信人，尊重技术胜于尊重真实，崇拜计算机胜于崇拜真理的时代。除了计算机，一切都不足为据、不足为信了。

只有远在台湾的三舅来信，信封仍旧写的是"萧雩孺贤甥亲启"，每收到海峡对面这样的信，好像有个人在生命鲜活的源头上呼唤我，总会勾起我生命初始阶段那份温馨记忆。

在电脑的"百度搜索"上查阅我，得麻烦你搜索几个不同的字符：肖云儒，萧云儒，萧雩儒，萧雩孺。"肖云儒"里边有一两万条信息，"萧云儒"里边还有几千条信息，麻烦不麻烦？我由一分为二进而四分五裂。至于社会各种烦琐的条例规则和约定俗成造成的成见，所引发的种种文化与精神的分裂症候，就远不是我一个人，远不是我遇到的这几件事了。

我曾经是那个姓名繁复而心地单纯的我，漫长的岁月简明了我的姓名，却使我内心五颜六色、四分五裂。我还是那个我吗？我还是我自己吗？我还是我吗？

我到底是谁？字典查不出来，所有的书本也回答不了这个问题。

2007年1月29日，西安不散居，年气日盛矣

我写《中国西部文学论》

当准备让"讲书堂"逐渐走近尾声时,我想讲讲自己写《中国西部文学论》的一些故事,不然就没有机会讲了。

在关于这本书的故事中,最早出场的当然是主角我自己,接着出场的人物便是赫赫有名的老一辈电影评论家钟惦棐。1982 年,钟老来西影厂看了《人生》《海滩》等几部新出的片子,倍加称赞,说了一句石破天惊的话:美国有西部片,西影为什么不能拍中国的西部片?太阳有时从西部升起!我时任报纸的文艺记者,零距离的接触,面对面的采访报道,钟老的这些话在心里生了根发了芽。

第三个出场的人物是喜剧美学家陈孝英先生。在一次关于我个人学术生涯的电视专题片中,访者问我,在我的文艺评论生涯中,为什么 20 世纪 80 年代中期由作家作品评论转向西部文化的研究?我说,这次转向和一位朋友几句恳切的话有关。1983 年秋天,我由报社编辑部调到文联理论部,很想对自己的研究写作有一个宏观的策划。有次和孝英闲聊,接触到这个话题,他力劝我尽快地建立自己的学术领域。那时他正集中研究幽默(后来发展为喜剧美学的系统研究),第一批成果已经开始在社会上产生影响。他说:"我们都四十多岁了,不能再一味跟踪别人,要建立自己的学术领域,奔自己的目标。"只这几句话,让我几乎马上明白了自己应该干什么,怎样去干。我多次提到过孝英对自己最终定位于西部文化研究方向所起的一锤定音的影响。他也许早已不记得这次闲聊,而我是一直心存感激的。

与陈那次谈话后,钟老的话重又在心头响起,我决心将自己今后的研究评论方位就定在西部文化上。说干就干,1984 年发起组织西部部分省区文联研究室，在新疆伊犁联合召开第一次中国西部文艺研讨会。这是我调文联后组织的第一个大型学术活动。那天晚上，刚到乌鲁木齐，承办方新疆文联临时通知我，说是鉴于这个会是我提议开的，陕西又是西部文化大省，各兄弟省区沟通后，公推我在会议开始时作一个较长的主题讲演。这时要推已经来不及，既然却之不恭，不如立刻动手准备。第三天就要坐长途汽车去五百公里外的伊犁开会，只有抓住第二天时间了。无奈旅社房间里安排了两位同人，哪里有安静可以容得下思考？

第二天一早我就去了乌市红石公园。找到曲径幽树深处的一个小石桌，啃着干馕干开了。倒真是个僻静的好去处，只是时间不久，到上午9时半以后，便不停有探头探脑的"入侵者"，主要是三类人：最频繁的是急着要"咱们两个圪里走"的谈恋爱者，还有寻找孤独静处的人和寻地方"方便"的人。本人的提前到场，很煞了他们的风景，甚至引发了两位的愤怒，扭头扔下一句嘟囔："逛公园还当孔夫子，假正经！"

伊犁的主题发言后来整理出两篇论文，一篇是万字长文《中国西部文艺的若干问题》，发在了学术刊物《当代文艺思潮》上；一篇是五千字的《美哉西部》，《陕西日报》文艺版加"编者按"发表。两文在全国较早也较充分地提出了中国西部、中国西部文化、中国西部文艺等概念，初步论述了中国当代文艺对西部生活如何做审美转化的一些关键问题。后来又写了《西部电影五题议》，是把西部电影作为一种文化现象、创作现象正面展开来谈的最早一篇学术论文。新华社记者卜云彤就这个问题三次采访了我，先后写成新闻、通讯、综述三种稿件，新华总社发了通稿，在中央和海内外媒体多次刊登。尤其是他写的内参稿，在新华社《内参清样》刊出，引发了中央领导的关注和中央主管部门的重视。那年我已经四十四岁了。

1986年，中国作家协会和中国社会科学院文学研究所在北京联合召开新时期文学十年学术讨论会，我被邀以西部文学为题做了大会发言。大会之外，还召开了有关新时期五个重要文学现象的专题讨论会，供代表自由参加。中国西部文学问题列为其中之一，大会委托我主持这个专题会。会后，除了国内各媒体，许多涉外报刊也有大量报道，在世界范围内做了传播，我个人就收到五个国家二十四封来信询问情况，索要资料，探讨切磋。

在朋友们的鼓励下，我决定将对西部文化艺术的种种思考发展成一部学术专著。由于此前从未有过这方面的著作或论文，可供参考的资料极少，这就迫使我不能走学院式的青灯黄卷的研究路子，必须走以西部人文田野考察为主的新路子。这是一条充满阳光、充满泥土气息、充满生命体验的路子，是一条学术研究的"绿色通道"。在那一两年里，我抓住一切机会西行，一个一个省地做社会学、民族学、文化学和民俗民艺的田野考察。我曾计划五年内让自己的脚板踏上西部各省区的每一个地市，可惜至今也没有完成，故而至今也不能停下西行的脚步。

我从高原暴风雪中孤独无助却巍然屹立的牧羊汉子，感受到西部人雄鹰一般的孤独和刚毅。从敦煌的壁画、库车的千佛洞追溯到更古老的印度阿旃陀石雕，从山南海北（祁连山南与青海湖北）种种多民族杂居的文化旋涡景象，四上同类型的云贵高原，体味到了各种异质文化在西部的交汇。我还从西藏高原下来，经青海玉树抵达三江源头，再北上内蒙古草原和蒙古国的乌兰巴托，感受藏传佛教如何在蒙古族地区扎根的历史进程。又从西安出发沿丝绸之路西行，经河西走廊、天山北麓到达伊犁，又飞越帕米尔与中东到达脚踏欧亚两洲的伊斯坦布尔城（即著名古都君士坦丁堡），亲眼看到了土地文化向游牧文化的过渡，动态生存与静态生存的不同，儒、道、佛教、伊斯兰教和天主教（东正教）文化，亚欧两大洲文化，伟大而瑰丽的交融互补、交相辉映。当然我还阅读了到 20 世纪 80 年代中期为止的大部分西部作家写的、写西部的文学作品。从中收集素材，体味我的西部……

关于中国西部五圈四线的多维文化结构和多维包容心态；关于中国西部和世界人文地理总体构成的关系，以及中国西部和美澳非西部现象的比较分析；关于中国西部动态生存和内地静态生存的比较，以及西部精神游牧现象的出现；关于中国西部具有潜现代性的孤独感和悲剧感；关于中国西部民族杂居所形成的杂化心态；关于中国西部文艺的现代浪漫主义气质和理想主义追求；关于中国西部的阳刚审美和硬汉子精神；关于中国西部文化的圈外色彩，以及对现代工业社会的平衡、减压作用；等等。原先不大常见的新观点和分析，可以说大多是在西部的行走中触发、在西部人文风情于心头反复"过电影"中逐步成形、成熟并深化的，很少靠书斋中的冥思苦想、推理演绎来完成。在感悟与理性的结合中完成学术研究、学术写作，真是一个极为鲜活的愉快的过程。

1986年夏，陕西省文联组织作者改稿会，我以组织者和作者双重身份参加。带着一整箱书籍、笔记、资料来到秦岭主峰太白山下一个叫三十九所的国防研究单位，在这里的招待所待了二十五天，写出了《中国西部文学论稿》的前十万字。不怕大家笑话，从事写作一辈子，其实我一直是"业余作者"，这是我享受的唯一一次"创作假"。万事开头难，有了这十万字垫底，后面的二十万字便可以边上班边加夜班完成了。记得草稿杀青后，我与老伴分开抄写，那时家里只有一张书桌，她只好趴在床上抄。

第二年春天稿成后，恰逢青海人民出版社编辑李燃来西安组稿，听说有这么一部书，辗转登门硬要了去。关于这本书的故事，李燃是第四个关键性人物。他毕业于兰州大学，是个有识见也敢拍板的好编辑，回西宁不出一周便给我来电，一口气说了五件事：一是书稿很好，决定作为重点选题出版，两月内见书；二是已请他们省委副书记刘枫作序，刘是个文人出身的领导，听出版社汇报说到这部书，主动提出要写序；三是鉴于书稿比较成熟，书名"论稿"去掉"稿"，就叫《中国西部文学论》；四是力争报全国奖；五是商请我主编一套"中国西部文艺研究丛书"（几年后出了六本，除这本《中国西部文学论》，还有罗艺峰的《中国西部音乐论》、王宁宇的《中国西部民间艺术论》、李震的《中国当代西部诗潮论》、权海帆的《中国西部幽默论》，后来又策划出版了《中国新西部电影论集》）。

一切都很顺利。第二年，即1988年，此书就获得了"中国图书奖"。这是青海学术界、图书界第一个全国奖。1989年又获得中国当代文学优秀成果奖。日本、加拿大两度根据此书拍摄了中国西部的文化专题片。中国西部电影、西北风音乐和西部文学创作，一时潮音迭起，西部各种文艺报刊纷纷以"西部"易名，如《中国西部文学》《西部电影》《西部》（西安音乐学院院刊），成为重要的文化艺术现象。

但不久事情有了变化。1988年年底，有人对西部电影过多用西方坐标来表现中国沉滞落后的一面提出异议，说我是这一创作思潮的理论奠基人，要批判《中国西部文学论》。有个刊物特别积极，已经将批判文章写好并由领导签发，打出了清样，不知何故却在最后一刻被抽下，失去了面世的机会。联想到十年前的1979年，也有人声色俱厉地要给我的长篇论文《呼唤真正自由的文学》戴修正主义大帽子，也是在最后一刻流产，我真是十分感慨和感动。到底是时代变了，从领导层到文艺界，极左的东西都行不通了。

万万想不到的是，此时我的好友、编辑李燃突然失踪了。据他在西安上学的女儿李蕾告诉我，李燃的失踪虽然与这本书并无直接关系，但因为这本书的获奖，他被提拔为出版社副总编，还获得了一些其他的荣誉和"实惠"，引发了各种不平和嫉妒，是逼走他的一个原因。李燃乃一介书生，天真而脆弱，承受不起人性中这些如墨的黑暗、如刃的残酷。已经过去十八年了，李燃至今仍未浮出海面，生死未卜，带给他家人的是无尽的等候。东方式的嫉妒既然可以逼死人，逼走个把人又有什么奇怪的呢?

关于这本书的故事只好留下这样一个不圆满的结尾，事实就这样，实在是谁都没有办法的事。

2007 年 3 月 8 日，西安不散居

和丁玲一家的缘分

现在该说是前年了，记得也是这样一个冬阳正盛的日子，我收到北京寄来的十二卷本的《丁玲全集》，暗红烫金的书脊，码了整整一小箱，我提不动，是物业上保安帮我拿上楼的。包裹单又是丁玲的老伴陈明老那熟悉的字迹，打开书，扉页上有他写的"陈明持赠"的客气话。八十多的人了，难道还是他亲自跑到邮局去寄？我记不清这已是陈明老第几次寄书来了。先是一批研究丁玲的书，后来又有丁玲各种版本的作品集，纪念文集和四卷本的丁玲文集。脑际浮现出这位老人坐着地铁在北京穿梭的图景，艰难地在地铁长长的电梯里上上下下的图景。他家在木樨地地铁站口，地铁便一直是他主要的交通工具。往事苍茫，三十年来，与丁玲陈明一家交往的情景历历如在目前。

1978年，回我的家乡江西庐山参加了粉碎"四人帮"之后第一次全国文艺理论研讨会。当时我是报社文艺记者，听说还没有完全平反但就要复出的丁玲，刚做了乳腺癌大手术，正在庐山做术后疗养，我便在会间采访了她，后来写成两篇五千字文章：《真想延安——访丁玲》在《解放日报》和《陕西日报》同时发表，《"西战团"在西安——丁玲访问记》在《戏剧报》（即现在的《中国戏剧》）和《当代戏剧》发表。这是丁玲受难二十多年复出前后最早的几篇访问记之一，许多报刊做了转载。《真想延安》是这样开头的：

> 在风浪中滚了一生，丁玲的确苍老了。步态蹒跚，宽衣缓带半躺在沙发上，大热天用电褥子暖着肚子，眉宇间弥漫着疲倦，也许不只是疲倦。
>
> 她已经七十六岁。五十多年的动荡，二十多年的坎坷，四个月前又做了大手术——这艘饱经风浪剥蚀的船，此刻停靠在庐山，

略做小憩了。

一谈起延安,丁玲就生气勃勃起来,开始了有声有色的回忆,蹒跚地在房中走动,让我想起一位作家说她的,"她有时是以姑娘的眼睛来看生活"。延安,是现代中华民族的青春和丁玲、陈明的青春在社会革命运动中相融聚的地方,时代和个人生命活力碰撞应和的地方,这块土地使她的理想、她的激情、她的才华有了最好的展示舞台,给了她一生最灿烂的记忆。这段灿烂记忆支撑着以后几十年在苦难中辗转的她,像光一样照亮她的心灵。她不是强者,也不是哲人,很少用文学家常用的艺术语言或哲理语言说话。她像是街头巷尾常能遇见的老奶奶,慈祥、亲切地用家常话说着她的延安。她在往事中散步,神态自若地避开人生路上的荆棘和石块。也有碰上敏感话题的时候,只是淡然一笑,调开步子再往前走。

知道我也是江西人,陈明老表一下就热络起来,谈兴大发。他年轻时演戏、写戏,说时还带着表演。直到诗人公刘的女儿跑来,说她爸爸这几天爬山累了,病况不佳,左眼又看不见了,才不情愿地打住。巧的是正在庐山疗养的公刘也是江西人,陈明便邀我一道过去看看。刚出门,丁玲追着说:"把半导体收音机带过去,公刘不能看书,在山上怪寂寞的。"老人一手扶着门框,眼里满是同为天涯沦落人的凄楚。从丁老那里出来,我有一个十分明晰的感觉,老两口是不属于这座名山的这座别墅的,她永远属于宝塔山的沟壑山峁,属于北大荒的兵团农场,这里的一切,地毯、沙发、"席梦思",都羁留不住他们,不过是小憩,不过是路过,他们的心在远方。

果然,复出以后的丁玲,像被雾障遮掩于一时的庐山松,又显示了葱郁挺拔的身影。这位世纪的同龄人,和她的世纪一道在曲折的旅途上艰难前行几十年,终于来到一个新的境界。一直被扼抑又一直在蕴集的创造力,发生了井喷。她写长篇、短篇、散文作品,评论老中青作家,年届八十还领头编辑大型文学刊物《中国》,出席各种文学活动,开会、讲话、旅行于国内外。

而陈明则一直默默地在她身后，关爱她，协助她整理、修订、校阅卷帙浩繁的旧作。

1980年，丁玲一行要重返北大荒，亲笔来信热情邀我同行，具体到什么时候在什么地方换车都安排好，可惜单位事忙最后没有成行。1984年在厦门的"丁玲作品讨论会"上，我去鼓浪屿看望她，她问我会后是否能一起去福州胡也频的老家看看，沿途好给我谈些"情况"，我想她是想告诉我关于她人生几个大转折点的真实情况，好向社会传达。我因要回江西老家又未成行。所以1985年春末，当老两口重访西安、延安，又要我作陪时，我排除了一切事务，作为记者全程跟到底。

对访陕七日中的丁玲、陈明，我写有近七千字的《又见塔影》，这里无须再叙。只想再说两个细节，一是游清凉山时，清凉山诗社请二老题诗留念，丁玲建议合作，一人说一句，脱口便出："重上清凉山"，陈明沉吟半晌，续了第二句："酸甜苦辣咸"；五个字说尽一辈子，说得满座肃然。好在主人机敏，很快又续上三、四两句："说来又说去，还是延水甜。"另一次是在延安大学操场讲话，她等不及麦克风装好，八十一岁的老人便像当年在延安集会上动员群众那样，"徒口"演讲起来："离开延安四十年了，四十年来，梦、魂、缭、绕……"这时风吹乱了她的白发，眼里噙着泪光。

从延安回西安途中，丁玲看到我夹在采访本中孩子的照片，在背面题词："像星星一样明亮！——给肖星"。访陕间隙，两位老人又几次安排要和我详谈一些"情况"，终因日程紧，求见的人多，未能谈成，直到机场送别，他们还拉着我的手说："只好待我们从澳大利亚回来了，你来趟北京吧，在家里关上门不见客，细细地谈。"哪能知道这竟是最后的诀别！

1986年2月春节刚过，我奉命带领陕西省文化系统扶贫工作组去陕北榆林，行前接到陈明北京来电：丁玲病危。当即复电遥祈丁老早日康复，并称很快把工作组带到目的地，安排十几位同志驻进村，甫一安身即从榆林直接赴京探视。不料几日之后丁老就仙逝了，我终于未及赶到。我悔恨极了，西安机场送别时的最后一握，构成定格，是烙在心上久久的痛。

那以后我反倒与陈明老联系多了。陈老与丁老相濡以沫五十多年，相携走过的尽是坎坷之路，苦难多于顺利，却一直相爱至深。丁玲在《牛棚日记》中，对两人在离乱之中那情人般的思念，有过动人的记载和描述。夫人谢世后，陈老以全部精力投入丁玲文集、全集的出版和研究，承担起大量遗稿、日记、信件的发掘整理、编辑注释工作。一部一部、一本一本关于丁玲的新书从北京一路散着墨香寄到西安。我每赴京也尽量去家看他。陈老对生活很乐观，曾自豪地告诉我，寄到各地的书大都是他亲自去邮局发出的，从他家几站可到邮局，几站可到书店、商店、饭店，老人记得清楚而精确。我真为他高兴。

大约是1999年，鉴于延安是丁玲文学活动的重要一站，中国丁玲研究会决定在延安召开一次全国性年会，陈老将丁玲在延安时期的小说散文编了一个集子叫《我在霞村的时候》，想赶在会前印出。他希望由陕西的出版社出版，委托我做他的代理人并写序。出版事宜是我应该做的，写序推迟再三老人再三不允，只好诚惶诚恐命笔。那几个月我们全家动员，我联系出版社、写序，老伴校对，儿子跑腿，终于在大会开幕的第二天，我连夜把第一批几百本新书拉到了延安万花山会场上。

无巧不成书的是，陈明老后来的老伴张珏也搞的是新闻这一行，竟然和我大学同级同学周溥雄、马文蔚在北京电台一道工作了十几年。后来她调到社科院新闻研究所，又和我同班同学赫建中共事。张珏是二三十年代老作家张友鸾的女儿，明达大度、家学渊源，她也和陈明一样，以极大的热情投入丁玲身后的出版、研究的事务工作，说来真令人感动。而她的女儿张恬，更巧了，竟也在文联系统工作，是北京文联研究室主任兼《北京纪事》杂志的主编。我们在几个会议上相遇，在太原时，还一道去看望重病住院的马烽，和马烽夫人杜老狠聊了一通延安旧事呢。

写到此文最后,我给陈明老拨通了电话,我说我正写我们来往的故事呢,他高兴得一迭连声说:"早该写了,早该写了。"电话两头都笑了,笑得很是温暖。

我和丁玲一家,就这样以文相交,因书结缘,想不到快三十年了!

2007年1月30日,西安不散居,时零上18℃,

春暖赶在春节前降临

书斋里的人生

《讲书堂》自去年 4 月起在《文化艺术报》开始连载，中间停了几个月，到今天已经写了二十五篇，因为另外还有许多事等着去做，再耽搁就误了，只好暂时告一段落。"告一段落"意味着和我所珍爱的书、和我所经历的书的故事暂时告别，心中不免惆怅。因而在告别的这一刻，我想给我的编者们，那几位我所尊敬与感谢的、长期在幕后辛劳的先生和女士，也给我的读者们，尤其是连载这大半年来，用博客、信件、短信、电话和其他方式，给了我那么多鼓励和期待的读者，一个郑重的允诺：只要我与书的缘分永不终结，关于书的故事一定继续写下去。我一定会写的，只是不知道什么时候可以再度开张。

有时候很为自己悲哀，回想起来，如果把关于书和书斋的记忆和憧憬，满打满算加到一起，几乎构成了我整整一个甲子的生命史。一个人的一生，不只花大量时间去读书、去写书，而且连日常话题，连陈年记忆，都走不出书本和书斋，小有一点故事吧，也大都和书本和书斋有关，这真是个遗憾。生命如此缺少阳光，缺少泥土气息和风暴中大起大落的颠簸，比之激浪淘沙、不舍昼夜的大时代来，便显得有点苍白文弱。只能说自己的人生是塑料棚里的一场杯水风波了。

有次我来了兴致，提笔写一副六尺对联："青菜萝卜糙米饭，瓦壶天水菊花茶"，聊以对精神做一点自我超度。谁料写到菊花茶的"花"字，竹笔管开裂，狼毫笔头断落纸上，竟溅出一朵墨玉兰来。顿时失色，怕是暗藏着什么不吉，迅即用手从纸上捉起笔头，在空白处写下好长一段话，想冲一冲晦气。话曰：

庚辰龙年岁尾，余已届花甲之年。为国为家为人为己虽无大作为，亦勉可谓辛劳半生并无它求，唯糙米饭、菊花茶足矣。岁将尽时，乃研墨展纸书此联以为花甲之感。不意笔头断落纸上，墨花四溅，显出兰花一朵，遂苦笑以自嘲：此花亦肖姓也，终生浸于墨中，读墨字，写墨书，开墨花，虽无绚丽却有辛劳，写尽自家六十年生命。笔亦肖姓也，本以江南板桥竹根为杆，西北荒塬狼毛为毫，陪我习字十年，得于心，应于手，默契于灵境，可谓鞠躬尽瘁。

今日为书艺捐躯，感之慨之，遂以残笔记之。

本想写得吉祥点，却怎么也躲不开忧郁。昏灯之下与老妻共读，相对默然。想着我与书、与笔纸墨砚怎会如此的终生不拆伴，也许是一种命定，随它去吧。

童年和少年时代，在外祖父的书房里嬉戏，从满架满桌文化和经济、日文和中文的书脊上，挑着认字，冥想着那里面一道道的风景，常常几小时几小时地走神。上中学，曾经附庸风雅学高年级学兄在床头堆一摞书，未必都读，甚至大都未读，却常常"为赋新诗强说愁"，满嘴满脑子激荡着形而上的浪漫。上了大学，一半因为要用，一半也是为了扎势，又学毛泽东在床侧把书摞成一排，以壮行色。也曾忍不住偷偷进入"禁止学生入内"的教师阅览室去采撷奇花异草。记得在那里面看过潘光旦20世纪20年代写的社会学专著，在封闭的60年代，整个社会不知道社会学为何物，年轻的我感受到了偷吃禁果的乐趣。从那时起，心里便有了一个憧憬：有朝一日，一定要让我的书独占一个房间。这个奢望远远早于自己想要一间宿舍。人的栖居有时似乎真的没有书的栖居重要。

走进社会之后，第一次发工资便买了一个一米多高只有五格的小书架，二十八块钱，恰好是月工资的一半。我从西安竹笆市一路风光地扛回报社，自感很是得意。于是在我只拥有一半居住权的单身宿舍，构成了一道小小的文化风景。虽无书房，却有了"书角"，心里便有了一份满足、一份惬意。那以后几十年间，我在西安城好几次搬来搬去，人迁居一次，便要给书改善一次居住环境。于是在第一代五格小书架之后，陆续增添和更换了好几代书架，有在下放农村时用砖和木板条靠墙搭起来的书架，有下面带半截柜的书架（已经可以叫准书柜了），有"捷克式"的八字腿书架，有带推拉玻璃、塑制贴面的新式书柜，还有现在使用的有茶色玻璃柜门的带碰珠带暗锁的豪华书柜。算起来，现在已经是第七代了，整整二十四个，摆满我和老伴两间书房除窗口之外的六面大墙。

几十年来，我的书和我一道，改善着生存条件，记录着社会的轨迹，储存着人生的记忆。陕西电视台曾经就此拍过一部三十分钟的专题片，题目就叫《肖云儒和他的七代书架》。专题片的最后，年轻的主持人问，如果将来书籍都存进光盘，你怎样处理这两房书和书架呢？我隆重地回答道：那时我的书房便成了文博馆和歌剧院，平时也许都在电脑上读盘，如果读纸质印刷品的书，将会像去国家博物馆参观和去国家歌剧院听歌剧一样，是一种奢侈、一种档次，说不定会净手、更衣、焚香，在一种高贵雅致的感觉中翻开书页。不知怎的，说着说着竟有了几分伤感——我是多么不愿和传统的书疏远！

书房里的书很乱很杂，正如我这几十年人生脚步的杂沓，兴趣涉猎的杂沓，阅读和思考范围的杂沓。也许这表明它们不是摆设，经常被主人取出放进、折页夹条。若硬要分分类，大致包括各类新兴学科的研究，哲学社会学心理学的专著，历史文化古籍和专著，美学文艺研究和作家艺术家评论，地方史志和风情研究，中国书画研究，新闻传播学研究，还有大量文学、书画作品和我喜爱的近现代史回忆录，等等。各种不同的版本和纸张，诉说着岁月的流逝和时代的进步。近两年，又从书架上专门辟出三四格，用于存放音像制品和电子读物，不唯节约了书架拥挤的地盘，银光异彩之中还很有几分烁烁的时尚。

自打用上了电脑和带轱辘的电脑架，几十年里集宠爱于一身的书桌开始人老珠黄，难得和它亲近了。书桌前的椅子也早挪到电脑架前新的地方，另有所属。老眼昏花的主人竟然移情别恋，成天含情脉脉地凝视着电脑屏幕，书桌成了顺手放放资料的地方，成为目前正在使用的资料和各类照片的集散地。孤独的书桌依然忠诚地执守一隅，冷眼旁观，三缄其口，只是用自己身上的某道划痕、某块斑迹，无声地诉说着逝去的辉煌和今后的眷恋。为了免去经常擦拭灰尘，后来我干脆用报纸盖在书桌上，隔一段换几张旧报纸即可。它是真的被我"尘封"起来了。

此刻我就在第七代书架的环绕中写这些文字，书房里，架上、地上、桌上全堆的是书，像我的生活，忙碌而杂乱。一切有待整理，有待在阅读中重新发掘——这是我给自己晚年定的一项重要任务。打个比方，儿时读书有如朝书里储存生命记忆，老来读书，则是从书里取出自己的生命存款。但现在还顾不上，还有很多事情排着队在敲门，逼着我像陀螺似的打转转。已经发在"讲书堂"里的这二十五篇，其实只是浮在记忆最上面的那些关于书的故事，就这也并没有写完。但我只能暂告一段落了。

看来，此生此世是很难走出书斋了。时光老人给这二十多架书中的每一本里都悄悄地藏着一个或几个故事，等待着我随时召见，等待着我去回味、去发掘。我的生命，我亲人和友人的生命，有相当一部分变成了文字，变成了生命的一种气息，储存在书页之中，储存在字里行间。书对我来说绝对是有生命的。什么时候打开书，这些人和事，这些故事和气息就会流淌出来，像西方童话在音乐声中打开小魔盒那样。

要不，还是让我们选一个春天的日子，在一个春天的草坪上，再度见面吧。

2007年3月9日，西安不散居

诗赋

三 秦 赋

秦岭云横分南北，黄河峡跳划西东，我的家乡便在那中国之中。标华夏经纬系泾阳大地原点，报北京时间乃蒲城原子铯钟。黄河之水天上来，奔流到此大回环，搂定这片黄土地，说不尽温柔说不尽爱。秦岭之秀地母生，壁立俯仰大秦川，熊猫、朱鹮、羚牛、金丝猴，闹活了华夏这座中央公园。塞上荒漠何处觅，秦巴清流如玉带，好一个八百里秦川，锦绣文章读不完：一行行膏腴沃土，一篇篇粮棉果菜。黄河纤夫、汉江号子一步步拉开历史帷幕：你看蓝田猿人、炎黄初祖、周秦汉唐、延水河里塔影长。丝绸之路、唐蕃古道一段段缀连关中风光：你看莽原无语、陵阙有言、华清长恨、法门寺中佛光祥。

天赐形胜，中国心脏，秦之中自古帝王都；皇天后土，民族摇篮，陕之西从来华夏源。仓颉弃结绳始创汉字，炎黄聚人文乃成初祖，神农尝百草居有定所，后稷教稼穑竟开先河。七十皇陵帝冢无不埋藏故事，千载定国安邦尽是风云变幻。周公吐哺礼天下，秦皇建制统中华。止戈为武汉拓疆土，开放融汇盛唐强国。黄巢腥风血雨满城尽带黄金甲，闯王揭竿而起红墙惜败费叹嗟。

孔圣从周，竟未入西秦遍写文章之地；老子奉天，却关出楼观长吟道德之经。董仲舒尊儒聚民族之魂，司马迁忍辱留青史之记。张骞出使，筚路蓝缕交流文明；玄奘取经，青灯黄卷译写佛典。造纸蔡伦侯，神医孙思邈。更有眉县横渠张载，创关学为生民立命；关中书院冯从吾，办学堂为乡土育才。周鼎、秦篆、汉隶、唐楷，颜筋柳骨张颠素狂，于右任笔墨接千载；风雅、汉赋、唐诗、梨园，李杜韩柳吴道范宽，古碑林勒石存万古。噫吁兮，汉山汉水育汉中，汉中王立国称汉朝，始知有汉族汉语汉文化承万代；唐乐唐舞传天下，唐王朝开国揖世界，自此见唐风唐音唐人街遍五洲。金榜题名全球五大古都城，西安十三朝皇庭写尽历史苍莽；底蕴深厚中国革命根据地，延安十三载圣地红色歌谣飘扬。

汉水江滨，西北联大重组京津名校；兴庆湖边，西安交大西迁沪上学府。仓颉造字台，郭杜镇建起大学新校区；浐灞黑河水，人工湖倒映长安新景观。秦王扫六合，看兵马俑百战军阵，阿房宫、未央宫、大明宫风采重现弦歌中；汉唐筑皇城，听明城楼鼓角相闻，昆明池、华清池、曲江池水光潋滟晴方好。秦腔古调独弹，秦韵玫瑰正艳；长安画派东方欲晓，西部电影世界称奇。文学代有才人出，陕军名家竞风流。家家贴民间剪纸，剪刀下尽是世间沧桑；户户有凤翔泥塑，脸谱上无不心中浮屠。塞上转九曲转出个春动草萌芽，汉江采莲船采来了秋丰鱼满舱。陕北民歌信天游，句句皆为东方红；安塞腰鼓动地来，声声正是黄河颂。

"一五"重点，"三线"腹地，"一线两带"，"四大新区"，西部开发春潮涌动；科技高地，军工重镇，教育名城，文化大省，秦地振兴无限风光。铁道公路纵贯南北洞穿秦岭，险山峻岭依然危乎高，蜀道之难今已不再难。李太白风驰电掣进巴蜀，举杯笑指神女应无恙？登华岳太白驰目远望，尽收南山北原锦绣画屏；草茵花艳果硕麦飘香，天蓝地绿水清于四方。华美城市，淳厚乡风，人杰地灵，物阜民康。三千万儿女同心奋起，三千年历史于今重光。经济强科技强文化强，西部强省重振汉唐；天人和社会和心灵和，共谋发展同奔小康。

值新纪盛世，驾长风破万里浪；祈吾土吾民，葆福祉而臻永昌。

撰文并书丹于西安不散居

公元 2007 年 7 月 18 日，时值丁亥夏日

华 夏 龙 脉

　　壮哉秦岭，巍巍乎拔地而起，若神龙之舞威虎之踞，看不尽层峦叠嶂、锥天铆地、腾挪纠纷。南抵巴蜀，北抱三秦，西接祁连，东望中原，日月之行皆出其中，文史之灿尽纳其里。主峰太白，高耸云表，巉崖奇绝，伸手触天而揽月。如巨笔写尽华夏风采，横披千里展呈于中国之中。洋洋乎仁者志在高山，汤汤乎智者意在流水。噫吁兮，天下名士无不称奇！依秦山而面秦川，乃成就长安千年帝都，迁延十三朝煌煌伟业，中华历史假此地以为舞台。代代风流人物，处处风云际会，演绎一幕幕史诗威武雄壮。有道是，京都在名山之下，名山随国威远扬也！

　　嗟夫斗转星移，千年兴替已成往事。而今西汉高速，逶迤通向历史深处。金线一条穿南北，关中汉中蜀中，无不天府；金盆聚宝万千年，渭水汉水岷水，汇通有路。朔方古塬、江河腹地、彩云之南，西北西南成一统，通江达海辟新途；塞上九曲、汉江莲船、川滇花灯，西安成渝金三角，华西崛起新主轴。曾千古惊惧秦蜀道，不意路有灵犀一点通。自此天涯成毗邻，可决胜千里可运筹帷幄。

　　流连七亩坪，怦然撼心魄。极天群雕览众山，拱日伴月何气派。中国魂、炎黄脉，岁月光阴开天关！十段风云演华夏历史，十八典故道古往今来。盘古开天地，宇宙序井然。惠王率秦军，攻蜀起血战。萧何追韩信，千古美名传。汉武上林苑，骑兵大操练。诸葛计出木牛流马，黄忠斩将定军山前。李白才吟《蜀道难》，贵妃得宠荔枝路上绝尘烟。无声史剧似有声，文采风流永绵延。栩栩群雕励今人，华夏乐章新谱新韵响云天！

　　须晴日，偕三五友朋拜山访水，但见群峰空蒙，浓荫匝地，林壑岩褶，开暝有度。车流驰进历史韶光，艳阳嬉于清泉飞瀑。熊猫觅食林下，朱鹮翔于云中。大千寂寥，天籁传音，如乐之和，无所不谐，好一派万物化醇景象。余语诸友，华夏龙脉者实有三谓，曰秦岭云横之脉，曰高速纵贯之脉，曰群雕凝聚华夏文史之脉。三脉聚汇，含茹四方风水，礼迎八方宾朋。誉称中国中央公园秦岭之中央会客厅，名至实归也。

众皆赞曰：好一道莽莽苍苍大秦岭，好一条洋洋洒洒西汉路！祈吾泱泱之中华，自强不息，厚德载物，龙脉恒远，千秋咏赋！

撰文并书丹，公元 2007 年 9 月，西安不散居

揽 月 阁 赋

　　秦中优胜地，素谓终南山，登高远望处，争上少陵原，丙中春光乍泄，偕三二知己南行秦岭，一路过大明宫古城墙大雁塔芙蓉园，但见楼群巍巍，车流湍湍，夜月水中冷，新阳原上暖。徐步登原，有高阁耸于天穹，乃今人新修之"揽月阁"也。"揽月"所名，航天之喻，雁书人字以翔空，宇航巡天而揽月也。

　　阁凡十三层，古都十三朝。有雁塔之气敛聚，有星箭之势蓬勃，明暗错落，虚实唱和，高风而亮节，指天而雄矗。登阁四望，但见村舍星罗，阡陌棋布，友朋南山峥峰，襟带渭川平畴。宫中风云园内歌舞尚可闻，雁塔梵音曲江倒影遥相呼，醉美入夜光华焕发，蓝宇辉月华灯，好一支冲天箭直指霄汉天路！

　　曛风过阁，尽显古刹文脉。镜映三秦景，朝可游南山之南七十二峪；窗摇八水光，暮可宿北原之北六大祖庭。华严经写理想界，香水流注妙华开；唯识宗传因明学，天地秘籍次第解。诗仙醉写山月前，诗圣笔耕畦畛田，诗佛辋川禅意传——叹天下多少风云事，枯荣本相连。

　　噫吁兮高哉，我欲乘风去，狂歌九天行。揽月阁上揽月人，霓裁衣裳雨操琴。风驰掠空飞，电掣游琼境。俯瞰地球村，星缀万水敛住了喧哗，月照千山好一场纠纷。驻万物之逆旅兮，会百代之过客，邀御风列子、飞车葛洪，巡天万户品香茗，叹古来多少梦难成！喜看今朝航天人，牧星揽月探银河，心香一炷告先祖；五千年，中华兴！

嗟夫，历尽河山存废，列代兴亡，唯秦风汉韵唐音永驻心。终南自古无捷径，只为广有攀登人。君不见揽月阁上风信电波传佳音：梦圆盛世临。

撰文并书丹，长安揽月阁
公元 2016 年 6 月

咏　菊
——省文史馆重阳诗会作

重阳时节捋华发，万千银丝开菊花。心头泛绿拂春风，脚下参商起秋霞。窖酒至醇胜甘露，老汤大补甲天下。炽怀常从冷眼出，凉热相宜何练达。步步为营守韶光，化尘作泥亦不罢。有待来年九九日，新秀处处更潇洒。

2006 年 10 月 19 日，西安不散居

楼观台碑记

  太乙天都古楼观，东方圣哲授经台，乃中华文化之太极也。紫气东来，老子开坛，宣达道德，与闻天下。创道生万物之宏论，修道法自然之正果，集五千余言，成八十一章。举凡道德之辨，天人之观，处世之道，养生之方，皆以数言点化：致思之途，治国之理，攻守之智，审美之悟，莫不臻其终解。有道是：先哲箴言，灿若星光；道心德行，至简至煌；奉道秉德，可弛可张。

  嗟乎，天生烝民，有物有则。众妙之门，唱和天道之苍茫。道生一，一生二，二生三，三生万物；人法地，地法天，天法道，道法自然。自知者明，自胜者强。处无为之事，行不教之言。见素抱朴，少私寡欲。利而不害，为而有方。后其身，可身先；外其身，则身存。成败不计，祸福两相。天文地文人文，穷至赜叛道则化醇；为真为善为美，澄高怀循德而有常。情漫大美大善，境趋大象大方。

  余结庐终南有年矣，拾级而上，登台问道，丹灶若有余温，紫岚正传天籁；仙踪已无觅处，遗台依显巍然。林茂竹修，只闻水音人未见；天清云淡，无鹤传经意已来。圣哲远游兮青天外，吾辈把酒兮邀青山。诸天不老，大地康宁，游目骋怀，放浪形骸，好一派天地人和气象！

撰文并书丹，长安
公元 2011 年端阳之日

陕西政协新楼赋

楼居形胜之地，苑汇三秦贤达。呼朋雁塔，唤友终南，感应黄河秦巴伟脉，放览渭水万千气象。己未仲夏，历三载寒暑，成楼于斯地，陕西政协喜迁新址。

华夏新宇，九鼎重铸，有人民政协之诞生。庚寅年中国人民政治协商会议陕西省委员会初创，名协商委员会，至乙未孟春，始得正名。当其时也，承统一战线传统，秉同舟共济精神，和衷九派，访民意于陌巷；荟萃群贤，献方略于明堂。是以本固邦宁，物阜民丰，功莫大焉。

丙午"文革"，十载中断，丁巳嘉平，夫复重建。尔后及今卅余年中，坚持中共领导，高举两面旗帜，唱响团结民主，履行三大职能，友党派，和民族，睦宗教，怀远侨，惠民生，参国是，拓协商民主之通衢，竭力竭行，荷富民强省之大任，日新又新。

抚今追昔，继往开来，故铭曰：

> 倡团结民主兮，建协商平台；
> 致咨政存史兮，为斯文有传；
> 献诤言良策兮，展委员情怀；
> 为民族复兴兮，祈中华梦圆。

2015 年春天

陕西电视台建台五十周年纪念鼎铭文

台建五十载，泽被三秦中。传和谐万邦之象，集人文天下之珍。激浊扬清披事理，革故鼎新播文明。荧屏上云蒸霞蔚建新猷，电波中虎跃龙腾济世雄。试看今日国中之传媒，勋业谁著？有我陕西台华彩万方，有我陕台人功德馨双。值此典庆，铸鼎作文以纪之也。

撰文并书丹，时在庚寅夏日

陕西电视台建台五十周年纪念之时

府谷哈镇石窟寺碑记

　　府谷城北，百二十里，古刹石窟，肇自元明。负峙崇阿，凭凌深岫。望辽夏，临府城，依大漠，襟榆神。哈寨叠翠，陈村呈祥。

　　时和年丰，佛法复盛。发无上愿，舍不住资。智者以言，巧者以技；富者以财，壮者以力。塑金身于丈六，造宝塔于九重。

　　石窟胜迹，梵刻浮雕。显密一体，交显弥彰。慈容具庄严妙相；楹联出名家手笔。规模宏敞，殿宇轩昂。岚光林影，瑞霭祥氛。花卉不凋，古松犹在。叹三生若幻，悟万世皆空。

　　嗟夫！佛以大圆觉设一切空，以大慈悲度一切众。始于不言，而至于无所不言；无所不言，而至于无言。

　　修寺积福，声播塞北；撰文宣赞，誉驰漠南也。

2011 年春，望湖阁

《天汉雄风》大型历史壁画铭文

　　隋唐明清，皆以大名；唯汉翘楚，天下服膺。汉人汉语，汉字汉文；汉德荡荡，天汉是称。华夏子孙，以汉为天；倬彼云汉，昭回天穹。

　　泱泱天汉，烨烨光华。远来近悦，修齐治平。高祖犹唱大风歌，光武终娶阴丽华。绍文景之文德，开孝武之武功。休养生息造创盛世，开疆拓土规模始成。泰山封禅，遣使大秦。听命于民，海晏河清。

　　汉风浩浩泱泱，英雄云起龙襄。运筹帷幄之中，决胜千里之壤。萧规曹随，主父推恩。封狼居胥，漠北捷唱。昭君班超，有成安边之范；苏武张骞，不辱出使之勋。往者不谏，来者可追。如日丽天，后仍前光。史家绝唱，无韵离骚。文光射斗牛，千秋太史公。蔡侯纸，张芝书，相如赋，班固文；仲景张衡，九章论衡。文姬归汉，白马驮经。启太学选贤之盛业，开儒术独尊之先声。恢恢文物，漠漠汉城。千秋万代，人文鼎盛。

　　夫天垂象，圣人象之；刀以代笔，画以载道。究天人之际，通古今之变，成一家之言。卷高五米，长二百米，汇铜铸于石刻，融圆塑于浮雕。伏羲女娲，瑶池王母，四德四时，四阙四方。二十八宿，生长化收，四脉四灵，于斯智藏。奠两汉之生命，映华夏之魂魄。怀汉城之苍莽，展史脉之气象。天汉之盛，尽在于斯也。

2011年5月19日，长安不散居

大唐护国兴教寺碑记

　　大唐护国兴教寺位于西安城南少陵原畔，乃唐代高僧玄奘大师长眠之地，中国佛教法相宗祖庭，全国重点文物保护单位。2014年入选联合国教科文组织《世界文化遗产名录》。

　　唐贞观三年，玄奘为取真经，杖策孤征。经行数万里，游学百余国，于天竺得佛教原典真传，尤精因明、唯识诸学。归来撰作《大唐西域记》，译经七十五部，扬佛音于东土。并将中华典籍《道德经》等译为梵文远播天竺。真乃惠泽遐流，慈光永在。公元六六四年玄奘圆寂，始葬于白鹿原，后迁葬少陵原，敕令修建"大唐护国兴教寺"，为唐代樊川八大寺院之首。不负舍利塔额唐肃宗所书"兴教"二字也。

　　之后千余年，佛寺历尽沧桑。清同治年间更被兵火焚毁，幸存玄奘师徒三座舍利塔。民国初年募款重修。新纪以降，开工续修三藏院、大遍觉堂、慈恩和西明堂并回廊二十四间，花院门三间。二〇〇六年甫一完工，两年后又敬造玄奘、圆测、窥基大师三尊圣像。大遍觉堂内彩绘五十幅贴金泥塑玄奘故事，面积三百平米。工程系大慈恩寺方丈增勤大和尚捐资，兴教寺宽池、传相众法师督工修建。余曾撰联以赠，曰："兴唯识慈目善心法相，教因明和风甘露梵音。"

　　循寺径登高远眺，襟秦岭而带灞水，流烟光而布长岚。物丰其田畴，木秀其山川。浮图心藏般若，众生性蕴仁厚。竹间山野生空，水瘦经卷有韵。放心灵之闲于内蕴，穷耳目之胜以自适。佛光耀金，静影沉璧，朝晖夕明，气象万千。有穷皆为无穷须臾普度，万物复归无物了无恚碍。悟觉隐传，渐入禅境也。

公元 2015 年仲夏之夜，于长安不散居